SILAMÄE
TERRA
KALMAN
ERDRIFE
KARTUNS
ENLAND
TARTUN-MEER
JAKWE

Manfred Theisen

Ontika

Das Vermächtnis des Drachen

Boje

Manfred Theisen

Ontika

Das Vermächtnis des Drachen

Boje

Umschlaggestaltung: buero-ziegler.de, unter Verwendung einer Illustration von Björn Wirtz
Karten: Jevgenia Djubanok
Satz: Noch & Noch, Balve
Gesamtherstellung: Verlags- und Medien AG Köln
Printed in Germany

ISBN 978-3-414-82125-5
1. Auflage

www.boje-verlag.de

Von Anbeginn

Aus dem Graben zwischen Gut und Böse entstieg Waat und formte einen Stern, den er entzündete und Sonne nannte. Als der Riese so das Licht geschaffen hatte und seine Gestalt besah, kam er sich nackt und alleine vor. Aus Scham kauerte er sich zusammen und wurde zu einer Kugel wie all die übrigen Riesen, die im Schatten ihrer Sterne lebten und einander nicht sehen konnten.

Doch der Riese Waat in der Mitte des Universums sollte besonders sein. Denn aus seinem Mund krochen die teuflischen Kurats ans Licht – die ersten lebenden Wesen. Aus seiner Bauchhöhle entstiegen später die Trolle und bevölkerten große Gebiete seines Körpers und kratzten an seiner Haut, da sie unentwegt nach Nahrung suchten. So wurde aus Waats hellem Blut das Meer, das bis heute das Leben erhält. Sein Körper war die Erde, seine Haare waren die Wälder, seine Zähne wurden zu Felsen und Steinen, aus seinen Gedanken wurde das Gewölbe des Himmels und sein Gefühl wurde zu feinen Wolken, die im Licht der Sonne schwammen.

Aber wie sollten sich die Wesen auf seinem unendlichen Körper orientieren? Also schlugen die schlauen Kurats Pfähle ein – vier an der Zahl – und nannten ihre Bewacher Osten, Westen, Süden, Norden. Die Bewacher der Himmelsrichtungen waren kleine weiße Zwerge mit riesigen Füßen und Händen. Sie waren bis zu dieser Zeit nur die Sklaven im Körper Waats gewesen, die für die Trolle und Kurats schufteten, um die besten Stücke des Riesen ins Licht der Sonne zu schleppen. Aus den Knochen bildeten die Zwerge

Berge und Höhlen und aus seinen Augenbrauen, die dick und stabil waren, schufen sie einen Wall, den sie Kadam nannten, was so viel wie Schutz heißt. Denn dort, wo der Rücken des Riesen war und die Sonne ihr Licht hinwarf, kämpften sich die Elfen und Alben an die Körperoberfläche. Einzig die schwarzen Alben, die in den Träumen Waats festsaßen, wurden auf der dunklen Seite der Trolle und Kurats geboren und lebten fortan riesigen pelzigen Fledermäusen gleich vom Blute Waats.

Als dies geschehen war und der Riese nach und nach an Gewicht verlor, da sich alle an ihm nährten, fehlte nur noch eines: die Zeit. Daher schuf Waat mit seinem letzten Atem die Drachen, die in der Folge die Welt mit ihrem lodernden Feuer beherrschten. Sie setzten alles in Bewegung, um es für immer umeinander kreisen zu lassen. Gut und Böse, Sonnen und Riesen – so wurde es Tag und Nacht.

Erst nachdem die Zeit durch den Wechsel des Lichts gegeben war, konnten jene Wesen entstehen, an denen die Zeit beständig nagte: die Tiere, Menschen und Pflanzen. Sie waren somit von Anbeginn sterblich. Einige der Menschen wollten nicht auf dem kahlen Rücken des Riesen leben und rissen den Wall Kadam ein, um daraus Hütten und Häuser zu bauen. Seitdem lebten die Kurats und die Trolle, die Elfen, Zwerge und Alben beiderlei Geschlechts gemeinsam auf dem Riesen, den sie nicht mehr Waat, sondern Erde nannten.

Doch während die Trolle wussten, dass sie aus der Bauchhöhle des Riesen gekrochen waren, während die Kurats wussten, dass sie dem Mund Waats entstiegen waren, während die Zwerge wussten, wovon sie sich ernährt hat-

ten, während die Elfen und Alben wussten, dass der Anfang die Kluft zwischen Gut und Böse gewesen war, hatten die Menschen vergessen, dass sie nur ein Teil des Riesen waren. Sie glaubten vielmehr, dass dort ein Gott gewesen sein müsse, da sie einzigartig seien. Die Menschen maßen nunmehr alles nach ihrem Auge, nichts stand mehr für sich, alles schien den Menschen nur für sie geschaffen worden zu sein. Der Wald, das Meer, das Gewölbe, die Wolken. Was die Menschen sahen, das war. Und was die Menschen nicht sahen, das war nicht. Von jenem Tag an, als sie aus der Angst vor dem Unerklärbaren ihren Gott schufen, als sie merkten, dass es Dinge gab, die über ihnen standen und die schwarzen Alben ihnen Albträume verschafften, da bekämpften sie die Alben und Elfen, die Kurats und Trolle und vertrieben sie vom schlafenden Riesen, der sich zusammengekauert hatte, damit auf ihm und in ihm alle Raum fänden und durch seinen letzten warmen Atem genügend Fülle zum Leben.

Seither leben die Wesen im Inneren Waats, wo der letzte Feuer speiende Drache Fermlund über das Gleichgewicht zwischen den Völkern wacht. Ihr Lebensraum Terra ist groß wie ein Kontinent, nach oben begrenzt durch die Erdkruste, und in den vier Himmelsrichtungen liegen die Wände der Höhle, in der sie gemeinsam hausen.

Doch der Tag des Todes von Fermlund ist nahe, und es wird das letzte Ei eines Drachen von einem Wächter mit dem Stab berührt werden müssen, damit noch einmal ein Drache schlüpfen kann und Gut von Böse in Terra scheidet.

– zitiert aus dem 1. Buch Waat –

Erdbebenstation, 18 Kilometer von Köln entfernt

»Wir haben heute Nacht 27 kleinere Beben registriert.«

»Und deshalb sehen Sie mich so nervös an? Die Situation ist doch seit Tagen so.«

»Weil seit fast sechs Stunden komplette Funkstille herrscht. Ich denke, da braut sich etwas zusammen.«

»Die Ruhe vor dem Beben!«, witzelte Professor Hintze und betrachtete die Kurven des Seismografen, der jede Bewegung der Erde genau registrierte. Zurzeit produzierte er nur eine lange beruhigende grüne Linie auf dem Endlospapier.

»Sollten wir nicht zumindest dem Lagezentrum im Innenministerium Bescheid geben?«, fragte sein Mitarbeiter.

Hintze schüttelte den Kopf und sah aus dem Panoramafenster der Erdbebenstation in Bensberg. An klaren Tagen wie diesem war Köln von hier oben aus zu sehen – der Dom, der Fernsehturm und die Abgasglocke, die wie ein verrauchter Mantel über dem kalten Wintertag lag. Heute war Silvester, aber nichts erinnerte an Winter, selbst die Temperatur lag noch immer knapp über null. Hintze würde bis zum frühen Nachmittag arbeiten und dann zur Silvesterfeier seines Bruders gehen.

»Was wollen Sie denen im Ministerium denn erzählen?«, gab er zurück. »Etwa, dass ein stärkeres

Beben bevorstehen könnte, da es in der niederrheinischen Bucht ein paarmal geknistert hat?«

»Warum nicht?«

»Weil die Chance dafür eins zu tausend steht. Mich wundert nur, wie sehr die Beben auf diesen einen Punkt bei Brühl fixiert sind. Es scheint fast, als würde jemand genau dort unseren geliebten Luftballon Erde von innen mit einer Nadel anpieksen.«

»Sehen Sie. Es geschieht eben doch etwas Ungewöhnliches dort unten.«

»Mag sein«, sagte Hintze und schaute auf das mit Nutella und Mayonnaise bestrichene Butterbrot seines wissenschaftlichen Mitarbeiters. »Aber es gibt hier noch mehr unglaubliche Dinge.«

Terra, 34 Kilometer tief Richtung Erdmitte unter der Erdkruste, Grenzgebiet Ontikas

Der weiße Zwerg auf dem Wachposten hätte den Troll hören müssen. Doch er war durch ein winziges Irrlicht abgelenkt gewesen, das er zu fangen versuchte, weil es ihm vor den Augen herumflirrte und ihn fast in den Wahnsinn trieb. Der schwergewichtige, behaarte Troll näherte sich dem Zwerg nicht leise. Die Äste knackten und das Laub raschelte unter den ledernen Füßen. Er versuchte nicht einmal, seinen Atem anzuhalten, dessen Gestank jeden seiner Art schon von Weitem verriet. Der Zwerg bemerkte ihn erst, als es zu spät war, er die Keule zu spüren bekam und zu Boden sank. So stürmte der pelzige Troll aus dem Norden, wo sich sein Volk am Fuß der Makoonberge mit ihren Aufgängen zur Erde ausgebreitet hatte, weiter ins Reich der Elfen und Alben nach Ontika hinein – und hatte etwas Weißes im Blick …

Ontika, Übungsplatz

Marons Augen besaßen auch ein Weiß. Es war das Weiß der Menschenaugen. Es unterschied ihn nicht nur von den Bewohnern Ontikas, sondern von allen Wesen Terras. Denn Marons Augen sahen so scharf, dass er sogar die feinen Sandkörner am Tartunmeer unterscheiden konnte. Er zog aus seinem Köcher, den er nach Elfenart am Gürtel der Hose befestigt hatte, einen Pfeil, legte ihn in den Bogen, spannte ihn mit drei Fingern, zielte kurz und traf die Attrappe einer schwarzen Albe mitten in die Brust.

»Schnell und genau«, sagte sein Ziehvater Nangolf. »Aus dieser Albe wäre kein Blutsauger mehr geschlüpft.« In den Körpern der echten Schwarzalben verbargen sich Vampirfledermäuse. Nangolf schwang sich mit einem Flügelschlag auf den Rücken seines Einhorns Khetam. Seine bräunlichen Flügel waren schlank und wendig. Die großflächigen, zerbrechlichen Schwingen, die so manchen Elf

Ontikas wie einen gigantischen Schmetterling wirken ließen, waren seit Jahrtausenden nutzlos geworden. Ein Überbleibsel aus der Zeit der Weltenwanderung, als die Elfen noch oben, auf Menschenerde, auf der Suche nach Nahrung über die Kontinente gezogen waren.

Der sonst stets gut gelaunte Elf, der das kurzgeschorene Haar eines Kriegers trug, machte eine traurige Miene. Maron traute sich nicht, ihn anzusprechen, stattdessen stieg er auf sein Einhorn und galoppierte um den Platz mit den beiden Toren, wo die Elfen und Lichtalben zum Järvemari-Fest Tuul spielten. Von hier oben konnte er ins Elfen-, Zwergen- und Albenland Ontika mit seinen Seen, Wiesen und Dörfern blicken.

Auf einem der sanften Hügel lag Schloss Ontika, unter dessen Hauptturm der Drache Fermlund wohnte. Und nicht weit davon entfernt, gesäumt von sechs knorrigen Eichen, in denen sich die kleineren Feen eingerichtet hatten, ruhte die Elfensiedlung Lindanisa. Auf dem Marktplatz rauchte der Apophyllit, ein durchscheinender Obelisk von magischer Kraft. Einst soll der Zwerg Taara ein Leben lang geweint haben, da die Menschen seine Söhne getötet hatten. Aus jenen Tränen entstanden der Sage nach die Gewässer Ontikas. Taara zu Ehren hatten die Elfen den Apophyllit gemeißelt. Von Zeit zu Zeit entzündeten sie das Feuer darunter, sodass die oberen Steinschichten abblätterten. Die Dämpfe, die dabei entstanden, gaben den Elfen Kraft.

Maron watete auf seinem Einhorn Pepan durch den Silberfluss, galoppierte an und ritt zwischen den Troll-Attrappen hindurch, vor denen das Tier nicht einmal zuckte. Das war im vergangenen Jahr noch anders gewesen. Damals hatte ihn Pepan mehrmals abgeworfen. Einhörner fürchteten nichts mehr als Trolle, da diese sie bei lebendigem Leib fraßen. In einem Bogen kehrte Maron zurück zu seinem Lehrer, dessen Stimmung noch immer nicht besser geworden war.

»Was ist los mit dir?«

»Ich habe mich mit Silva gestritten«, sagte Nangolf. Elfenpaare stritten häufig, weil sie durch Streit neue Kraft für ihre Ehe gewannen und sich so wieder ineinander verlieben konnten.

»Und deshalb machst du so ein Gesicht?«

»Sie will sich von mir trennen.«

»Wie bitte?« Für Maron waren Nangolf und Silva wie seine eigenen Eltern.

»Frag mich nicht.« Nangolf stockte, dann sagte er: »Silva ist eine leere Blüte. Sie kann keine Kinder bekommen. Und nun hat sie Angst, auch noch dich zu verlieren.«

»Was redest du da? Du hast mir alles beigebracht. Wir werden immer zusammenbleiben.«

»Nein. Und das weißt du. Du brauchst nur noch etwas Erfahrung im Kampf, um deine Aufgabe erfüllen zu können. Fermlund fühlt sich müde, seine Zeit ist gekommen und er möchte bald zur Grotte reisen, um von dort zu den Lavaschluchten zu segeln, wo er im Herzen Waats seine ewige Ruhe finden kann.«

»Dann solltest du es Fermlund einfach noch nicht sagen, dass ich …«

Nangolf lächelte. »Nein, wir gehen jetzt zu ihm und erzählen ihm von deinen Fortschritten. Er wird sich freuen.«

Das Schloss war das Herz Ontikas und der erfahrene Drache Fermlund der Beschützer des Landes. Ohne ihn würden die Trolle und Kurats Ontika einnehmen und das Licht der Kristalle auslöschen, die das Land wie Sonnen erleuchteten. So hieß es schon in dem alten Elfenvers, der auf der Unterseite der Zugbrücke prangte, welche nun zum Einlass von Maron und Nangolf heruntergelassen wurde:

Es brachten die Elfen
die Augen der Sterne,
die neun Kristalle des Lichts.
Mit ihnen kam Leben.
Drum helft sie bewahren im Kampf
gegen das Nichts.

Auf dem Schlosshof warteten prächtige Kutschen mit Araber- und Einhorngespannen. »Ist heute etwa Järvemari? Oder warum gibt es hier ein solches Aufgebot an Staatskarossen?« Maron versuchte, witzig zu sein, um seinen Lehrer aufzuheitern.

»Nicht, dass ich wüsste«, sagte Nangolf kühl und nahm seinen Helm ab, der wie ein grünes Blatt spitz nach hinten zulief. Die beiden schritten am Brunnen vorbei, wo die Hofdamen mit den Kutschern tuschelten und scherzten. Zu Füßen der Elfinnen wuselten die mausgroßen Schattenfresser und saugten mit ihren spitzen Mäulern den Boden ab, denn Schatten galten am Hof als unsauber. Und auf dem weißen Marmor sah man jeden noch so kleinen Fleck. Maron mochte die possierlichen Tierchen. Manchmal, wenn es sonst keine Schatten gab, fraßen sie gegenseitig ihre eigenen.

Als die beiden den Hauptturm betreten wollten, hielt der breitschultrige Wachelf Wierland Maron zurück.

»Warum darf Maron nicht zu ihm?«, wollte Nangolf wissen.

»Weil …«, begann Wierland stockend.

»Kein Problem. Ich kann hier warten.« Maron wollte Wierland nicht in Verlegenheit bringen. Schließlich kannte er ihn gut.

»Mich interessiert es aber«, sagte Nangolf, der seinen Helm unter den Arm geklemmt hatte. »Ich mag es nicht, wenn mein Ziehsohn nicht bei mir sein darf. Wir wollen mit Fermlund reden.«

»Mag sein, dass du etwas Wichtiges zu sagen hast. Jetzt solltest du aber allein eintreten«, sagte Wierland ruhig.

Maron zuliebe blieb Nangolf gefasst und stieg ohne ihn die Wendeltreppe hinab. Unten in der riesigen Drachenhöhle warteten bereits Vertreter der Völker Ontikas. Hekar, der Obere der weißen Zwerge, war da, ebenso der hitzige Albenkönig Lortan, der Helm, Schild und Kettenhemd trug. Die Elfenfürstin Karmine war zurzeit krank und befand sich am Tartunmeer, wo sie von den Druidinnen gesund gepflegt wurde.

Die Völker der Versammelten lebten alle in Ontika, dem südlichen Teil Terras. Der gesamte nördliche Teil hingegen wurde von Trollen im Westen und Kurats im Osten beherrscht. Während die Trolle somit die kühleren Gebiete mit Namen Pansakur ihr Eigen nannten, war das Kuratreich Silamäe von brennenden Lavaflüssen durchzogen, über denen stets der Geruch von Schwefel lag.

Maron schaute sich derweil im Schlosshof um. Sein Blick fiel auf den Westflügel, den die Feen bewohnten. Die feinen Wesen mit den Puppengesichtern reichten Maron gerade mal bis zur Hüfte, aber ihr kräftiges Haar war lang wie sein Arm. Es wuchs schneller als jede Blume und war wegen seiner Stärke und Belastbarkeit wertvoller als Garn oder Seilfaser.

Die Zugbrücke wurde erneut mit einem Rasseln der Ketten heruntergelassen. Eine von sechs Einhörnern gezogene Kutsche fuhr vor, gefolgt von einem kräftigen, bärtigen Kerl auf einem stabilen Titurel. Das bullige Tier hätte die Kutsche zur Not auch allein aus einem Schlammloch ziehen können. Nur noch das stumpfe Buckelhorn erinnerte an die Verwandtschaft dieser eigenwilligen Rasse mit den feingliedrigen Einhörnern. Titurele kannten keine Angst, und sein Reiter sah auch nicht so aus, als sei er zart besaitet.

Er stieg ab, zog seinen schlichten erdfarbenen Umhang gerade und schritt zur Kutsche. Für einen Elf war er an Händen und Nacken ungewöhnlich stark behaart. Als er die Klinke herunterdrückte, sah Maron, dass in seinem kurzen Zopf etwas schwarz Glänzendes eingewoben war – ein Stein, ein Schwarzopal mit einem grünen Katzenauge in der Mitte.

»Du bleibst gefälligst hier«, drang eine helle Stimme aus der Kutsche.

»Ich will aber mit«, erklärte eine andere Stimme frech, die dünn wie ein Faden war.

»Wenn Enite sagt, du sollst in der Kutsche bleiben, dann bleibst du in der Kutsche«, mischte sich der bärtige Kerl mit dem Katzenauge ein – er klang genervt von dem Passagier.

Maron hätte sonst was dafür gegeben zu erfahren, wer in der Kutsche saß. Doch seine Neugier sollte nicht gestillt werden, denn Wierland tippte ihm von hinten auf die Schulter und befahl: »Du sollst nach unten zu Fermlund kommen.«

Als Maron zögerte, sagte der Wächter: »Sofort!«

Maron kannte jede der 256 Stufen der Wendeltreppe, so oft war er schon bei seinem Lehrer gewesen. Der Drache lebte in einer Höhle aus Granit. Das feuerfeste Gestein war reich an Quarzen und Mineralien, die es ausströmte und die Fermlund wie Vitamine über seine Schuppen aufnahm. Ebenso labte er sich am Brunnen, der ihm jenes flüssige Gold spendete, von dem er sich in seiner Höhle ernährte. Die Schuppen waren seine Haut und sein Schutz. Sie waren so hart, dass aus ihnen Schilde für die Krieger geschlagen werden konnten, wie jenes, das Nangolf auf seiner Brust trug.

Als Maron Fermlund sah, ahnte er schon, dass etwas nicht stimmte. Bevor er jedoch danach fragen konnte, hörte er Schritte hinter sich, und der behaarte Kerl, der eben die Kutsche geöffnet hatte, kam eilig die Treppe hinunter, gefolgt von einem weiblichen Wesen mit spitzen Elfenohren.

»Enite!«, rief ihr Fermlund über Marons Kopf hinweg erfreut zu. »Ihr und Ezeras habt es also doch noch geschafft.«

Enites schlichtes, weit geschnittenes Kleid war aus sandfarbenem Leinen gearbeitet und reichte ihr bis hinab an die Fesseln. Ihr strenges Gesicht wirkte respekteinflößend. Wie alt sie war, vermochte Maron nicht zu schätzen. Sie trug einen Gürtel um die Hüfte, woran neben einem Lederbeutel eine Druidensichel und ein Schwert hingen. Im Arm hielt sie einen Mantel aus braun gefärbtem Feenhaar. Sie musste eine der Druidinnen sein, die am Tartunmeer lebten, denn sie besaß einen der roten Handschuhe – gewirkt aus den Staubfäden, die der Riese Waat ins All geatmet hatte. Sie gehörte damit zum inneren Kreis der in die Sieben Bücher Waats Eingeweihten. Die Druidinnen waren wegen ihrer tiefen Einsicht in die Natur der Dinge und die Kunst der Magie am Hof hoch geschätzt. Doch seit Samagar die Herrschaft über die Trolle übernommen hatte und Kalman im Land der Kurats regierte, wurde zwischen den Völkern nicht mehr verhandelt, nur Macht zählte. Einzig Fermlunds übermächtige Stärke und sein Feuer ließen die Herrscher des Nordens davor zurückschrecken, Ontika anzugreifen. Er war das letzte jener Feuer speienden Wesen Waats, die die Zeit in die Welt brachten und die Glut des Ewigen in sich vereinten – alle übrigen Drachengeschlechter, die kleiner und weniger gefährlich waren, waren von den Trollen getötet oder versklavt worden. Nur Fermlunds direkter Nachfolger selbst könnte diese Aufgabe nach dessen Tod übernehmen.

Als Enite die letzte Stufe erreichte, warf sie sich ihren Mantel über und band ihn vorn am Hals mit einer kurzen Kordel wie einen Umhang zusammen. Eine zweite Kordel, die in den Schlaufen in Höhe der Taille hing, blieb offen.

»Wirges hat mich gebissen«, moserte der Kerl mit dem Katzenauge im Zopf. »Er sollte sich zumindest entschuldigen.«

»Reg dich nicht so auf, Ezeras.«, antwortete die Druidin. »Es ist doch nur eine Schramme.«

»Und eine Frechheit.«

Die Druidin versuchte, ihren Freund zu beschwichtigen. Dann wandte sie sich mit besorgter Miene an den Drachen.

»Eure Botschaft klang, als sei Ontika in ernster Gefahr«, sagte Enite.

»Seht selbst.« Fermlund blickte zum anderen Ende der Höhle, wo sich eine Tür auftat.

Messe im Innenraum des Kölner Doms, 12.35 Uhr

Dr. Helen King drückte leise die gusseiserne Pforte im südlichen Seitenschiff der Kathedrale auf. Die schlanke Archäologin wollte mit ihrer fünfköpfigen Besuchergruppe die Ausgrabungen unter dem Dom besichtigen und dabei die Messe nicht stören. Seit vier Jahren arbeitete die hochgewachsene Amerikanerin nun schon in Köln. In der Regel führte sie die Besucher durch den Außeneingang außerhalb des Doms ins Erdreich hinab. Aber der Schlüssel war ihr dort eben erst im Schloss abgebrochen, weshalb sie jetzt den alten Zugang im Innern der Kirche benutzen musste.

Unten angelangt schloss Helen King eine Gittertür auf, die sich quietschend öffnete. Es war wie ausgestorben hier, denn die Grabungen der Wissenschaftler ruhten. Sie wollten die Erkenntnisse der vergangenen Jahre endlich zu Papier bringen. Der bedeutendste Fund war das Grab eines fränkischen Knaben mit Totenbett und Stuhl gewesen. Die Grabbeigaben reichten von golddurchwirkten Stirnbändern bis hin zu Münzen. Aber auch Tausende Keramiksplitter von Krügen waren gefunden worden. Schließlich hatten die Arbeiter, die im Mittelalter den Dom erbauten, das Anrecht auf zwei Liter Wein am Tag gehabt und leicht angeschickert den einen oder anderen Krug fallen lassen. Helen Kings Ansicht nach war Archäologie hauptsächlich die Beschäftigung mit Müll. Am Müll der Jahrhunderte ließ sich das genaue Datum für die Baustufen der Kathedrale herausfinden. Der Müll war der Zeiger auf der Uhr der Welt.

Gerade hob die Wissenschaftlerin unter der Kirche zu ihrem Vortrag an, als jemand rief: »Warten Sie!«

Ehe sie die Stufen wieder hinaufsteigen konnte, war ein Mann in abgewetzter Cordhose und The-North-Face-Daunenjacke schon über die Pforte gestiegen. Er lächelte breit, als wolle er mit diesem Lächeln jede Kritik an seinem Zuspätkommen im Keim ersticken.

»Kai Jedicke?«, fragte sie.

»Die Nummer sechs auf ihrer Besucherliste.«

Woher wusste er das?, fragte sich Helen King. Auf der Jacke des Nachzüglers lagen Regentropfen. Es nieselte draußen wohl wieder.

»Sind Sie nun Kai Jedicke oder nicht?«

»Wer sonst?«

»Ich lese gern Ihre Artikel, aber ich frage mich, was Sie hier wollen?« Der Journalist war ständig auf der Suche nach der Sensation und mit Kultur hatte er nichts am Hut, eher mit Kölner Lokalpolitik.

»Ich möchte lediglich Ihre Ausgrabungen besuchen«, sagte er. »Nichts weiter. Sie wissen, ich wühle genauso gern im Dreck wie Sie.«

»Rauchen ist hier verboten«, sagte sie. Jeder wusste, dass die Zigarette sein Markenzeichen war. Aber die nächste Stunde würde das Zigarettenetui mit seinen Initialen verschlossen bleiben müssen.

Helen King wies ihm den Weg in die Gräben der Archäologen, über denen das Schild prangte:

Archäologischer Arbeitsbereich: Betreten auf eigene Gefahr – Bei Unfällen besteht kein Versicherungsschutz!

Unter dem Dom befanden sich nicht nur die klassischen Gräben, in denen sich die Forscher vorsichtig mit Hämmerchen, Kratzer, Pinsel, Nagel- und Zahnbürsten nach verschollenen Zeugen der Jahrhunderte vorarbeiteten. Es gab auch Treppen aus Holz, Treppen aus Aluminium und in Stein gehauene Auf- und Abgänge. Es war ein Drunter und Drüber von Gängen und Stufen, von Tunneln und Brücken. An den Wänden waren zur Orientierung farbige Markierungen angebracht, Zahlen und Buchstaben, die einen geheimen Code zu enthalten schienen, und Helen King wusste zu jedem der Zeichen etwas zu sagen.

Die siebenköpfige Gruppe bewegte sich über einen Holzsteg, der über einen Graben zu einem Gewölbe führte. Dort stand ein etwas angegrautes Modell der Kathedrale. »Hier haben im Mittelalter Hunderte von Särgen gelegen. Geistliche fanden genau an dieser Stelle ihre letzte Ruhe. Wir befinden uns unmittelbar unter dem Mittelschiff des Doms. Über uns sitzen gerade die Gläubigen in den Kirchenbänken. Hören Sie die Orgel?« Die Musik drang leise zu ihnen herab, als käme sie von fern her.

»Johann Sebastian Bach«, sagte Jedicke. Er wollte gerade noch die Bezeichnung des Musikstücks hinzufügen, als King ihn unterbrach: »Sehen Sie?« Sie deutete auf einen Steinsarg, der zur Fußseite hin offen war. »Der Tote wollte mit seinen Füßen die Mauer der Kirche berühren. Jeder Gläubige versuchte, möglichst nah am Altar, dem Taufbecken oder den Gebeinen der Heiligen Drei Könige zu liegen. Sie alle kennen sicher den Ausdruck: Der ist stinkreich. Das kommt daher, dass sich neben den kirchlichen Würdenträgern auch sehr reiche Bürger der Stadt unter dem Dom begraben lassen konnten. Der Kirchenraum darüber muss vom Verwesungsgeruch der Reichen, die es irgendwie durch Spenden oder Ähnliches geschafft hatten, hier unter der Kathedrale ihre letzte Ruhe zu finden, extrem gestunken haben. Hunderte von Särgen hatten hier gelegen. Und auf die Frage von Pilgern: Warum riecht es so im Dom?, haben die Kölner früher gesagt: Weil die Reichen so stinken.«

Helen Kings Blick wanderte wieder zu Jedicke, der Notizblock und Kugelschreiber zückte, aber nichts notierte. »Dort drüben links sehen Sie das Fundament für den 157 Meter hohen Südturm der Kathedrale. Lassen Sie uns bitte dorthin gehen.«

Die Gruppe bewegte sich eine Treppe hinab und gelangte wieder auf einen hölzernen Steg. Jedicke schwieg. Er hatte Zeit und konnte warten wie ein Krokodil. Im Gegensatz zu den anderen interessierte es ihn nicht, dass das Fundament 33.000 Tonnen schwer war und damit genauso viel wog wie der Turm selbst. Sein Interesse galt allein zwei schuhkartongroßen blauen und einem würfelförmigen grünen Kasten mit dem Seismografen.

»Ja, es gibt noch einen weiteren Seismografen auf dem Nordturm, in 100 Metern Höhe, und zwei auf dem Gewölbe des Mittelschiffs«, antwortete die Archäologin auf Jedickes Frage. Sie ahnte, worauf er abzielte. Die Erdbebenexperten aus Bensberg hatten die Geräte installiert. Schließlich war durch den neuen U-Bahn-Tunnel vor Jahren schon mal eine Kölner Kirche in Schieflage geraten.

»Glauben Sie«, hakte Jedicke nach, »dass der Dom ins Wanken geraten könnte, falls ein kräftiges Beben das Erdreich erschüttern sollte?«

»Wie kommen Sie darauf, dass es dazu kommen könnte?«

Jedicke schwieg. Helen King wusste sicher über die kleineren Beben der vergangenen Tage Bescheid, auch wenn sie vielleicht über den Vorfall von Brühl vor knapp zwei Stunden noch nicht informiert war. In der Redaktion hatte es kein anderes Thema gegeben, denn eine Hochzeitsgesellschaft mit 87 Personen war nach dem Brühler Beben wie vom Erdboden verschluckt – und das im wahrsten Sinne des Wortes. Nach dem Kirchgang hatte das Brautpaar mit seinen Gästen in einer Festhalle gefeiert und war seither nicht mehr gesehen worden. Jedicke hatte Glück gehabt, dass er schon seit Tagen für die Dom-Recherche eingeteilt war. Aber vermutlich hatte ihn sein Chefredakteur aus Rücksicht auf sein persönliches Schicksal nicht nach Brühl geschickt. Geistesabwesend zeichnete Jedicke ein paar Kringel auf seinen Notizblock und schob die Gedanken an seinen verschollenen Sohn beiseite.

Helen King flippte ihr Haar und fuhr fort. »Dann kommen wir nun zu dem ottonischen Vorläufergebäude des heutigen Doms, dessen Mauerreste hier vorn …«

Eine gut 50-jährige weißhaarige Frau unterbrach sie: »Besteht denn wirklich die Gefahr, dass ein Domturm einstürzen könnte?«

Jetzt musste Helen King Stellung beziehen und sie tat es souverän: »Die Architekten des Mittelalters verwendeten das vulkanische Magmagestein, mit den vielen kleinen Löchern darin – auch Basalt genannt – und Steinquader im Wechsel mit Tuffsteinen, also gepresster Vulkanasche.« Sie wies auf faustgroße Stücke im Fundament hin. »Durch diese übereinanderliegenden Schichten von weichen und harten Steinen wird jede Bewegung der wankenden Türme abgefedert.« Nicht nur mit dem Hinweis, dass selbst die fünfzehn britischen Bomben im Zweiten Weltkrieg die Fundamente nicht erschüttert hätten, versuchte sie ihre Zuhörer zu überzeugen. »Wir durften ja sogar ein Loch für den neuen Eingang zum Südturm in das Fundament graben. Seit der Dom 1992 das letzte größere Beben überstanden hat, sagen wir, dass er erdbebensicher ist.«

Die Gruppe wurde von ihr an einem Maschendrahtzaun entlang zu den Resten der Bodenheizung eines römischen Patrizierhauses geführt. Von dort gelangten sie über einen betonierten Gang an eine Abzweigung. Helen blieb stehen. Genau über ihr war ein streichholzschachtelgroßes Schildchen an der

Decke festgeschraubt. »Sie wissen, dass die Kathedrale von oben wie ein gigantisches Kreuz aussieht, und dort, wo die beiden Bretter dieses Kreuzes zusammengenagelt sind, genau da befinden wir uns jetzt, eben nur unter der Erde. Es ist sozusagen das Zentrum der Kathedrale, und wenn Sie an der Autobahn ein Hinweisschild sehen, wie weit es noch nach Köln ist, dann wird die Entfernung genau bis zu diesem Punkt hier berechnet. Die Christen haben früher die heidnischen Tempel niedergerissen und die Kathedralen direkt auf den Trümmern der Tempel errichtet. Sie wollten damit die falschen Götter und Fabelwesen aus den Köpfen des einfachen Volkes eliminieren.«

»Und deshalb stehen wir hier?«, fragte Jedicke. Er merkte, dass Helen King den Faden verloren hatte.

»Nein, aber der Vorläuferbau des Doms wäre wohl nicht genau hier erbaut worden, wenn an dieser Stelle nicht in Urzeiten ein Tempel gestanden hätte. Noch heute hoffen wir, bei Ausgrabungen auf Reste des Tempels zu stoßen.«

Kaum dass Dr. King mit ihren Ausführungen geendet hatte, bebte die Erde unter ihren Füßen.

»Was ist das?«, fragte die weißhaarige Frau entsetzt. Von oben aus der Kathedrale drangen Schreie zu ihnen herunter, Menschen schienen zu laufen.

»Ganz ruhig«, sagte Helen King. »Keine Panik.«

Doch kurz darauf antwortete die Erde mit einem gewaltigen Beben. Alles um die Besuchergruppe herum geriet in Bewegung, selbst Jedicke runzelte erstaunt die Stirn. Kleine Betonsplitter prasselten auf seinen Kopf. Er wischte sie fort, schaute nach oben. Die Risse in der Decke wurden größer, weißer Staub rieselte heraus, dann Erde, und dann begann alles zu wanken.

»Weg hier!«, schrie Jedicke.

Steinbrocken fielen aus der Decke, versperrten den Weg zum Ausgang. Sie liefen weiter, blind wie getriebene Tiere, rannten, als könnten sie dem Koloss über ihnen entkommen. Helen King zögerte, es gab einen Knall, als wäre eine Bombe explodiert, die Erde zitterte noch einmal, schreiende Stimmen, Helen wurde an der Hand gefasst, sie rannte, ein Stein platzte aus der Wand und traf sie …

Ontika, Höhle des Drachen

Ein dürrer Elf mit schwarzen Flügeln schob die Bahre auf einem Gestell herein. Eines der Räder machte ein unangenehm quietschendes Geräusch, das in der Höhle widerhallte.

»Seht, Freunde«, sagte Fermlund.

Er gab dem Elf ein Zeichen, der mit gewichtiger Miene, als hebe er den Vorhang zu einer Theatervorführung, das weiße Tuch von der Bahre zog: Darauf lag der Leichnam eines Trolls, sein Maul stand weit offen. Rechts und links hatte er fingerlange Reißzähne. Seine Hose aus Drachenleder war zerrissen und die beiden über der Brust gekreuzten Träger sowie die handbreiten Brustriemen waren angenagt. Maron wurde flau im Magen. Der Troll stank nicht nur, sein Fell war verklebt vom Blut der Zwerge, die er erschlagen hatte. Hekar, der Obere der weißen Zwerge, umklammerte den Griff der Spitzhacke, die er am Gürtel trug. Am liebsten hätte er damit auf den Leichnam eingeschlagen.

»Wie ihr an seinen Verletzungen an Hals und Armen seht, ist er uns in eine Hirmkerber-Falle gegangen.« Hirmkerber waren Nager, die von den Zwergen in getarnte Gruben gesteckt wurden. Fiel solch ein Troll, der gut und gern seine 550 Pfund wog, in eine Falle, so überfielen ihn die Hirmkerber wie ein Moskitoschwarm und kämpften ihn mit ihren scharfen Zähnen nieder.

»Es kann doch nicht sein, dass du uns wegen dieses toten Trolls hierher bestellt hast? Ich habe dringende Geschäfte zu erledigen«, erklärte König Lortan, der über die Lichtalben Ontikas regierte.

»Gedulde dich«, meinte Fermlund, hob bedächtig die Pranke, die groß wie der Troll selbst war, und fuhr zwei Krallen aus. Sie glichen halb durchscheinenden Säbeln. Mit ihren Spitzen berührte er vorsichtig die Lider des Toten und schob sie langsam nach oben. Trotz seiner Größe und Kraft war der ältliche Drache ein sanftes und liebevolles Wesen, das jeden Muskel genau einzusetzen wusste. Nie würde er ohne Grund jemanden verletzen, selbst einen toten Troll wusste er zu ehren. Fermlund respektierte das Böse genau wie das Gute. Seine Vorfahren hatten die Welt in Bewegung gesetzt und in der Bewegung gab es keinen Sieger und keinen Verlierer, ohne das Licht keinen Schatten und ohne den Schatten kein Licht.

Plötzlich, als sie die Augen des Trolls sahen, schreckten alle zurück: Sie waren blau – blaue Menschenaugen. Trollaugen waren braun und mit ihnen konnte man nur an den Rändern scharf sehen. Dinge in der Mitte zu fokussieren, war einem Troll unmöglich. Daher besaßen die Trolle auch keine Schrift und waren nicht fähig, die Sieben Bücher Waats zu lesen. Sie kannten nur die mündliche Überlieferung. Die versammelte Gesellschaft schaute in die blauen Menschenaugen, als wären es Kugeln einer Wahrsagerin, in denen sich eine dunkle Zukunft für Ontika spiegelte.

Redaktion des Kölnischen Kuriers, Chefredaktion

Rudolf Bugholz, Chefredakteur des *Kölnischen Kuriers,* hatte den Fernseher lauter gestellt. Fachleute waren sich einig, dass die Tunnelarbeiten für die neue U-Bahnstrecke und den neuen Zugang zum Südturm zu einer solchen Katastrophe habe führen müssen. »Ohne diese Begleitumstände wäre das Beben von den Fundamenten des Doms abgefedert worden. Man hat diese Kirche nie in Ruhe gelassen.«

Es war pures Glück, dass die Besucher der Messe und die Touristen im Dom gleich nach dem ersten kurzen Beben durch das Hauptportal und die Nebeneingänge ins Freie hatten fliehen können. Wie durch ein Wunder war niemand bei der Flucht von Gesteinsbrocken erschlagen worden. Von der Gruppe um Helen King fehlte allerdings jede Spur.

»Chef!« Albert Schermann räusperte sich. Er hatte zwar angeklopft, aber Rudolf Bugholz nicht geantwortet. So war er einfach eingetreten.

»Na, endlich. Was gibt's Neues?«

Redakteur Schermann, der eben mit Professor Hintze gesprochen hatte, traute sich kaum, etwas zu sagen, da Bugholz hitzig wurde, wenn es um das Wohl seiner Mitarbeiter ging – und Kai Jedicke steckte vermutlich in der Klemme. Bugholz mochte Schwächen besitzen, aber zu seinen Stärken gehörte es, dass er für jeden seiner Leute Verantwortung übernahm und niemanden im Stich ließ. Schickte er einen Korrespondenten in ein Krisengebiet, egal ob nach Afghanistan, in den Sudan oder nach Burma, so konnte sich der Mitarbeiter sicher sein, dass Rudolf Bugholz in der Not alle Hebel in Bewegung setzen würde. Nur: Wo war hier der Hebel? Was konnte er tun? Ein Erdbeben war keine Krise, es war eine Katastrophe, ein Schicksal, so wie damals die Tsunami-Welle in Asien, bei der sein Thailand-Korrespondent Rob Thomson umgekommen war. Bugholz sah Schermann eindringlich an: »Was ist? Reden Sie.«

»Es wird noch Nachbeben geben.«

»Wie stark?«

»Das kann Professor Hintze nicht vorhersagen.«

»Was heißt das? Womöglich ist Jedicke unter dem Dom verschüttet.« Bugholz lief hinter seinem Schreibtisch auf und ab wie ein übergewichtiges Raubtier. »Sehen Sie sich das an.« Er deutete auf das Fernsehbild. Die Kamera zeigte aus einem Hubschrauber heraus das Trümmerfeld rund um die Kathedrale. Neben Heiligenfiguren, Dachreitern und Wasserspeiern waren auch tonnenschwere Kreuzblumen aus schwindelnder Höhe hinabgestürzt.

»Wir müssen Jedicke dort rausholen. Sehen Sie das nicht?«

Schermann nickte, er war selbst ratlos.

Bugholz setzte sich, versuchte sich zu beruhigen, legte die Arme auf die Lehnen. »Ich hätte ihn nicht mehr in den Dom lassen dürfen. Ich hätte ahnen müssen, dass es noch ein Beben gibt und dass selbst ein Bischofsfurz den Dom zusammenbrechen lassen könnte. Es ist meine Schuld.« Bugholz' Handy klingelte – es bellte, genauer gesagt. Den Klingelton hatte ihm seine pubertierende Tochter aufgespielt. In der angespannten Atmosphäre klang das Bellen wie ein schlechter Witz. Bugholz schaute auf das Display. »Gernot Buber«, sagte er zu Schermann und nahm den Anruf seines Lokalredakteurs entgegen. Buber hatte keine neuen Informationen. Er durfte so wenig wie die übrigen Journalisten hinter die Absperrgitter.

Aus der Stadt wurden nur leichte Schäden vermeldet, schließlich war das Beben »eigentlich« nicht allzu schwer gewesen: Straßenbahn entgleist, Kind von einem umgestürzten Baugerüst verletzt, Fensterscheiben zersprungen, Haus eingestürzt. Bugholz öffnete den Wandschrank, zog seinen Mantel an und versuchte erst gar nicht, ihn zuzuknöpfen. Er war dicker geworden.

»Ich muss gucken, was ich tun kann«, sagte er. »Es war mein Fehler und ich werde ihn ausbügeln.«

»Was wird mit der Ausgabe für morgen? Wir brauchen Sie hier.«

»Wozu habe ich einen Stellvertreter?« Er rief kurz bei ihm an. Benjamin Koch, der eine Heidenangst vor Verantwortung hatte, versuchte vergeblich, Bugholz sein Vorhaben auszureden. »Und wenn ich Jedicke mit bloßen Händen ausbuddeln muss«, sagte Bugholz und öffnete mit einem Ruck die Glastür zum Vorzimmer seines Büros. »Sie halten die Stellung«, meinte er kurz angebunden zu seiner Sekretärin, als er an ihr vorbeistürmte.

»Wo kann ich Sie erreichen, falls sich der Verleger meldet?«, fragte sie.

Er hielt sein Handy hoch.

Sie sah die geplatzten Äderchen in Bugholz' Auge.. Wenn er nervös war, lief das Weiß in seinen Augen rot zu, als würde das wilde Tier in ihm Oberhand gewinnen. Benjamin Koch sah Bugholz noch an seinem Büro vorbeifliegen und spürte ein Magendrücken.

Ontika, Höhle des Drachen

»Was soll das? Diese Menschenaugen haben nichts in diesem Gesicht zu suchen.« Lortans Satz klang wie ein Vorwurf und gleichzeitig wie ein Befehl. Er war es gewohnt zu befehlen. Hätte der Albenkönig auf Menschenerde gelebt, so hätte er sicher der Sonne befohlen, im Westen auf- und im Osten unterzugehen.

Noch immer starrte Maron gebannt auf das Gesicht. Die schwarzen Pupillen waren umgeben von einer hellblauen Iris und jene wieder von der weißen Lederhaut. Normalerweise waren die Pupillen der Trolle zwar auch schwarz, aber länglich wie die einer Ziege, und es fehlte dem Auge das Weiß. Die Elfen hatten schon viele Bücher über Menschenaugen verfasst und es gab meterweise Abhandlungen über die Philosophie des Blicks, doch was könnte ein Troll mit Menschenaugen denken? Wozu wäre er fähig?

Fermlund gab dem mageren Elf ein Zeichen, das Leichentuch wieder über den Troll zu breiten. Dann schaute er Maron an. »Was hast du in seinem Blick gesehen?« Fermlunds Atem war warm und verströmte einen honigsüßen Geruch, den der Junge liebte. Als Maron jedoch schwieg, da er überlegte, schwang Fermlund seinen Kopf zur Seite und schritt zum Brunnen. »Hast du etwas in den Augen gesehen?«, fragte er Maron erneut und trank vom Gold. Es war heute ein wenig bitter. Fermlund spürte ein leichtes Kratzen im Hals.

»Was soll Maron schon sagen?« Lortan stellte sich breitbeinig wie ein Kämpfer vor den Drachen. »Es ist eindeutig. Die Trolle aus dem Norden haben sich mit den Menschen vereinigt. Wir müssen uns auf einen Krieg vorbereiten. Die Menschen werden von der Erde zu uns hinuntersteigen und uns weiter dem Erdmittelpunkt entgegentreiben, bis wir verglühen. Schließlich haben sie uns schon vor Urzeiten hier hinab in die Tiefe gezwungen. Wir müssen kämpfen, sonst werden uns die Trolle die Lichtkristalle nehmen und Ontika vernichten!« Mit diesen Worten zog der Albenkönig sein Langschwert. Er hielt die Klinge vor sein Gesicht und küsste sie.

»Schweig«, sagte Fermlund. »Maron ist auch ein Mensch, aber er ist nicht unser Feind.«

»Wäre er bei den Kurats aufgewachsen und nicht bei Nangolf, so könnte er genauso gut einer von ihnen sein.«

»Ist er aber nicht.«

»Trotzdem. Er ist und bleibt ein Mensch.«

»Ein Freund.«

Lortan zeigte mit der Spitze seines Schwerts auf Maron: »Das hoffe ich für ihn.«

»Rede keine Dummheiten.« Fermlund drückte mit einer Kralle die Klinge zur Seite, dann stockte er und schluckte schwer. Das Gold war ihm bitter aufgestoßen. Er nahm noch einen Schluck aus dem Brunnen, um das Kratzen im Hals zu beruhigen. Es half nichts. Es brannte nur umso stärker in seinem Rachen und er spuckte ein leichtes Feuer. Der Strahl züngelte an der Höhlenwand hinauf, sodass der Granit rot aufleuchtete. Ihm war übel, aber er sagte gefasst: »Du hast recht, Albenkönig. Die Trolle führen etwas im Schilde – und womöglich wird es Krieg geben. Und ich frage mich, wie dieser Troll an die Menschenaugen gelangt ist.«

Maron sah in Lortans Augen. Braun und tief waren sie, wie ein schlammiger Tümpel, in dem sich schaurige Wesen tummelten. Lortan schien Maron zu hassen, ohne ihm jemals zuvor begegnet zu sein – einfach nur, weil Maron ein Mensch war.

Fermlund sprach Maron an: »Vielleicht weißt du etwas über diesen Troll und ahnst es nicht? Was sieht dein Herz?«

»Nichts«, sagte Maron. »Ich kann in seinen Augen nichts erkennen. Sie sind tot.«

»Er ist zu jung«, meinte Nangolf, der seinen Schüler in Schutz nehmen wollte. »Maron wird bald ein guter Krieger sein, aber er ist erst zwölf Jahre alt.« Das stimmte. Maron hatte noch nicht jene seherischen Fähigkeiten, die den Auserwählten auszeichneten.

»Wir müssen etwas unternehmen«, fuhr Lortan fort.

Nangolf nickte. »Ich werde ins Zwergenland an die Grenze Ontikas reisen, wo der Troll gefunden wurde, und dort nach Spuren suchen.«

»Nicht so voreilig«, sagte Fermlund. Es rumorte in seinem Magen, ein Schmerz durchzuckte seine Eingeweide, unwillkürlich spuckte er wieder Feuer.

»Was hast du?«, fragte Enite besorgt.

Fermlund wandte sich erneut dem Brunnen zu und schnupperte. Seine Nüstern blähten sich wie Schiffssegel. »Was ist das? Es stinkt«, sagte er angeekelt. »Das Gold ist ungenießbar.«

Enite, die weise genug gewesen war, einen Streit mit Lortan zu vermeiden, griff nach dem Schwert des Albenkönigs. Ehe er sich versehen hatte, hielt sie die Spitze in das flüssige Gold und zog sie wieder heraus. »Ganz sicher ist das kein pures Gold«, sagte sie. »Es riecht nach Schwefel und klebt wie Zwergenleim an der Klinge. Das hat ein Teufel gebraut, aber nicht Waat.«

Fermlund hustete Feuer. Die Muskeln seines Halses zogen sich zusammen. Es war, als würde ihm jemand die Kehle zudrücken. Er röchelte, schnappte nach Luft und geriet in Panik. Enite versuchte, ihn zu beruhigen, sagte, er solle langsam ein- und ausatmen. Doch der Drache konnte sich nicht beruhigen, der Todeskampf hatte begonnen. Er warf sich auf den Boden, schlug mit dem Schwanz um sich und Lortan wurde von der Wucht in die Luft geschleudert. Im letzten Moment vermochte er noch seine Flügel einzusetzen, um nicht gegen die Wand zu krachen. Benommen flatterte er wieder herab.

Fermlund war außer sich, versuchte sich aufzurichten, fiel erneut. Die Schuppen auf seinem Rücken knackten. Er fauchte, sein Atem loderte bis zur Decke hinauf. Dann wälzte er sich stöhnend, schlug mit der Pranke in den Brunnen, der zerbarst wie ein Porzellankrug, dass das Gold nur so umherspritzte und in einem Nieselregen über den Umstehenden niederging. Die Flüssigkeit brannte auf Marons Haut. Er roch daran – beißend säuerlich war sie.

Nangolf flog geistesgegenwärtig auf und blickte dem auf dem Rücken liegenden Drachen in den Mund. Fermlunds Schlund war geschwollen. Es musste Gift in dem Gold sein, das ihm den Atem nahm. Wieder bäumte sich Fermlund auf, versuchte, seinen Hals freizuhusten, als hoffe er auf den bewegenden Atem Waats, doch er fing innerlich an zu brennen. So wie ein Lavastein von innen glüht, leuchtete der Drache rot und gelb auf. Dann brach die Flamme wie ein heißer Schrei aus dem mächtigen Wesen hervor und Fermlund verbrannte an seinem eigenen Feuer, das bislang der Schutz Ontikas gewesen war. Die Höhle drohte sich zu entzünden, die Wände glühten. Maron wurde die Hitze unerträglich, er wollte weglaufen, doch es gelang ihm nicht, Fermlunds Schwanz traf ihn im Rücken …

Ontika, Schlosshof

Der Kobold Wirges hielt es nicht mehr länger in der Kutsche aus. Die mit Feenhaar überzogenen Polster und die Kopflehnen waren ihm einfach zu plüschig – unerträglich. Er schaute zur Decke. Das Luftloch war mit rosa Blütenstoff abgedeckt. Er überlegte, dann rief er laut: »Mir ist schlecht!«

Der Kutscher schaute sich nicht einmal um, sondern blieb steif auf seinem Bock sitzen. Er würde sich von diesem Kobold nicht wieder täuschen lassen, der gerade den rosa Bezug vom Luftloch abreißen wollte.

»Verdammt«, sagte Wirges und bohrte seine winzigen Krallen in den Blütenstoff, zog ihn ein wenig zu sich herunter und nagte mit den Zähnen daran. Es schmeckte und er leckte sich den Mund mit der Zunge. »Wirklich lecker.«

Sofort darauf rief er wieder: »Mir ist schlecht!«

»Sei still!«, sagte der Kutscher laut. »Du hast gehört, was Enite gesagt hat.« Dann zuckte er zusammen, denn jemand hatte ihm von hinten die Kappe weggezogen und rannte damit über den Schlossplatz.

Die Bediensteten lachten. Der eitle Kutscher in seiner Uniform, der nicht wie die anderen am Brunnen gehockt und mit den Hofdamen geplaudert hatte, rannte jetzt über den Schlossplatz und versuchte, den Kobold einzufangen. Die Kappe in der Rechten und den Stofffetzen in der Linken, hüpfte Wirges munter über die Schattenfresser, umschiffte die Hofdamen mit einem Grinsen, sprang über den Rand des Brunnens, trank einen Schluck Wasser aus dem Eimer und stopfte sich den Rest des Tuchs in den Mund, dann nagte er an der Kappe. Auch sie schmeckte. Kobolde waren lang wie zwei Hände und sahen aus wie eine Mischung aus Mensch und Meerkatze, wobei sie aufmerksamer und gewitzter waren als beide zusammen. Ihre Augen blickten stets schelmisch drein. An ihren schlanken und geschickten Fingerchen liefen die Nägel spitz zu kleinen Krallen zusammen. Wirges hatte ein glattes, jungenhaftes Gesicht, trug ein hüftlanges Mäntelchen aus robustem Stoff und eine am Knie gebundene Hose.

Der Kutscher war schnell, gegen den wendigen Kobold hatte er jedoch keine Chance. Erst als Wirges direkt vor Wierlands Nase einen Haken schlug und die Treppe hinunter in Fermlunds Höhle rennen wollte, packte der Wachelf ihn am Nacken. Wirges zappelte und fauchte ihn wütend an: »Lass mich los! Los, lass mich!« Dabei fiel dem schimpfenden Kobold der rundliche Hut vom Kopf, den Wierland aufhob und ihm wieder aufsetzte.

Ehe Wierland ihn dem Kutscher übergeben konnte, kamen Rauchwolken aus Fermlunds Höhle. Was war dort unten passiert? Wirges nutzte die Situation und sprang fort, er rannte direkt in den Rauch hinein. Er wollte die Treppen hinunter zu Enite und rief: »Ich muss ihr helfen!« Aber er kam nicht weit, denn eine Hand packte ihn und er schaute erschrocken in Enites Gesicht. »Raus hier, sonst sterben wir alle!«

Kölner Dom

Sie vermochte die staubverklebten Lider kaum zu öffnen. Helen King wusste nicht, wo sie war. Es war schwarz um sie herum. Die Erinnerung drang wieder in ihr Bewusstsein: das Beben, die Steine, die sich bewegt hatten, und der Schrei einer Frau. War es ihr eigener gewesen? Der Dom ist erdbebensicher. Machen Sie sich keine Sorgen. Ihre eigenen Worte hallten in ihr wider. Konzentrier dich, Helen! Wenn es ganz dunkel ist, sieht man nur sein Eigengrau. Das wusste sie noch aus dem Biologieunterricht an der Highschool in Detroit. Ab und an würde man in einem lichtlosen Raum einen hellen Nebel erkennen, Lichtpünktchen, und man fand sogar geordnete Strukturen in diesem Dunkel. Man sah Dinge, die nicht da waren. Es war nur eine Täuschung, selbst das Grau wurde nur von den eigenen Zellen produziert. So musste sich ein Küken in der Schale fühlen, ehe es das Licht der Welt erblickte. Es gab keine größere Angst für einen Archäologen, als verschüttet zu werden. Die Lawine der Zeit lag dann auf einem. Und nun lag sie, Helen, hier unter dem Dom. Sie roch: Staub. Er war warm und erinnerte sie an ihre erste Grabung während des Studiums in der algerischen Wüste. Für einen Moment fühlte sie sich in dieser Finsternis geborgen, als wäre alles gut, als könnte nichts mehr diesen grauen Raum, der in ihr und außerhalb von ihr war, stören. Es herrschte Frieden.

»Hallo!«, rief sie aus einem Reflex.

Die Geborgenheit war schlagartig verschwunden. Helen fühlte sich wie ein Kind, das sein erstes eigenes Wort hört und erschrickt.

Was war passiert?

Ein Stein war aus der Mauer geplatzt und hatte sie niedergestreckt. Ein Mann aus der Gruppe hatte sie an die Hand genommen – er hatte Schwäbisch gesprochen. Sie war vom Nullpunkt nur ein paar Schritte weit gekommen. »Lauf! Lauf!«, hatte er geschrien. Helen zuckte zusammen. Ihre Beine! ... Sie konnte ihre Beine nicht bewegen. Jetzt erst spürte sie die Last, die auf ihren Schenkeln lag. In die Klarheit ihrer Gedanken mischte sich Unruhe. Sie versuchte, ihre Füße zu drehen, wand sich ein wenig unter dem Steinhaufen, beugte sich nach vorn, schaufelte mit den Händen Steine zur Seite. Dann hörte sie eine Männerstimme, die ebenfalls »Hallo!« rief.

Als sie antwortete, blieb es jedoch still. Sie zog erst ein Bein, dann das andere vorsichtig unter den Steinen heraus. Die Dunkelheit machte sie fertig. Als Kind hatte sie von Untoten geträumt. Im Dom mit seinen Fratzen und gruseligen Wasserspeiern würde es nur so von Höllengestalten wimmeln.

Nichts gebrochen, sagte sie sich und atmete tief ein und aus, als wollte sie dieses kleine Glück genießen. Nichts gebrochen.

Wieder hörte sie die Stimme. Woher kam sie? War das Fata Morgana für die Ohren?

»Hallo!«, rief Helen zurück. »Ist da wer?«

Kai Jedicke saß knapp einen Meter entfernt. Die Flamme seines Feuerzeugs erleuchtete seine Höhle. Der Raum um ihn herum war winzig. Immerhin hatte er Licht. Er hörte Helen Kings Rufen. Kai konnte den Schrei nicht orten. Er rief »Hallo« und dehnte dabei das Wort wie eine Steinschleuder. Lauschte. Wieder drang Helen Kings Stimme zu ihm.

»Hilfe!« Sie musste hinter ihm sein. Er begann zu graben. Von oben rutschten Steine nach. Auf der anderen Seite hörte er Geräusche. Grub dort auch jemand? Ihre Stimmen kamen sich näher, bis er endlich das Gesicht der Archäologin vor sich sah. Er lächelte und stieg zu ihr durch das Loch. Im Schein des Feuerzeugs erschien ihr sein von Staub überzogenes Gesicht wie eine Maske.

»Wo sind wir?«

»In der Nähe des römischen Brunnens«, sagte Helen King. »Er muss in diese Richtung liegen.«

»Woher wollen Sie das wissen?«

»Es ist mein Job.«

Jedicke stellte sein Handy an.

»Hier haben Sie keinen Empfang.«

»Das weiß ich, deshalb hatte ich es bislang nicht eingeschaltet, um den Akku zu schonen. Später können wir das Licht des Displays gut als Taschenlampe benutzen.«

»Und wieso haben Sie es jetzt angemacht?«

»Weil ich Sie getroffen habe. Da lohnt es sich, Licht zu machen.« Selbst in dieser Lage hatte er seinen Humor nicht verloren.

Das Handy piepste, aber es gab keinen Empfang.

»Sie können es wieder ausschalten.«

»Das ständige Ein- und Ausschalten kostet nur Akku.« Er machte stattdessen das Feuerzeug aus.

Ontika, Schlosshof

Ein Schwall Wasser schlug ihm ins Gesicht. Es war kalt. Maron öffnete die Augen. »Nangolf?«

Marons Ziehvater Nangolf stellte den Eimer ab. Die anderen, die aus der Höhle entkommen waren, und all die Gelehrten der Sieben Bücher Waats, die im Ost- und Westturm des Schlosses die Schriften studiert hatten, standen um Maron herum.

»Was ist mit Fermlund?«

Statt einer Antwort reichte ihm Nangolf die Hand. »Hast du mich aus der brennenden Höhle gerettet?«, fragte Maron.

Enite antwortete anstelle seines Lehrers. »Gemeinsam mit Lortans Hilfe ... Aber nun komm mit uns, wir müssen wieder hinunter, denn du bist unsere letzte Hoffnung.«

Noch halb benommen schritt Maron hinter der Druidin zum Turm, dessen Eingang rußbedeckt war. Was hatte sie hinten auf ihrem Dutt sitzen? Einen Kobold? Während Enite vor ihm die Treppe hinabstieg, grinste Wirges ihn aus kugelrunden Augen keck an. Der Kobold mit dem spitzbübischen Gesicht trug einen gezwirbelten Schnurrbart, öffnete sein Fäustchen und ließ Asche rieseln. Sie fiel auf Enites Kleidung, die wie die Stufen schon dunkel vom Ruß war. »Ich mag es nicht sauber«, zischte er Maron zu. »Nicht sauber.«

»Sei still, Wirges, versteck dich lieber, sonst holen dich die Trolle«, sagte Enite.

»Sind da unten etwa Trolle?« Wirges zog ein paar Strähnen aus dem Dutt und legte sie über sich, um sich zu tarnen.

Es war, als würde die Druidin einem merkwürdigen Engel gleich die Wendeltreppe abwärtsschweben, während dieser Kobold sich den Schnurrbart zwirbelte. Maron schüttelte den Kopf. Seit wann trugen Kobolde Schnurrbärte? Und seit wann konnten sie reden?

Unten angelangt, lag neben den Trümmern des Brunnens, aus dem noch in feinen Adern das Gold lief, ein mannshoher Haufen Asche. Tränen stiegen Maron in die Augen.

Enite fasste ihn an der Schulter. »Schau mich an.« Sie blickte ihm fest in die Augen. »Du musst jetzt tapfer sein. Es bleibt keine Zeit zur Trauer, Maron. Die Trolle haben ihn vergiftet.«

»Keine Zeit zur Trauer«, wiederholte Wirges, dessen Gesicht über ihrer Schulter auftauchte.

»Sei still«, zischte Enite dem Kobold zu.

Doch Maron registrierte ihn überhaupt nicht. Hilflos schaute er zu Nangolf, der ihm bestätigend zunickte.

»Und du«, fuhr Enite fort, »bist der Wächter des Drachen und wirst deine Aufgabe annehmen müssen. Seit deiner Kindheit wurdest du von Fermlund und Nangolf darauf vorbereitet, da du der auserwählte Menschensohn bist.«

Im selben Moment hielt sie einen Stab in der Linken, als habe sie ihn aus dem Nichts hervorgezaubert. Er war hell und zart wie das Handgelenk einer Elfe und überzogen mit Seidendiamanten, die aus sich selbst heraus strahlten. Unwillkürlich griff Maron danach, als habe er schon lange auf diesen Augenblick gewartet. Der aus Rubinen, Smaragden und Saphiren gearbeitete Griff brannte auf seiner Haut. Er hätte ihn am liebsten fallen lassen, aber Enite umfing fest seine Hand und langsam verlor sich der Schmerz des Feuers – und ihm kam der Stab mit einem Mal so leicht vor wie sein eigener Arm.

»Schöner Stab«, murmelte der Kobold, auf Enites Schulter hockend. »Ein wirklich schöner Stab.«

»Jetzt ist er ein Teil von dir«, sagte Enite zu Maron. »Berühre mit der Spitze den Granit.« Als Maron es tat, schmolz der Stein, und die graue Flüssigkeit vermengte sich mit dem Gold, das aus dem Brunnen strömte. »Der Stab ist besonders, er trägt in sich die Seele Waats. Du wirst mit ihm das Drachenei berühren, damit der neue Drache schlüpfen kann, der Ontika nach dem Tod Fermlunds beschützen soll. So ist es vorgesehen und so wird es sein.«

»Und wo befindet sich das Ei?«, fragte Maron.

»Nimm die Asche des Drachen und wasch deine Hände darin.«

Maron kniete sich vor die Überreste Fermlunds. Die Asche war warm und weich wie Samt – und seine Haut wurde weiß von dem Schwarz. Maron hatte sich noch nie so rein und frei gefühlt. Dann sah er auf dem Handteller seiner Linken eine Zeichnung, zuerst undeutlich, aber die Striche und Punkte wurden immer klarer.

»Was ist das?«

»Die Antwort auf deine Frage«, sagte Enite. »Die Karte auf deiner Hand wird dir sagen, welchen Weg du gehen musst.«

Der Kobold öffnete jetzt ebenfalls sein linkes Fäustchen, in dem sich noch immer etwas Asche befand, schaute darauf und rieb sie sich durchs Gesicht, bis er ganz schwarz war. Dann betrachtete er seine Hand, aber dort war nichts zu sehen, kein Plan, nur Schmutz.

Ezeras und Lortan traten näher zu Maron und versuchten wie er, die Karte auf seiner Hand zu entziffern. »Sie ist nur für Menschenaugen lesbar«, sagte die Druidin. »Selbst mit unseren besten Lupen würden wir den Weg nicht erkennen, da jedes Auge seine eigene Qualität besitzt. So können die Zwerge selbst die kleinsten Steine erkennen und die Feen nichts in weiter Ferne, die Elfen können nicht die Farben Rot und Blau sehen und auch Wirges kann genauso wenig wie irgendein Wesen Terras die Karte auf deiner Hand lesen.«

»Vielleicht ist das ja der Grund, warum der Troll Menschenaugen gehabt hat«, vermutete Maron.

Enite nickte. »Mag sein. Wahrscheinlich sollte er das Ei des Drachen finden und es vernichten.«

»Aber warum haben die Trolle dann nicht gleich einen Menschen von der Erde geholt und für diese Aufgabe genommen?«

»Weil sie den Menschen niemals vertrauen würden.«

Maron betrachtete den Plan: »Das Makoongebirge und den Weg von einem der Vulkankrater hinauf zur

Erde kann ich erkennen, aber der Weg zu den Bergen selbst ist undeutlich. Ich sehe nur eine große Festungsstadt am Fuß der Bergkette.«

»Ich fürchte, es ist Khanahas, die Hauptstadt der Trolle, wo sich Samagars Festung Tukum befindet.«

Der gewalttätige Samagar, der dort regierte, nahm auf nichts und niemanden Rücksicht – schon gar nicht auf sein eigenes Volk. Seine Vorgänger, wie die Trollkönigin Paide, hatten das Wort Waats mündlich von Generation zu Generation weitergegeben. Der neue Herrscher jedoch hatte jedes Reden über die Bücher Waats verboten, damit die Worte und Geschichten aus dem Gedächtnis der Trolle verschwänden. Und so verloren die Trolle die Verbindung zu Waat, die Verbindung zur Vergangenheit, zu den Wurzeln Terras und der Gemeinsamkeit der Völker. Samagar, der durch Intrigen, Gier und Mord seinen Thron erlangt hatte, wollte das Imperium. Es sollte mit ihm beginnen und niemals enden.

»Wie soll ich dorthin kommen?«, fragte Maron.

»Ich begleite dich«, erklärte Enite. »Ich war schon einmal in Khanahas, um mit Samagars Vorgängerin Paide zu verhandeln. Mit ihr konnte man reden, auch wenn sie ihren eigenen Kopf hatte. Sie wollte nur das Beste für ihr Volk, Samagar will nur das Beste für sich.«

»Dort leben Trolle?«, fragte Wirges und schaute zur Druidin hoch. Sie nickte, worauf Wirges entsetzt sagte: »Will nicht gefressen werden.«

»Deshalb bleibst du auch hier«, antwortete sie.

Hekar, der Obere der weißen Zwerge, meinte: »Meine Leute im Zwergenland werden dafür sorgen, dass ihr auf eurer Reise unentdeckt bleibt.« Hekars Augen glichen einem braunen Basalt, der an den Rändern grünlich eingefärbt war. Zwerge wie er trugen vornehme Kleidung, die sie sich von den Feen aus Farnen anfertigen ließen, und hohe Hüte, durch die sie größer wirken wollten. »Ihr müsst nach Malinka gehen. Dort wird man euch helfen, damit ihr …«

»Ja, ja, schon gut. Ich kenne das Dorf Malinka«, unterbrach Ezeras ihn. Dann fragte er Maron neugierig: »Was gibt es denn sonst noch auf der Karte zu sehen?« Er rieb sich die Hände in Erwartung eines köstlichen Abenteuers.

»Die Karte zeigt den Weg vom Krater hinauf …« Maron stockte, denn das Ziel seiner Reise lag oben auf der Erdoberfläche – auf Menschenerde. Er müsste durch eine der Weltsäulen dort hinaufgelangen.

»Genug, schweig!«, befahl Lortan, der Albenkönig. »Wir wollen gar nicht wissen, wie der Gipfel heißt. Schließlich können wir uns nicht sicher sein, dass kein Kurat oder Troll mithört. Vielleicht gibt es einen Spion in unseren eigenen Reihen. Was wir wissen müssen, wissen wir.«

»Wer von uns soll ein Spion sein?«, platzte es aus Ezeras heraus. Er fühlte sich angegriffen.

»Nichts will ich damit sagen. Nur ist es verwunderlich, dass du gleich wild wirst, wenn ich von Verrätern rede.«

»Immerhin hast du mich eben bei deinen Verdächtigungen angeschaut.«

Lortan fuhr sich grinsend durch seinen Bart, als würde er ihn mit den Fingern kämmen, was Ezeras noch mehr provozierte. Er fauchte: »Mein Urgroßvater war ein Troll, das weiß jeder. Aber ich bin ein Wesen Ontikas, wie ihr.«

»Mit Zotteln an Armen und Beinen und dem kräftigen Nacken eines Ochsen?«

»Hör auf, Lortan«, fuhr Enite zornig dazwischen. »Ich sage dir, dass er mit uns reist. Er wittert einen Troll auf hundert Speerwürfe und ist stark für drei. Wir können gar nicht auf ihn verzichten.« Dann fügte sie hinzu: »Einzig deinen Hunger solltest du bändigen, Ezeras.«

»Wenn ich mitgehen soll, möchte ich darum gebeten werden«, erklärte Ezeras. Trotz seines wuchtigen Äußeren hatte er einen verspielten Zug um die etwas windschiefe Nase. »Auch von dir, Lortan.«

»Ich denke gar nicht daran.«

Doch Enite blickte Lortan drängend in die Augen. Für einen Moment war es still, nur das leise Schnarchen von Wirges, der zu Enites Füßen schlief, war noch zu hören. »Ich habe den Alben schon oft in der Not beigestanden«, sagte sie.

»Ja gut, soll er doch mitgehen, wenn ihr es unbedingt wollt«, meinte Lortan daraufhin gequält.

»Habe ich ein Bitte gehört?«, fragte Ezeras. »Schließlich hören wir Achteltrolle alle so schlecht. Das weißt du doch.«

»Jetzt sag es schon«, meinte Nangolf, woraufhin sich Lortan ein »Bitte« abrang.

»Natürlich gehe ich mit Maron«, erklärte Ezeras. »Wenn ihr mich so höflich bittet. Es ist mir eine Ehre, den Wächter des Drachen zu begleiten.«

Während am Schloss alles für die Bestattung der Drachenasche vorbereitet wurde, braute Enite einige Tränke und Mixturen für die Reise, und Wierland erhielt die undankbare Aufgabe, sich um Wirges zu kümmern, solange die Druidin und Ezeras unterwegs waren. Maron wickelte in seinem Schlosszimmer den Wurfdolch in sein Hemd ein, den er beim letzten Tuul-Turnier errungen hatte. 2:1 hatte er mit Pepan das Endspiel gewonnen, da sein Einhorn den Ball, der einen Meter im Durchmesser maß, so eng am Huf zu führen vermochte wie kein anderes. Von draußen hörte er durch das offene Fenster, wie die schattenlosen Disirien eintrafen.

Disirien waren die Vögel der Totenwelt. Jetzt trugen sie ein kurzes hölzernes Boot in Fermlunds Höhle. Verzweifelt folgten ihnen die Schattenfresser, aber die Disirien warfen keine Schatten, da sie durchscheinend waren. Bald darauf kehrten sie mit dem Boot zurück, in dem jetzt Fermlunds Asche lag. Morgen würden die Disirien das Boot über Land tragen und hinter ihnen die Elfen fliegen und die Feen klagen, bis der schwimmende Sarg in der Grotte des Todes am Tartunmeer zu Wasser gelassen würde. Maron schaute auf den Beutel, in dem er ein wenig von Fermlunds Asche eben an sich genommen hatte. Sie sollte ihm den Weg weisen. Dann trank er einen Schluck Alati und hörte draußen den unheimlichen Gesang der Disirien:

Wie dem Mond sein Heim gewoben,
wie der Sonne ihr Nest gemacht,
klug erdacht war einst der Himmel,
angefüllt mit den Gestirnen,
hell erleuchtet ward die Nacht.
Weisheit ist herangereift,
in einer Schale von der Zeit bewacht,
braucht niemals Tag und niemals Nacht,
ist ungetrennt und ewig
und ewig ist nur Waat.

Ein Schauer lief ihm über den Rücken. Die Disirien würden das Boot vom Ufer der Grotte abstoßen und es der Strömung überlassen, die es über das Meer zu den Lavaschluchten trieb. Fermlunds Seele würde dort im Herzen Waats seine ewige Ruhe finden.

Maron blieb keine Zeit, das Ritual abzuwarten, sie hatten ja nicht einmal Zeit, die Reise ordentlich vorzubereiten. Er steckte den Beutel in die Satteltasche, die er gleich mit hinunter in den Stall nehmen würde. Sein Schlosszimmer würde er vermutlich nicht wiedersehen – auch nicht seine Kammer in Silvas und Nangolfs Haus, wo er aufgewachsen war. Silva war stets wie eine Mutter zu ihm gewesen. Sie hatte ihm davon erzählt, wie er seine ersten Schritte an der Schlossmauer gemacht hatte, wie er zum ersten Mal am Apophyllit die Dämpfe geatmet, danach aufs Hausdach geklettert und voller Übermut hinuntergesprungen war. »Waat sei Dank in einen Wäschekorb. Sonst hättest du dir alle Knochen gebrochen.« Sie hatte ihm sogar beigebracht, Fallen zu legen und Pfeilspitzen aus dem Karneol zu schlagen. Maron schaute gegen die Zimmerdecke und träumte sich ein Sternbild in das Weiß. Großer Drache, dreizehn Sterne, klar und deutlich. Er hatte noch nie die Sterne gesehen. »Oben auf der Erde können die Menschen in der Nacht die Sterne erkennen«, hatte Fermlund ihm erzählt. »Tagsüber siehst du nur einen Stern, die Sonne. Es gibt dort Tag und Nacht, Ebbe und Flut.« Die Stimme Fermlunds klang in Marons Ohren, als würde er noch leben. Seufzend stieg er mit seinem Gepäck hinab in den Stall.

Kölner Dom, Vorplatz

Reporter, Übertragungswagen, Kameras – die Sicherheitskräfte der Polizei hatten alle Hände voll zu tun, die Journalisten hinter den Absperrgittern zu halten. Chefredakteur Bugholz stand ein wenig abseits und blickte auf die graue, steinerne Fratze eines gehörnten Dämons, der ihm zu Füßen lag. Die Figur war aus schwindelnder Höhe heruntergefallen – ein Wasserspeier, dem das Abflussrohr wie eine bleierne Zunge aus dem Maul ragte. Der Kopf war bis auf einen Riss quer übers Gesicht völlig unbeschädigt. Sein Blick strahlte eine Mischung aus tiefer Verzweiflung und Rachsucht aus. Für einen Moment glaubte Bugholz, dieser teuflische Dämon lächle zufrieden über das Chaos. Er rieb sich die Augen. Kurz blitzte das Bild seiner Mutter vor ihm auf. Sie war tief gläubig gewesen. Das Jesuskreuz, das bei ihnen daheim an der Wand über der Küchentür gehangen hatte, war eines Tages heruntergefallen und ein Riss war durch den Körper des Heilands gegangen. Seine Mutter hatte eine Hostie hineingesteckt. So bleibt keine Narbe zurück, hatte sie gesagt. Als dieses Wunder nicht eingetreten war, hatte sie Jesus ins Kaminfeuer geworfen. Jesus hatte nicht funktioniert.

Die Fratze des Wasserspeiers. Wie hatte der Kopf den Sturz überstehen können? Warum war er nicht wie die anderen steinernen Figuren in tausend Stücke zersprungen? Bugholz' Blick wanderte nach rechts und links, er konnte den Leib der Figur nicht finden. Vermutlich lag er zwischen den anderen Trümmern auf der Domplatte.

»Herr Bugholz!«, sprach ihn sein Lokalredakteur Gernot Buber an und warf nur einen flüchtigen Blick auf die Fratze. »Ich komme auch nicht näher an den Dom ran. Keine Chance«, sagte er, als müsse er sich dafür entschuldigen.

»Gibt's sonst was Neues?«

Gernot Buber verneinte. »Aber …«

»Dann lassen Sie mich mal überlegen. Oder wollen Sie auch wie ein aufgescheuchtes Huhn hier herumrennen?« Bugholz sah zu den Domtürmen, die unberührt wie steinerne Riesen in den grauen Himmel ragten, vergaß die Sirenen der Feuerwehrwagen, vergaß das Gerede seiner Kollegen, vergaß den Pressesprecher, der den Journalisten mitteilte, dass bald eine Pressekonferenz zum Stand der Dinge stattfinden würde – dann zückte er sein Handy und tippte eine SMS an Jedicke. Vielleicht hatte er Glück. Vielleicht funktionierte das Handy seines Mitarbeiters noch?

Trollgebiet Pansakur, Hauptstadt Khanahas, Samagars Festung Tukum

Nur wenige Fackeln erhellten den Thronsaal Samagars. Vor dem Podest, auf dem der steinerne Thron stand, gab es ein Mosaik auf dem Boden. Auge in Auge in Auge stellte es dar. Durch ein kleines ovales Fenster fiel das gelblichrote Licht der Makoonberge und deckte sich genau mit diesem Fußbodenmosaik. Im Augapfel des inneren Auges fehlte ein Stein. So war die Stelle schwarz wie die Zähne des Trollherrschers, dessen Maul dem Eingang zur Hölle glich. Er füllte den Thron mit seinem wuchtigen Körper aus und drückte das Kreuz durch. Die mächtige Brust wölbte sich.

»Ist Fermlund tot?«, fragte er.

»Sicher! Das Gift hat gewirkt, so wie unsere Gifte stets wirken.«

»Und mein Troll?«

»Eine Hirmkerber-Falle«, sagte Valkaal. Der Kurat war Botschafter seines Volkes, das in Silamäe lebte. Die insektenartigen Kurats, die zwei Beine und zwei Arme besaßen, glichen aufrecht gehenden Asseln. Ihre Körper bestanden aus schwarzrotem Chitin, einem harten Material, das sie wie ein Panzer schützte. Anstelle von Augen hatten sie über dem Mund eine faustgroße Öffnung, das Silma, mit dem sie blitzschnell jede Bewegung registrieren konnten.

Valkaal trug einen dunkelgrauen Mantel, durch dessen daumendicke Löcher scharfe Dornen drangen, die auf seinem Körper saßen. Er warf sich demütig vor dem Trollherrscher auf die Knie. Das Licht der Fackeln schmerzte ihn, denn sein Silma reagierte gereizt auf das Flackern.

»Erheb dich und sprich«, sagte Samagar. »Was willst du hier?«

»Mein Gebieter, Fürst Kalman, schlägt vor, dass Ihr noch einen Troll mit menschlichen Augen aussenden sollt.« In Valkaals Silma glühte grünes Feuer, das tief aus seinem Innern kam.

»Mag sein. Ich weiß nicht, ob Professor Burker schon so weit ist. *Wenn* Fermlund tot ist« – er blickte dabei den Botschafter an, der sogleich nickte –, »haben wir den ersten Schritt getan. Vorerst werde ich daher nichts weiter unternehmen und mich von deinem Gebieter Kalman auch zu nichts drängen lassen. Ihr seid das Volk der Kurats, wir das der Trolle. Und wir haben nichts gemein außer diesem Krieg.«

Quer über Samagars behaartes Gesicht verlief eine lange Narbe. Die sonst braunen Gesichtshaare waren an dieser Stelle schwarz, als seien sie für immer verbrannt, und das Nasenbein war in der Mitte eingedrückt. Jemand musste ihm einst mit einem Schwert oder einem Stab furchtbare Schmerzen zugefügt haben.

»Ich werde vorerst niemanden mehr schicken«, sagte er. »Es würde die Elfen nur noch mehr auf den bevorstehenden Angriff aufmerksam machen.«

Samagar war durchtrieben. Er wusste im rechten Moment zuzupacken, aber er spürte auch, wann es besser war abzuwarten. Jetzt schien ihm ein solcher Moment des Abwartens gekommen. Gewöhnlich fehlte Trollen jegliches Feingefühl und die meisten waren der Schläue und List der Kurats hilflos ausgeliefert – nicht so Samagar.

»Aber mein Gebieter möchte, dass Ihr es tut«, erklärte der Kurat.

»Sag Kalman, er muss sich gedulden. Was meinen denn die übrigen Kuratfürsten?«

»Sie haben nichts mehr zu sagen, sie stellen nur die Armee Silamäes. Sie haben sich alle hinter Kalman geschart.«

»Hat er es also geschafft.«

»So wie Ihr.«

»Aber meine Feinde leben nicht mehr.« Der Troll lachte über seine eigene spitze Bemerkung und winkte Valkaal näher zu sich heran. »Komm her.« Der Herrscher blickte direkt ins Silma des Botschafters. Die Flamme darin war weiß und ruhig, als habe Valkaal keine Angst, dabei fürchtete er den Troll.

Samagar sprach: »Teile Kalman mit, er soll die Grenzen seines Reichs von Spähern überwachen lassen. Dieser auserwählte Menschenjunge und seine Freunde dürfen nicht unbemerkt in unser Territorium eindringen.«

»Ich weiß nicht, ob ihm das gefallen wird.«

Samagar fuhr sich mit der Hand genüsslich über sein buschiges Nackenhaar. »Das ist dein Problem.«

Valkaal verbeugte sich erneut. »So sollen wir uns ein wenig gedulden, sagt Ihr?«

»Genau das sage ich. Jetzt geh endlich.«

Der Botschafter nickte und wollte gerade den Saal verlassen, als Samagar halblaut sagte: »Verlogener Bückling.«

»Habt Ihr mit mir geredet?« Valkaal blickte sich zu dem Troll um, der übermächtig auf seinem Thron saß und sich von einem Diener, der die ganze Zeit im Schatten hinter ihm gestanden hatte, jetzt Stücke getrockneten Drachenfleischs in den Mund schieben ließ. Er kaute, während der Kurat auf eine Antwort wartete.

Dann sprach ihn überraschend jemand von hinten an: »Gewöhnlich meint Samagar das, was er sagt.«

Der Kurat zuckte zusammen.

Die tiefe Stimme gehörte zu einem mächtigen ältlichen Troll mit ergrautem Fell: General Lanf.

»Schön, Euch zu sehen«, sagte Samagar, seinen Diener beiseitestoßend. Und an Valkaal gerichtet, meinte er nur: »Es wird Zeit für dich zu gehen. Mein General will mir sicher mitteilen, wie gut die Vorbereitungen für den Krieg verlaufen.«

Der General nickte und blickte dem Kurat hinterher.

Unterhalb der Festung Tukum, Verlies

Merike hatte eben noch in der festlich geschmückten Halle in Brühl zu dem Brautpaar hinübergeschaut, wie der Bräutigam der Braut den Ring ansteckte, sie küsste – dann hatte die Erde gebebt. Merike war übel vor Angst gewesen, sie sah eine Fledermaus, ihr folgten Hunderte, die wie eine dunkle Wolke über die Hochzeitsgesellschaft herfielen. Merike, die fassungslos auf die schwarzen Tiere gestarrt hatte, wurde an Handgelenk und Hals gebissen. Ein kurzer Schmerz durchzog ihren Körper. Sie blinzelte, dann blickte sie in ein über und über behaartes Gesicht. Der lange schwarze Bart war vollgesabbert, Speichel troff der gedrungenen Kreatur aus dem Mund. War das ein Zwerg? Die Fledermäuse schwirrten weiter umher. Zwei hockten sich auf die Schultern des Zwergs, dessen Brauen dicht, buschig und über den Augen zusammengewachsen waren. Er winkte andere Zwerge zu sich heran. Sie waren den Fledermäusen gefolgt. Waren diese Wesen alle der Erde entstiegen? Merike war steif vor Schmerz. Oder war es der Biss der Fledermäuse, der sie gefrieren ließ? Diese Wesen kamen aus der Dunkelheit, aus einer Spalte der Erde, aber es waren keine Teufel, sondern eindeutig Fledermäuse und Zwerge.

Merike sah noch immer alles genau vor sich, als wäre es gerade erst geschehen. Die Zwerge hatten sie an Schultern und Beinen gepackt und mit sich in die Erdspalte geschleift, so wie auch die übrigen Gäste der Brühler Hochzeitsgesellschaft. Es ging durch Gänge und über Treppen tief hinab ins Erdinnere. Übermenschengroße pelzige Wesen hatten sie später von den Zwergen übernommen, sie noch weiter hinab in die Erde geflogen. Mächtige dunkle, schattenartige Gestalten waren das, ihr Schädelhaar lang, ihr Fell auf den Flügeln schwarz. Waren es Alben? Jene fantastischen Wesen, die auch in Träume kommen? Albträume. Merike hatte keine Kontrolle mehr über ihre Arme und Beine gehabt, und ihre Gedanken waren so weit weg, als gehörten sie nicht zu ihr, nicht in ihren Kopf, nicht in ihr Leben. Panisch schaute sie jetzt auf ihre Hand. Am Puls waren noch die Einstiche der Fledermäuse zu sehen, Druckspuren an den Handgelenken. Genau dort war sie von den Wesen gepackt worden. Dann war sie vor Erschöpfung in Ohnmacht gefallen. Und wo war sie jetzt? Was waren das für Gestalten, die überall auf dem Boden lagen? Menschen? War das hier ein Verlies? Wo hatte man sie hingeschleppt? Es musste ein Albtraum sein. Ihre Gefühle waren wie in einem Wattebausch. Einzig ihr Haar konnte sie sehen. Es war so lang, dass es ihr blond über die Stirn fiel. Sie lächelte. Sie konnte lächeln in diesem Albtraum. Oder war es gar kein Traum?

Kölner Dom

Das Handy piepste, die SMS traf in der Dunkelheit ein wie ein Leuchtfeuer. Helen King und Kai Jedicke konnten es kaum glauben.

»Was steht da?«, fragte sie.

»Mein Chefredakteur. Er will wissen, ob ich lebe.« Jedicke schrieb sofort zurück: *Lebe, Helen King auch.*

Dann schickte er die Botschaft ab. Kurz darauf wählte er Bugholz' Nummer. Vielleicht konnte er ja mit ihm telefonieren. »Verdammt! Das Netz ist wieder weg!«

»Ein Glück, dass es überhaupt funktioniert hat. Die werden ohnehin niemanden schicken, weil sie Angst haben, der Dom könnte über ihnen zusammenbrechen. Falls er nicht schon zusammengebrochen ist.«

»Das sind ja nette Aussichten.«

»So habe ich das nicht gemeint.«

»Aber gesagt. Wir müssen dran glauben, dass wir hier rauskommen, sonst können wir uns gleich aufgeben.«

»Wir sollten realistisch sein«, sagte Helen King.

Jedicke schwieg, er schaute resigniert auf sein Handy.

»Ich rede manchmal zu viel, das meint jedenfalls meine Tochter. Wenn du schweigst, Mama, dann fühlst du die Leere in dir, seit Papa tot ist.«

»Das hat Ihre Tochter gesagt?«

Helen King nickte.

»Wie alt ist sie?«

»Dreizehn und der bezauberndste Mensch der Welt.«

»Klingt liebevoll, wie Sie es sagen. So etwas bekomme ich in meinem Job nicht oft zu hören. In der Redaktion bin ich von Leuten umgeben, die so tun, als sei die Welt ein schlechter Witz und sie die Einzigen, die die Pointe verstehen.«

»Journalisten sind arrogant.«

»Ich bin auch einer.«

Helen King schluckte. »Lassen Sie uns versuchen, hier rauszukommen.«

Da piepste sein Handy erneut, eine SMS. Ehe Jedicke sie öffnen konnte, erlosch das Display. Der Akku war leer. Und die Schwärze um sie herum war von einer Sekunde auf die andere vollkommen.

»Was sollen wir jetzt machen?«, fragte Jedicke.

»Graben«, sagte Helen King. »Vielleicht schaffen wir es bis zum römischen Brunnen. Aber wir brauchen Licht.«

Jedicke kramte in seiner Jackentasche. »Ich hab eine Idee«, sagte er, dann schnippte er sein Feuerzeug an.

»Das brennt nicht lange«, entgegnete Helen King.

Jedicke lächelte, zog aus dem silbernen Etui, in

dem auch das Feuerzeug gesteckt hatte, eine Zigarette und zündete sie an. »So haben wir zumindest ein wenig Licht.«

»Das können Sie nicht machen.«

»Ich muss.« Kai wollte das Feuerzeug wieder ausmachen, aber Helen sagte: »Lassen Sie es an.« Ihre Augen folgten dem Rauch, der zwischen den Steinen abzog.

Wie auf ein Kommando begannen beide an der Stelle zu graben, wo der Rauch verschwand, und sie mussten lediglich ein paar Steine zur Seite räumen, um …

Grenzgebiet Ontikas

Nur ein frisch aufgeworfener Grabhügel zeugte noch vom Ende des weißen Zwergs, den der Troll gerissen hatte. Verwertbare Spuren, die auf das Vorhaben des Trolls hingewiesen hätten, gab es nicht. Hirmkerber hatten schon Löcher ins Erdreich gegraben, sie versuchten, an den Leichnam des Zwergs zu gelangen. Enite goss ein wenig Kernkrautsaft in die Löcher, woraufhin die gierigen Hirmkerber hervorgekrochen kamen und fortkrabbelten. Dann legte die Druidin zum Schutz des Toten das Zeichen des Dracheneis aus einem Blätterkranz aufs Grab und sagte: »Das wird die Kerber vorerst davon abhalten, den Zwerg in seiner letzten Ruhe zu stören.«

Nangolf, Enite, Ezeras und Maron ritten nicht weiter Richtung Trollgrenze, sondern ein Stück parallel dazu, um erst einmal bei den Zwergen Rast einzulegen und sich in Malinka auf die weitere Reise vorzubereiten.

Im Gegensatz zum übrigen Ontika war das Zwergenland bergig und dicht bewaldet – Birken und Weiden, Buchen und Eschen wuchsen hier beieinander. Die Zwerge hatten bei ihrer Vertreibung von der Erde nicht nur ihre Werkzeuge und Schätze mit hinab nach Terra genommen, sondern auch Samen von Bäumen und Pflanzen, die es auf der Erde gab. In den letzten Jahrtausenden war so in ihrem Teil der neuen Welt ein Idyll für Tiere und Pflanzen entstanden. Für eine Druidin wie Enite war es ein Paradies, denn es gab allerlei Kräuter hier in den Wäldern zu finden. Ehrenpreis und Liebstöckel, weiße Taubnessel und Minze, Wegwarte und Beifuß.

Aus dem steinigen Weg, der steil hinab ins Tal führte, ragten knorrige Wurzeln. Maron hatte noch nie solch mächtige Bäume gesehen, obgleich es beim Schloss mehrere Eichen gab, die sicher schon zwei- oder dreitausend Jahre alt waren. Wie mochten solche Riesen auf das Volk der Zwerge wirken? Im Grenzgebiet zum Trollreich Pansakur war das Licht gedämpft. Das Leuchten der Kristalle Ontikas reichte zwar noch bis hierher, aber es wurde schon schwächer und ließ das Grün der Bäume noch satter wirken.

Einzig die Fledermäuse, die in den Baumhöhlen lebten, störten das Idyll, denn sie setzten sich auf Pepans Fell und saugten ein wenig Blut für ihren Nachwuchs. Marons Einhorn schüttelte den Kopf und peitschte den Schwanz gegen den Körper. Vergebens. Die winzigen Blutsauger ließen sich nicht verscheuchen.

»Wir müssen nachher, wenn wir weiter nach Pansakur reiten, höllisch aufpassen«, sagte Ezeras, der voranritt. Auf seinem kurzbeinigen Titurel mit dem Stiernacken und den mächtigen Hinterläufen sah er aus wie ein bis an die Zähne bewaffneter Gewichtheber.

»Bis dahin ist ja noch etwas Zeit. Sie werden ohnehin denken, wir sind Händler«, sagte Enite. Zum Beweis schlug sie auf ihre prall gefüllten Satteltaschen. Ihr Einhorn Burack, das ein halbmondförmiges Mal auf der Stirn trug, war genauso schwer mit Lendam, Feenhaar, Heilkräutertränken, Wundsalben und gedörrtem Fleisch beladen wie die Reittiere von Maron und Nangolf. Obendrein hatte sie noch ein Säckchen Kringskraut dabei. Löste sie das Kraut wie Tee in heißem Wasser, so vermochte sie als Druidin in jeden Winkel Terras zu blicken. Das Kraut hatte sie sorgsam in Buracks Horn verborgen. Ezeras transportierte neben Bündeln von Feenhaar vier bauchige Fässchen Rotsaft.

»Und was geschieht, wenn uns die Häscher Samagars schon an der Grenze erwarten?«, fragte er, während er sich weit nach hinten beugte, um bei dem Abwärtsritt auf dem Titurel das Gleichgewicht zu halten.

»Hör endlich auf damit. Jetzt geht es erst mal nach Malinka zu den Zwergen. Jeder von uns kann es mit einem Troll aufnehmen, selbst du, Ezeras.« Sie meinte es ironisch, denn wenn einer keine Angst vor Trollen haben musste, dann war es Ezeras.

Zwei Anstiege später kam Marons Einhorn ins Schnaufen. Das ewige Auf und Ab und die Last auf seinem Rücken drückten es schwer. »Ich weiß nicht, wie lange Pepan das noch durchhält«, sagte Maron zu Nangolf.

»Siehst du dort die Zinnen der Zwergentrutzburg?«

Maron stemmte sich ein wenig aus dem Sattel und entdeckte am Horizont hinter den Baumspitzen die Burg Kantzen.

»Die Zwergensiedlung liegt genau zwischen der Trutzburg und uns.« Nangolf kannte sich gut in der Gegend aus, da er den Zwergen bei der Ausbildung ihrer Armee geholfen hatte.

Maron nickte. Im gleichen Moment ritt Ezeras neben ihn und fragte: »Soll ich euch ein wenig Gepäck abnehmen? Mein Titurel ist noch frisch.«

»Das Stück schafft Pepan sicher noch«, sagte Maron und strich ihm über seine Stoppelmähne. »Sag mal, warum trägst du eigentlich den schwarzen Stein mit dem Katzenauge in deinem Zopf?«

»Ich habe ihn in der Hand gehalten, als mich Enite damals als Säugling fand«, erzählte Ezeras. »Die Trolle hatten das Haus meines Vaters am Tartunmeer niedergebrannt und meine ganze Familie getötet. Mein Vater hat mir wohl den Stein gegeben.«

»Wie konnten sie so weit nach Ontika vordringen?«

»Niemand weiß es. Es muss ein geheimes Kommando gewesen sein – einige der Elfen munkeln, Samagar selbst sei dabei gewesen.«

»Und was wollten sie?«

»Trolle hassen die Vermischung zwischen Trollen und Elfen. Und meine Urgroßmutter hat einen Troll zum Mann genommen. Deshalb wollten sie wohl die Familie ausrotten.«

»Und du hast als Einziger überlebt?«

»Meine Eltern hatten mich in einer Höhle unter einem Fels versteckt. Fast hätte Enite mich gar nicht gesehen, als sie damals auf einer ihrer Reisen an unserem Hof vorbeiritt. Hätte ich nicht in diesem Moment zu schreien begonnen ...«

»... wärst du verhungert«, sagte die Druidin, die vor ihnen ritt und das Gespräch mitgehört hatte. »Seitdem ist er so gefräßig.«

Ezeras nickte und lachte über die Erklärung für seinen ständigen Appetit.

»Und was hat es mit dem Schwarzopal auf sich?«

»Keine Ahnung. Der Stein ist das einzige Erbstück, das mich an meine Familie erinnert. Sieht doch gut aus.«

»Irgendwie schon«, sagte Maron launig.

»Wirges findet das jedenfalls und versucht ihn bei jeder sich bietenden Gelegenheit zu stibitzen. Er sagt, dass er so schön glitzert und nur einem König gebühre – nämlich ihm selbst«, erklärte Ezeras und schmunzelte dabei.

Das Dorf Malinka, in das sie eine halbe Stunde später einritten, erinnerte Maron an die Elfensiedlung Lindanisa. Sogar der Geruch nach Rauchfleisch war der gleiche. Nur waren die Häuser kleiner und der Apophyllit am Markt dreimal so groß wie der in Lindanisa. Schließlich war Taara, dem in Erinnerung an Ontikas Gewässer dieses Denkmal galt, selbst ein Zwerg gewesen und wurde hier noch mehr verehrt als bei den Elfen und Feen. Eine Abordnung der Zwerge kam ihnen entgegen. Sie hatten die Ankunft der Reiter erwartet, denn durch ein Irrlicht ihres Herrschers Hekar waren sie über die Reisenden informiert worden.

Während Enite, Nangolf und Ezeras sich am Apophyllit aufwärmten und die Druidin Stöcke warf, um den Zwergen die Zukunft ihres Dorfes zu prophezeien, führte eine Zwergin namens Vana Maron in ihr bescheidenes Häuschen. Ihr Gesicht war runzelig und wirkte müde.

»Pass auf, stoß dir nicht den Kopf«, ermahnte sie ihn. »Die Decke ist niedrig für einen wie dich.« Sie bat ihn, leise zu sein, als sie am Kinderzimmer vorbeikamen, da Prisi und Printsu, ihre Enkel, noch in ihren Fässern schnarchten. »Die beiden Kleinen haben süße Träume, denn früher wurde in den Fässern, in denen sie schlafen, Zucker gelagert.«

Maron nahm in der Stube zwischen Couch und Stühlchen auf dem flauschigen Teppich Platz. Endlich konnte er beim Sitzen den Rücken gerade machen. Bis hierher war er nur in gebückter Haltung gelangt, weil er sonst an die mit Brokat bezogene Decke gestoßen wäre. Das geblümte Teppichmuster zu seinen Füßen war so fein, dass es von Zwergenhand geknüpft sein musste. Und selbst die Tasse, in der Vana den Tee servierte, glich einem verzierten Fingerhut.

»Wie ein Elf sollst du also aussehen, damit dich die Trolle nicht als Menschen erkennen.«

Maron nickte.

Die Zwergin bot Maron getrocknete Käfer an. Dankend lehnte er ab. Sie selbst nahm einen, aß ihn und warf den leeren Panzer in ein Schüsselchen neben dem Tischbein.

»Eine fein geschnittene Elfennase kann ich dir nicht zaubern, aber sieh, was ich hier habe.« Die Zwergin holte eine Schatulle aus dem Schrank neben dem Kamin und öffnete sie.

»Die sehen ja aus wie echte Elfenohren.« Ein Paar Ohren lag dort, in samtene Tücher eingeschlagen.

»Ich habe sie eigens für dich angefertigt, als ich erfahren habe, dass du kommen würdest«

Maron merkte kaum, wie Vana ihm geschickt die Ohren anpasste. Dazu schmolz sie ein spezielles Hautwachs über einer Kerze. Das heiße Wachs schmerzte Maron kurz, dann spürte er nichts mehr.

»Sind die Ohren schon dran?«

Vana lachte. »Natürlich.«

Danach schminkte sie ihm die Augen schmal.

Niemand hätte ihn fortan mehr von einem Elf unterscheiden können. Einzig das Weiß in seinen Augen selbst blieb.

»Setz deine Kapuze auf und zieh sie dir tief ins Gesicht.«

Maron tat, wie sie sagte, und besah sich selbst im Handspiegel.

»So, jetzt halten dich alle für einen Elf.«

Die Stimmung am Apophyllit war ausgelassen. Ezeras hatte Enite dazu überredet, ein Fässchen Rotsaft zu öffnen und Geschichten aus Anderswelt zu erzählen. So nannten die Druidinnen jene acht Inseln, die angeblich weit draußen im Tartunmeer lagen und um die sich Anekdoten rankten. Gerade als Enite der Versammlung mit einer Schauergeschichte ein wenig Angst einjagte und von einem Elf erzählte, der bis heute auf einer dieser Inseln gefangen sei, entdeckte Nangolf plötzlich Maron. »Na, da schau her«, rief der Elf. »Was hat er hübsche Ohren für einen Menschen. Als seien sie angespitzt.«

»Noch ein wenig mehr Zeit und die alte Vana hätte aus ihm auch einen Zwerg machen können«, meinte Ezeras. »Jetzt trink einen Schluck.«

Das hätte Maron besser nicht getan, denn es war das erste Mal in seinem Leben, dass er den Rotsaft probierte. Noch nie zuvor hatte er so viel zu erzählen und so viel Kopfweh gehabt wie in den folgenden Stunden.

Doch schließlich ritt er mit seinen Freunden ungesehen von den Trollpatrouillen an einer bewaldeten Stelle über die Grenze nach Norden, ins Trollgebiet. Zwei Stunden trabten sie über einen schmalen, ausgetretenen Pfad. Offensichtlich überquerten Zwerge hier häufiger unerlaubt die Grenze. Der Pfad führte durch dichten Tannenwald zu einer Lichtung, die sich zu einem weitläufigen Tal dehnte. Es war das fruchtbare Land der Lihalas, einem eifrigen Volk von Händlern und Bauern. Das Gebiet lag zwar auf dem Trollterritorium Pansakur, doch die Lihalas hatten sich weitgehend ihre Eigenständigkeit bewahren können. Um ins Kernland der Trolle vorzudringen, würden Maron und seine Begleiter durch die Lihala-Hauptstadt Apskritis reiten. Doch so weit waren sie noch nicht.

In der Ferne sah Maron eine grasende Herde Wyvern, Nachkommen der Drachen Waats. Doch im Gegensatz zu ihren stolzen, Feuer speienden Vorfahren lebten sie nicht in den Höhlen der Berge, sondern im Tal, und ihr inneres Feuer war längst erloschen.

»Laut meiner Karte müsste der Wald hier noch weitergehen.« Enite hatte das Pergament vor sich ausgerollt. »Die Lihalas sind fleißiger, als ich dachte. Vermutlich haben sie das ganze Gebiet gerodet, um daraus Weideland für die Drachen zu machen. Meine Karte stimmt also nicht mehr ganz.« Die Druidin zückte ihr Fernrohr und schaute Richtung Norden.

»Was siehst du?«, fragte Nangolf.

»Zwei Lihalas melken die Wyvern-Herde.«

An ihrem Schwanzende führten die Wyvern einen giftigen Stachel. Aus diesem gewannen die Lihalas einen Extrakt, den sie mit Wasser mischten und aufkochten. Diese Flüssigkeit versetzten sie mit Schwefel und geschmolzenen Mineralien, ließen sie mehrere Tage gären und verkauften sie dann an die Trolle. Ein Troll konnte von dem Gesöff, das im Volksmund Bianstwo genannt wurde, literweise trinken. Ein Mensch würde schon nach einem Krug besoffen umfallen.

»Was macht ihr hier?«

Maron drehte sich blitzschnell um und hob seinen Stab wie ein Schwert, ehe noch einer aus der Runde überhaupt reagiert hatte. Ein schlanker Lihala war hinter ihnen aufgetaucht. Mit seinem Speer und dem gezackten Helm sah er nicht so aus, als ließe er mit sich spaßen. Der Lihala war größer als Maron und seine Augen schmal wie Schießscharten. Seine Beine wirkten dünn in den eng anliegenden Hosen aus Drachendarm, während er am Oberkörper eine Rüstung trug, an deren Rändern wärmendes Fell herauslugte.

»Na, na«, sagte Enite und schaute Maron beschwichtigend an. Und zu dem Lihala sagte sie: »Er ist noch ein junger Elf und ein Heißsporn. Wir sind auf dem Weg nach Khanahas.«

»Etwas Feines hat Euer Elf da«, sagte der Lihala. »Er soll es mir geben.« Mit diesen Worten schritt er auf Maron zu, der den Stab wieder auf den Rücken band und ihm ein klares »Nein« entgegenschleuderte.

»Ihr solltet uns etwas dafür geben, dass Ihr durch unser Gebiet reiten dürft«, sagte der Lihala und machte einen weiteren Schritt auf Maron zu. Enite ritt zwischen die beiden, woraufhin der Lihala schrie: »Geht zur Seite! Ich will mit diesem Elf reden, nicht mit Euch!« Er schlug auf ihre Satteltasche, aus der ein schriller Laut drang. Hatte Enite einen blinden Passagier an Bord?

»Wir sind Händler aus Ontika«, sagte die Druidin.

»Das mag sein. Mir scheint nur, Ihr führt unerlaubtes Gut mit Euch.«

»Macht Euch keine Sorgen, den Stab werden wir nicht verkaufen – falls Ihr das meint.«

»Und was ist da in Eurer Satteltasche?«

Enite wusste es selbst nicht. »Was meint Ihr?«

»Da hat doch eben jemand geschrien.« Wieder schlug der Lihala auf die Tasche und wieder erklang der schrille Schrei.

»Soll ich noch mal?«, fragte der Lihala provozierend.

»Wenn Ihr mögt.«

»Bist du verrückt?«, rief jemand aus der Tasche, und dann tauchte Wirges' Kopf auf, der noch ein Stück Trockenfleisch kaute. Er hatte die Notration gerade verspeist und sogar etwas vom Feenhaar aufgefressen.

»Was machst du denn hier?«, fragte Enite.

»Ich hatte Hunger.«

»Ich will nicht wissen, warum du isst, sondern warum du in meiner Satteltasche bist?«

»Hab es mir anders überlegt. Dieser Wächter Wierland ist ein Langweiler. Da lass ich mich lieber von einem Troll braten, als vor Langeweile zu sterben.«

»Warum redet der Kobold?«, fragte der Lihala.

»Weil ich der Kobold von einer Druidin bin. Oder habt Ihr vorher schon mal einen Kobold mit Schuhen gesehen? Sicher auch nicht, oder?«

Enite stieg gemächlich ab. Wirges lugte derweil wie ein neugieriges Erdhörnchen aus der Satteltasche.

»Ihr könnt uns durchsuchen, aber Ihr werdet nichts finden, was den Regeln des Handels zwischen unseren Völkern zuwiderliefe«, sagte die Druidin.

»Es gibt Gesetze und es gibt das Recht auf ein Geschenk.«

»Jetzt reicht's«, mischte sich Ezeras ein, stieg aus dem Sattel und schritt drohend und breitbeinig auf den Lihala zu, dem er nur bis unters Kinn ging. Als der Lihala überlegen grinste, zog der Achteltroll sein Schwert und drückte ihm die Spitze gegen den Unterleib. »Und jetzt ...?«, sagte Ezeras.

»... soll er tanzen«, meinte Wirges.

»Sei still«, sagte Enite. Ehe sie die beiden Streithähne beschwichtigen konnte, machte der Lihala einen Schritt zurück, zog seinerseits den Säbel und schlug auf Ezeras ein, der den Hieb gerade noch parieren konnte. Mit der Reaktionsgeschwindigkeit des Achteltrolls hatte der Lihala allerdings nicht gerechnet. Ezeras ging zum Angriff über. Zwei Hiebe reichten, da flog schon der Säbel des Lihalas zu Boden und schließlich stand Ezeras über ihm und grinste. Seine Klinge zeigte auf das Herz des Gegners, dessen Brustkorb sich vor Angst schnell hob und senkte.

»Tötet mich nicht, bitte.«

»Wenn Ihr uns passieren lasst.«

Die Spitze von Ezeras' Schwert bohrte sich in die Lederjacke des Lihalas. Maron traute seinen Augen nicht, denn Ezeras schien wild entschlossen, dem Gegner den Garaus zu machen.

Doch die Druidin zog unter ihrem Mantel ein Fläschchen hervor und befahl dem Lihala: »Öffnet den Mund.«

»Was ist das?«

»Lecker ist das«, sagte Wirges, der dem Lihala in den Nacken sprang. »Alles, was atmet, kann man töten. Und so sollst auch du getötet werden.«

»Trinkt«, sagte Enite.

Der Lihala weigerte sich, er presste die Lippen zusammen. Wirges' Spruch hatte ihm nur noch mehr Angst eingejagt.

»Ihr seid nicht in der Situation, Fragen zu stellen«, sagte Enite.

»Wie eine hässliche Moorhexe seht Ihr nicht aus. Seid Ihr eine Murmlerin?« Die Murmlerinnen wohnten an den Seen Lihalas und flüsterten ihre kurzen Sprüche, mit denen sie nicht viel bewirken konnten. Trotzdem hatten die abergläubischen Lihalas gehörigen Respekt vor ihnen. Offensichtlich wusste der Lihala nichts von den Druidinnen am Tartunmeer, sonst hätte er Enite an ihrem roten Handschuh längst erkannt.

»Jetzt trinkt schon.«

Als der Lihala den Mund nicht öffnen wollte, schrie Ezeras ihn an: »Trink!«

Und Wirges fragte: »Darf ich?« Schon hielt er dem Lihala die Nase zu, bis der den Mund öffnete und trank.

Kaum dass der Kerl eingeschlafen war, schaute Enite Maron streng an und sagte: »Nimm dich in Acht. Was du mit dem Bogen erledigen kannst, solltest du nicht mit dem Stab tun, Maron. Setze ihn nicht leichtfertig ein, sondern überlass solche Dinge uns, dafür sind wir bei dir.«

»Jawohl«, meinte Wirges. »Dafür bin ich auch mitgekommen.«

»Halt die Klappe«, erwiderte Ezeras und hob drohend seine Pranke, worauf Wirges wieder in der Satteltasche verschwand.

Der Kobold imitierte in seinem Versteck Enites Stimme: »Wie konntest du ohne meine Erlaubnis einfach die Vorräte auffressen? Du bist ein böser Kobold. Denn unser kleiner Pummel Ezeras braucht das Essen doch so nötig.«

Unter dem Kölner Dom

Es war ein Gitter, durch das der Zigarettenrauch nach oben ins Kircheninnere abzog. Kai Jedicke versuchte, es hochzustemmen. Vergebens. Es war, als wollte er die Stäbe einer Gefängniszelle auseinanderbiegen. Zudem lag noch eine umgekippte Bank auf dem Eisenrost.

»Gleich über uns ist der Fußboden des Doms.«

Kai Jedicke nickte. »Wir schaffen es trotzdem nicht rauf. Ich brauche etwas, womit ich das Gitter aus der Betonverankerung kratzen kann.« Er schaute sich um. Nichts, nur Steine. Es war zum Verzweifeln. Kai schrie: »Holt uns hier raus! Hilfe!« Der Schall drang in den Kirchenraum, wurde in der Leere lauter, aber er verhallte ungehört. Es war sinnlos. Kai griff durch das Gitter und versuchte, die Bank über ihnen wegzuhieven. Er drückte, schob und zog. Dann gab es einen Ruck. Sein Zerren hatte den Haufen Schutt, der neben der Bank lag, in Bewegung versetzt. Es krachte, als ob von oben etwas Schweres herunterstürzte. Steine rutschten nach und verbogen die Gitterstäbe, die Helen und Kai vor dem einstürzenden Schutthaufen schützten.

»Weg!«, schrie Helen. »Das bricht alles über uns zusammen!« Die beiden krochen, so schnell sie konnten, wieder in das Loch, aus dem sie gekommen waren. Hinter ihnen brach der Tunnel ein.

Nordosten Terras, Silamäe, Gebiet der Kurats

Der Palast des oberen Kuratfürsten Kalman lag im Zentrum Silamäes. In der Ferne waren Vulkane zu sehen. Ein breiter Lavastrom umgab das Bauwerk, floss in Serpentinen darunter zusammen und speiste Hunderte Meter tiefer das sogenannte ›Brennende

Meer‹. Es waren insgesamt sieben Lavaflüsse, die Silamäe in acht Regionen teilten, von denen jede von einem Fürsten regiert wurde. Die einfachen Kurats lebten und arbeiteten in Basaltwaben, wo sie vor der Hitze der Lava geschützt waren und ein ärmliches Dasein fristeten. Kalman selbst war einst nur einer der Landesfürsten gewesen, ehe er den Palast geschaffen hatte.

Der Palast besaß weder Ecken noch Kanten, sondern war von einer kreisrunden Mauer umgeben. Die Türme standen, getrennt durch die Lavaflüsse, dahinter. Acht waren es – die magische Zahl ohne Anfang und Ende. Oben auf den Spitzen der Türme brannten Feuer, deren Flammen bis hinauf zur Erdkruste züngelten. Sie erhitzten das darüberliegende Meer des Südpazifiks. Wenn Kalman sie löschen würde, würde die Temperatur des Wassers fallen und eine Eiszeit auf Menschenerde anbrechen.

Das Zentrum des Palastes bildete eine Kuppel. In ihr befand sich ein würfelförmiger Raum. Er maß sieben Schritte in Höhe, Breite und Tiefe. Sieben war eine unteilbare Zahl, sieben war die Zahl der Flüsse Silamäes und sieben Chitinplatten schützten die Körper der Kurats. Genau in der Mitte des Raumes hing der ›Kokon der Gedanken‹ an einem Seil aus geflochtenem Elfenhaar. Das Haar war den Elfen, die unten im See der Seelen litten, abgeschnitten worden. Schloss sich Kalman in den Kokon ein, so vermochte er sein Volk zu beherrschen. Denn durch den Kokon konnte er die Gedanken seiner Untertanen lesen. Jeder Aufruhr wurde sofort erkannt und je nach Umfang der Ausschreitungen sandte er seine Leibgarde, die zwölf Slois aus, um die Abtrünnigen zu bestrafen.

Kalman blickte zornig in den See der Seelen, der wie eine warme schwarze Träne unter dem Palast lag, erhitzt vom Brennenden Meer, das direkt unter ihm zusammenfloss. Aus dem Wasser stiegen helle Schreie empor, die die Oberfläche erzittern ließen.

»Hörst du die Elfen? Sie singen vor Schmerz sanfte Kreise ins Wasser«, sagte Kalman zu Valkaal, seinem Botschafter. »Du kennst ihre Aufgabe?«

Valkaal nickte.

Kalman sprach weiter: »Ihre klagenden Töne und Schreie setzen genau jene Schwingungen frei, über die alle Gedanken meiner Untertanen über die acht Türme hier hinab und zu mir in den Kokon geleitet werden. Ohne die im Wasser gefangenen Elfen wäre ich nichts und würdest du nichts sein, weil sich dann das Volk gegen mich erheben würde. Das ist die einzige Aufgabe dieser nichtswürdigen Kreaturen. Und sie erfüllen sie gut. Hörst du sie?«

Wieder nickte der Botschafter.

»Und was ist deine Aufgabe? … Du sollst Botschaften von einem Ort zum anderen bringen. Du sollst mit mir reden und mit den Trollen. Du bist nicht mehr als Ohr und Mund – meine Ohren und mein Mund. Aber was ich gerade eben von dir gehört habe, gefällt mir nicht. Wie kannst du zulassen, dass sich dieser Samagar mir gegenüber solche Frechheiten erlaubt?«

»Er hat die Augen der Menschen und damit die Macht. Ohne ihn kann keiner von uns die Karte auf der Hand des Menschenjungen erkennen. Das weiß er – und deshalb redet er so.«

»Ein wenig mehr Hirn zwischen deinen Ohren könnte hilfreich sein. Was warst du doch früher für ein guter Botschafter.«

»Damals, als noch Paide Herrscherin der Trolle war, war meine Arbeit auch einfacher. Auf ihre Worte konnte sich jeder verlassen«, sagte Valkaal. Er fürchtete sich vor Kalman, denn in dessen Silma, das fast das halbe Gesicht einnahm, loderte der Zorn. Und es schien, als würden die fingerlangen Dornen auf seinem kahlen Schädel glühen. Er betrat die eiserne Brücke und würdigte seinen Botschafter keines Blickes. Doch sah er, wie Valkaals Silma sich hell im Wasser spiegelte. »Du hast Angst, aber ich werde dich nicht töten. Schließlich bist du mir treu.«

Auf der anderen Seite des Sees lief der Fürst zum Treppenaufgang. Er warf noch einen Blick auf den Verschlag, in dem die Reitvögel der Wächter standen, die Hippogryphen. Es waren vogelgleiche Wesen mit pferdeartigem Hinterleib. Ihr Gefieder war stumpf, genauso wie ihre Schnäbel. Alles hier unten schien zu verrotten und gleichzeitig ewig zu sein, so wie das Moor das Leben konservierte.

Schattengleich folgte Valkaal seinem Fürsten. Er machte sich bei dem Aufstieg über die Treppe klein. Als der Fürst innehielt und sich ihm zuwandte, zuckte Valkaal zusammen.

»Samagar hat mich wirklich ausgelacht?«, fragte der Fürst.

»Das wäre übertrieben, Herr. Er hat nur …«

»Willst du ihn etwa noch verteidigen?« Kalman beugte sich bei diesen Worten hinab zu Valkaal. Die Dornen auf seinem Schädel waren bedrohlich nah am Gesicht des Botschafters, der die Nähe seines Fürsten kaum ertrug.

»Nein, natürlich nicht«, sagte Valkaal. »Die Trolle müssten Euch dankbar sein, mein Fürst.«

»Wieso?«

»Ohne unser Gift würde Fermlund noch leben.«

Kalman öffnete seinen lippenlosen Mund, in dem die scharfe Kauleiste wie ein Messer aufblitzte. »Es gibt nur Dankbarkeit von Kreaturen, die keine Macht besitzen. Wir müssen handeln, sonst werden wir am Ende Ontika besiegen, aber gegen die Trolle verlieren. Also, beschaffe mir diesen Maron, damit wir das Ei des Drachen bekommen.«

»Wo finde ich ihn?«

»Muss ich dich etwa noch hintragen?«, schrie Kalman. »Eines der Irrlichter hat gemeldet, dass eine Gruppe von Händlern aus Ontika auf dem Weg nach Apskritis einen Streit mit einem Lihala hatte. Sie werden sich schon in der Hauptstadt der Lihalas befinden.« Als Valkaal daraufhin etwas sagen wollte, fuhr der Fürst ihn an: »Und vergiss nicht, ich bin stets in deinen Gedanken, und jetzt verzieh dich, reise nach Apskritis, ehe dieser Idiot von Samagar noch erfährt, wo sich Maron befindet.« Mit diesen

Worten stieg Kalman weiter nach oben, hinauf in den Palast.

Gebiet der Lihalas, Hauptstadt Apskritis

Kalmans Vermutung war genau richtig gewesen, denn bald schon erreichten Maron und seine Gefährten die geschäftige Hauptstadt der Lihalas, wo die Gassen am Verkehr zu ersticken drohten.

»Es stinkt«, sagte Ezeras. Am liebsten hätte er diese ganzen Karren samt Zugdrachen mit einem Schwertstreich in die Abgründe der Erde gejagt. Maron hatte zwar keine so schlechte Laune, aber das Chaos und der Gestank des Drachenkots schlugen auch ihm aufs Gemüt. Dabei gab es Räumer, die den Kot wegschafften. Die Lihalas brannten daraus Ziegel für die Häuser oder feuerten damit ihre Wohnungen. Einige Häuser standen auf Holzpfählen, so konnte der Verkehr unter ihnen hindurchfließen.

Es gab in der Handelsmetropole Waren aus allen Regionen Terras: Pilzbrote, Pferdewurst, Wurfspieße, Pfeil und Bogen, Drachenschinken, Wurzeln und sogar gewürzte Steine wie braun geriebenen Lamprophyr, Mandelharzmedaillons oder gegorene Trachyte. Angeboten wurde alles, was essbar war. Wirges zog es daher vor, in Enites Satteltasche abzuwarten, bis sie Apskritis hinter sich hatten. »Man muss ja nicht seine eigene Haut zu Markte tragen«, hatte er gesagt. Seitdem schwieg er. Einige Händler priesen Kristalle an, die angeblich gegen Krankheiten halfen. Bei den Trollen waren jene Mittel sehr beliebt, die das Augenlicht verbesserten.

Marons Blick fiel auf einen Trolleber, der auf einer verzierten Truhe mit kupfernen Verschlägen hockte und lautstark versprach, mit seiner Wünschelrute jeden Schatz finden zu können, der je versteckt worden sei. Seine Schnauze, die der eines Wildschweins glich, war voller Erde, und aus seinen Mundwinkeln tropfte der Sabber.

»Fragt sich nur, warum dieser Kerl dann noch hier sitzt und seine Dienste anpreisen muss«, sagte Maron im Scherz und blickte dabei Nangolf lächelnd von der Seite an.

»Unterschätze sie nicht. Die Trolleber erschnüffeln Reichtümer, von denen wir nicht zu träumen wagen. Fermlund hat einst seine Goldader auch von einem Trolleber aufspüren lassen.«

»Dann lass uns zu ihm reiten.«

»Wer viele Schätze anhäuft, hat viel zu verlieren«, mischte sich Enite ein, die vor ihnen ritt. Sie hob den Arm und stoppte ihr Einhorn Burack.

»Was sollen die beiden Skandas kosten?«, fragte sie eine Hexe, die am Straßenrand hockte. Sie zeigte dabei auf die grünlichen Tierchen in dem Weidenkorb, die wie langgezogene Kröten aussahen.

Die Hexe erhob sich, trat an Enite heran und sagte: »Es sind meine letzten beiden. 78 Bogs will ich dafür haben.«

Maron konnte seinen Blick nicht von der Hexe mit der knorrigen Nase abwenden. Wenn sie sprach, blitzten darunter makellose Zähne auf, die nicht in das Gesicht der Alten passten. In die Haare hatte sie sich winzige Knochen geflochten.

Enite drückte ihr das verlangte Geld in die Hand.

»Wenn Ihr sie benutzen wollt, so schlagt ihnen auf den Rücken, dann leuchten sie aus den Mündern.«

»Das ist mir bekannt«, sagte Enite.

»Ich weiß ja nicht, was einer weiß und was nicht.«

»Hauptsache, sie sind frisch.«

»Würde ich Euch alte Ware verkaufen?«

Die Skandas trugen Licht in sich. Hatte man sie jedoch einmal angeschlagen, verglühten sie. Nie wusste der Käufer, ob ein Skanda, den er gerade erworben hatte, noch funktionierte. Schließlich konnte man ihn ja nur ein einziges Mal benutzen. Die Skandas stammten aus den Sümpfen. Moorhexen sammelten ihre Larven und zogen sie groß. Skandas waren auch in Schmuckanhängern aus Glas im Handel. An einer Halskette wurden sie den Last- oder Hausdrachen angelegt, so leuchteten sie ihren Besitzern den Weg in der Dunkelheit.

»Die Pfeife gebe ich Euch dazu. Sie soll für Euren jungen Elfen sein.« Dabei versuchte sie, einen Blick unter Marons Kapuze zu werfen. Er zog sie sich schnell noch tiefer ins Gesicht. »Jetzt nehmt das Pfeifchen! Ziert Euch nicht. Damit könnt Ihr im Wald Dryarden locken. Sie sind köstlich.«

»Vielleicht für Trolle, aber nicht für uns«, entgegnete ihr Enite.

»Nimm sie, Junge«, befahl die Alte und drückte Maron die Pfeife in die Hand. Der griff unwillkürlich zu und meinte: »Wer weiß, wozu wir das noch gebrauchen können!« Es war ein getöpfertes daumendickes Gefäß. Als er es an die Lippen setzte und die ersten Töne spielte, hielten sich die Trolle, die sich in der Gasse befanden, die Ohren zu und schauten ihn wütend an.

»He, hör auf!«, sagte die Moorhexe. »Das Geräusch lässt ihre Trommelfelle platzen, wenn sie ihm lange ausgesetzt sind.«

»Dann werde ich sie besser wegstecken«, sagte Maron. »Außer ich möchte Ezeras ärgern.«

»Sehr witzig«, entgegnete dieser. Auch für einen Achteltroll war der Ton unangenehm.

Die Hexe stellte sich vor Burack und strich über dessen Einhorn. Dann schnupperte sie daran.

»Was macht Ihr da?«, fragte Enite.

»Was verbergt Ihr darin, frage ich Euch«, entgegnete ihr die Hexe. »Ist es jenes Kraut, das ich zu riechen glaube?«

Enite saß ab, ging auf die Hexe zu und stieß sie beiseite: »Ihr habt eine zu gute Nase. Ihr solltet darauf achten, dass sie Euch keiner abschlägt.«

»Waat sei Dank riechen die Lihalas nicht so gut«, meinte die Hexe.

»Wollt Ihr mehr Bogs?«, sagte Enite.

Die Hexe nickte. »Oder ist das Kringskraut im Land

der Lihalas etwa erlaubt? Wer es besitzt, kann alles sehen, selbst die verbotenen Dinge.«

Missmutig drückte Enite der Hexe einen Beutel Münzen in die Hand. »Sollte ein Wort über das Kraut aus Eurem Mund kommen, so wird es das Letzte sein, das Ihr je gesagt habt.«

Die Moorhexe hockte sich wieder zwischen ihre Waren, ließ sich ein paar Bogs aus dem Beutel auf ihre Hand gleiten und sagte, mit den Münzen spielend: »Nehmt Euch vor großen Nasen in Acht, manche sind nicht so leicht zu bestechen wie meine.« Dann hob sie ihren Blick, biss auf einen Bog, um seine Echtheit zu prüfen, und grinste Enite an. Maron fragte sich, ob diesem Moorweib zu trauen war. Sie schien verschlagener als jeder Kurat.

Einem Kurat begegneten sie, als sie ihre Reittiere am Zügel führend unter einem Haus hindurchliefen. Er war unvermittelt aus der Menge aufgetaucht und fragte Maron: »Wollt Ihr etwas kaufen? Ich habe einen Saft, der gegen alle Probleme mit den Därmen hilft.«

Dabei hielt er Maron ein kleines Fläschchen vor, dessen Inhalt durchsichtig gelb war und ein wenig zu leuchten schien.

»Nein, wir sind nur auf der Durchreise ins Kernland«, sagte Maron.

»Ich muss auch dorthin. Mein Name ist Valkaal.«

»Wir kennen selbst den Weg«, unterbrach Enite die beiden und flüsterte Maron zu: »Das Gespräch mit der Hexe war schon teuer genug.«

Das Silma des Kurats leuchtete rot auf, als hätte Enite ein Feuer in ihm entfacht. Aber er sagte ruhig, indem er das Fläschchen wieder verschwinden ließ: »Dann gehabt Euch wohl. Ich will Euch nicht aufhalten. Den Saft werde ich auch woanders los.« Mit diesen Worten bestieg Valkaal seinen Hippogryphen.

Enite steuerte ihr Einhorn durch die Menge. An Trab war in dem Gedränge nicht zu denken. Kaum hatten sie ihren Schritt beschleunigt, hörten sie einen Schrei. Ezeras' Titurel hatte gescheut, als einem Verkäufer mit lautem Knall eine Flasche Bianstwo aus der Hand gerutscht war. Er war erschrocken zur Seite gewichen und hatte dabei einen Hausdrachen getreten, der gerade frisch geschuppt aus einem Drachensalon kam. Der Drache, der ein Leibchen um seinen leicht angefetteten Körper trug, jaulte auf.

Sein Besitzer brüllte Ezeras an: »Habt Ihr keine Augen im Kopf?«

»Hab ich. Aber was kann ich dafür, wenn dieser Idiot« – Ezeras schaute auf den Händler, dessen Elixier sich überall auf dem Boden verteilte und wie Säure verdampfte – »durch seine Unachtsamkeit meinem Titurel einen Schrecken versetzt.«

»Seht Ihr nicht, was Euer Vieh meinem Malür angetan hat?« Der Besitzer streichelte seinem eitlen Drachen über den Kopf und sagte: »Du Armer. Hat dir der Grobling wehgetan?«

»Ich sehe nichts. Es geht ihm doch gut«, erwiderte Ezeras.

Sofort waren sie umringt von Lihalas, die ihrem Landsmann beistanden. Enite und die Übrigen wollten fort, aber die Menge hielt Ezeras fest, der schon vor Wut schnaubte. Gleich würde er zornig und unberechenbar sein. Da trat der Kurat, der eben Maron angesprochen hatte, aus der Menge und sagte: »Ich kaufe Euch Euren Malür ab.«

»Er ist unverkäuflich, erst recht für einen Kurat.«

Als der Lihala jedoch den prall gefüllten Geldbeutel sah, geriet er ins Grübeln.

»Ich suche noch einen Jagddrachen«, sagte Valkaal und ging begutachtend um das Wesen herum. »Euer Malür scheint mir gut geeignet, hat starke Hinterläufe und ein vernünftiges Gebiss, er ist lediglich zu fett. In dem Beutel sind sechshundert Bogs, damit könnt Ihr Euch einen wirklichen Zierdrachen kaufen. Aus Eurem Malür werdet Ihr nie einen machen, der hat viel zu breite Knochen.«

»Was will dieser Kurat von uns? Warum hilft er Ezeras?«, flüsterte Enite Maron zu. Sie schraubte ihr Haar hoch und steckte es sich geschickt zu einem Dutt fest.

»Ich weiß nicht.«

Egal, was dieser Kurat mit Namen Valkaal im Schilde führte, eins war sicher: Er löste nicht nur die vertrackte Situation, sondern führte Enite, Nangolf, Maron und Ezeras auch anschließend sicher durch das Viertel der Steinhändler und über den Sklaven- und Wesenmarkt, wo er einem Händler den gerade gekauften Drachen für anderthalb Beutel Bogs aufschwatzte. Dann ging es aus der Hauptstadt heraus, vorbei an Laaksberg, wo die Armen lebten und sich Gänge mit Wohnhöhlen in den Fels geschlagen hatten. Schließlich ritten Maron und seine Begleiter mit dem Kurat über die Wiesen zum Kernland der Trolle, wo das Licht dünn und dünner wurde – mehr und mehr brach sich die Dämmerung Bahn.

»Lass die Fackel aus«, sagte Enite zu Ezeras. »Wir können sie später entzünden. Die Trolle müssen uns nicht gleich sehen.« Einsichtig steckte Ezeras die Fackel wieder in seine Sattelschlaufe.

Lichtquellen gab es genügend in Sichtweite – am Grenzposten, der an der einzigen Straße in der Gegend aufgebaut war. Acht Trolle kontrollierten soeben einen Trolleber. Sie trugen Brustschilde, die sie mit Gürteln um den Leib gespannt hatten, und gingen nicht gerade zimperlich vor. Maron beobachtete, wie ein Koffer des Trollebers unsanft geöffnet wurde. Zwei Bündel Wünschelruten und ein Sack Skandas purzelten heraus.

»Uns werden sie hoffentlich besser behandeln«, sagte Valkaal.

»Wir werden versuchen, irgendwo über die grüne Grenze einzureisen«, entgegnete ihm Enite.

»Das ist eine riskante Angelegenheit«, gab der Kurat zu Bedenken. »Die Trollpatrouillen kontrollieren die unbewachten Moorgebiete und Wälder. Wir sollten einfach diesen Übergang hier nutzen. Oder habt Ihr etwas zu verbergen?«

»Nein. Aber Ihr könnt ja jetzt allein über die Grenze reiten und später treffen wir uns wieder.«

Köln, Pressekonferenz im Haus Domblick

Die eintreffende SMS von Kai Jedicke löste helle Aufregung aus, als Rudolf Bugholz sie an die Einsatzleitung des Katastrophenteams weitergab.

»Wir müssen davon ausgehen, dass aus der Gruppe um die Archäologin Dr. Helen King noch Besucher der Ausgrabungen leben«, sagte der technische Leiter der Rettungstrupps, Marcel Bittner. »Wir sind jedoch nicht darüber informiert, wer genau sich außer Frau King und Herrn Jedicke unter den Überlebenden befindet und wie es den Eingeschlossenen geht. Es ist ohnehin ein Wunder, dass wir einen SMS-Kontakt zu ihnen haben.«

»Wann werden Sie einen Bergungstrupp in den Dom schicken?«, fragte einer der anwesenden Journalisten. Rund achtzig standen in dem Raum eng zusammengedrängt und blickten auf den langgezogenen Tisch am Kopfende.

»Zurzeit ist nicht daran zu denken, die Lage ist zu unübersichtlich.«

»Wann rechnen Sie damit?«

Dazu konnte Bittner keine konkrete Aussage machen. Er schaute durch das Panoramafenster hinaus auf den Domvorplatz, als wollte er sagen, dass es in Gottes Hand lag. Haus Domblick befand sich direkt an der Sperrzone, in unmittelbarer Nähe der Kathedrale – nicht weit vom Touristenbüro der Stadt und dem Domforum entfernt, wo sonst Veranstaltungen abgehalten wurden. Hier im zweiten Stock war nicht einmal die Glasfront durch die Wucht des Bebens eingedrückt worden. Die Fassade mit ihren vier Zentimeter dicken und leicht abgedunkelten Scheiben schien erdbebensicher. Damit trotzdem kein Journalist auf die Idee kam, zu nahe an die Fenster zu treten, war mit rot-weißen Bändern eine kleine Sicherheitszone eingerichtet worden. Wäre es nach Bittner gegangen, so wäre im Haus Domblick keine Pressekonferenz abgehalten worden, aber Oberbürgermeister Frank Meurer hatte sich durchgesetzt. Er wollte mit den Journalisten möglichst nah ran an die Katastrophe.

»Gedenkt die Stadt, selbst etwas zu unternehmen, Herr Meurer?«

Die Augen der Presse richteten sich auf den Bürgermeister, der rechts vom Einsatzleiter saß und ernst schaute. »Wir werden alles tun, was in unserer Macht steht. Zuerst einmal müssen wir uns um die Angehörigen kümmern und ihnen jegliche Unterstützung zukommen lassen.« Er hatte sich bislang gegen seine Gewohnheit im Hintergrund gehalten.

Kaum hatte Meurer den provisorisch eingerichteten Konferenzraum verlassen, sprach Bugholz ihn an. »Du kennst mich, Frank. Ich werde nicht untätig zusehen, wie mein Mann dort unten in den Trümmern erstickt. Du musst etwas tun.«

»Was denn?«

»Einen Bergungstrupp runterschicken. Die Leute verlangen das.«

»Du hast gehört, was die Einsatzleitung meint.«

»Und ich weiß, dass du genauso denkst wie ich. Schließlich sitzen wir alle in einem Boot.«

»Was soll das heißen?«

»Du erinnerst dich an die Powering-Aktien.«

»Was meinst du damit?«

»Ich kann meinen Mann nicht da unten verrecken lassen, weil du Schiss hast, etwas zu unternehmen.«

»Aber ich habe ...«

»Du hast Einfluss, und den solltest du geltend machen, sonst werde ich wohl darüber schreiben müssen, dass du damals Aktien vom Energieversorger Powering gekauft hast, weil du wusstest, dass die Stadt Köln bald mit in das Unternehmen einsteigen würde. Und dann hast du die Aktien einen Monat später mit mindestens tausend Prozent Gewinn wieder verkauft. Oder?«

»Du bist ein Schwein.«

»Nein, das Prädikat darfst du getrost für dich in Anspruch nehmen. Schließlich hast du betrogen, nicht ich. Ich habe nur bislang dazu geschwiegen. Aber jetzt will ich meinen Redakteur zurück. Also tu was, sonst muss ich handeln.«

Trollgebiet Pansakur, Kraterregion

Enite hatte sich für die Kraterregion Mator entschieden, um die Grenze zu überqueren. Sie lag weitab jeglicher Route. Kaum einer der Trolle traute sich in diese unwirtliche Gegend. »Der Vulkan Mator hat hier einst eine ganze Stadt unter sich begraben. Zwanzigtausend Trolle sollen dort gelebt haben. Die Troll- und Drachenknochen sind Nährboden für das Moos«, sagte Enite.

»Ob die Geister der toten Trolle wirklich hier spuken?«, fragte Ezeras und schloss näher zu der Druidin auf, denn er glaubte, die kalten Hände auf seiner Haut zu spüren. Der Gedanke, dass die Toten unsichtbar unter ihnen lebten, gefiel ihm nicht. Am liebsten hätte er sein Schwert gezogen und damit wild um sich geschlagen.

»Fressen tote Trolle denn auch lebende Kobolde?«, fragte Wirges und zog sich zitternd in die Satteltasche zurück.

Das Licht in der Ebene war grau. Bis hierher reichte die Strahlkraft von Ontikas Kristallen nicht mehr. An den Kratern waren die Lavaströme zu bizarren Gebilden erstarrt, die wie schwarze Köpfe aus der Landschaft ragten. Zwischen diesen finsteren Skulpturen hatten sich Moose gebildet, samtig wie ein Teppich. Für die Einhörner war der dicht bewachsene Untergrund eine willkommene Abwechslung.

Es war still, als hätten sich die Töne verkrochen. Kein Vogel rief, alles tot, die Vulkane erloschen und das Hufgetrappel wurde vom Moos abgefedert. Selbst die Körper warfen kaum Schatten. Einzig das monotone Schnarchen von Wirges in Enites Satteltasche beruhigte Maron. Er wusste, dass Kobolde gern schlafen, aber Wirges schien alle Rekorde brechen zu wollen.

Neben Maron ritt Nangolf, den Köcher und seinen Bogen trug er sauber angelegt am Körper. Durchgedrücktes gerades Kreuz, im Licht der Fackel das Profil des Elfs, leicht vorstehendes Kinn, dezente Nase und winzige Augenwulst, weder Tod noch Teufel fürchtend. Nangolf schaute über die Ohren seines Einhorns hinweg auf Valkaals Rücken. Dann spürte er Marons Blick. »Alles in Ordnung?«

Maron nickte und setzte sich ebenfalls gerade. Nicht an diese albtraumhaften Landschaften denken. Schultern zurück! Konzentrier dich, Maron! Aus dem Kreuz heraus reiten, nicht am Zügel zerren! Seine Pobacken waren wund geritten und schmerzten, als würden Vampirfledermäuse ihre Zähne in sein Fleisch hauen.

»Wir sollten die Lücke nicht zu groß werden lassen«, sagte Nangolf in die Stille hinein zu Valkaal. Jetzt erst fiel Maron auf, dass Enite und Ezeras ihnen voraus waren.

»Leichter gesagt als getan, Halem will nicht schneller.« Valkaal gab seinem Hippogryph die Peitsche, aber dieser drehte sich nur frech um und blickte Valkaal mit seinen schwarzen Augen durchdringend an. Sein Schnabel war so lang, dass er seinen Reiter mühelos hätte aus dem Sattel heben können.

»Ihr seid kein gewöhnlicher Kurat«, sagte Nangolf. »Sonst würdet Ihr ihn härter schlagen.«

»Ihr seid ja auch keine normalen Händler«, entgegnete Valkaal.

»Wie kommt Ihr darauf?«

»Euer Freund«, sagte der Kurat und drehte sich zu Maron um. »Seine Augen gefallen mir.«

Bevor Nangolf fragen konnte, was er mit seiner Bemerkung meine, zog Valkaal Halem an den spitz nach hinten stehenden Ohren. Der Hippogryph schnappte wild um sich, trabte aber an und erhielt noch einen Schlag mit der Peitsche, bis er schließlich halb laufend, halb fliegend, Maron und Nangolf davoneilte. Die beiden schauten sich erstaunt an und folgten ihm im schnellen Trab. Das war auch nötig, denn Ezeras, der einen lebenden Toten gesehen zu haben glaubte, galoppierte mit einem Mal an. Falls es wirklich Untote in der Gegend gab, würden diese keine Chance haben, die Gruppe noch zu fassen. Alle Reittiere fielen jetzt in einen Galopp, und schon bald hatten Maron und seine Gefährten die unheimliche Gegend hinter sich und erreichten …

Alpen, Rollbahn auf 1.354 Metern Höhe

Mit der Piper würden sie drei bis vier Stunden von dem verschneiten Alpen-Flugplatz bis nach Köln brauchen. Während Hafiz Kesken und seine vierköpfige Crew an Bord der einmotorigen Maschine stiegen, schob ein Räumfahrzeug den Schnee von der Rollbahn. Das Angebot aus Köln hätte für Kesken zu keinem besseren Zeitpunkt kommen können. Er brauchte Geld – und zwar dringend. Vor zwei Jahren hatte er die Firma *RescueMe* gegründet. Jetzt war er fast pleite. In drei Monaten würde er seine Leute nicht mehr bezahlen können. Die Piper, die er gebraucht gekauft hatte, um bei Katastropheneinsätzen schnell mit dem Team vor Ort zu sein, war topp in Schuss, aber zu teuer für ihn und sein kleines Unternehmen.

Kesken hatte geglaubt, die Firma würde rasant wachsen, aber die meisten Einsätze übernahmen staatliche Stellen oder das Militär. In Deutschland gab es bei Katastrophen überdies noch das Technische Hilfswerk. Auf die Türkei, jenes Land, aus dem einst seine Großeltern gekommen waren, konnte er auch nicht hoffen. Wer dort Aufträge von der Regierung wollte, musste gute Bekannte an den richtigen Stellen haben. Kesken hatte keine Kontakte und die paar Suren aus dem Koran, die er auswendig auf Arabisch herunterschnurren konnte, halfen ihm auch nicht weiter. *RescueMe* war bislang nur bei einem Grubenunglück in China – zur Unterstützung der lokalen Einheiten – und bei einem Tunneleinsturz in Guatemala zum Einsatz gekommen. Von dem Geld für die beiden Aufträge hatte Kesken noch keinen Cent gesehen. Die Piper hatten sie dafür nicht gebraucht.

In Köln würden sie für ihre Arbeit nicht nur gut bezahlt, sondern es wäre auch eine unglaublich gute Werbung. Kesken schnallte sich an und seine Mitarbeiter platzierten das Werkzeug hinter sich auf der Gepäckfläche oder verstauten es unter den Sitzen.

Das schwerere Gerät hatten sie im Laderaum untergebracht. Es war gemütlich warm im Flieger, während draußen die Schneeflocken wie Wattebäusche vom Himmel fielen.

Der Fahrer des Räumfahrzeugs tat sein Bestes, aber die Rollbahn konnte gar nicht schnell genug frei werden für Kesken, der ungeduldig im Cockpit saß, die Anzeigen auf dem Armaturenbrett kontrollierte und den Motor anließ. Der Propeller drehte sich langsam, kam in Fahrt und die Piper rollte ein paar Meter. Es würde ein riskantes Unternehmen werden. Das stand jetzt schon fest. Den Kölner Dom hatte Kesken erst einmal gesehen. Damals war ihm der mächtige Koloss wie ein riesiges Tier vorgekommen, das vor dem Rhein kauerte, um aus dem Fluss zu trinken. Dieses Tier war nun schwer angeschlagen. Beim kleinsten Nachbeben konnte es zusammenbrechen.

Sein Handy klingelte.

»Schon wieder dieser Bürgermeister«, sagte er zu seinem Kopiloten Moritz Reuter. Kesken ging ran.

»Wann kommen Sie? Wir haben keine Zeit«, sagte Meurer ungeduldig.

»In ein paar Minuten sind wir in der Luft.«

»Ich habe Sie nicht gefragt, wann Sie in der Luft sind, sondern wann Sie in Köln eintreffen.«

»Das Wetter hier ist nicht so gut wie bei Ihnen. Über den Alpen haben wir mit Turbulenzen zu rechnen.«

»Warum müssen Sie auch mit der Piper fliegen?«

»Bis wir von hier aus über die verschneiten Straßen am Münchner Flughafen sind, ist der Dom eingestürzt«, sagte Kesken mit leichtem Hamburger Dialekt und legte die flache Hand wie ein Messer vor seine Kehle. Moritz Reuter begriff die Geste seines Chefs sofort und sprach laut: »Wir brauchen Sie, Kapitän! Haben Probleme mit der Ladung!«

»Was ist denn bei Ihnen los?«, fragte Meurer, der nur Wortfetzen durch das Handy verstanden hatte.

»Sie hören ja, ich werde gebraucht. Muss unser Gespräch leider beenden. Wir holen die Leute unter dem Dom raus. Da können Sie sicher sein.«

Der Tower gab die Starterlaubnis, woraufhin Kesken die Piper in Position rollen ließ. Dann gab er Vollgas und hielt gleichzeitig die Bremse fest. Erst als der Tourenzeiger ins Rote schlug, ließ er los und wurde in den khakifarbenen Ledersitz gedrückt. Ein eigenes Flugzeug, davon hatte er immer geträumt. Vielleicht konnte er diesen Traum ja noch eine Weile fliegen, wenn es ihm gelang, die Leute unter dem Dom rauszuholen. Die Rollbahn war kurz und glatt. Als wollte Kesken mit dem Propeller den Wald rasieren, raste die Piper auf das Ende der Rollbahn zu.

»Nimm die Schnauze hoch«, sagte Moritz.

Kesken ließ der Maschine noch einen Moment Zeit. Sie brauchte mehr Geschwindigkeit.

»Bist du wahnsinnig!«, rief Moritz, dann zog Kesken das Höhenruder hoch und die Piper erhob sich souverän, flog über die schneebedeckten Spitzen der Tannen in den Taghimmel hinein.

Eine halbe Stunde später hatten sie den Schnee und die stärksten Turbulenzen hinter sich, und wer später über Mannheim, Frankfurt oder Siegen in den Himmel blickte, erkannte eine einmotorige Passagiermaschine. Sie war nachtblau lackiert und trug die Aufschrift *RescueMe*.

Trollgebiet Pansakur, Ufer des Maardu Lahacht

Sie erreichten das mit kniehohem Schilf bewachsene Ufer des Maardu Lahacht. Der riesige See lag grau und ruhig wie ein dösender Wal in der ewigen Dämmerung.

»Haaalt!« Enite hob den Arm. Das Rot ihres Handschuhs war noch so feurig wie bei der Abreise, nichts konnte ihn beschmutzen, kein Schatten ihn verdunkeln.

»Wie wollt Ihr dort hinübergelangen?«, fragte Valkaal die Druidin, die ihre Karte aufklappte. Durch das Rascheln erwachte Wirges und kletterte schlaftrunken und kommentarlos auf Enites Schulter. Sie streichelte ihm über den Kopf und drückte ihm einen Kuss auf die Stirn.

»Warum leuchtet der See?«, wollte Maron wissen.

»Fische. Es scheint ein ganzer Schwarm zu sein«, erklärte Valkaal. »Die Trolle nennen sie Lumripkas – Fische des Lichts. Sie sind glücklich über solche

Schwärme, da sie selbst kein Licht besitzen. In Ontika habt Ihr so was nicht nötig. Ihr habt die neun Kristalle.«

»Und so soll es bleiben«, sagte Wirges frech. Seine Laune war in den ersten Minuten nach einem Schläfchen nie gut.

Das Rot in Valkaals Silma fing Feuer. »Ganz recht so«, sagte er zynisch. »Warum sollten es alle Völker Terras gleich gut haben? Warum sollten alle das gleiche Recht auf Licht haben wie die Elfen?«

»Weil die Völker des Nordens keine Ruhe geben, genauso wenig wie Wirges«, sagte Enite kurz angebunden und fragte Valkaal: »Seht Ihr die Siedlung dort am Ufer?« Sie zeigte nach Osten zu vier Holzhütten mit einem Steg davor, an dem ein Schiff mit dem Kopf eines Seeungeheuers im Wasser dümpelte. »Wir brauchen das Schiff.«

»Die Seetrolle werden es uns nicht vermieten.«

»Ihr seid ein Kurat, Euch werden sie vertrauen.« Enite löste einen Geldbeutel von ihrem Sattel und drückte ihn Valkaal in die Hand. »Das dürfte reichen. Die Seetrolle sollen sich ihr Schiff auf der anderen Seite des Sees wieder abholen.« Mit dieser Bemerkung faltete sie die Karte zusammen.

»Und was habe ich davon?«

»Ich verstehe ohnehin nicht, warum Ihr mit uns reitet. Ihr könntet in Apskritis gute Geschäfte machen. Stattdessen vergeudet Ihr Eure Zeit mit uns.«

»Es scheint mir sicherer, als allein unterwegs zu sein.«

»Dann tut mir den Gefallen, mietet das Schiff. Und du« – dabei blickte sie Wirges an – »bist jetzt etwas freundlicher zu unserem Begleiter.«

»Ich sag doch nichts. Ich schlaf doch noch halb.«

Valkaal gab sich geschlagen und ritt davon. Dabei hatte er selbst Angst vor den Seetrollen. Diese urwüchsigen Gestalten führten in ihren Clans ein Leben nach eigenen Regeln. Manche überfielen für ein paar Fische sogar die Nachbarsiedlungen. Ihre Frauen waren fruchtbar und gebaren immer neue Trolle, die im Krieg geopfert werden konnten. Ständig waren sie auf der Suche nach Nahrung und Raum für ihr wachsendes Volk.

»Wir sollten ihn nicht allein reiten lassen«, sagte Maron.

»Doch«, entgegnete Enite. »Und wir sollten weiterreiten und am Ufer entlang den See umgehen, um ihn abzuhängen. Ich traue diesem Valkaal nicht.«

»Er hat uns in Apskritis geholfen.«

»Wenn ein Kurat ehrlich scheint, ist genau das seine größte Lüge.«

»Wenn ich bei den Kurats aufgewachsen wäre, wäre ich sein Freund.«

»Doch du wärst niemals ein Kurat geworden«, erklärte Enite.

»Ich bin auch kein Elf. Oder machen zwei angeklebte Ohren einen Elfen?«

»Aber wir lieben dich wie unseren Sohn«, mischte sich Nangolf ein.

»Genau«, sagte der Kobold. »Lehrer haben immer recht. Das ist das Recht der Lehrer. Sie haben die Macht, und wer Macht hat, hat recht. Das ist gut so, sonst wären wir alle ohnmächtig.« Wirges sprang von Enites Schulter auf, machte einen gewaltigen Satz und schaffte es gerade noch, sich in die Mähne von Nangolfs Einhorn Khetam zu krallen. Dort blieb er sitzen und lachte, zog seinen Schnurrbart ganz lang und ließ ihn wie eine Feder zurücksausen, dann sagte er zu Nangolf: »Ist doch schön. So hat der Junge wieder was von dir gelernt.«

»Ach, sei still«, sagte der Elf und folgte Maron, der hinter Ezeras und Enite am Ufer entlangritt.

Köln

Die Piper landete auf einer der Nebenrollbahnen des Köln-Bonner Flughafens. Eine halbe Stunde später trafen Keskens Männer mit dem Hubschrauber am Dom ein. Die untere Etage von Haus Domblick lag voller Glassplitter, da die Glasfront zerplatzt war. Nicht das Beben war daran schuld gewesen, sondern ein Mann, dessen Kinder in einer eingeschlossenen U-Bahn festsaßen. Nach der Pressekonferenz hatte er wutentbrannt die Scheibe mit einem Stein eingeworfen.

Keskens Männer wurden in einen Raum geführt, der eilig mit Trennwänden unterteilt worden war.

Zwischen zwei Wänden hindurch beobachtete Kesken, wie ein weiterer Bagger auf die Domplatte rollte, um den Weg zum Hauptportal vom Schutt freizuräumen.

»Könnte eine längere Geschichte werden«, sagte Kesken zu seinen Leuten, die sich auf ihre Rucksäcke gesetzt hatten. »Wir sollten aus dem Vorratskarton noch etwas Proviant einpacken. So heftig habe ich mir die Schäden nicht vorgestellt. Wer weiß, wie es im Dom aussieht!«

Seine Leute verstauten gerade die letzten Getränkeflaschen und Energieriegel, als Frank Meurer eintraf. Journalisten hatten ihn aufgehalten. Sie wollten unbedingt näher ans Geschehen heran und Genaueres über den geplanten Einsatz des *RescueMe*-Teams wissen. Schließlich hatte es zuerst geheißen, dass man den Eingeschlossenen aufgrund der Gefahrenlage nicht helfen könne. Plötzlich aber hatte sich Bürgermeister Meurer doch für einen schnellen Rettungseinsatz stark gemacht. Ein befreundeter Gutachter Meurers hatte den Herren im Rathaus eben erst erklärt, dass man eine Expedition ins Erdreich unter den Dom riskieren könne, man müsse jedoch mit äußerster Vorsicht – sozusagen chirurgisch – vorgehen, um keine weitere Erschütterung auszulösen. Niemand ahnte, dass Meurers Einsatz für die Verschütteten nicht aus Nächstenliebe geschah, sondern lediglich, weil er von Bugholz erpresst wurde.

Meurer fror. Er hatte seinen Hut irgendwo zwischen Rathaus und Haus Domblick liegen lassen. Der

Schweiß, den ihm die Ratssitzung auf die Glatze getrieben hatte, schien auf dem Weg hierher gefroren zu sein. Die Kopfhaut wirkte so glatt, als könne man darauf Schlittschuh laufen. »Endlich sind Sie da«, empfing er Kesken mit ausgestreckter Hand und flackerndem Blick. »Wir haben keine Zeit mehr. Sie müssen sofort mit der Arbeit beginnen.«

»Guten Abend erst mal«, sagte Kesken. »Wir werden Ihr Problem lösen.«

»Das hoffe ich«, erklärte Meurer. »Die Eingeschlossenen brauchen Ihre Hilfe. Wir vertrauen auf Sie. Sie werden von den Fachleuten der Dombauhütte in die Architektur der Kathedrale eingewiesen, denn jeder falsche Schritt kann gefährlich für die Eingeschlossenen sein … und für Sie.«

Pansakur, Ufer des Maardu Lahacht

Valkaal hatte die Siedlung der Seetrolle aufgesucht. Zurück blieb nur Asche. Zu seiner Überraschung aber wartete an der Stelle, wo er sich von Enites Gruppe getrennt hatte, niemand mehr. Er fluchte. Kalman würde ihn direkt im See versenken, falls er ihm Maron nicht brachte. »Verdammt sollen sie sein! Verdammt!«, schrie Valkaal. Dann verstummte er abrupt, denn womöglich hatte ihn sein Fürst gehört. Schließlich registrierte dieser alles, was seine Untertanen dachten und sagten. »Oh nein, oh nein. Verzeiht mir, bitte!«, jammerte Valkaal, warf sich auf die Knie und duckte sich, als wolle er sich vor Kalman verstecken. »Bestraft mich nicht für mein Versagen. Bitte!«

Als es friedlich und still um ihn herum blieb, entspannte sich der Kurat wieder und überlegte, was nun zu tun sei. Wenn er Maron hinterher ritt, würde dieses Druidenweib Enite sicher noch misstrauischer. Valkaal musste also anders vorgehen. Ihre nächste Begegnung musste so aussehen, als würden sich ihre Wege zufällig kreuzen. Es war ihm schon einmal in den Gassen von Apskritis gelungen. Valkaal blickte zum See. Dann stürzte er sich auf etwas, das sich im Halbschatten vor seinen Füßen bewegte. Es war ein Artverwandter der Schattenfresser – etwas größer und mit klebrigem langem Fell. Valkaal brach ihm das Genick und warf ihn Halem vor, der das Tierchen gierig verschlang. Valkaal strich ihm über den Schnabel. »Jetzt brauche ich dich, mein Lieber.« Der Botschafter schwang sich in den Sattel, band sich die Füße am Steigbügel fest und flog auf den See hinaus. Zuerst war es Valkaal unheimlich. Die Kurats fürchteten nichts mehr als Wasser, da es in ihr Silma eindringen und es löschen konnte.

Aber als der Hippogryph höher und höher stieg, verflog Valkaals Furcht, er genoss den Wind, der über seinen kahlen Kopf strich. Hier oben war es warm. Er konnte den See selbst nicht mehr erkennen, nur noch das Funkeln, das von den Leuchtfischen herrührte. Die Dunkelheit wurde dichter, es war herrlich. Ein Gefühl von ewiger Nacht überkam ihn. Feuer ohne Licht. Valkaal fühlte sich wohl, fühlte die Hitze der Erdkruste über sich, spürte die Freiheit, die aus ihm herausbrach wie eine Fackel. Sein Silma glühte. Er zog aus der Satteltasche eine schlangenartige Gestalt mit Flughäuten, die acht Beine mit Krallen besaß und mit Flaum bedeckt war – ein Womlin. Womlins hatten weder Ohren noch Augen, sie orientierten sich nur mit ihrem Geruchssinn. Valkaal ließ ihn los – und während Halem seinen Herrn sicher über den See flog, stieg dem Womlin der süßliche Duft der Einhörner in die Nase, auf die er direkt zusteuerte. Kurz darauf landete er unbemerkt auf dem Gesäß von Enites Einhorn, wo er sich im Fell hinter dem Sattel ausruhte.

Der Wald am Ufer des Sees war bei Weitem noch dichter und finsterer, als er Maron von außen erschienen war. Die schmalen Äste der Bäume griffen wie dürre Finger nach ihm. Enite holte die beiden Skandas aus ihrem Beutel, doch das Moorweib hatte ihnen anscheinend verbrauchte Ware angedreht.

»Schlag fester«, sagte der Kobold. »Fester. Du musst sie hauen! Dann leuchten sie!« Er hockte auf dem Hals des Einhorns, hatte sich in die Mähne gekuschelt und schaute auf dem Rücken liegend zu, wie Enite versuchte, die Skandas am Sattelknauf anzuschlagen.

»Ach, sei ruhig, Wirges.« Enite entzündete eine Fackel, die in dem aufziehenden Nebel mehr blendete, als dass sie Licht spendete.

Maron bemerkte die Augen. Dryarden lugten aus den Astlöchern der Bäume hervor. Ihre Augen waren riesig. Maron ritt dicht neben Nangolf, der sie ebenfalls entdeckt hatte. Der Sage nach waren die Dryarden auf Menschenerde Söhne einer keltischen Gottheit gewesen und hatten ehemals riesige schneckenartige Häuser besessen. Hinab ins Erdinnere vertrieben, boten sie in ihrer Schale für die Trolle eine willkommene Abwechslung auf dem Speiseplan. Die Unholde hatten die Schneckenhäuser der Dryarden einfach mit Lehm zugestopft und sie dann überm Feuer gebraten. Abertausende waren so ums Leben gekommen, bis die ersten ihre Häuser verließen und sich in die Bäume flüchteten. Seitdem lebten sie in Symbiose mit den Seelenbäumen am Maardu Lahacht und waren wieder zu einem stolzen Volk angewachsen.

»Sattelgurt lockern«, sagte Nangolf und schaute zu seinem Ziehsohn hinüber.

Maron nickte. Natürlich, wie hatte er das vergessen können? Pepan konnte so besser durchatmen. Für ein Einhorn war der schlammige Boden ohnehin eine Strapaze. Maron musste auf jede Wurzel achten, damit Pepan nicht unversehens drauftrat. Sie waren die Fühler der Bäume. Bei der leichtesten Berührung würden sich die Dryarden auf die Reiter stürzen, da sie einen Tritt auf die Wurzel als Angriff auf die Bäume werteten.

Während Enite die Gruppe durch den bedrohlichen Wald führte, kroch der Womlin zielstrebig in ihre Satteltasche.

»Du hast dich mit den Skandas von dem Weib übers Ohr hauen lassen«, sagte Wirges. »Du hättest besser …«

»Sei bitte still«, flüsterte Enite. »Wir sollten die Dryarden nicht provozieren.«

»Da hast du recht!«, sagte Wirges laut. »Du hast ja immer recht, weil du so weise bist. Aber ich habe keine Angst vor ihnen, denn ich habe eine Waffe.« Der Kobold balancierte über den Hals des Einhorns, hüpfte auf Buracks Kopf und blickte auf das Horn.

»Was hast du vor?«, zischte Enite. Am liebsten hätte sie nach ihm gegriffen, aber dann würde er schreien wie ein Kleinkind.

»Ich brauche ein Schwert, damit werde ich diesen Dryarden Beine machen«, sagte Wirges und zerrte an Buracks Horn, um es als Schwert zu benutzen. Dabei purzelte jedoch das Säckchen Kringskraut heraus, das darin gesteckt hatte, und fiel in den Matsch.

»Du Idi…«

»Ich hol es zurück!«, rief Wirges und sprang dem Säckchen hinterher. In diesem Moment kam Valkaals Womlin mit einem gefalteten Papier in den Vorderklauen aus Enites Satteltasche und flog unbemerkt fort. Er hatte Glück, denn kurz darauf brach das Unheil über die Gruppe herein. Wirges war genau auf eine Wurzel gesprungen, woraufhin ein Dryarde aus seinem Seelenbaum heraus auf den Kobold zuschoss. Der floh über den Boden auf den Vorderlauf des Einhorns und kletterte über Enites Bein weiter nach oben bis hinauf auf ihre Schulter. Der Dryarde griff nun die Druidin an, umschloss sie mit seinen zahllosen Armen. Feurig zuckte ihre Rechte auf, aber es gelang ihr nicht, den Strahl gegen den Dryarden zu richten, stattdessen setzte sie nur einen Baum in Flammen, aus dem laut fauchend ein weiterer Dryarde herausfuhr.

»Treffen musst du!«, schrie der Kobold sie an. »Treffen! Sonst fressen sie mich!«

Ezeras griff nach seinem Schwert, doch ein Dryarde packte sein Bein und zerrte ihn vom Titurel, ehe er die Klinge aus der Scheide ziehen konnte.

»Duck dich, Ezeras!«, rief Maron und schlug auf den Dryarden ein, der panisch aufleuchtete und ein fiependes Geräusch von sich gab – so wie jenes, das die Hexenpfeife gemacht hatte. Ezeras wiederum schrie von dem Fiepen gepeinigt auf – der helle Ton drang ihm wie Gift in den Schädel. Im Licht des sterbenden Dryarden sah Maron mit Schaudern, wie sich die grünlichen Kreaturen der umliegenden Bäume ebenfalls aus den Astlöchern drängten. Einige waren behaart, andere glatt wie gigantische Würmer.

»Sie kommen«, rief Wirges, lief über die Dryardenarme hinweg zum Kopf von Enites Einhorn und machte sich an dessen Horn zu schaffen. »Kraut wieder drin. Kraut wieder drin!«, rief er Enite zu, die ihn hörte, aber von hinten gepackt wurde und vor Wirges' Augen vom Einhorn stürzte. Sie atmete schwer, der Dryarde nahm ihr die Luft. Maron schlug auf die unberechenbaren Wesen ein. Ein Dryarde würgte ihn von hinten. Maron wollte zustechen, doch er kam nicht mehr dazu. Seine Linke wurde von einem zweiten Dryarden festgehalten, dessen Borsten sich in seine Haut bohrten. Etwas Kaltes drang in seinen Körper. Eine Flüssigkeit breitete sich in ihm aus und er ...

Kölner Dom

Kai Jedicke und Helen King hatten sich bis zum römischen Brunnen vorgegraben. Als Schaufeln hatten ihnen Jedickes nagelneue englische Schuhe gedient. Jetzt ruhten sich der Journalist und die Archäologin aus. Seit dem Beben waren nur vier Stunden vergangen, aber die Zeit schien sich direkt unter der Erdoberfläche festgefahren zu haben. Jedenfalls kam sie den beiden Eingeschlossenen endlos vor. Eine Sekunde war eine Stunde, eine Stunde eine Ewigkeit und die kurze Zeit bis Neujahr würde noch endlos werden.

Kai musste sich keine weitere Zigarette anstecken, denn Helen hatte eine Lampe gefunden, die für den Notfall direkt am Brunnen deponiert worden war. Das Licht leuchtete nach oben gegen den Beton, als wolle es sich durch die Decke bohren. Staubig, schmutzig und müde hockten sie auf den mächtigen Stufen unter einer Treppenkonstruktion aus Beton, die nur zwei leichte Risse aufwies.

»Die Treppe, die im Mittelalter hoch zum Dom führte. Sie wurde vor einigen Jahren nachgeformt. Ich hatte gehofft, der Beton wäre auseinandergebrochen und es hätte sich für uns ein Ausgang gefunden. Aber immerhin haben wir Licht fürs Jenseits.« Helen King zeigte auf den Lichtkegel über ihnen.

»Sehr witzig. Und wer soll uns hier rausholen?« Kai schaute hinüber zu dem Stützpfeiler der Vorgängerkirche, der zwei Meter entfernt von ihnen fast vom Schutt bedeckt war.

»Denken Sie positiv. Wir dürfen nur nicht aufgeben.«

»Sie sind Amerikanerin.«

»Und?«

»Sie sehen die Dinge zu positiv.«

»In Detroit, wo ich geboren wurde, gibt es Leute, die lassen sich eine Klingel ins Grab bauen, weil sie an die Auferstehung glauben. Falls Sie das unter Optimismus verstehen, haben wir jede Menge davon.«

»Sie sollten einfach ein Handy mitnehmen«, sagte Kai.

»Wer?«

»Na, die Scheintoten.«

»Vielleicht brauchen wir nur ein wenig Gottvertrauen.«

»Glauben Sie an Gott?«

Helen King schüttelte den Kopf. »Es gibt zu viele Götter und Religionen. Ich kann mich nicht einmal zwischen zwei Haarpflegemitteln entscheiden.« Und sie fuhr sich dabei lächelnd durchs staubige Haar.

Köln, Haus Domblick

Kesken und sein Team hatten die Vorräte verstaut, die Metallhelme mit den Bergmannslichtern aufgesetzt und leichtes Gerät in die Rucksäcke gepackt: Seile, Bohrer, Schaufeln, Spitzhacken und Sprengstoff. Was nicht in die Rucksäcke passte, trugen sie an Schlaufen am Overall.

»Vergessen Sie nicht die Kamera«, erinnerte Bürgermeister Meurer und wollte sie Kesken auf die Schulter montieren.

Kesken machte eine abwehrende Handbewegung. »Warum?«

»Unsere Walkie-Talkies reichen zur Kommunikation. Falls uns dort« – er zeigte hinüber zum Kirchenportal, wo der Bagger gerade eine Schneise in die Trümmer pflügte – »etwas zustößt, können wir über Funk Kontakt mit Ihnen aufnehmen.«

»Für die Öffentlichkeit wäre es interessant zu sehen, was im Dom vor sich geht. Die Kamera ist keine Belastung für Sie.« Meurer hielt Kesken das buchgroße Gerät fordernd hin.

»Nein, und dabei bleibt es.« Kesken zurrte bei diesen Worten den Riemen an seinem Helm fest.

»Was erlauben Sie sich eigentlich für einen Ton?«, raunzte Meurer.

»Haben Sie schon mal darüber nachgedacht, was geschieht, wenn wir Ihren Journalisten tot finden? Wenn er blutverschmiert und eingequetscht irgendwo liegt? Was wird die Öffentlichkeit sagen, wenn wir solche Bilder servieren? Appetitlich ist das nicht.«

Für einen Moment herrschte Stille im Foyer des Hauses Domblick, vor dem die Journalisten lauerten. Das war genau der richtige Zeitpunkt für Moritz Reuter, seinem Chef beizuspringen. »Sehen Sie, Herr Bürgermeister, lassen Sie uns unsere Arbeit machen und Sie machen Ihre.«

Kesken sagte kurzerhand zu Meurer: »Rufen Sie bitte den Baggerfahrer zurück. Wir gehen jetzt rein. Hat die Erdbebenstation Vorausschauen geliefert, was die Erdtätigkeit in den nächsten Stunden betrifft?«

Meurer überlegte: Hauptsache *RescueMe* würde Jedicke retten. Dann würde Bugholz seine Erpressung nicht wahrmachen. Und Meurer selbst könnte den Erfolg gegenüber der Öffentlichkeit für sich verbuchen. Eine solche Aktion würde ihn mit einem Schlag übers Rheinland hinaus populär machen. Er klopfte Kesken auf die Schulter, drückte ihn an sich und flüsterte ihm ins Ohr: »Geben Sie Ihr Bestes. Holen Sie die Leute da raus, es wird sich für Sie lohnen.«

Silamäe, Palast Kalmans

Der Kuratfürst Kalman durchwanderte in Silamäe die Kuppel seines Palastes. Und obwohl in dem von den Ereignissen weit entfernten Lavaland alles friedlich zu sein schien, war er beunruhigt. Schließlich hatte er seinem Botschafter eine heikle Aufgabe anvertraut. Doch Valkaal war nicht mehr so energiegeladen wie früher, sondern eher zögerlich und schwach. Nach dem Krieg gegen die Elfen würde Kalman ihn wohl absetzen.

Der Fürst betrat jenen Raum, in dem der Kokon der Gedanken ruhig hin und her baumelte wie das Pendel einer Uhr. Kalman öffnete den Kokon, stieg hinein und verschloss ihn. Die Dornen auf seinem Schädel und die Dornen seines Körpers drangen in den Basalt, verhakten sich in ihm wie die Stachel der Bienen, die sich in die Haut bohren. Die Erde war Stein und Kalman war nun Teil dieser Erde. Er war ein Teil Waats, durch dessen Körper die Gedanken des Fürsten zu jedem Punkt Terras zu strömen vermochten. Und es war genau der richtige Zeitpunkt gewesen, den Kokon zu betreten, denn Kalmans Gefühl hatte ihn nicht getäuscht. Sein Botschafter hatte versagt.

Köln, Domplatte

Die Kamerateams sahen nur noch die Rücken der Overalls mit der weiß reflektierenden Aufschrift *RescueMe*. Kesken fühlte sich nicht wohl. Es war schierer Wahnsinn. Jeden Moment konnte es ein Nachbeben geben. Mit seinen Männern schritt er durch das zerbrochene Tor am Nordturm, die Blitze der Kameras folgten ihnen und beleuchteten unheimlich die Szene.

Kaum hatten sie die Kathedrale betreten, war es, als wären sie in einer anderen Welt. Die aufgeregten Stimmen der Journalisten waren verstummt, ebenso die Kommandos der Sicherheitskräfte. Keine Blitzlichter und keine Scheinwerfer mehr, hier herrschte die Ruhe nach dem Sturm. Einzig der Wind heulte durch die Orgelpfeifen, die von der Wand gefallen waren. 3963 zerbeulte silberne Pfeifen, die wie Traumspitzen auf den Trümmern liegend jeden Windhauch einfingen – ein leises Konzert. Ein hölzernes Kreuz ruhte auf einem gefallenen Engel, dem der Sturz aus fünfzig Metern Höhe das Genick gebrochen hatte. Die Architekten hatten mit dieser Kirche versucht, das göttliche Licht einzufangen, und sie hatten den Raum fast ohne Wände gebaut. Keines der gigantischen Fenster hatte überlebt. Splitter funkelten im Lichtkegel von Keskens Taschenlampe, während draußen langsam die Silvesternacht kam.

Kesken versuchte sich zu orientieren und ging auf den Altar zu, auf dem der Weinkelch unter Staub und Schmutz hervorblitzte. Im Chor östlich von hier musste der goldene Schrein mit den Gebeinen der Heiligen Drei Könige stehen. Aber wo sollten sie graben? Warum hatte dieser Jedicke in seiner SMS nicht geschrieben, wo genau sie sich befanden?

Nach Keskens Berechnungen musste sich die Gruppe um Dr. Helen King zum Zeitpunkt des Bebens am Vierungspunkt aufgehalten haben. Er schob den Schutt samt Kelch, Hostienschalen und Decken vom Altar und faltete den Plan auseinander. Dort waren sowohl der Kölner Dom als auch der ottonische Vorläuferbau eingezeichnet. Die Karte war komplizierter als jedes Achtfarben-Strickmuster. Die Zeiten schienen über- und nebeneinander zu liegen und sich gegenseitig zu überkreuzen, als sei das Gestern heute, als würde die Geschichte an diesem einen Ort zusammenfließen.

»Wir müssen uns nach einem Einstieg umschauen«, sagte Kesken. Er hoffte, dass das Beben irgendwo einen Riss im Boden verursacht hatte, der nicht von Trümmern zugeschüttet war. Das wäre die einfachste Möglichkeit, nach unten zu gelangen. »Aber seid vorsichtig. Sonst brecht ihr nachher noch selbst ein.«

»Wem sagst du das?«, antwortete Carlos. Der Mittdreißiger war Firefighter in Mexiko City gewesen. Er hatte nach seiner Spezialausbildung einen der wenigen mexikanischen Löschhubschrauber geflogen. Fliegen war das, was er am liebsten tat, am zweitliebsten verdiente er Geld, und deshalb würde er alles tun, damit die Mission Dom erfolgreich verlief. Er hatte eine Teleskopstange bei sich, mit der er nun in den Untergrund stach, um einen Hohlraum auszumachen. Philipp Spencer, ein kräftiger Schotte, der in einer britischen Kohlenmine für die Sicherheit der Bergleute gesorgt hatte, blieb bei Kesken. Währenddessen schritten Hans-Gerd, ein Ex-Bundeswehr-Offizier mit Afghanistan-Erfahrung, und Bergbauingenieur Moritz über umgekippte Kirchbänke zum Nordturm. Dort stand auf einem Leiterwagen eine ausfahrbare Drehleiter, die dazu genutzt worden war, Arbeiten an der Decke des Gebäudes auszuführen. Hans-Gerd bestieg den Wagen. Von dort oben hatte er einen besseren Überblick über das Trümmerfeld.

Maardu Lahacht, Dryardenwald

Das Gift des Dryarden strömte weiter durch die Spitzen seiner Borsten in Marons Körper und lähmte diesen. Maron war innerlich kalt. Mit dem Kopf lag er im Schlamm. Die Zeit schien zu gefrieren. Der Kältetod soll ein schöner Tod sein. Blätter wirbelten umher, berührten sein Gesicht wie Träume. Da spürte er etwas Heißes auf seinem Rücken. Ein Blitz. Der Dryarde fiel wie ein Blutegel von ihm ab. »Steh auf!«, schrie Enite. Maron sah, wie aus ihrem Handschuh weitere Blitze zuckten, sie erhellten den Wald, in dem überall Augen in den Astlöchern glänzten. Maron sah den grünlichen Dryarden, der eben noch auf seinem Rücken gehockt hatte – er fiepte jämmerlich, Flammen züngelten über seine Haut.

»Fort hier!«, schrie Enite und zog Maron am Arm. »Wir müssen weg!« Ihm war kalt, aber sein Herz pumpte mit jedem Schrei der Druidin mehr Leben in seine Adern zurück. Jeder Ton hallte in ihm wider. Sein Körper war ein Gefäß voller Geräusche, Worte und Sätze. Enites Stimme: »Du musst aufstehen!« Der Schlamm unter seinen Füßen. Er sah Nangolf und Ezeras – sie schienen unverletzt, saßen auf und preschten davon.

Enite half ihm auf Pepan und flüsterte dem Einhorn etwas ins Ohr. Dann schwang sie sich selbst auf Burack und galoppierte los. Von allen Seiten schlugen Maron Äste ins Gesicht, peitschten die Lähmung aus seinen Gliedern. Dryarden verließen ihre Bäume, schossen auf sie zu. Ihr Fiepen war tausendstimmig, als wäre der Wald eine singende Spinne – ein Chor der Dryarden, das gläserne Lied des Todes.

Maron klammerte sich an Pepan. Das Einhorn duckte sich, streckte sich, wich Zweigen aus, die bedrohlich nah an sie heranlangten, sprang über Dryarden, die sich als Hindernisse auf den Boden warfen.

Mit einem Mal war es vorbei. Der Wald lag hinter ihnen und sie ritten durch Schilf. Die Laute der Verfolger wurden leiser, verklangen. Dryarden entfernten sich niemals allzu weit von ihren Bäumen.

Das Licht im Schilf war hell, denn ein Schwarm Lichtvögel zog dicht darüber hinweg. Fast berührten ihre silbernen Flügel die Halme. Pepan ging erschöpft in die Knie und Maron fiel kopfüber aus dem Sattel, blieb liegen. Er konnte die Augen nicht öffnen, nicht den abziehenden Schwarm Vögel sehen, der ihn und seine Gefährten jetzt der Dämmerung überließ.

»Was ist los?« Nangolf kniete sich neben seinen

Schützling. Der Kampf hatte den Elf erst richtig wach werden lassen und seine Sinne geschärft. Zum Kämpfen war er ausgebildet, die Schlacht war sein Element. »Bist du verletzt? Hörst du mich, Maron?«

Maron hörte Nangolf nicht, vernahm nur wie im Traum Fermlunds Stimme, die ihm sagte: Schau auf deine Hand! Er öffnete die Faust, in der er glaubte, einen Diamanten zu halten. Groß wie ein Ei und blau wie das Meer, ein funkelnder Stein, in dem die Brandung erklang. Er blickte in die Wellen, sah darin sich selbst, durchscheinend, gefangen in einem Tropfen Wasser. Eine Träne fiel auf den Diamanten, und da entstieg Maron dem Meer der Visionen, als wäre er neu geboren.

»Er kommt zu sich«, sagte Nangolf. Enite drückte ihm das Fläschchen Alati in die Hand. »Gib ihm einen Schluck.«

Wie ein helles Licht floss der Trank durch seine Adern und brachte ihn langsam ins Leben zurück.

»Geht es dir besser?«, sagte Nangolf und half seinem Ziehsohn auf.

»Danke.« Maron war zuerst noch etwas benommen, dann klopfte er den Schlamm ab, der an seiner ledernen Hose klebte.

»Was für eine Schlacht«, sagte Ezeras genießerisch und thronte auf seinem Titurel. »Mein Magen hatte nicht einmal Zeit zum Knurren.«

»Vermisst mich eigentlich keiner?«, rief eine Stimme.

»Wo bist du, Wirges?«, fragte Enite. Wo kam die

Stimme des Kobolds her? In ihrer Satteltasche suchte sie vergebens und auch Ezeras fand ihn nicht in seiner.

»Vermisst mich denn wirklich keiner?«

Enite lächelte und sagte zu Ezeras: »Guck mal in deine Kapuze.«

Im selben Moment lugte Wirges daraus hervor und grinste den Achteltroll breit an. Seine Schnurrbarthaare standen steif zur Seite ab. Er zwirbelte sie kurz und sprang wieder hinüber zu Enite. »Nichts für ungut, aber bei dir war es nicht mehr sicher«, sagte er zu ihr.

»Sehr nett«, sagte die Druidin. »Du hattest mich also schon aufgegeben.«

»Das klingt so negativ. Ich wollte nur meine Haut retten, damit wenigstens einer seine Haut rettet«, meinte Wirges und lächelte sie unschuldig mit großen Augen an.

»In welche Richtung liegt der See?«, fragte Nangolf. Enite griff in ihre Satteltasche, um nach der Karte zu schauen, doch sie war nicht mehr da.

»Vermutlich hat dieser Idiot sie rausgeworfen«, sagte Ezeras und schaute Wirges vorwurfsvoll an.

Der drehte sich nach hinten und fragte: »Welchen Idioten meint Ezeras? Meint er dich, Enite?«

»Bestimmt«, sagte sie und streichelte dem Kobold über den Kopf. Und zu dem Achteltroll sagte sie: »Sie ist mir sicher aus der Tasche gefallen. Hast du noch etwas von dem Drachenfleisch übrig?«

»Woher weißt du …?«, fragte Ezeras.

»Du hast dem Kurat doch bestimmt ein paar Stücke abgeluchst.«

»Nur für den Fall der Fälle«, sagte der Achteltroll und rückte widerwillig etwas heraus. »Eigentlich esse ich ja gar kein …«

Maron konnte es nicht glauben. Wie konnte man nur Drachenfleisch essen? Dieser gefräßige Kerl würde glatt in der Not seine eigene Mutter verspeisen. Enite schnitt ein dickes Schilfrohr ab und band das Fleisch ans obere Ende. Sie mussten nicht lange warten, bis sich ein Lichtvogel auf dem Köder niederließ. Seine Flügel leuchteten silbern und das Köpfchen glänzte wie Perlmutt.

»Sein Licht wird reichen, damit wir zumindest nicht im nächsten Sumpfloch versinken«, sagte Enite und griff nach ihm. Der Vogel gab keinen Piepser von sich, sondern lag wie hypnotisiert auf Enites Hand. Sie band ihn mit etwas Feenhaar an den Stab.

Weit über dem Maardu Lahacht

Valkaals Schädel glich einem Helm, auf den jemand unaufhörlich mit einem Hammer einschlug. Es war die herrische Stimme seines Fürsten, die in ihm dröhnte. Wie hatte er sich nur einbilden können, Kalman lasse ihn in Ruhe? »Du bringst mir diesen Maron.« Die Stimme war so tief in Valkaals Schädel, dass er das Antlitz seines Fürsten fast sehen konnte.

Über dem See tobte ein Sturm. Halem hob und senkte sich mit der Thermik. »Wenn du versagst, stirbst du!«, schrie Kalman, der sich in seinem Kokon eng zusammengekauert hatte und durch das Silma seines Botschafters mit ansehen musste, wie Halem von einer Windhose erfasst wurde, die ihn hoch und höher wirbelte. Valkaals Silma war mit einem Schlag weiß vor Angst. Er hatte die Kontrolle verloren, sein Schädel schlug gegen die Erdkruste. Halem schrie, seine Flügel schrammten gegen den Stein, gleich würden sie brechen. Da dröhnte Kalmans Stimme: »Greif die Zügel!« Valkaal gehorchte nicht sofort. Daraufhin schrie die Stimme: »Zieh den Zügel nach unten!«

Er lehnte sich auf den Nacken des Hippogryphen und tat, was Kalman forderte. Halem senkte den Kopf und warf sich im Steilflug nach unten.

»Nimm die Zügel wieder hoch! Nimm sie hoch!« Kurz über dem Wasser fing Halem seinen Sturz ab und schoss wie ein Pfeil über den See. »Und nun flieg zum Ufer und warte auf den Womlin!«

Maardu Lahacht, Schilfregion nördlich des Dryardenwaldes

»Ruhe«, sagte Ezeras. »Ich rieche Trolle. Moortrolle. Sie kommen direkt auf uns zu. Wir müssen den Lichtvogel losbinden. Er wird uns sonst verraten.«

»Ich hör nichts«, meinte Nangolf.

Ezeras schnupperte. »Weil sie noch weit weg sind.« Er hatte Witterung aufgenommen. »Ganz sicher sind das Trolle.« Er zupfte mit unglaublichem Feingefühl mit der Schwertspitze den dünnen Faden vom Stab, ohne das Beinchen des Vogels zu berühren. Als das Tier jedoch wegfliegen wollte, schnappte der Achteltroll es und betrachtete es genüsslich.

»Nein«, sagte Enite.

Niemand dachte mehr an die Gefahr, alle sahen nur die Gier in Ezeras' Augen. Er lächelte in die Runde, dann gab er dem Vogel einen Kuss auf den Kopf und öffnete die Hand. Der Lichtvogel schwang sich hinauf in die Dunkelheit. Doch nur wenige Meter entfernt hörten sie ein knackendes Geräusch, dann sahen sie, wie die leuchtenden Schwingen des Vogels brachen.

»Verdammt«, sagte Ezeras. »Westschläger. Diese geflügelten Viecher haben ihn erwischt. Ich hätte ihn doch selbst essen sollen.«

»Wer dort?«, riefen plötzlich Stimmen aus dem Schilf. Die Trolle hatten die Gefährten gehört und stürmten heran.

»Wir müssen weg hier«, sagte Nangolf.

Doch Enite hielt ihn zurück. »Keine Sorge«, sagte sie ruhig.

Als die Trolle die Stelle erreichten, wo eben noch die Gefährten gestanden hatten, war niemand mehr zu sehen.

»Ich hätte schwören können, dass hier jemand ist«, sagte der Anführer. Er stank unerträglich aus dem Mund. Seine Lefzen hingen rechts und links herunter. Maron drehte sich fast der Magen um. Die vier Soldaten trugen kupferne Kampfhelme, aus denen nur Augen, Nase und Mund hervorlugten. Ihr grauer Pelz war in Brusthöhe schwarzrot eingefärbt. Die zerlumpten Hosen reichten ihnen bis zu den nackten Füßen, an denen der Schlamm klebte. Die Zehen waren unter dem Schmutz nicht mehr zu erkennen. Einzig der Kommandant trug einen brustlangen Umhang.

»Ich habe mich getäuscht, es sind keine Moortrolle. Die kommen aus Khanahas«, flüsterte Ezeras.

»Sei still«, zischte ihm Nangolf zu.

»Ist da wer?« Einer der Soldaten fuchtelte mit seiner Armbrust vor Ezeras' Gesicht herum und berührte versehentlich Marons Umhang. Sofort fuhr er mit einer für Trolle unglaublichen Geschwindigkeit herum und schrie: »Wer ist da?«

Der Kommandant fasste ihn am Arm: »Da ist nichts. Du hast nur Schiss. Was für Soldaten hat mir Lanf mitgegeben? Ich wollte ausgebildete Kämpfer, stattdessen muss ich mich mit euch abgeben.« Die Pranke des Kommandanten schwebte drohend über dem Kopf des Rekruten, der unterwürfig erwiderte: »Jawohl.« Der Kommandant schlug ihm auf den Helm.

Maron versuchte, sich zu beruhigen. Ganz ruhig, sagte er sich, ganz ruhig. Tief durchatmen. Sie sehen dich nicht, jetzt dürfen sie dich auch nicht hören, deine Angst nicht riechen. Doch im nächsten Moment zog der Rekrut seine Streitaxt und schlug überraschend damit um sich. Maron konnte noch knapp ausweichen, rutschte jedoch weg, blieb reglos liegen und erwartete den tödlichen Hieb. Stattdessen riss der Kommandant seinem Rekruten die Axt weg, hielt ihm die Klinge vors Gesicht und schrie ihn an: »Willst du uns alle umbringen?«

»Bitte nicht, erschlagt mich nicht«, flehte der Rekrut.

»So ist es recht. Angst und Gehorsam sind Brüder. Du wirst nichts hören und nichts sehen, wenn ich es dir nicht befehle. Ist das klar?«

Der Rekrut nickte und furzte vor Angst, was dem Kommandanten ein Grinsen auf die dünnen Lippen trieb. Er hatte einen extrem breiten Mund, so dass seine Hauer an der Seite über den Helm ragten. »Wenn für dich die Zeit zum Kämpfen gekommen ist, sage ich dir Bescheid. Keinen Moment früher. Ist das klar?« Dabei stieß er ihm mit dem Finger gegen die flache, niedrige Stirn.

Der Soldat sagte schlicht: »Dann kann ich den Helm ja abnehmen.«

»Hab ich das gesagt?«

»Nein.«

»Der Helm kommt erst von deinen Schultern, wenn du deinen Kopf verloren hast.«

»Jawohl«, sagte der Rekrut. »Wie Ihr befehlt. Werde Helm nur mit Kopf abnehmen.«

Der Kommandant musste einsehen, dass sich ein Streit nicht lohnte, drückte ihm die Axt wieder in die Hand und sagte: »Wir müssen weiter.«

Kaum waren die Trolle fort, wurden Maron und seine Gefährten wieder sichtbar.

»Dank sei Waat, die sind weg«, sagte Enite. »Länger hätte ich den Tarnzauber nicht mehr aufrechterhalten können. Diese Dummköpfe haben so lange diskutiert, dass mir fast die Kraft geschwunden wäre.«

»Wir sollten den Trollen folgen«, meinte Nangolf. »Vermutlich wollen sie auch zum See.«

An Aufsitzen war nicht zu denken, die Tiere versanken sofort im Schlamm. Dabei mussten sich die Gefährten sputen, denn die Trolle machten einen Schritt, wo Maron zwei machen musste. Sie folgten der Schneise, die ihre Gegner durch das Schilf geschlagen hatten, bis sie Schreie hörten.

»Die Trolle!«, sagte Maron.

»Wir sollten umkehren«, erklärte Ezeras.

Maron widersprach ihm: »Zurück ist immer die falsche Richtung. Wartet hier, ich gehe ein wenig vor.«

»Nein, nicht du!«, sagte Nangolf.

Doch Maron schritt voran. »Wartet hier.«

Er musste nicht weit laufen, da hörte er die Trolle reden. Sie waren laut, bedrohten zwei Moortrolle mit ihren Armbrüsten. Die speckigen, unbehaarten Gesichter der Moortrolle waren gut zu erkennen, denn ein Schwarm Lichtvögel zog über das Schilf. Maron duckte sich. Hoffentlich hatte man ihn nicht gesehen.

Ein Pfeil surrte, dann hörte er einen dumpfen Aufprall.

»Herrlich«, sagte der Kommandant. »Hab ich wieder ein gutes Auge bewiesen?«

Maron schaute über das Schilf zu ihnen hinüber. Der Kommandant hatte einen der Lichtvögel erwischt, in seinem Hals steckte der Pfeil, aber er war noch nicht tot. Der Troll hielt den Körper des Vogels und zog kurz an seinem Kopf, der danach nur noch schlaff herabhing.

»Meine Zukünftige wird ein Brautkleid von Lichtvogelfedern tragen und darin glänzen wie keine zweite Braut in Khanahas.« Mit diesen Worten band er sich den toten Vogel kopfüber an den Gürtel, an dem noch zwei Messer und die Axt befestigt waren. »Zurück zu euch«, fuhr er fort und trat auf etwas, das am Boden lag.

»Was wollt Ihr von uns?«

Der Kommandant hatte wohl noch einen dritten Moortroll am Wickel, den Maron hinter dem Schilf nicht sehen konnte.

»Wir haben nichts getan, was dem Gesetz widerspricht.«

»Samagar braucht jeden jungen und kampffähigen Troll und ihr seid zumindest jung.«

Wieder war ein Tritt zu hören, ein Stöhnen folgte.

»Woher sollen wir Moortrolle wissen, dass Samagar uns braucht?«

»Belüg mich nicht. Ihr wolltet euch nur vor dem Kriegsdienst drücken.«

»Wir wohnen hier abgeschieden am See«, sagte einer der beiden anderen gefangenen Moortrolle und nahm seine aus Schilf geflochtene Mütze ab. »Wir sind dabei, wenn es darum geht, Ontika zu vernichten.«

Der Kommandant wandte sich mit gezogenem Schwert dem redenden Troll zu: »Woher weißt du, dass wir gegen Ontika ziehen, wenn du noch keinen unserer Boten gehört hast?«

Der Moortroll schwieg. Der Kommandant schleuderte ihn zu Boden. Maron schlich sich näher heran und sah, wie er den Lügner bäuchlings drehte.

»Habt Erbarmen mit mir.«

Doch der Kommandant trat mit dem Fuß das Gesicht des Moortrolls stärker in den Schlamm, dann kniete er sich hin und schlug ihm seine Hauer in den Nacken. Die Freunde des Getöteten trauerten keine Sekunde, sondern grinsten, als wären sie schadenfroh. Halb verängstigt, halb bewundernd schauten sie dem Kommandanten zu, wie er sich erhob und mit dem Messer die Zunge säuberte. Eine Gänsehaut überzog Marons Körper. Plötzlich raschelte es neben ihm. Er erschrak. Hatten sie ihn entdeckt?

»Enite!«, sagte er erleichtert und sah im nächsten Augenblick auch Nangolf und Ezeras.

»Pssst.« Die Druidin verschloss mit dem Zeigefinger ihre Lippen.

»Sie rekrutieren schon Trolle für den Kampf gegen Ontika«, flüsterte ihr Maron ins Ohr. »Es wird Krieg geben.«

»Wenn du ihn nicht verhinderst. Befreie den Drachen und alles wird gut.«

Genau das wollte Maron ja, aber zurzeit sah es nicht so aus, als hätten sie eine Chance.

»Es soll eine Siedlung am See geben«, sagte der Kommandant. »Gehört ihr etwa zu den Trollen, die dort wohnen?«

»Dort leben Seetrolle. Sie haben einen helleren Pelz.«

Der Kommandant strich dem Moortroll über den Kopf. Dann riss er ihm ein Büschel Haare aus und zog es über die Klinge des Messers. Die dunkle braune Farbe ging ab und darunter war das Haar hell. »So, so. Ihr seid also keine Lügner. Ihr seid ehrliche Moortrolle, aufrechte Kerle.« Er packte den Troll am Nacken.

Wie aus dem Nichts tauchte Wirges neben den Gefährten auf. »Ich denke, du schläfst«, zischte Enite ihm zu.

»Hab mich allein gefühlt in der Satteltasche.« Der Kobold sprang auf ihre Schulter.

»Sei bitte still«, sagte Maron.

»Dann kann ich ja gleich zurück in meine Satteltasche.«

»Genau«, sagte Ezeras. »Und schnarch leise.«

»Du bist also dagegen, dass ich hierbleibe?«, fragte Wirges den Achteltroll.

»Ganz sicher.«

Wirges schlich sich beleidigt fort, während sich der entlarvte Seetroll auf die Knie warf und seinen Kopf beugte. »Nehmt Eure Axt und köpft mich oder habt Erbarmen, denn wir hatten Angst vor dem Monster.«

»Welchem Monster?«, fragte der Kommandant.

»Unsere Siedlung wurde von einem Kurat verwüstet. Er wollte unser Drachenschiff. Als wir uns weigerten, es ihm zu geben, hat er unsere Leute getötet und die Hütten abgebrannt.«

»War er allein?«

Der Troll nickte.

»Ihr seid vor einem einzelnen Kurat geflohen?«

»Er hat unser Dorf einfach niedergebrannt.«

»Das will ich sehen. Danach kommt ihr sofort mit in den Süden nach Silamäe an die Front.«

»Etwa nach Kentar, in die Provinz der Kartuns?«

»Ja«, sagte der Kommandant grob. »Oder hast du was dagegen einzuwenden?«

Der Seetroll schüttelte unterwürfig den Kopf.

»Dort wird sich unser Heer mit dem der Kurats vereinigen. Wir werden in das Land der Lichtalben von Lortan einfallen und schließlich ganz Ontika unterwerfen.«

Maron, Enite, Nangolf und Ezeras warteten, bis die Trolle abgezogen waren, dann sagte Maron: »Die Siedlung liegt in östlicher Richtung, somit ist dort Westen und da müssen wir hin.«

»Das mag sein«, antwortete Enite. »Offensichtlich hat dieser Valkaal ungeahnte Kräfte. Ein ganz normaler Kurat ist er jedenfalls nicht. Das steht fest.«

Kaum hatten die Gefährten das unwegsame Schilf hinter sich, gelangten sie an einen schier undurchdringlichen Bambuswald. Ezeras schlug mit dem Schwert auf den Bambus ein: »Das ist der einzige Weg.«

»Warte«, sagte Nangolf. Er warf seinen Mantel ab und bewegte leicht seine Flügel, die ihm in den vergangenen Tagen fast eingeschlafen waren. Langsam floss das Blut in die Adern zurück, die in feinen Bahnen unter der dünnen Haut verliefen.

»Was hast du vor?«, fragte Maron. Wenn sich Nangolf in die Luft erhob, wurde dem Jungen immer besonders bewusst, dass er selbst kein Elf war. Da halfen auch keine angeklebten Elfenohren.

Nangolf flog ein wenig auf, stieg höher, senkte seinen Körper und verharrte gut einen Meter über ihren Köpfen flatternd. »Ich werde auskundschaften, wo uns der Weg hinführt.«

»Das ist zu gefährlich«, sagte Enite. »Erinnere dich an den Lichtvogel. Du wirst womöglich von einem der Westschläger verspeist.«

»Ganz so schutzlos bin ich nicht«, sagte Nangolf und ergriff sein Schwert.

»Und wir auch nicht. Ich werde euch zeigen, wie ich zu kämpfen vermag«, hob Ezeras an, der von seiner eigenen Kampfkunst ganz begeistert war. Als er jedoch Enites Blick sah, sagte er schnell: »Schon gut. Ich meine ja nur. Ihr solltet mich und mein Schwert nicht unterschätzen.«

»Seht ihr«, sagte Nangolf amüsiert. »Ihr werdet sicher ohne mich zurechtkommen.« Mit diesen Worten flog er höher und verschwand in der Schwärze der ewigen Nacht.

Unterhalb von Samagars Festung Tukum, Operationssaal

Alles war exakt so, wie es Professor Dr. Burker mit Samagar vereinbart hatte, jedes Detail war für die Operationen hergerichtet. In einem Rubin, den die Trolle von innen ausgehöhlt hatten und dessen Wände nicht dicker als Glas waren, stand direkt neben dem Operationstisch das Präparierbesteck: Skalpell, Haut- und Knorpelmesser, Nervenmesser mit schmaler Klinge, bauchiges Muskelmesser, Splitterpinzette, Schere mit abgestumpfter, knopfförmiger Spitze und eine Sonde. Die Trolle hatten alles desinfiziert. Das Licht im Rubin war durch die Farbe des Edelsteins leicht rötlich. So würde das Gewebe der entnommenen Augäpfel keinen Schaden nehmen. Zudem galt den Trollen der Rubin als Zeichen der Sauberkeit und des Lebens. Dunkelrot wie Trollblut war der riesige Edelstein, der größte seiner Art in ganz Terra.

Professor Burker hatte seinen grünen Kittel übergezogen, band sich den Mundschutz um und schlüpfte in die Präparierhandschuhe. In dem Spiegel über der Spüle grinste er sich selbst an. »Bald ist es so weit, dann wird mich die Welt auf Händen tragen.« Doch vorerst schaute er verstimmt auf einen Artikel, der an der Innenwand des Rubins klebte:

»Ehe wir ein Auge transplantieren können, werden wir auf dem Mars Erdbeeren züchten. Wem es gelingt, dem gebührt mehr als der Nobelpreis. Ich halte es für schlichtweg un-

möglich, da das Auge eine direkte Verbindung zu unserem Gehirn besitzt«, meint Professor Walther Klemp von der University of Iowa. »Falls der Schweizer Professor Dr. Bernhard Burker, der heute in Brühl praktiziert, Gegenteiliges behauptet, so ist er schlichtweg ein Traumtänzer, dem ich jegliche Seriosität absprechen möchte.«

Seit Jahren lagen die beiden Professoren miteinander im Clinch und kämpften mit harten Bandagen. »Eingebildeter Neider«, sagte Burker. Er riss den Zeitungsartikel ab, zerpflückte ihn und ließ die Papierfetzen zu Boden rieseln. So sollte es auch diesem Walther Klemp gehen. Dieser Dilettant würde am Boden zerstört sein, wenn Burker endlich sein Können der Welt zeigen würde. Er schritt zum Operationstisch. Bald schon würde er einem weiteren Troll Menschenaugen einpflanzen. Mit einem Troll hatte es bereits funktioniert, aber jetzt wollte er seine Methode verfeinern. Bald konnte er nicht nur Menschenaugen in Trolle transplantieren, sondern auch Blinden gesunde Augen geben. Millionen von Menschen würden ihm dankbar sein.

Burker verließ den Rubin und schritt die Treppe hinauf zu seinem Gemach. Samagar, der Herrscher der Trolle, hatte an jede Kleinigkeit gedacht, damit sich der Professor wohlfühlte. Es war eine exakte Kopie seines Arbeitszimmers in Brühl, mit Schreibtisch und Bett. Der Professor legte sich hin.

Samagar erschien ihm ein durchaus ehrenwerter, wenn auch extrem ungepflegter Kerl zu sein, der geradezu schockierend gebildet war. Wie konnte dieser Troll so viel wissen, ohne des Lesens kundig zu sein?

Burkers frisch vermählte Gattin Melissa wurde in einem zweiten Quartier auf der anderen Seite des Flurs beherbergt. Sie hatte bei ihm wohnen wollen, aber Burker hatte sie gebeten, bis zur Beendigung des Einsatzes keinen näheren Kontakt zu ihm aufzunehmen. Sie würde ihn nur von seiner Bestimmung abhalten. Wozu diente ein gemeinsames Bett, wenn er ohnehin keine Kinder haben wollte. Lediglich bei der Arbeit sollte sie ihm assistieren, sonst jedoch still sein. Sie war eine gute Ärztin – mehr nicht. Und sie hatte wohlhabende Eltern, die ihm beim Aufbau seiner Karriere geholfen hatten. Dafür war er ihr dankbar. Trotzdem war ihm nichts widerwärtiger als sinnloses Liebesgesäusel.

Als die Menschen noch Affen gewesen waren, kannten sie keine Liebe. Die Weibchen hatten einfach den Nachwuchs auf dem Rücken getragen, Beeren gesammelt und sich selbst versorgt. Erst als aus den Affen die Menschen wurden, musste die Natur die Liebe erfinden. Weil die menschlichen Frauen, aufrecht gehend nun alle Hände mit dem Nachwuchs zu tun hatten, brauchten sie jemanden, der sie eine Weile versorgte. Und so hatte sich das Belohnungssystem der Liebe entwickelt. Das Kribbeln im Bauch war nach Burkers Auffassung nicht mehr als eine Belohnung. Burker glaubte, die Natur des Menschen zu durchschauen, und eben das machte ihn hart.

Es läutete. Professor Burker schreckte aus dem Halbschlaf auf. Die Glocke schlug noch einmal. Samagar wollte ihn sprechen und Professor Burker wurde von einem Troll durch die oberen Gänge der Burg zu einem Nebenzimmer des Thronsaals geführt, wo der Herrscher auf ihn wartete. Er aß gerade Drachenfleisch, das in faustgroße Würfel geschnitten war. Schon beim Anblick der Speise wurde Professor Burker schlecht. Der Herrscher der Trolle forderte ihn zum Mitessen auf.

»Lassen Sie das Gold weg. Es bekommt Ihnen nicht«, sagte Samagar, als der Professor sich gerade von dem Diener goldfarbene Soße über das Fleisch gießen lassen wollte.

Der Professor nickte. »Ist das echtes Gold?«, fragte er.

»Selbstverständlich ist es das. Wir mischen es mit Koboldgalle. Für Menschen wäre es tödlich.«

Burker nickte und würgte ein Stück Drachenfleisch hinunter, ohne zu kauen.

»Wann gedenken Sie mit den Operationen zu beginnen?«

Aus Samagars Mundwinkeln lief bläuliche Flüssigkeit. Nichts, was dieser Troll auf seinem ovalen Teller hatte, war blau. Vermutlich war es die Farbe seines Speichels. Schwer hockte Samagar in seinem Fellgewand über dem Teller, beide Ellbogen aufgestützt, und redete mit vollem Mund. Seine Zähne waren braun und den Atem konnte Professor Burker selbst über die Entfernung hinweg kaum ertragen.

»Wenn Sie mir das Material liefern, werde ich sofort beginnen«, entgegnete Burker.

»Es ist da. Der höchste meiner Generäle, General Lanf, hat dafür Sorge getragen.«

»Und leben die Menschen?«

»Die meisten. Sie haben sie doch selbst für Ihre Arbeit ausgewählt, gesunde Menschen. Jene, deren Augen nicht mehr so gut waren, haben wir aussortiert.«

»Und die Trolle?«

»Sie sollten nicht in einem solch fordernden Ton mit mir reden, Professor. Sie befinden sich in meiner Festung, vergessen Sie das nicht.« Samagar sagte es und lachte herzhaft, wobei er mit der Serviette vergeblich versuchte, den blauen Speichelfluss zu bändigen. »Alles nur ein Scherz. Natürlich dürfen Sie mir jede Unflätigkeit an den Kopf werfen, Hauptsache, Sie arbeiten vernünftig. Und einmal ist Ihnen die Operation ja schon gelungen. Wir beide haben eine Vereinbarung getroffen und dazu gehört keine Freundlichkeit. Das weiß ich. Das verlange ich auch nicht von einem Menschen.«

»Sind die Trolle bereit?«, wiederholte der Professor seine Frage unbeeindruckt.

»Unsere auserwählten Trolle sind bereit. Beginnen Sie also. Wir wollen einen Krieg gewinnen.«

»Ich werde mich noch einige Stunden ausruhen und ...«

»Sie beginnen sofort«, befahl Samagar.

»Wieso?«

»Weil ich es so wünsche!«, schrie ihn der Troll an

und schlug auf den Tisch. Er besaß unbändige Kräfte. Burker zuckte zusammen, aber sein Gesicht blieb ausdruckslos. Samagar erhob sich und schritt auf ihn zu. Die heruntergefallenen Teller und Knochen knirschten unter seinen Füßen. Dann sagte er: »Es soll nicht zu Ihrem Schaden sein. Auch Ihrer Frau werden unsere Geschenke gefallen.«

»Das ist mir egal. Geschenke zählen nicht, sondern nur das Resultat. Und ich werde selbst dafür sorgen, dass es Ihnen und mir gefallen wird.«

Unterhalb von Samagars Festung Tukum, Verlies

Das Gefühl kehrte wieder in Merikes Arme und Beine zurück. Gedanken flossen. Das Unwirkliche wich dem Wirklichen, der Traum löste sich auf. Sie hörte Stimmen. Es öffnete sich eine Tür weit hinten im Raum. Zwei mächtige Gestalten mit Schwertern traten ein, gegen das Licht sah Merike Waffen und Helme. Eine der Gestalten bückte sich, betrachtete einen Körper, der auf dem Boden lag.

Die Gestalt sagte schroff: »Unbrauchbar.«

Daraufhin hoben sie den Körper an. Es war ein Mensch mit langem schwarzen Haar. Merike glaubte ihre Patentante zu erkennen. Die Kerle schleiften sie in dem schummerigen Licht mit sich fort und verschwanden wieder. Die Tür fiel hinter ihnen zu. Sie wollte reden, um Hilfe rufen, doch sie war zu schwach, wie betäubt. Ihre Lippen lagen aufeinander, als hätte sie jemand mit einem heißen Eisen verschmolzen. Merike schloss die Augen.

Maardu Lahacht, Bambuswald

Maron hörte das monotone Hacken von Ezeras, der sein Schwert wie eine Machete unablässig gegen die Bambusrohre schlug. Ezeras arbeitete wie ein Uhrwerk, die Zeit verging, aber der Wald nahm kein Ende. Maron schaute auf Buracks Hinterläufe. Die Hufe glitten auf den abgeschlagenen Bambusstöcken ab. Genauso erging es Pepan. Der Achteltroll machte den Weg frei, ohne nachzudenken, denn Nachdenken war sinnlos. Die Gedanken konnten nicht den endlosen Wald überwinden, nur die Klinge war dazu in der Lage.

»Hör auf!«, rief Enite.

Ezeras blieb stehen. »Warum?« Seine Arme waren zerkratzt von den scharfkantigen Bambusblättern.

»Sieh mal dort hinüber.«

Jetzt erkannte auch Maron, dass es vor ihnen Hufspuren gab.

»Verdammt!«, fluchte Ezeras.

Falls es hier nicht noch ein paar Elfen mit Einhörnern gab, mussten es ihre eigenen Spuren sein. Sie waren gefangen in diesem Bambuswald. Ezeras hieb wütend auf einen Stamm ein.

»Wir brauchen einen Lagerplatz«, sagte Enite. »Helft mir.« Sie begann, eine kleine Lichtung freizuschlagen, auf der sie sich ausruhen konnten.

Die Druidin entfachte ein Feuer, indem sie ein paar Bambusrohre mit einer Tinktur bestrich, die sie in einem Töpfchen angerührt hatte. Dazu benötigte sie lediglich ein wenig Bambus, etwas Wurzelwerk von den Moorfarnen, die sie säuberlich mit der Spitze der Sichel auseinanderschnitt, und ein paar Tropfen Rotsaft. Das Geniale an den Druidinnen war, dass sie aus nichts etwas zu zaubern vermochten. Das Feuer, das die übereinandergeschichteten Bambusstöcke gaben, war zwar hell und warm, aber sein Licht wurde durch die Tinktur auf das nahe Umfeld begrenzt.

Maron ruhte auf Nangolfs Decke und horchte, doch es war nichts zu hören außer dem Schnauben der Einhörner.

Selbst das Schnarchen des Kobolds fehlte.

»So lange hat er aber noch nie geschlafen«, sagte Maron.

Enite stupste gegen die Satteltasche und sagte: »Wirges, aufwachen!«

Doch da war kein Wirges. Er war fort.

Köln, unter dem Dom

»Warum hat man eigentlich den alten Kölner Dom im Mittelalter abgerissen?«

»Abgebrannt«, korrigierte Helen. »Sie wissen doch, dass der Erzbischof die Reliquien der Heiligen Drei Könige damals mit in die Stadt gebracht hat.«

»Ist mir schon klar. Deshalb hat man ja den goldenen Sarg angefertigt. Man konnte die Knochen der Drei Könige ja nicht im Schuhkarton aufbewahren. Aber warum musste gleich noch eine ganz neue Kirche drumherum gebaut werden?«

»Das wollten die Kölner gar nicht. Aber beim Abbrennen eines Teils vom alten Dom ist die ganze Kirche in Flammen aufgegangen. Und deshalb musste eine komplett neue Kirche her.«

Kai schüttelte den Kopf. »Ich wundere mich, dass Leute wegen ein paar Knochen eine ganze Kathedrale aus dem Boden stampfen.«

»Heute bauen sie Fußballstadien.«

»Das bringt aber auch Zuschauer und Geld.«

»Überlegen Sie mal, wie viele Touristen wegen des Doms und der Gebeine nach Köln kommen.«

»Und wir sitzen hier fest.« Sein Blick fiel auf das Loch zu ihren Füßen. Kai tastete sich über ein paar Steine auf den Brunnen zu.

»Passen Sie auf. Da geht es in die Tiefe.«

»Gibt es da unten vielleicht Wasser?«

»Nein, nur ein paar Handschellen von Leuten, die dort im Mittelalter verrottet sind.«

Kai wies auf eine Lücke zwischen den Trümmern, wo eine rötlichbraune Säule zu sehen war. »Ist da hinten ein Weg hinauf in die Kirche?«

»Der einzige Aufgang liegt in der Grabkammer der Bischöfe. Aber die eiserne Pforte zwischen Vierung und Grabkammer ist verschlossen.«

»Psst, seien Sie mal still.«

Gebannt lauschte Helen. »Was ist denn?«

»Stille«, sagte er. »Vollkommene Stille. Wenn sie nach uns suchen würden, müssten wir etwas hören.«

»Machen Sie mir keine Angst.«

»Ich will nicht hier sitzen und auf den Tod warten.« Er zeigte zu der Säule. »Vielleicht gibt es ja dort …«

» … einen Hohlraum, in den wir fallen werden.«

»Wir brauchen eben Glück.«

»Da hinten gibt es kein Glück.«

»Ich werde es trotzdem versuchen«, sagte Kai, nahm ihr die Taschenlampe aus der Hand und kroch auf die Säule zu.

Maardu Lahacht, Bambuswald

Maron lag auf dem Rücken und blickte in die Dunkelheit. Ezeras schürte das Feuer, es flackerte auf und sprühte Funken, als wolle es Sterne in das Schwarz zeichnen. Maron hörte, wie Enite über die Kartuns sprach. Das Volk in der wüstenartigen Provinz Kentar im Süden Silamäes war mit den Kurats verwandt. Seit jeher stritten sie sich mit den Lichtalben Lortans um die wenigen Wasserquellen in der Grenzregion zwischen Silamäe und Ontika. Enite sprach darüber, wie die Trolle und Kurats von Kentar aus angreifen und erst einmal Lortan überfallen würden, um dann tiefer nach Ontika einzudringen. Durch den immerwährenden Zwist mit den Kartuns waren Lortans Lichtalben geschwächt. Maron war unheimlich zumute, wie er so Enites Worte vernahm und in die Dunkelheit starrte. Von dieser Finsternis der nördlichen Gebiete hatte er schon viel gehört, jetzt spürte er auch ihre Kälte. Er versuchte sich zu beruhigen, seine Gedanken schweiften nach Ontika, wo das Gras weich wie Feenhaar hin und her wogte. Er sah Silva, Nangolfs Frau. Sie steckte einen Faden durchs Nadelöhr und stopfte das Loch in Marons Schuh. Der Geruch von Fisch zog ihm in die Nase. Das Surren der Angelwinde, mit dem sie den gefleckten Wels mit den Barteln aus dem Silberfluss gefischt hatten, klang ihm noch im Ohr. Nangolf würzte nach, kochte, deckte den Tisch. Silva hatte Marons Schuhe am Apophyllit aufgestellt. Der Rauch des Steins machte den Träger des Schuhs angeblich unverwundbar. Elfen und Zwerge trugen Schuhe, Kurats liefen barfuß. Die Wesen des Nordens sind auch Kinder Waats!, hatte Fermlund gesagt. Wir leben in der gleichen Höhle unter der Erdkruste. Sie erscheint uns riesig, aber sie ist endlich. Die Menschen auf der Erde glauben, sie seien frei, ihre Welt sei unendlich, aber sie sind gefangen von der Schwerkraft. Der Körper Waats ist eine Kugel und die Oberfläche der Kugel ist das perfekte Gefängnis: Du kannst darauf rennen, so lange du willst, du wirst nie an das Ende der Kugel kommen. Erst war die Erde eine Scheibe, da lag Waat; dann war die Erde eine Kugel, weil er sich schämte. Dann kamen die Menschen und vertrieben uns. Wie oft hatte der Drache ihm diese Geschichte erzählt? Und trotzdem war Fermlund nicht verbittert gegen die Menschen gewesen.

Maron schaute auf seinen Handrücken. Die Hände der Elfen und Alben waren sehniger, die der Zwerge kleiner mit wurstigen Fingern. Sie gehörten alle nach Terra, aber Maron? Er war ein Mensch und hatte noch nie den Himmel gesehen. Er starrte in das Nichts über sich und fragte sich, wie es auf Menschenerde zuging, ob er sich dort wohlfühlen würde. War dort seine Heimat oder war sie hier? Wieder drangen Enites Worte an sein Ohr. Sie sprach immer noch mit Ezeras über ihre Lage und später redeten sie über die Bücher Waats. Im Gegensatz zu den einfachen Bewohnern Ontikas durfte eine Druidin wie sie die Bücher nicht nur lesen, sondern es war ihr auch erlaubt, sie auszulegen. Sie sagte, im 4. Buch stehe geschrieben, dass die erfundenen Geschichten die wahrsten seien. »Uns ist der Geist gegeben, um Probleme zu lösen. Und es sind uns Geschichten gegeben, um zu sehen, wie Probleme gelöst werden können. Geschichten sind das Leben, versammelt in einem Krug Wahrheit.«

Was sie sagte, konnte Maron zwar nicht ganz verstehen, aber die Stimmen beruhigten ihn. Noch nie war er auf einer der Druidinneninseln im Tartunmeer gewesen. Die Druidinnen dort führten ein bescheidenes Leben, das sie ganz der Auslegung der Bücher Waats, der Diplomatie und der Erforschung der Magie widmeten. Es waren rund dreihundert Elfinnen, die sich zu der großen Aufgabe auserkoren fühlten und die mit dem Merkmal der fünfgliedrigen Finger geboren waren.

Ein Rascheln! Irgendetwas war vor ihm im Gebüsch. Ein Dryarde? Maron schreckte auf, seine Hand fuhr zum Schwert. Dann sah er Wirges, der hinter einem Farn hervorlugte, als wäre er selbst überrascht, Maron zu treffen.

»Du? Wo kommst du denn her?«, fragte Wirges.

Das wollte Maron ihn eigentlich gerade fragen.

Der Kobold hüpfte auf Marons Schulter, kletterte auf seinen Kopf und sagte: »Ich bin nicht mehr beleidigt. Auch nicht wegen dir, Ezeras. Obwohl ihr gesagt habt, ich soll zurück in die Satteltasche und nicht schnarchen ... Aber seht her, wen ich euch von meinem Ausflug mitgebracht habe.«

Wieder knickten Zweige, Bambus wurde geschlagen und Nangolf stand wie aus dem Nichts vor ihnen. Maron war sprachlos. Sein Ziehvater nahm ihn in den Arm, umschloss ihn. Die Spitzen der Flügel berührten Marons Gesicht. Es war ein gutes Gefühl, ein Gefühl von Geborgenheit.

Doch Wirges, der ihm im Nacken saß, zupfte an den Flügeln. »Stabil«, sagte er. »Habe noch nie Elfenflügel in der Hand gehalten. Elfenflügel sind elastisch.«

»Lass das«, sagte Nangolf. Der irre Kobold zerrte mit seinen winzigen Krallen fest an der verletzlichen Haut, als hielte er sich an einem Holzstück fest.

Bevor auch Enite den Elf begrüßen konnte, sah sie noch jemand anderen: Valkaal. Er trat in den Schein des Feuers. Sein Chitinpanzer war zerkratzt, als habe jemand mit einer Speerspitze darauf herumgemalt. Er und sein Hippogryph, dessen Schwingen wie angefressen aussahen, hatten augenscheinlich eine beschwerliche Reise hinter sich.

»Ich habe die andere Seite des Sees gefunden und bin dort auf Valkaal gestoßen«, berichtete Nangolf mit einem freundlichen Blick zu dem Kurat. »Ich habe unseren Freund überreden können, weiter mit uns zu kommen, obgleich er fürchtete, uns zur Last zu fallen.«

Woher kam Nangolfs plötzlicher Gesinnungswandel? So kannte Maron seinen Ziehvater überhaupt nicht. Eben noch hatte er dem Kurat misstraut.

»Er hat sich für uns mit all seinen Kräften eingesetzt, die er als Sloi gelernt hat«, erzählte Nangolf. »Eine Trollpatrouille hatte mich erwischt, und wäre Valkaal nicht gewesen, so hätten sie mich ohne zu zögern umgebracht. Die Kerle waren wild.«

»Ihr wart einer von Kalmans Leibwächtern?«, fragte Ezeras, der Respekt vor der Eliteeinheit der Slois hatte.

»Ja, aber Kalman hat mich verstoßen.« Er erzählte ihnen nicht, dass er seine Kampfeskunst als Botschafter erlernt hatte. Für einen Sloi war er nicht skrupellos genug gewesen, sondern schlichtweg zu diplomatisch.

»Wo ist das Schiff der Seetrolle?«, wollte Enite wissen.

»Im Sturm an den Felsen der Küste zerschellt.«

Statt zu fragen, warum die Gefährten nicht am Treffpunkt auf ihn gewartet hatten, bestieg Valkaal seinen Hippogryphen. »Wir müssen los, es ist noch ein weiter Weg bis zu den Makoonbergen.«

»Was wollt Ihr eigentlich dort?«, fragte Enite.

»Die schwarzen Alben lieben den Rotsaft und zahlen mehr als die Trolle.« Mit diesen Worten hob er das Sattelblatt an, unter dem mehrere flache Flaschen hingen.

»Wo habt Ihr die her?«

»Von einem Händler Ontikas. Er versorgt mich damit. Der Kerl ist an das Rezept gelangt und braut ihn schwarz. Er schmeckt sicherlich nicht so gut wie deiner, denn es fehlt ihm das Raygras. Aber die schwarzen Alben merken den Unterschied nicht.«

»Ihr kennt also den Weg?«

»Ganz sicher.«

»Dann werden wir Euch folgen.«

»Valkaal ist nicht lieb«, flüsterte Wirges, der es sich im Haar der Druidin gemütlich gemacht hatte. »Der Teufel hinkt. Und die, die hinken, stinken.«

»Aber Valkaal hinkt doch gar nicht.«

»Aber er stinkt mir. Ich mag ihn nicht.«

Enite richtete den Blick nach oben, denn direkt über ihrer Stirn sah sie die Nasenspitze des Kobolds. »Hast du dich verletzt?«

»Nur ein bisschen. Die Nasenspitze, tut aber nicht mehr weh.«

»Was ist passiert?«

»Zu neugierig gewesen. Valkaal hat ein Wesen in seiner Tasche, das Krallen hat.«

»Was für ein Wesen?«

»Weiß nicht. Es ist dunkel in seinen Satteltaschen. Da fühlen sich die Wesen wohl.«

Enite nickte. »Was das wohl war?«

»Valkaal!«, rief Wirges dem Kurat zu. »Wie heißt das Wesen in deiner Tasche?«

»Welches Wesen?«, fragte Valkaal, dessen Silma nervös aufleuchtete.

»Das mich gezwickt hat.« Er deutete auf seine Nasenspitze.

Valkaal öffnete die Satteltasche, zog an einer Schnur einen faustgroßen Stachelball hervor, der dem Gegner im Kampf entgegengeschleudert wurde. »Er muss mit seinem Näschen drangekommen sein«, sagte Valkaal zur Druidin und an Wirges gerichtet: »Das wird dir hoffentlich eine Lehre sein, nicht immer in den Taschen fremder Leute herumzuschnüffeln.«

»Dann komm in meine Satteltasche«, sagte Enite. »Da bist du stets willkommen.«

»Hast recht«, meinte Wirges. »Es ist besser, ein Nickerchen zu machen. Die Welt ist schlecht und das Zentrum aller Schlechtigkeit sind Kurats und ihre Nadelwesen. Aber ich sage dir, Enite, sie haben sich bewegt, diese Nadeln.«

»Das kann nicht sein«, sagte Valkaal.

»Kann wohl sein«, entgegnete der Kobold und verschwand im Schutz der Tasche.

»Warum reist er eigentlich mit Euch?«, fragte Valkaal.

»Weil ich Enite das Leben gerettet habe«, rief Wirges aus dem Dunkel. »Deshalb muss sie mich lieben. So ist das immer. Man muss ja auch seine Eltern lieben, weil sie einem das Leben geschenkt haben.«

»Das sollte man«, sagte Nangolf und lachte. »Du bist also Enites Vater?«

»Genau!«

Jetzt lachte auch Maron wie alle anderen. Doch wer waren eigentlich seine leiblichen Eltern? Egal, sagte er sich. Er liebte Silva und Nangolf. Mehr war hier und heute nicht wichtig.

Als würde der Kurat an einem unsichtbaren Faden gezogen, ließ er den Bambuswald hinter sich und ritt durch das Schilf und das angrenzende Sumpfland. Stunden später hatten sie das Nordufer erreicht. Maron blickte von den Klippen hinab zu dem schmalen Streifen Strand – menschengroße Kiesel lagen dort. Dann sah er, dass die Kiesel überhaupt keine Kiesel waren, sondern übergroße Larven.

»Du müsstest erst einmal sehen, wenn die Nachtfalter aus ihnen schlüpfen«, sagte Nangolf. »Ein hungriger Schwarm greift sogar Trolle an.«

»Seht Ihr«, sagte Valkaal und zeigte nordwärts. »Dort hinten schimmert das gelbe Licht der Makoonberge. Wir sollten dicht beisammen bleiben, sonst verlieren wir uns.«

Das Land war flach. Nichts in dieser tristen Steinwüste, die von Enites und Nangolfs Fackeln kaum erhellt wurde, wuchs schneller als die Eintönigkeit. Hätte nicht Marons Hintern bei jedem Schritt Pepans wehgetan, so hätte er schwören können, dass sie sich überhaupt nicht vorwärtsbewegten.

»Wie weit ist es noch?«

Valkaal wies nur stumm mit der Peitsche zu einem bewaldeten Berg hinüber, wo ein paar Lichtvögel ihre Kreise drehten. Der Berg ragte steil aus der Landschaft auf. »Kommt!«, rief Valkaal und verpasste Halem einen Hieb, der daraufhin losgaloppierte, einige Meter flog und wieder galoppierte. Erst am Fuß des Berges verlangsamte der Kurat das Tempo. Maron erkannte einen Spalt im Fels, Schwefelgeruch drang daraus hervor.

Valkaal sagte: »Folgt mir. Hinter dem Berg führt ein Weg an Khanahas vorbei« und ritt direkt hinein.

Auch Enite verschwand vor Marons Augen, gefolgt von Ezeras, der mit seinem Titurel kaum durch die schmale Öffnung passte.

Schließlich ritt ihnen Nangolf hinterher, der Khetam antreiben musste. Nur Pepan wollte partout nicht in das Berginnere gehen. Da presste Maron die Schenkel ruckartig zusammen und Pepan bewegte sich vorwärts.

Im Berg war es dunkel und laut. Das Grollen klang Maron in den Ohren wie die Bewegung von Organen in einem riesigen Leib.

»Wo sind wir?«

»Am Ende der Welt«, sagte Ezeras, der vor ihm und Nangolf ritt. »Aber lieber will ich durch den Arsch der Erde galoppieren als durch Khanahas.«

»Bleibt dicht an der Wand und reitet jetzt hintereinander.« Das hätte Valkaal nicht sagen müssen, denn rechts vom Pfad ging es steil nach unten. Nangolf zog ein Stück Tuch aus seiner Satteltasche, entzündete es und warf es in den Abgrund. Das Feuer segelte hinab in die Schwärze und verglühte in der Bodenlosigkeit.

»Bindet die Tiere aneinander!«, befahl Valkaal. »Falls eines abrutscht, können es die übrigen halten.« Die Flamme in seinem Silma flimmerte rotgrün, als er zu ihnen sprach. Maron versuchte, darin mehr zu sehen als ein bloßes Farbenspiel, aber er konnte das Flackern nicht deuten.

Die Geräusche um sie herum wurden lauter und der Wind stärker. Im Takt wechselte er die Richtung, als würde der Berg atmen. Ausatmen und einatmen. Pepan war nervös, sein Fell nassgeschwitzt. Nur mit Mühe konnte Maron ihn auf Kurs halten. Der Wind schwoll weiter an, zischte übelriechend über ihre Köpfe hinweg. Einatmen, ausatmen, einatmen …

»Dieser Sturm bläst mir gleich noch das Fell weg«, sagte Ezeras.

Valkaal schwieg. Er war nur ein Schatten, dem sie folgten. Dann wankte der Boden unter ihnen. Pepan konnte sich gerade noch auf dem Pfad halten, aber schon spannte sich das Seil vor seinem Maul, denn Khetam rutschte ab und Pepans Kopf wurde nach vorn gerissen. Die aneinandergebundenen Einhörner kamen ins Schlittern. Eines zog das nächste mit sich und Ezeras' Titurel wurde von dem Gewicht der beiden genauso in den Abgrund gerissen wie Enites Burack. Eine zum Tode verurteilte Seilschaft. Selbst Halem, der seine Krallen in den Untergrund schlug, konnte sich nicht mehr halten. Maron stockte der Atem. Er klammerte sich an Pepans Fell, sie schlidderten seitwärts nach unten. Warum fiel er nicht einfach senkrecht in die Schlucht? Er rutschte hinter Nangolf her. Das Innenleben des Berges drehte sich, es schien, als ob sie auf einer riesigen Rutsche wären, die sich durch die Finsternis schlängelte. Endlich wurde die Schräge wieder zu einer Waagerechten, auf der sie zur Ruhe kamen.

»Was ist hier los? Wer stört mich?« Es war Wirges, der als Erster sprach. Er war wütend. »Lasst mich hier raus. Ich verlange sofortige Befreiung! Wollt ihr mich ersticken? Ich bin unschuldig!« Er bekam hörbar die Satteltasche von innen nicht auf, sie musste sich verhakt haben.

Maron, dem noch schwindelig war, spürte derweil, dass er auf etwas sehr Weichem lag. Es fühlte sich an wie nasses Gras. Aber es glänzte rot im trüben Schein von Valkaals Silma: geschmolzener Feueropal. Opal wurde bei Erhitzung brüchig, dieser Opal war anders – und er war nicht heiß. Wo waren die Fackeln von Enite und Nangolf? Wo war Enite? Maron zog sein Bein unter Pepans Körper hervor, wollte aufstehen, rutschte auf dem glitschigen Untergrund aus. Opal ist hart, sagte er sich.

»Wenn ihr es nicht anders wollt, dann ersticke ich eben!«, schrie Wirges.

»Ruhe!«, befahl Enite. Sie lebte also noch, auch wenn Maron sie nicht sehen konnte. Sie musste hinter Buracks Rücken liegen. Dann loderte ihre Fackel wieder auf. Die Druidin erhob sich und befreite den Kobold.

»Na, das wurde aber auch Zeit.« Wirges klammerte sich an den Sattel, ertastete den Untergrund und sagte: »Glibber. Was ist das für ein ekelhaftes Zeug? Ich glaube, ich denke …«

»Du sagst besser nichts«, meinte Enite. »Lass mich nur einen klaren Gedanken fassen.«

»Das wollte ich sagen.«

»Was?«

»Das ich nichts mehr sagen wollte, damit du Gedanken fassen kannst.«

»Bitte, halt mal einen Moment lang die Luft an.« Enites Blick war streng und Wirges still, obwohl er zu gern alles kommentiert und einen Witz über Valkaal gemacht hätte, der sich den Schleim in langen Fäden wie geschmolzenen Käse aus seinem Silma zog.

»Ich darf nichts sagen, es ist mir verboten«, grummelte der Kobold vor sich hin.

»Das ist kein normaler Berg …«, sagte Ezeras entsetzt, als er begriff, in was für einer schleimigen Höhle sie gelandet waren.

»… sondern ein Pirita, ein lebender Grenzberg«, ergänzte Nangolf. Er hatte ein wenig von dem merkwürdigen Gras mit dem Messer abgeschnitten. Die Piritas dienten den Kurats als Grenzübergänge. In diesen ungewöhnlichen Lebewesen konnten sie von Pansakur nach Silamäe oder in die umgekehrte Richtung reisen, ohne den mühseligen Weg über die Laveflüsse nehmen zu müssen. Das Äußere eines Pirita war in nichts von einem normalen Berg zu unterscheiden, doch sein Gestein war lebendig. Piritas bewegten sich wie gigantische Schnecken, deren Haus ein ganzer Berg war. Maron hatte bislang nur von den Halbwesen gehört, gesehen hatte er noch keines.

Die Blicke fielen auf Valkaal. Schließlich hatte er sie in diese Falle gelockt. Befanden sie sich etwa auf direktem Weg nach Silamäe? Maron hielt Pepans Zügel fest in seinen Fäusten. Sie waren in den Därmen des steinernen Kolosses gefangen.

»Du wusstest es!«, fauchte Enite. Sie schritt auf Valkaal zu, dessen Hippogryph Halem sich schützend vor seinen Herrn stellte. Der rote Boden, in den er seine Klauen geschlagen hatte, zog sich zuckend zusammen.

»Ich dachte, es wäre der richtige Weg.«

»Lügner!«, rief Wirges. »Lügner und Betrüger!«

Enite wollte in ihrem Zorn einen Blitz gegen Valkaal abschießen, doch Halem hackte nach ihrem Arm, sodass sie ihn gleich wieder zurückzog.

»Er beißt dir die Hand ab«, sagte Valkaal. »Nimm dich in Acht. Hier kommt keiner von euch mehr raus, ehe wir nicht in meinem Land sind. Ihr könnt mich töten, aber dann werdet ihr hier drin jämmerlich verrecken.«

Da nahm Ezeras sein Schwert und spuckte Valkaal an. »Das hättest du wohl gern!« Und er stach dem Pirita die Klinge ins Fleisch. Rostfarbene Flüssigkeit spritzte aus der Wunde und der Gigant zuckte, dann trat Ruhe ein, schweres Atmen, wieder Stille. Nichts bewegte sich, gar nichts.

»Was ist los? Ist er kaputt? Gibt es jetzt gleich Ärger? Ist das die Ruhe vor dem Sturm?« Wirges sprach aus, was auch Maron dachte.

»Bitte«, sagte Nangolf. »Es ist nicht die Zeit zu reden.«

Valkaals Silma loderte violett.

Der Wind wurde wieder stärker. Einatmen, ausatmen. Ein Gurgeln drang aus den Untiefen des Berges empor.

»Das stinkt! Hilfe, das stinkt!« Wirges hielt sich die Nase zu und verkroch sich unter Enites Mantel.

Goldfarbene Flüssigkeit kam aus dem Gang, der vor ihnen lag – zäh wie Honig war das Zeug. Zuerst umfloss es nur ihre Beine, dann schoss ihnen ein Schwall entgegen, riss sie mit sich, spülte sie zurück durch den Gang, durch den sie gekommen waren. Schneller und schneller, höher und höher. Maron sah die Felsspalte, gleich würden sie nach draußen geworfen. Es war, als würde sich der Pirita übergeben, als wolle er diese Fremdkörper ausspucken. Maron bekam einen Huf an den Kopf, doch er registrierte den Schmerz kaum. Endlich, gleich würden sie frei sein! Plötzlich schloss sich die Spalte und Maron knallte gegen den Fels. Es knackte in seiner Schulter.

Dann plötzlich verschwand die Flüssigkeit in der Tiefe, aber sie waren verklebt von dem zähen Saft, der wie Säure brannte. Maron griff nach dem Stab auf seinem Rücken. Seine Schulter schmerzte, er drückte den Stab an sich, schloss die Augen und sah vor sich die Augen Fermlunds. »Bitte, hilf mir«, flehte er seinen Lehrer an. »Bitte, hilf uns!«

Kurz darauf schlug von außen etwas Hartes gegen den Pirita, als ob jemand mit der Faust gegen eine Tür pochte – wieder und wieder war da das Glucksen, der Wind, und wieder schoss die beißende Flüssigkeit aus den Tiefen hervor. Vor ihnen tat sich erneut der Felsspalt auf, doch diesmal blieb er offen und mit dem honigfarbenen Strom wurden sie aus dem Mund des Berges gespült.

Maron verlor die Orientierung, er flog, Wirges sauste an ihm vorbei, als habe er eine schnellere Welle erwischt. Sie waren völlig in der Gewalt des Stroms, waren diesem zähen Saft hilflos ausgeliefert – dann schlug Maron auf.

Unterhalb von Samagars Festung Tukum, Burkers Gemach

Professor Burker wollte noch einmal seine Aufzeichnungen durchgehen, ehe er mit der Operation begann. Sein Schreibtisch schien unordentlich, aber in all der Unordnung hatte er ein System. Seine Kollegen arbeiteten am Computer. Er nicht, er wollte den Stift zwischen den Fingern spüren wie das Skalpell.

Die Trolle konnten Burkers Schriften nicht lesen. Die Linsen ihrer Augen waren uneben, das wusste er. Irgendwann im Lauf der Evolution musste das ein Vorteil für sie gewesen sein. Jetzt war es hinderlich. Trotzdem war es Samagars Untergebenen gelungen, Burkers Aufzeichnungen exakt so zu platzieren, wie sie auf dem Schreibtisch in seinem Arbeitszimmer in der Brühler Praxis gelegen hatten. Diese Kerle, die stark wie Büffel waren, waren auf ihre Weise Genies. Wie lange würde es dauern, bis sie mit den Augen der Menschen ihre eigene Schrift erfänden?

Die Geschichten, die er als Kind über Trolle gelesen hatte, hatten mit der Wirklichkeit nicht viel zu tun. Samagar hatte vor ihrer ersten Begegnung einen schwarzen Zwerg zu Burker nach Brühl geschickt. Zuerst hatte der Professor die winzige langbärtige Kreatur für einen Scherz seiner Studenten gehalten. Aber es war kein Scherz, kein verkleideter Student, der auf Knien in sein Zimmer kroch: Es war wirklich ein Zwerg, der ihn in der Nacht aufgesucht und ihm Samagars Angebot übermittelt hatte. Der Chirurg hatte nicht gezögert und so war er vor zwei Monaten zum ersten Mal hier unten gewesen, um seine Kunst an einem Troll unter Beweis zu stellen. Die Bedingungen für die Operation waren nicht so gut gewesen wie jetzt.

Er besah sich den Querschnitt des Menschenauges, ein Plastikmodell aus der Zeit seiner ersten Professur in Tübingen. Groß wie eine Melone war es auf einem leicht vergilbten Plastikfuß montiert: Aderhaut, Netzhaut, Sehnerv, Ciliarmuskel, hintere und vordere Augenkammer, Bindehaut, Schlemmscher Kanal, Linse. Als Student hatte er die Brechkraft des Auges berechnet.

Melissa hatte ihm das Modell geschenkt, sie war schon damals seine Assistentin gewesen. Die »Zweifarbige« hatte er sie genannt, weil sie ein braunes und ein grünes Auge besaß, eine seltene Spielart der Natur. Er strich mit der Hand über den Sehnerv, der aus dem Glaskörper hinausführt. Das war die direkte Verbindung zum Hirn, die Schnittstelle, von der Erfolg oder Misserfolg der Operation abhängen würde. Leider hatte Burker den Troll Nummer 1, das erste Versuchsobjekt, nur kurz nach der Operation gesehen und konnte nicht mehr beobachten, wie das neue Augenlicht das Verhalten seines Patienten verändert hatte. Samagar hatte Burker von den Zwergen schnell wieder zur Erde hochschaffen lassen.

Burker rieb sich die Augen und verließ sein Gemach. Der Gang an der Wand war mit einem Mosaik geschmückt – ein Auge, in dem sich mehrere Augen spiegelten. Genau wie bei jenem wie im Thronsaal. An mehreren Stellen der Festung fanden sich solche Mosaike. Kein Troll wusste, wer sie geschaffen hatte. Auch hier fehlte, wie auf dem Fußboden des Thronsaals, das innere Auge. Es war durch einen Schwarzopal ersetzt worden. Wie der originale Stein ausgesehen hatte, wusste niemand genau.

Als Professor Burker die Tür zu Melissas Zimmer öffnete, schreckte sie auf, als habe sie etwas Verbotenes getan. Das war typisch für sie. Trotz ihres chronisch schlechten Gewissens, für das es genauso wenig einen Grund gab wie für ihre Unsicherheit. Neben ihrem Bett stand die Flasche Alati, die sie zur Hälfte geleert hatte.

»Wir sollten bald mit der Arbeit beginnen«, sagte Burker.

»Wie du meinst.« Sie schritt auf ihn zu, aber er blieb stehen und sah sie distanziert an. Kälte schien sich im Raum auszubreiten. Obwohl sie sich gerade erst das Jawort gegeben hatten, waren sie meilenweit voneinander entfernt. Sie sollten ein Liebespaar sein, aber Burker war so von seiner Aufgabe gefangen, dass sein Herz kalt war – und sie respektierte es. Sie würde alles für ihn tun und er alles von ihr nehmen.

»Liebst du mich?«, fragte sie.

»Ich sehe niemanden, der meine Liebe mehr verdient hätte als du.«

Trollgebiet Pansakur, Kalevs See

Druck auf Marons Ohren, Flüssigkeit in Mund und Nase. Das war nicht das zähflüssige Sekret des Pirita, das war Wasser. Das Brennen auf seiner Haut wich der kristallklaren Kühle. Fische glänzten silbern. Kurz blitzte Nangolfs Gesicht vor ihm auf, aus seiner

Nase entwichen Luftbläschen. Wie schön sie glitzerten. Enites Schuhe, ihre Beine zappelten, in ihrem Mantel glich sie einer wundervollen leichten Qualle, an der sich Wirges festkrallte. Dessen Augen schienen noch größer zu sein als sonst. Seinen Mund hatte er fest zusammengepresst.

Maron streckte sich, spürte Grund unter seinen Füßen. Seegras. Er stieß sich vom lockeren Boden ab, schoss hinauf. Da waren Pepans Hufe, mit denen das Einhorn wild um sich trat, um wieder an die Wasseroberfläche zu kommen. Maron schwamm, seine Schulter schmerzte. Jede Bewegung war ein Blitz, der seinen Nacken durchströmte und ihm den Arm entlanglief. Gleich würde er atmen müssen. Wasser im Mund, kühl war es. Kein Wasser atmen, nur kein Wasser atmen. Aber er schluckte, würde es nicht mehr bis nach oben schaffen, fühlte keine Angst, sondern Ruhe. Alles war gut, gleich würden sich seine Lungen mit Wasser füllen, alles wäre vorbei, die Anstrengung, der Schmerz, die Angst. Er sah Halem. Die Schwingen ausgebreitet. Wo war Valkaal? Der Hippogryph sank – federleicht wirkte der riesige Vogel. Dann bewegte er seine Flügel und schwebte davon. Sicher war sein Herr bereits tot, ertrunken. Marons Bewusstsein schwand. Wo war der Stab? Er griff panisch nach hinten und spürte den vertrauten Griff in seiner Hand. Waat sei Dank! Nicht aufgeben. Niemals. Er durfte sich nicht fallen lassen. Schwimm nach oben! Du willst atmen! Du musst aufsteigen! Du musst leben! Endlich Luft, er schnappte mit offenem

Mund, kurze Atemstöße. Luft! Er hustete das Wasser heraus.

Enite tauchte ebenfalls auf, Wirges spuckte wie ein Brunnen, seine Schnauzbarthaare hingen rechts und links schlapp am Gesicht herab. »Pfui!«, rief er. Pepan, Nangolf, der Titurel, alle kamen an die Wasseroberfläche. Wo war Ezeras? Maron schwamm, nur noch den rechten Arm bewegend, ans Ufer. Sein Schultergelenk schmerzte. Er sah den Pirita, aus dessen Felsspalt das Sekret floss, dann bewegte sich der Berg davon und begrub den Wald unter sich. Die Stämme knickten wie Zahnstocher unter ihm ein, als er einem ungeheuerlich großem Schiff gleich über die Erde glitt. Lichtvögel flogen auf. Marons Arme waren schwer, sein Körper ein unerträgliches Gewicht, erschöpft sank er neben Enite nieder. Er lag auf dem Bauch, sein Blick fiel auf das gegenüberliegende Ufer. Wer war das? Valkaal. Der Kurat kroch an Land. Maron legte den Kopf zur Seite und schloss vor Erschöpfung die Augen. Er wollte nur noch schlafen – schlafen. Als er die Augen wieder öffnete, war Valkaal verschwunden. Womöglich hatte er sich das alles nur eingebildet. Ein Kurat konnte einen solchen Sturz ins Wasser unmöglich überleben. Sicherlich wäre sein Silma unter Wasser erloschen.

Das Nächste, was Maron sah, war eine weiße Fledermaus. Schnell war der Schlag der Flügel, taumelnd der Richtungswechsel, als habe dieser handgroße Winzling eine Mücke verschluckt, die ihn auf und nieder, hin und her sausen ließ. Mehr Fledermäuse kamen, flirrten vor Marons Augen, er spürte die Luft, die der Schlag ihrer Flughäute aufwirbelte.

»Seid gegrüßt.« Eine Stimme wie Donner. Maron drehte sich um, wieder der Schmerz in der Schulter. War sie gebrochen? Das Gesicht, das vor ihm erschien, war riesig. Es sah aus wie aus Stein gehauen. Das Kinn ragte ein wenig hervor und hatte etwa die Größe eines Felsens. Mit jedem Wort atmete der Gigant Fledermäuse aus, die wie Zähne in seinem Kiefer hingen.

»Wer bist du?«, fragte Enite. Maron erkannte den Kobold in Enites Haar, sein dunkles Fell schimmerte leicht hindurch. Vermutlich hatte sich der kleine Feigling aus Angst dort versteckt.

»Kalev«, sagte der Riese. Wieder flogen weiße Fledermäuse aus seiner Mundhöhle und kehrten in sie zurück. »Fermlund hat mich gerufen und ich bin euch mit den Felsen zu Hilfe geeilt.« Er hielt noch einen der Felsbrocken in der Rechten, mit denen er den Pirita beworfen hatte.

»Fermlund ist tot«, sagte Ezeras, dessen Lockenschopf noch von Wasser triefte.

Kalev nickte. Er strich sich dabei durch seinen rötlichen Bart. »Aber der Tod trennt uns nicht. Denn ich war wie Fermlund eines der letzten Urwesen, die hinab nach Terra vertrieben wurden. Wir wurden direkt von Waat geschaffen, waren längst da, bevor noch die Menschen seinen Leib bevölkerten. Wir brauchen keine Worte, um uns zu verständigen, wir sind verbunden durch unseren Geist. Ich konnte damals den Menschen durch eine heiße Quelle entkommen. Nicht unweit von hier fanden mich die Trolle und pflegten mich gesund. Dafür habe ich ihnen später geholfen, die Moorgeister vom Maardu Lahacht zu vertreiben. Heute lebe ich hier.« Der See, in dem sie gelandet waren, war umgeben von Wald und wurde von einem Wasserfall gespeist, der so hoch war wie die Türme von Ontikas Schloss.

»Sind hier etwa Trolle?«, fragte Nangolf.

Der Riese lachte. »Bei mir seid ihr sicher. Heute fürchten sie mich und meine kleinen Freunde« – er deutete auf die Fledermäuse. »Nachdem Samagar die Macht ergriffen hat, sollte ich hinauf zur Erde, um gegen die Menschen zu kämpfen. Samagar kann es ihnen bis heute nicht verzeihen, dass das Volk der Trolle hier unten leben muss. Als ich mich weigerte, hat er mich in Ketten legen lassen. Erst Fermlund konnte mich mit seinem Atem befreien. Ich verdanke deinem Lehrer« – dabei schaute er Maron an – »meine Freiheit und das Schwert, das bald deines sein soll.«

»Woher weißt du, dass …?«

»… du der Auserwählte bist? Meinst du etwa, deine mit Wachs angeklebten Elfenohren täuschen mich? Fermlund hatte seinen eigenen Tod vorausgeahnt. Ein Irrlicht überbrachte mir die Botschaft. Aber jetzt komm mit mir, Maron.«

»Geh nicht mit ihm«, flüsterte Wirges aus Enites Haar. »Riesen sind viel zu groß. Das siehst du doch.« Als er auf Marons Schulter sprang, schrie dieser auf.

»Was hast du?«, fragte die Druidin.

Maron zeigte auf seine Schulter. »Ich glaube, sie ist verrenkt.«

Daraufhin rieb Enite sie mit einer Tinktur ein. »Versuch, deinen Arm zu bewegen«, sagte die Druidin.

Er drehte langsam den Arm, die Schmerzen waren fort.

Enite nickte. »Und jetzt geh mit Kalev.«

Die beiden liefen am sandigen Ufer entlang und hörten noch, wie Wirges aufgeregt sagte: »Wie könnt ihr ihn gehen lassen? Der Klotz fällt ihn doch tot.« Hinter dem Wasserfall lag eine Höhle. Die Fledermäuse, die sich eben noch in Kalevs Mund befunden hatten, flogen ihm aus der Nase und stoben hoch zur Decke, wo schon Hunderte Artgenossen auf sie warteten. Ein ganzes Volk von Elfen hätte in der Höhle Platz gefunden, aber es befanden sich darin lediglich Bett, Tisch, Stuhl und zwei Haken. Daran hingen Kalevs Wams, das er sonst unter seiner Jacke trug, sowie eine Axt. Das Wams war aus Baumrinde, Zweigen und Gräsern gewirkt. An den Wänden hingen ein Regal mit den Sieben Büchern Waats, das Gemälde einer Trollfrau und die Karte der sagenumwobenen Stadt Setola, wo es Reichtum und Zuversicht in Hülle und Fülle geben sollte. Und darüber die Weisheit:

Bevorzuge niemals die Tüchtigen,
so wird dein Volk nicht streiten.
Schätze nicht die Kostbarkeiten,
so wird dein Volk nicht stehlen.
Und zeige nichts Begehrenswertes,
so werden die Herzen nicht verwirrt.

»Existiert Setola wirklich?«

»Natürlich nicht. Aber würde es den Gedanken an eine bessere Welt nicht geben, gäbe es keinen Grund zu leben. Wohin sonst sollten die Seelen der Elfen und Riesen wandern, wenn sie im Kampf gestorben sind? Sie kehren alle zurück zu Waat ins tiefste Innere seines Körpers, wo es am Grund der Lavaschluchten kein Leid und keine Ungnade gibt.«

»Und wer ist die Frau auf dem Gemälde?«

»Paide.«

»Die tote Paide, die letzte Königin der Trolle?«

»Woher kennst du sie?«

»Fermlund hat mir von ihr erzählt.«

»Sie war die Letzte der weisen Königinnen der Trolle.«

»Für dich sind die Trolle also nicht von Geburt an böse?«, fragte Maron erstaunt.

»Ein Volk kann in jede Richtung gebogen werden. Die Trolle wollten früher nur leben wie du und ich und ihre Stunden mit Glück füllen. Ihre Könige waren gute Herrscher, die nur das Beste für ihr Volk im Sinn hatten. Sie stritten nicht mit den Völkern Ontikas. Heute horten die Trolle nur noch und wollen immer mehr – und alles für Samagar. Aber er ist kein König, sondern ein Tyrann. Er hat sie geformt, hat ihnen Angst gemacht und gesagt, sie hätten es in der Hand, glücklich, reich und sicher zu sein. Aber am Ende ist nur er mächtig und nur er kann ihnen Sicherheit bieten. Das ist der Teufelskreis Samagars. Er hat die Weisheit Setolas mit Füßen getreten und den Keim des Ehrgeizes und der Gier in sein Volk gepflanzt, der nun in einem Krieg gegen Ontika aufzugehen droht. Du musst verhindern, dass Blut fließt. Du bist der Einzige, der es kann.« Kalev nahm das Gemälde Paides ab, auf dem sie in ihrem königlichen Brokatkleid und mit der Krone zu sehen war. Dahinter ragte ein kurzer Schaft aus dem Felsen. »Dort ist das letzte und das erste Licht. Das Schwert der Glut soll dir gehören, wenn du seine Klinge aus dem Stein befreist. Es wurde einst vom Zwerg Taara für mich aus der Glut Waats geschmiedet, um dem Guten mehr Gewicht zu verleihen. Taara hatte damals schon geahnt, dass das Böse einmal Oberhand gewinnen könnte.«

Maron kletterte auf Kalevs riesigen Stuhl, um überhaupt an den Schaft gelangen zu können. Er merkte, wie nervös der Riese mit einem Mal wurde. Schweiß rann von seiner Stirn, und es schien, als flögen die Fledermäuse noch aufgeregter an der Höhlendecke umher.

»Warum steckt es im Fels?«

»Frag nicht, nimm den Stab«, sagte Kalev. »Lege eine Hand an den Stab und die zweite an den Griff des Schwertes und du wirst ungeahnte Kräfte besitzen.«

Maron spürte tatsächlich, wie die Muskeln unter seinem Umhang anschwollen. Er zog mit der Rechten an der Klinge und mit einem Ruck riss er das Schwert aus der Wand, das sich augenblicklich seiner Hand anpasste wie eine maßgefertigte Waffe.

Als Maron es Kalev geben wollte, sagte der: »Ich bin seiner nicht würdig, ich habe damit einen einfachen Bauern im Jähzorn erschlagen. Ich bin froh, wenn ich meine Schuld durch das Geschenk an dich begleichen darf.«

Maron wagte nicht, Kalev zu widersprechen.

»Hinter der Zone des schwarzen Lichts wirst du die Festungsstadt Khanahas finden«, sagte der Riese.

»Was ist das schwarze Licht?«

»Du wirst es erkennen.«

Als hätte Kalev den Fledermäusen befohlen, ihn aus der Höhle zu begleiten, flatterte der Schwarm Maron voran durch den Wasserfall, der sich vor ihnen auftat.

Wirges lief erschrocken fort. Er hatte sich angeschlichen, um das Gespräch der beiden heimlich zu belauschen. Nun stürzten sich die weißen Fledermäuse auf ihn und zwickten ihm das Fell, bis er vor Panik in den See sprang und untertauchte.

Köln, unter dem Dom

Kai Jedicke kletterte über ein T-förmiges Mauerstück an der Säule vorbei, doch weiter kam er nicht, die

Decke war eingestürzt. Ein langes Stück Metall blitzte im Schein der Taschenlampe unter den Steinbrocken hervor.

»Das ist ein –« Helen tauchte unvermittelt neben ihm auf und bückte sich.

»Was ist es?«

»Warten Sie!« Nachdem sie das silbern glänzende Metall freigelegt hatte, sah Kai, dass es zu einem größeren Objekt gehörte, das nun unter dem Schutt hervorlugte.

Kai rollte noch einen Steinbrocken zur Seite, da lag das mit Edelsteinen besetzte mannshohe Kreuz vor ihnen. Einige der Rubine, Saphire und Smaragde waren aus der Fassung gesprungen und lagen funkelnd im Schutt.

»Das müssen mehrere Diener bei der Prozession getragen haben. Eigentlich dachten wir, wir hätten sämtliche Vortragekreuze gefunden.«

»Falls wir hier rauskommen, hat das Beben zumindest etwas Gutes gehabt«, sagte Kai. Durch seine Bemerkung wurde der Wissenschaftlerin bewusst, dass sie das Kreuz möglicherweise nie ans Tageslicht bringen könnte. Tränen stiegen ihr in die Augen. Sie wischte sie weg, dann sackte sie in sich zusammen.

Kai biss sich auf die Zunge. Er hatte einen schweren Fehler gemacht. Warum konnte er nicht einfach den Mund halten? Er versuchte, ein paar tröstende Worte zu finden, wollte sie in den Arm nehmen, aber er traute sich nicht.

Dann rückte sie zu ihm. »Ich habe Angst«, sagte sie.

»Ich auch.« Und er legte seinen Arm um sie.

Samagars Festung Tukum, Labyrinth der Thronfolger

»Was gibt es so Wichtiges, dass Ihr mich stört? Ich sehe meinen Kindern zu, wie sie Thronfolge spielen. Sollte mir etwas geschehen, wird eines von ihnen Euch die Befehle erteilen.«

General Lanf blickte mit Grauen hinab in das Labyrinth. Die sechs potentiellen Thronfolger – vier Jungen und zwei Mädchen – wogen zwischen 380 und 450 Pfund. Sie sahen behäbig aus, waren jedoch erstaunlich flink und biegsam und kannten keine Skrupel, wenn es zum Kampf kam. Der zottelige Nachwuchs schlug gerade mit hölzernen Schwertern aufeinander ein. Kein anderes Wesen war so gnadenlos gegenüber den eigenen Geschwistern.

Im Labyrinth mussten die Trolle nicht nur kämpfen, sondern auch Hindernisse überwinden, Wasserbecken durchqueren, Feuerfallen ausweichen und den Umgang mit der Armbrust lernen. Das Labyrinth nahm fast die gesamte zweite Etage der Festung ein. Im vorderen Teil gab es sonst nur noch ein Esszimmer, die Waffenkammer und das Taktikfeld, auf dem die Länder Terras aufgezeichnet waren.

Samagars Lieblingssohn Fregar hob sein Schwert und versetzte seiner Schwester Karma einen gewaltigen Hieb gegen den Kopf. Eigentlich hatte sie sich mit ihm verbündet, aber es ging in dieser Spielphase auf dem Kampfplatz darum, im richtigen Moment dem Verbündeten den Todesstoß zu versetzen. Denn Trolle hassten nichts mehr als zu teilen – es galt als schwach und unehrenhaft. Am Ende durfte nur einer gewinnen und die Übrigen mussten sich dem Sieger fügen. Das hatte schon Bandolan, Samagars ältester Sohn, zu spüren bekommen. Durch einen Hieb seiner Schwester war er so unglücklich verletzt worden, dass er starb.

Momentan sah es so aus, als würde Fregar die Macht von seinem Vater übernehmen. Er würde dann den Helm mit dem Schwarzopal tragen, der jenem Auge glich, das unten im Flur neben Burkers Gemach das Zentrum des Mosaiks bildete.

Samagar sah seinem Nachwuchs gern bei der Auslese zu, da ihn das Spiel der Kinder selbst auf neue Ideen brachte.

»Wir haben gerade ein Irrlicht der Kurats abgefangen«, sagte General Lanf. »Es meldet, dass sich Maron ganz in unserer Nähe befindet. Er will allem Anschein nach hinauf in das Makoongebirge. Was sollen wir tun?«

»Nichts. Wir warten ab. Um in die Berge zu gelangen, muss er durch die Malroëschlucht – und um zur Schlucht zu kommen, muss er erst durch Khanahas. Was bedeutet das für uns?«, fragte Samagar. Er blickte vom Labyrinth auf, in das Gesicht seines Generals, der breit lächelte. »Na also, General. Ich sehe, wir verstehen uns. Wir müssen nur abwarten, bis der Junge samt Stab und Gefährten zu uns kommt. Alles läuft also bestens. Ihr macht gute Arbeit. Schont Euch für die anstehenden Aufgaben. Wir beide werden das Reich der Trolle unendlich machen. Allerdings solltet Ihr Euch vorher noch die Kopfhaare schneiden lassen. Die gucken ja schon unter dem Helm vor.«

Dann klatschte er in die Hände. Die Kinder schauten zu ihm auf. »Ihr solltet etwas essen. Ich habe für euch auffahren lassen. Zum Nachtisch wird es noch den toten General Lanf geben.«

Lanf sah ihn erschrocken an. »Das ...«

»... war ein Scherz.« Mit diesen Worten klopfte er seinem General auf die Schulter. »Aber Ihr wisst, wie schnell ein General seinen Kopf verliert.«

Die Kinder gehorchten sofort und gingen ins Esszimmer, zur Feuerstelle. Wären sie ihrem Vater nicht gefolgt, hätten sie mit einer harten Strafe rechnen müssen. Es gehörte zum Erwachsenwerden, Befehle umgehend zu befolgen. Andernfalls bekam man die siebenschwänzige Katze zu spüren. Diese Peitsche war bekannt für ihre an den Spitzen eingeflochtenen scharfkantigen Smaragde, die auf der Haut brannten. Samagars Vorgängerin Paide hatte die traditionelle Strafe mit der Katze abgeschafft. Das Resultat war eindeutig gewesen: Die Kinder tanzten ihren Eltern auf der Nase herum. Deshalb hatte jeder Troll Verständnis dafür gehabt, als Samagar die Katze wieder einführte.

Fregar hatte Karma mächtig zugesetzt. Sie wurde auf einer Trage abtransportiert, während ihr Bruder die Spielkrone aufsetzte und sich beim Essen die besten Stücke aussuchen durfte.

Samagar schritt mit Lanf die Galerie entlang zum Aufzug.

»Lasst mich allein«, sagte der Herrscher, dann rief er durch ein Loch in der Decke des ausgehöhlten Diamanten: »Nach unten!«

Kurz darauf gaben oben im Maschinenraum des Aufzugs zwei Arbeiter einem Drachen die Peitsche. Er trottete sogleich los und setzte die Winde in Gang. Rumpelnd senkte sich der Diamant und hielt erst wieder sechs Stockwerke tiefer unter der Erde, wo Professor Burker wohnte. Samagar trat ohne anzuklopfen ein und traute seinen Augen nicht. Der Professor ruhte auf seinem Bett.

»Aufstehen!«, schrie Samagar. Mit dem Menschen würde er härter umgehen müssen. »Schlafen können Sie auf der Erde! Hier ist die Zeit knapp!«

Burker kam langsam zu sich. Auf der Bettkante sitzend, betrachtete er den Troll und erwiderte gelassen: »Verlassen Sie mein Zimmer, sonst werde ich gar nichts tun.«

Samagar schritt auf den Professor zu, die Peitsche baumelte an seinem Gürtel. Am liebsten hätte er Burker damit eins übergezogen, aber ein Mensch würde unter dem Schlag einfach zusammenbrechen und dann wäre er unbrauchbar. Samagar versuchte es also auf die freundliche Art: »Es wäre schön, wenn Sie alsbald mit Ihrer Arbeit beginnen könnten, Professor. Die Menschen stehen schon zur Augenentnahme bereit.«

Kölner Dom

Unter dem mittelalterlichen Kreuz machten Kai und Helen eine grausige Entdeckung: ein Büschel weißes Haar zwischen den Steinen. Zuerst hatte Kai gedacht, es sei Glaswolle, dann aber rückte er einen Backstein zur Seite und fand Leichen: jene Frau mit dem weißen Haar zuerst, darunter der kunstbeflissene Lehrer aus Stuttgart, der sich in den Weihnachtsferien für zwei Wochen in Köln einquartiert hatte, um die Schätze der Domstadt näher kennenzulernen. Offensichtlich hatten die beiden es nur noch bis hierher geschafft, bevor die Decke über ihnen einstürzte. 12.36 Uhr. Zu dieser Zeit war die Uhr am Handgelenk des Lehrers kaputtgegangen.

»Beruhige dich«, sagte Kai, der in Helens entsetztes Gesicht sah. Er war fast ohne es zu merken ins »Du« gefallen. Helen war froh darüber.

»Sie werden uns hier rausholen«, sagte er und nahm sie fest in den Arm.

»Alle anderen sind schon tot«, sagte sie. »Wir sind die Letzten.«

»Nein«, sagte Kai. »Einer ist in die andere Richtung gelaufen.«

»Wieso?«

»Weil ich ihn Richtung Dom-Modell hab laufen sehen.«

»Das kann nicht sein. Ich hätte ihn auch gesehen.«

»Wenn ich es dir sage. Ich hatte noch überlegt, ob ich nicht auch ...«

»Unmöglich.«

»Ich will mich nicht streiten, der Weg ist ohnehin versperrt.«

»Wir werden auch sterben«, sagte sie.

»Ich habe nie in meinem Leben aufgegeben, also werde ich es auch jetzt nicht tun.«

»Was meinst du damit?«

»Meinen Sohn«, sagte Kai. »Du kannst dir nicht vorstellen, wie schwer es mir gefallen ist, von ihm Abschied zu nehmen.«

»Du hast ein Kind?«

»Hättest du mir das nicht zugetraut?«

»Was ist mit ihm passiert?«

Kai erzählte von seinem Sohn, der vor zwölf Jahren als Baby nach einem Autounfall spurlos verschwunden war.

»Wie kann denn ein Baby aus einem Auto verschwinden?«

»Ich hatte einen Unfall. Die Polizei traf am Unfallort ein. Es ging nur um eine kleine Beule am Kotflügel meines Audi. Einer der Polizisten befragte uns. Alles war bloße Routine. Ich hatte meinen Sohn in dem Schalensitz auf der Rückbank gelassen. Trotz des

Lärms beim Unfall war er nicht einmal aufgewacht, sondern schnarchte ein wenig wegen des Schnupfens, den er hatte.« Kai stockte, seine Stimme begann zu zittern. »Dann war er weg. Niemand hat etwas gesehen. Spurlos verschwunden, einfach weg.«

»Und?«

»Ich habe ihn gesucht.«

»Und deine Frau?«

»Sie natürlich auch. Ohne Erfolg. Wir haben uns später gestritten. Sie hat mir zwar geglaubt, aber nie verziehen. Sie warf mir vor, ich hätte mich nicht genügend um den Kleinen gekümmert, deshalb habe ihn jemand entführen können.«

»Was haben denn die Polizisten gemacht?«

»Die haben mich am Unfallort für verrückt gehalten und mich einem Alkoholtest unterzogen. Sie meinten, ich hätte das Kind sicher daheim vergessen und solle mich beruhigen. Es waren ja nur höchstens zehn Sekunden, in denen ich nicht zum Rücksitz geschaut habe. Die Anschnallgurte des Schalensitzes waren sogar noch fest verschlossen. Keiner kann ihn in dieser Zeit mitgenommen haben. Unmöglich. Ich habe ihn so geliebt.«

Wie warmherzig Kai von seinem Kind spricht, dachte Helen.

»Und was ist mit deiner Frau?«, fragte sie.

»Kurz nach dem Unfall haben wir uns getrennt. Sie lebt heute mit einem Franzosen in Kanada. Wir haben kaum Kontakt.«

»Und die Polizei?«

»Nichts. Was hätten wir denen denn Neues erzählen sollen? Die hätten geglaubt, wir hätten unser Kind selbst verschwinden lassen.«

»Das ist ja grausam.«

»Ich bin dann ein Jahr später noch nach Kanada zu meiner Exfrau geflogen, da ich befürchtet hatte, sie habe alles von Anfang an geplant und unser Kind mitgenommen.«

»Aber das wäre ja Irrsinn.«

Kai nickte. »Ich war verzweifelt. Manchmal habe ich schon geglaubt, ich hätte meinen Sohn selbst …« Dann stockte er und sie schwiegen.

»Ich habe das noch niemandem erzählt«, sagte er schließlich, als wollte er sich für seine Offenheit entschuldigen. »Als ich heute früh vom Verschwinden der Hochzeitsgesellschaft in Brühl hörte, musste ich an meinen Sohn denken.«

»Was war denn in Brühl?«

»Hast du keine Nachrichten gehört?«

Helen schüttelte den Kopf.

»Siebenundachtzig Leute sind nach einer kirchlichen Trauung aus einem Festsaal verschwunden, sie sind wie vom Erdboden verschluckt. Es gab ein leichtes Beben, dann war alles vorbei und die Hochzeitsgesellschaft tauchte nicht mehr auf.«

Helen wurde schummrig, als würde sie gleich ohnmächtig.

»Was ist los mit dir?«

»Meine Tochter …« Sie vergrub ihr Gesicht in den Händen.

»Was ist mit deiner Tochter?« Er streichelte ihr leicht übers Haar.

»Ihre Patentante ist mit ihr nach Brühl gefahren. Melissa, eine Freundin von ihr, hat einen Augenchirurgen geheiratet.« Helen schluchzte.

»Vielleicht war sie ja nicht mit in der Festhalle, als es passierte.« Kais tröstende Worte halfen nicht, Helen sah nur Merikes grüne Augen vor sich, ihr Lächeln, als sie heute früh fortgegangen war. Sie hatte ihr einen Kuss auf die Wange gedrückt.

»Es wird schon wieder ...«

»Nichts wird!« Ihre Augen funkelten zornig. »Wie kann so was sein? Warum? Gibt es keinen Gott oder interessiert es ihn nur einen Scheißdreck, was hier passiert?«

Kai rückte näher zu ihr und ahnte nicht, was über ihnen im Dom geschah: Hafiz Kesken erklomm gerade einen Hügel aus Heiligenfiguren. Gliedmaßen und Köpfe der Steinfiguren lagen übereinander, als sei mit ihnen gekegelt worden. Er hatte früher ein Malbuch gehabt: *Heilige zum Ausmalen*. Katholische Grundschule. Aber nach der Grundschule hatte er die ganzen Namen wieder vergessen, zumal seine Eltern und er Muslime waren. Außer St. Martin und St. Nikolaus war nichts bei ihm hängen geblieben – ein Stück Mantel und ein Sack mit Geschenken. Dinge, die man nicht vergisst.

»Wir sollten es hier am Altarbereich versuchen. Sie könnten direkt unter uns sein.«

»Sollen wir nicht lieber schweres Gerät ordern?«, fragte Moritz.

»Nein. Oder was meinst du, Phil?«

Philipp Spencer stimmte seinem Chef zu. Hier könnte es gelingen, mit Spitzhacke und Schaufel ein Loch zu graben. Moritz runzelte skeptisch die Stirn, er nickte trotzdem. Es war still in der Kirche, in der sonst Hunderte Touristen umherliefen. Schnee fiel immer noch durch das Dach. Ausgerechnet zu Silvester schneite es. Das Knirschen der Steine unter den Füßen der Bergungsmannschaft brach die winterliche Atmosphäre.

Nicht weit unter ihnen sagte Helen: »Wir müssen weiter, Kai. Meine Tochter braucht mich.« Sie schlug sich den Staub aus der Hose und band sich die Haare zu einem Pferdeschwanz. Sie wollte Normalität in diesem Chaos, ein Stück Gewohnheit, ein Haargummi, das zumindest ihre Frisur zusammenhielt, wenn sonst schon alles um sie herum einstürzte.

Pansakur, Kalevs See

Keiner fragte Maron, was er mit dem Riesen besprochen hatte. Die Druidin sah das neue Schwert und war darüber nicht weniger erstaunt als Maron über ihre Karte, die sie vor sich ausgebreitet hatte. Sie triefte noch vom Wasser, aber sie war unbeschadet, die Zeichnungen der Berge, Täler, Flüsse und Seen waren klar zu erkennen.

»Wo hast du sie gefunden?«

»Steckte in Valkaals Sattelzeug. Er war doch ein Verräter.« Enite zeigte auf den Sattel, der wenige Meter von ihnen entfernt am Wasser lag und um den vier Fledermäuse kreisten.

»Warum hat er mir nicht einfach den Stab gestohlen?«

»Ohne deine Hand hätte er ihm nichts genutzt. Er musste dich entführen und das hat er mit dem Pirita versucht. Wo ist übrigens Kalev?«

»Er wollte in der Höhle bleiben.« Maron schritt zum Ufer, die Fledermäuse flatterten fort Richtung Wasserfall, zurück zu dem Riesen.

Maron beugte sich über Valkaals Sattel. Er konnte nicht glauben, dass Valkaal tot war. Und doch schien ihm jener Moment, als er ihn ans gegenüberliegende Ufer hatte kriechen sehen, wie ein Traum. Maron war so erschöpft gewesen, dass er sich alles nur eingebildet hatte. Womöglich war auch Halems Flug unter Wasser nur eine Täuschung gewesen.

»Was ist los?«, rief Nangolf. Er hatte Marons Geistesabwesenheit bemerkt.

»Nichts!«, rief der Junge zurück. Er schob die Gedanken an Valkaals Tod beiseite, griff in den Sattel und holte die Trollsterne hervor. Zusammen mit Nangolf hatte er oft den Umgang mit diesen hauchdünnen scharfkantigen Wurfscheiben geübt.

»Die können wir gut gebrauchen!«, sagte Maron.

»Vergiss nicht, den Rotsaft mitzunehmen!«, rief ihm Ezeras zu.

»Er ist nicht mehr am Sattel, die Flaschen sind wohl beim Sturz verloren gegangen. Sie liegen wahrscheinlich auf dem Grund des Sees.«

»Dann hat Valkaal sie ja bei sich im nassen Grab«, vermutete Enite. »Was für ein Dummkopf er am Ende doch war.«

»Kalev sagte, wir müssen durch das schwarze Licht, gleich dahinter würden wir die Makoonberge sehen.« Maron beugte sich hinüber zu Enite und zeigte auf die Karte. »Wir sollten …«

»… erst einmal ausruhen«, bremste ihn die Druidin. »Hier ist ein sicherer Ort. Mit Kalevs Fledermäusen werden sich die Trolle nicht anlegen. Du wirst Pepan und die anderen Einhörner ohnehin vorerst nicht von hier fortbewegen können, selbst wenn du wolltest.«

Die kleine Herde trank am Ufer. Ezeras' Titurel schritt mit Pepan ins Wasser. Marons Einhorn wirkte neben dem bulligen Titurel noch zierlicher. Die beiden schwammen ruhig im See und zogen dort einen Halbkreis, während Khetam und Burack mit den Vorderläufen im Wasser tranken, als müssten sie jede Zelle ihres Körpers wieder mit Flüssigkeit auffüllen. Es sah beschaulich aus, bis Burack aufschreckte und einen Satz zur Seite machte, denn vor ihm tauchte prustend Wirges auf.

»Sind die Fledermäuse weg?«, fragte er, panisch nach Luft schnappend. Maron nickte und musste lachen, als der Kobold die wenigen Meter ans Ufer kraulte und sich dort ausschüttelte. »Das war knapp«, sagte er zu Enite. »Die hätten mich abgenagt wie einen Maiskolben.«

Kölner Dom, Innenraum

Hans-Gerd und Carlos schwangen ihre Spitzhacken. Doch der Stein in Altarnähe ließ sich nur schwer zertrümmern, als hätten all die Bischöfe, Kardinäle und Päpste, die hier ihre Messe abhielten und den Leib Christi teilten, ihn mit dem Gewicht ihrer Ämter dichter zusammengepresst. Die beiden Männer von *RescueMe* hatten sich Schutzbrillen aufgesetzt, die Steinsplitter schlugen ihnen nur so um die Ohren.

Kai und Helen hingegen kamen gut voran. Sie hatten in einem der grünen Kabelkästen eine kurzstielige Schaufel gefunden, mit der sich Helen vorwärtsgrub. Kai drückte derweil die Steinbrocken zur Seite.

»Ich dachte, hier ist kein Beton unter den Steinen«, sagte zur selben Zeit Hans-Gerd entsetzt. Er schaute Kesken vorwurfsvoll an.

»Verdammt!«, brüllte Kesken. Seine Nerven lagen blank. In diesem Moment kam auch noch eine Nachfrage des Bürgermeisters per Funk. »Wie weit sind Sie?«

»Stehen Wahlen an?«, schrie Kesken wütend.

»Was meinen Sie damit?«

»Dass mich Ihr Aktionismus langsam wundert. Wir wollen hier arbeiten und zwar in Ruhe. Von Ihren Nachfragen werden die Leute auch nicht schneller gerettet.«

»Aber die Presse …«

»Interessiert mich nicht. Wir holen die Leute raus und das ist keine leichte Aufgabe. Dafür brauchen wir Ruhe. Falls es uns nicht gelingt, können Sie mir die Schuld in die Schuhe schieben.«

»Darum geht es nicht«, sagte Meurer, obwohl es ihm genau darum ging.

»Dann sagen Sie der Presse einfach, dass wir Fortschritte machen.«

Kesken unterbrach die Verbindung und sagte: »So kommen wir nicht weiter.« Zu Philipp gewandt fragte er: »Sollen wir nicht doch lieber schweres Gerät einsetzen?«

»Nein. Du kennst meine Meinung.«

»Dann müssen wir einen anderen Weg finden, der uns nach unten bringt.«

»Und wo soll dieser Weg sein?«

»Nicht hier, vielleicht außerhalb.«

Kesken hatte eine Idee. Er schaute auf die Karte mit dem Grundriss der Kathedrale und zeigte auf den Platz neben dem Dom.

»Das Eingangshäuschen, das auch schlicht Kiosk genannt wird. Von dort führen drei Wege ins Erdreich. Einer davon geht gleich wieder hinauf in den Südturm und zu den Glocken, ein weiterer zur Tiefgarage und der dritte hinab zu den archäologischen Ausgrabungen«, sagte er.

»Aber auf das Häuschen ist eine Kreuzblume gestürzt«, sagte Hans-Gerd und stützte sich dabei auf seine Hacke.

»Trotzdem müssen wir es versuchen. Ich sehe keine andere Chance.«

Hans-Gerd stieg aus dem knietiefen Loch. »Und was sagen wir denen da draußen? Die Journalisten werden sich wundern, wenn wir den Dom wieder verlassen.«

»Das Reden soll Meurer für uns erledigen. Das ist sein Job.«

Pansakur, Fadenkrautplantage nördlich von Kalevs See

Kaum, dass sie das Ufer von Kalevs See verlassen und einen dichten Tannenwald durchquert hatten, ritten sie an endlosen Fadenkrautplantagen entlang, über denen ein warmes Licht lag. Schwärme von Riesenlichtvögeln kreuzten ihren Weg. Die Spannbreite der gigantischen Räuber betrug zweieinhalb Meter – sie waren damit viermal so groß wie ihre Verwandten am Maardu Lahacht. Ihre Schnäbel waren an den Spitzen scharf nach unten gebogen.

Die Trolle hatten Säcke mit Fleisch in die Bäume gehängt, die etwa einen Speerwurf voneinander entfernt standen. Mit den Ködern lockten sie die Lichtvögel an, denn in ihrem Licht gediehen die Fadenkräuter am besten. Dicht an dicht standen die Pflanzen. Sie waren fast so hoch wie ein Einhorn.

»Es riecht hier nicht gut«, beschwerte sich Wirges.

»Ich rieche nichts«, entgegnete Ezeras.

»Du stinkst ja selbst achteltrollmäßig«, zischte der Kobold. »Wie sollst du da etwas riechen?«

Ezeras verdrehte genervt die Augen und preschte mit seinem Titurel voran.

»Soll er doch wegreiten, wenn er allein sein möchte. Jeder braucht mal eine stille Minute, selbst ein unsensibler Kerl wie Ezeras«, sagte Wirges, der vor der Druidin auf Buracks Nacken hockte.

»Pass auf, sonst endest du nachher auch noch in einem der Fleischsäckchen.«

»Meinst du?«

»Ganz sicher.« Sie schaute einen Baum hinauf, dessen Säcke mit Kobolden gefüllt waren.

»Das ist ja widerlich!«, schrie Wirges empört. Er kletterte von Burack herunter, nahm einen Stein und schleuderte ihn bis hinauf in die Baumkrone. Die Blätter raschelten und die Lichtvögel, die gerade wieder Stücke aus den Fleischsäcken herausrissen, flatterten auf.

»Sind in den Säcken auch Koboldmädchen?«

»Die Trolle werden wohl kaum die Männchen von den Weibchen getrennt haben.«

Wirges legte die Hände über den Kopf, dann sprang er an Buracks Oberschenkel hoch und kauerte sich ängstlich vor Enite im Sattel zusammen.

»Das meinst du nicht wirklich.«

Doch sie nickte, woraufhin Wirges zitternd in der Satteltasche verschwand. »Du willst kein Futter in den Bäumen sehen, wenn du selbst Futter sein könntest«, sagte er. »Und die armen Mädchen, ihre Augen, es müssen Hunderte in einem Sack sein. Hunderte.«

Pepan ließ sich derweil die Fadenkrautblätter rechts und links des Feldwegs schmecken, wobei Maron darauf achten musste, dass sein Einhorn nicht zufällig Adlerfarn oder Bingelkraut fraß. Das würde ihm nicht gut bekommen.

Die Pflanzungen nahmen einfach kein Ende und der Weg schlängelte sich an immer neuen Feldern entlang. Maron wurde allmählich ungeduldig. Wo war die Zone des schwarzen Lichts, von der Kalev gesprochen hatte?

Es dauerte noch einen halben Tagesritt, ehe sie die Finsternis sahen. Sie war wie eine Wand, und je näher man kam, desto undurchdringlicher wirkte sie. Die Trolle hatten diesen Halbkreis aus schwarzem Licht wie einen Schutzwall um ihre Festungsstadt Khanahas geschaffen.

»Seid ihr von allen guten Geistern verlassen?«, sagte Ezeras und zog eine Fackel hervor. »Da reite ich nicht hinein. Die Trolle sehen bei Dunkelheit besser als wir.«

»Feuer wird dir nichts nützen«, erklärte Nangolf.

»Schlaumeier«, sagte Ezeras kurz und zündete die Fackel trotzdem an.

»Wir müssen uns dort drinnen ganz auf Marons Augen verlassen«, meinte Enite, ließ ihre Gefährten absteigen und band den Verschluss der Satteltasche mit einem Ruck zu. »Und du bleibst da drin«, sagte sie zu Wirges. Es folgte kein Mucks aus der Tasche. Vermutlich war er eingenickt.

Maron nahm Pepan am Zügel und schritt voran in die Finsternis. Die Dunkelheit schien greifbar zu sein, seine Schritte fielen ihm schwer, als würde er unter Wasser gehen. Er konnte nichts erkennen, nicht einmal Nangolf und Enite, die irgendwo rechts und links von ihm gingen – lediglich das Schnauben der Einhörner war zu hören.

»Warte«, sagte Nangolf.

»Was ist?«

»Du musst erst einmal die Augen schließen«, erklärte Nangolf.

»Warum?«

»Vertrau mir und zähl bis zwölf.«

Als er die Augen wieder öffnete, konnte Maron besser sehen als zuvor.

»Woher wusstest du das?«

»Meinst du, Fermlund hätte dich Silva und mir anvertraut, ohne dass wir etwas über euch Menschen gewusst hätten?«, entgegnete Nangolf.

»Kannst du mir dazu auch mal etwas sagen?« Ezeras versuchte vergebens, seine Fackel wieder anzuzünden, die beim Eintritt in die Dunkelheit sofort erloschen war.

»Es ist das schwarze Licht«, sagte Enite. »Hätten wir Skandas dabei, würden sie hier sterben. Alles Leuchten wird erstickt.«

Weit waren sie noch nicht gekommen, als Maron einen halben Speerwurf entfernt Schatten erkannte. »Da sind drei mächtige Kerle. Sie tragen kurze Schwerter.«

»Sicher Arbeitstrolle«, sagte Enite. »Vermutlich fahnenflüchtig. In Kriegszeiten sind sie die Ersten, die rekrutiert werden und in der Schlacht an der Front sterben.«

»Sie kommen auf uns zu!«

»Aus welcher Richtung?«

Er nahm Enites Hand und zeigte damit auf die Trolle. Die Druidin zögerte nicht, sondern schleuderte sofort einen Blitz auf die Kerle. Maron war geblendet. Es war, als würden Funken durch seinen Kopf schießen. Als er endlich wieder etwas sehen konnte, waren die Trolle fort. Doch im nächsten Augenblick hörten sie hinter sich Gebrüll. Die Trollsterne! Wo waren sie? Nangolf musste denselben Gedanken gehabt haben, denn beim nächsten Blitz, den Enite feuerte, griff er nach ihnen. Aber er verfehlte die drei. Die Trolle rasten vor Wut.

Enite schleuderte noch einen Blitz, erwischte einen der Angreifer, dessen Fell kurz aufloderte, dann blieb er reglos liegen. Das Feuer wurde von der Dunkelheit erstickt.

Maron zog das Schwert. Als sie die glühende Klinge sahen, fielen die Trolle auf die Knie.

»Lasst uns am Leben. Wir tun alles für dich.«

Maron bewegte Kalevs Schwert hin und her, es surrte wie ein Schwarm angriffslustiger Hornissen, sein Leuchten widerstand dem schwarzen Licht. »Ich werde euch nicht töten«, erklärte er. »Aber lauft, sonst überlege ich es mir noch anders.«

Sie rannten weg. Kaum jedoch dass sich Maron umgedreht hatte, kehrten sie aus der Dunkelheit zurück. Maron sprang auf Pepans Rücken und schrie: »Weg hier!« Er preschte los, das Schwert nach vorn gerichtet, um dem Einhorn den Weg durch die Schwärze zu weisen. Kurz glaubte er, rechts ein Licht zu sehen und Schemen, den Umriss einer Hütte. Ihm blieb keine Zeit, länger darüber nachzudenken.

»Töte sie!«, rief Ezeras. »Die Trolle holen uns gleich ein!«

»Niemals«, sagte Maron und drückte Pepan die Fersen in die Seiten. Das Einhorn schnaubte, lange würde es das Tempo nicht mehr durchhalten. Da war von einer auf die nächste Sekunde alles vorbei. Das schwarze Licht lag hinter ihnen und vor ihnen leuchteten in der Ferne die Makoonberge. Maron hörte noch die Schreie der Trolle aus der Finsternis zu ihnen dringen.

»Bist du verrückt?«, schrie Ezeras Maron an, obgleich er selbst noch außer Atem war. »Du hast unser Leben riskiert, um das von zwei wild gewordenen Trollen zu schonen.« Wutschnaubend ritt der Achteltroll mit seinem Titurel um Maron herum, als wollte er ihm gleich an die Gurgel. »Das waren Trolle! Das sind die Bösen!«

»Es gibt keine Bösen«, entgegnete ihm Maron, der Ezeras in die Zügel griff und den Titurel anhielt. »Beruhige dich. Wir haben überlebt. Wir wollen kein Blutvergießen, deshalb sind wir unterwegs.«

»Aber beim nächsten Mal solltest du mir das Schwert geben.«

Pansakur, vor den Toren Khanahas

Maron und seine Freunde gelangten auf eine Anhöhe. Zu ihren Füßen lag die Stadt Khanahas mit Samagars Festung Tukum. Die Türme, Kuppeln und Zugbrücken waren so gewaltig, dass die Gefährten kaum die Augen abzuwenden vermochten. Das also war die größte befestigte Stadt Terras. Überall hatten die Trolle Feuer entzündet. Auf den Zinnen der Festung, die im nördlichen Teil von Khanahas lag, wehten Fahnen mit dem schwarzen Auge darauf. Daneben flatterten die spitzen Wimpel mit dem Speersymbol, dem Zeichen für Krieg. Im Hintergrund lag das Makoongebirge mit seinen Gipfeln und Vulkankratern. Es war riesiger als alles, was Maron je gesehen hatte.

»Sind das die Weltsäulen?«

Nangolf nickte. »Sie sind aus gelblich braunem Limonitgestein.« Dreiundsiebzig Säulen gab es, da die Zahl dreiundsiebzig Waats' Zahl war, wie im 4. Buch geschrieben stand. *Unteilbar ist die Zahl, unteilbar sind ihre Teile und sind gemeinsam doch der Finger Zahl, die zu dem einen Körper zählen.* Dreiundsiebzig war eine

Primzahl – nur durch sich und eins teilbar – und setzte sich zusammen aus den beiden Primzahlen sieben und drei, die die Zahl zehn ergaben, die Anzahl der Finger, die Anzahl der Zehen, die Zahl, auf die alle Erkenntnis der Elfen, Alben, Zwerge und Menschen baute – aller Wesen, die mit zehn Fingern geboren werden.

Maron überlegte, über welche der Weltsäulen er auf die Erdoberfläche gelangen würde. Einige der Säulen, die aus den Vulkanen der Makoonberge erwuchsen, führten senkrecht hoch zur Erdkruste und durch diese hindurch direkt zur Oberfläche. Andere hingegen verzweigten sich in der Erdkruste wie Wurzeln. Durch sie gelangten die Zwerge über Gänge und Stollen zu Fuß oder auf Schienen auch zu weit entfernten Gebieten auf Menschenerde. Die Karte auf Marons Hand würde ihm sicher zur rechten Zeit sagen, welche der Säulen er zu erklimmen hatte, um zum Drachenei zu gelangen.

In der Stadt wurde eines der zweiflügeligen Haupttore, groß wie ein Tuul-Feld, geöffnet. Etwa achtzig Drachenreiter schritten heraus, gefolgt von einem Heer von Trollen, die selbst die Größe von Drachen besaßen. Das bedrohliche Scheppern Hunderter Rüstungen war bis zu Maron und seinen Gefährten hinauf zu hören.

»Das sieht nicht gut aus«, sagte Enite. »Die Trolle marschieren Richtung Ontika. Wir müssen uns beeilen, sonst bleibt von unserer Heimat nur Schutt und Asche.«

Die Druidin deutete nach Westen zu einem der kleineren Seitentore. »Dort müssen wir hinein. Soweit ich mich erinnere, liegt dort das Viertel der Zungenlöser.«

»Zungenlöser«, wiederholte Wirges. Sie hatten ihn fast vergessen. Doch nun machte der Kobold Anstalten, aus der Tasche zu steigen.

»Ja, aber du bleibst besser, wo du bist.«

Kölner Dom, Platz vor der Kathedrale

Kesken und seine Männer traten aus dem Portal des Doms und kletterten über die Trümmer. Sofort war die fünfzig Meter entfernt lauernde Journalistenmeute in hellem Aufruhr.

»Was ist passiert?« Die Stimme des Bürgermeisters kam aus Keskens Funkgerät.

Er drückte auf den Rufknopf. Bestimmt war Meurer die Gestalt, die dort drüben im zweiten Stock von Haus Domblick durch die Panoramascheibe blickte. Kesken antwortete ihm: »Ohne schweres Gerät kommen wir vom Innenraum der Kathedrale aus nicht hinunter in die Grabungsgänge. Wir müssen durch das Seitengebäude runtersteigen.« Doch dieses war komplett zerstört. Überall lagen die Trümmer – und dazwischen handlange Dommodelle aus Bronze und Eisen, Briefbeschwerer, Postkarten, Stadtführer, selbst Schlüsselanhänger mit *Tünnes un Schäl,* den beiden Witzfiguren der Stadt. Um Keskens Truppe wurde es mit einem Schlag taghell. Die im Durchmesser zwei Meter großen Scheinwerfer des Technischen Hilfswerks waren aufgefahren worden. Obendrein folgten die Suchscheinwerfer der Hubschrauber den Männern, die mit Spitzhacken und Schaufeln mühsam einen Weg ins Erdreich freilegten. Es nutzte nicht viel. Denn unten in den Gängen war es schwierig, den richtigen Zugang zu den Ausgrabungen zu finden.

Dann sagte Kesken: »Hört ihr das?«

Die anderen schüttelten den Kopf.

»Ist da wer?« Kesken schlug mit der Hacke gegen eine Mauer – der Stein bröckelte. Er brauchte nur wenige Schläge, dann hatte er ein Loch in die poröse Wand gehauen und sah eine Gestalt in einem Blaumann, die zusammengekauert auf einer Treppe saß.

»Wer sind Sie?«, fragte Kesken.

Der Mann schaute ihn einen Moment schweigend an, dann brach er in Tränen aus. Der Aufdruck auf dem Blaumann verriet: *Schlüsseldienst Meyle: 0221-87698987*.

»Was machen Sie hier?«

»Der Schlüssel war abgebrochen, um die Tür zu den Ausgrabungen zu öffnen. Ich hatte ihn gerade aus dem Schloss geholt und war auf dem Rückweg, als …« Der Mann schluchzte. Mit seiner Rettung hatte er nicht mehr gerechnet, keiner hatte ihn auf der Rechnung gehabt, unverheiratet, Einzelgänger, Chef und Angestellter zugleich. Moritz führte ihn hinaus, während die Übrigen die Treppe hinabliefen und zu einem Gang kamen, der weiter nach unten abfiel.

»Wenn wir den armen Hund nicht entdeckt hätten, hätten wir vermutlich auch nie den richtigen Weg zu den Grabungen gefunden. Falls ich die Karte richtig verstehe, befinden wir uns jetzt unter dem Südturm. Wir gehen direkt am Fundament vorbei. Oder geht der Gang durchs Fundament? Die können doch nicht so wahnsinnig gewesen sein, einen Gang durch das Fundament des Südturms zu bohren?«

Hans-Gerd schüttelte den Kopf. Das Licht auf seinem Helm schwang hin und her. »Wer so ungenaue Karten anfertigt, der ist zu allem fähig.«

Weit kamen sie nicht.

»Und wieder Beton«, knurrte Carlos. Er schlug mit der flachen Hand auf die Mauer. »Wir müssen ganz in der Nähe der Ausgrabungen sein.«

Philipp Spencer griff in die Gürteltasche und zog seinen Spezialschlagbohrer – nicht größer als ein Akkuschrauber – heraus, auf dessen Spitze ein Meißel saß. Mit ihm stemmte er jetzt ein Loch in den Beton.

»Was hast du vor?«, fragte Hans-Gerd.

»Du kennst ihn doch. Er geht seiner Lieblingsbeschäftigung nach«, antwortete Kesken.

»Los, zur Seite«, forderte Philipp sie auf. »Gleich macht es bumm.« Er löste den Gürtel mit dem TNT, den er sich um die Brust geschnallt hatte, stopfte die gelborange explosive Masse in das Loch und steckte die Zündung hinein. Dann verließen die fünf den Gang und verbargen sich hinter der nächsten Biegung.

»Kontrollierte Sprengung« nannte Philipp das, was er tat, aber ganz kontrolliert war es nie. Es gab immer ein Restrisiko und unter diesem Koloss von Kathedrale war nichts sicher.

»Soll ich wirklich?«, fragte er Kesken. »Oder soll ich es lieber sein lassen?«

Genau in diesem Moment kam Moritz zurück und sagte: »Zurzeit hat zumindest der Bürgermeister Auftrieb.«

»Was hat er gesagt?«

»Nicht viel. Er hat den Schlosser sofort der Presse serviert. Jetzt sollten wir uns um die anderen kümmern.«

»Dann lass uns jetzt endlich die Sprengung durchziehen«, drängte Philipp. Sein Zeigefinger schwebte über dem Auslöser.

Was die fünf nicht hören konnten, war das Atmen Theo Kramers, der auf der anderen Seite der Betonwand lag. Er war der Mann aus Helen Kings Gruppe, den Kai Jedicke hatte weglaufen sehen. Stunden hatte er bewusstlos dagelegen, erst durch das Hämmern von Philipps Meißel war er aufgewacht. Er hatte Glück gehabt, dass die gebrochenen Rippen sich nicht in sein Herz oder seine Lunge gebohrt hatten. Was geschah dort draußen? Auf das Hämmern hatte er sich keinen Reim machen können. Und warum war es nun wieder still? Würde gleich Hilfe kommen? Er wollte schreien, aber er konnte nicht. Er dachte an seine Tochter. *Sumsemann* hieß das Fahrrad, das er Silke zu Weihnachten geschenkt hatte. Sie war mit *Sumsemann* auf Stützrädern durch die Wohnung und um den Weihnachtsbaum geradelt. Vor seinem geistigen Auge sah er seine Frau, wie sie auf ihn wartete, und seine Tochter, die das alles noch nicht so richtig begreifen konnte. Wo war Papa?

Dann zerriss die Explosion die Luft.

Khanahas, Seitentor

»Den Ausweis«, verlangte der Wächter.

»Von solchen Ausweisen weiß ich nichts«, sagte Enite. Es musste eine Neuerung Samagars sein.

»Dann habt Ihr kein Glück.« Er blickte über die Druidin hinweg und winkte den Nächsten zu sich, der in die Stadt einreiten wollte.

»Aber …«

»Nichts aber«, raunzte der Troll. »Ihr wollt nach Khanahas und habt keinen Passierschein. Jetzt lasst gefälligst die anderen Leute durch.«

Dabei stieß er mit seiner Lanze Ezeras' Titurel zur Seite.

»Platz da! Ihr sollt Platz machen!«, rief von hinten ein Koboldhändler. Die felllosen grauen Kobolde hatte er zu kleinen Paketen zusammengeschnürt und übereinandergestapelt. Im Gegensatz zu ihnen hatte der bucklige Kerl das benötigte Dokument – gelbgrün und an den Rändern gezackt. Der Wächter erkannte es an Form und Farbe.

Als der Wächter den Händler abgefertigt hatte, knurrte er Enite an: »Was wollt Ihr und Eure Bagage noch hier?«

»Euren Vorgesetzen sprechen.«

Kurz darauf kam der Offizier. Sein Gesicht war grob und breit, das Kinn weit ausladend. »Ihr handelt mit Zungenscheren?« Enite nickte.

»Wie viele habt Ihr denn dabei? Danach werden wir entscheiden, ob wir Euch passieren lassen oder nicht.«

»Etwa ...«

»Das ist zu wenig, altes Weib«, erstickte der Offizier ihre Antwort und grinste seinen Untergebenen an. Dann lachten beide schallend los. Mit einer arroganten Geste warf der Offizier seine Mähne zurück. »Schert Euch zum Teufel, sonst muss ich Euch abführen lassen! Wir mögen hier keine Elfen. Die Zeiten haben sich geändert.« Dabei schaute er Maron und Nangolf finster an. »Wenn Ihr wollt, könnt Ihr ja Eure Einhörner hier lassen.«

»Nein«, sagte Enite ruhig und sah ihm ins Gesicht. »Ihr lasst uns ein.«

»Wollt Ihr etwa frech werden?« Der Offizier zog sein Schwert. Enite sah ihm nur starr in die Augen. Sie versuchte, in seinen Geist einzudringen. Einen Moment lang geschah gar nichts. Dann steckte der Troll sein Schwert zurück und befahl der Wache: »Lass sie durch!«

»Wirklich?«

»Wer ist hier wessen Vorgesetzter?«

»Ihr natürlich meiner«, katzbuckelte der Wachhabende.

»Also sei still und lass sie passieren.«

Der Platz hinter dem Tor war hell erleuchtet. Überall auf den Mauern und Häusern loderten Feuer in riesigen Kupferbecken. Vor den Hütten der Zungenlöser, die dicht in langen Reihen standen, hingen Fackeln. Jederzeit hätte eine der Trollfrauen in dem Gedränge Feuer fangen können, doch sie wussten genau, wie nah sie mit ihrem Fell an die Fackeln kommen durften.

Die Zungenlöser hockten in den Buden vor armlangen Wasserbecken, über denen die frisch geborenen Trolle ihre Zungen gelöst bekamen. Für 34 Bogs durchschnitten die Ärzte die Zungenbändchen und lösten die Zungenspitze vom Gaumen. Das Geschrei der Operierten war ohrenbetäubend. Die handlangen Fleischbändchen, die aus den Mündern geschnitten und in kleine, verschlossene Gläser gefüllt wurden, dienten den Eltern als Souvenir.

Nach getaner Arbeit tranken die Zungenlöser Bianstwo aus dem Land der Lihalas, den ihnen die Frauen mitbrachten. Maron sah gebannt zu, wie ein Zungenlöser ein Kind in Drachendarm wickelte, es der stolzen Mutter zurückgab und den Krug in einem Zug leerte, wobei ihm der Bianstwo rechts und links aus den Mundwinkeln troff. Offenbar war er schon besoffen.

»Was glotzt du so?«, fuhr der Zungenlöser Maron an.

Der zog sich die Kapuze tiefer ins Gesicht. »Nichts für ungut«, sagte er.

»Das einzig Schöne an euch Elfen sind die Flügel. Aus denen können wir uns Hängematten machen. Wir müssten euch nur züchten. Wo sind denn deine Flügel? Zeig sie mir.«

Maron wandte sich ab. Pepan am Zügel führend, schritt er eilig durch die Menge. Nur nicht umdrehen! Nur weg von hier. Er versuchte, sich an zwei Trollfrauen vorbeizudrängen, die ihn anfauchten. Geht doch schneller!, dachte er. Er hob kurz seine Kapuze an, stellte sich auf die Zehenspitzen. Wo waren die anderen?

»Was machst du?« Nangolf war wie aus dem Nichts neben ihm aufgetaucht.

»Einer der Zungenlöser hätte mich fast entlarvt.«

Die Gefährten verschwanden in einer unbelebten Seitengasse. Enite ritt voran und Wirges stand wie eine Galionsfigur steif am Horn von Burack.

»Komm sofort her, Wirges.«

»Sprich mich nicht an«, sagte er. »Ich gehe nicht mehr in die Tasche. Ich will meine Freiheit, ich brauche Luft.«

Doch Enite beugte sich vor, packte ihn wie einen Welpen am Nacken und setzte ihn zurück in die Satteltasche. »Jetzt bleib da. Ich will dich nicht gegrillt mit einem Stöckchen im Po sehen.«

Wirges machte es sich in der Tasche bequem. Das Papier von den Essensvorräten hatte er sich zu einem Bettchen zurechtgelegt.

Als sie in eine breitere Gasse einbogen, versuchte sich Enite Richtung Makoonberge zu orientieren – sehen konnte sie die Berge nicht, zu dicht standen die sechs- bis achtstöckigen Trollhäuser. Sie waren aus Basalt, Ebenholz und Metall gebaut und von den Zwergen verziert worden. Einige Trolle hatten die Fenster mit dem Jaspis rahmen lassen, weil sie glaubten, dass er die Ausdauer der Hausbewohner stärkte. Andere Trolle legten mehr Wert auf ihre Kampfkraft, sie hatten sich daher Schwerter oder Armbrüste auf die Hauswände malen lassen. Dabei verwendeten die schwarzen Zwerge Perlmuttfarben aus gemahlenem Prehnit. Während die Reichen von Khanahas sich ihre Fensterscheiben aus so fein geschliffenem Karneol anfertigen ließen, dass man durch ihn hindurchschauen konnte, hatten die etwas ärmeren Trolle schlicht Drachendärme in die Rahmen gespannt.

Eine Gruppe Zwerge schlug gerade mit Hammer und Meißel auf einen Onyx ein, um dem Besitzer eines prächtigen Hauses ein Denkmal zu setzen. Der Stein war hart, aber die Zwerge, deren Bärte bis auf den Boden reichten und ihre Füße bedeckten, hatten unbändige Kraft.

»Wir müssen weg.« Nangolf hatte die Wache gehört, ehe Maron sie überhaupt sehen konnte. Sie bogen in eine Gasse, in der es erbärmlich nach Armut stank. Die Häuser bestanden hier aus Lehm, Drachenknochen, Koboldhäuten oder ausgebrannten Skandas und Lumpen. Einige Trolle hatten ihre Hütten auf die Dächer der anderen gebaut und auf deren

Dächer waren wieder Hütten gesetzt worden. Jene, die nicht einmal Müll als Baustoff besaßen, wohnten wiederum unter all diesen Bergen. Sie hatten sich Löcher in die Erde gegraben. Die Eingänge zu diesen Höhlen lagen am Rand der Gasse. Es stank bestialisch von dort und ab und zu leuchtete ein Feuer daraus hervor.

»Warum folgt uns der Kerl immer noch?«, fragte Nangolf.

Es war der Zungenlöser, der Maron so böse angegangen hatte. Hatte er Marons Menschenaugen erkannt?

»Lasst uns anhalten. Wir müssen ihn loswerden«, sagte Enite. Der Zungenlöser hielt ebenfalls, er redete mit einem Troll, der vor seiner Hütte im Schlamm hockte und an einem Drachenknochen nagte.

Enite senkte den Blick zu einem der Erdlöcher. »Sieht leer aus. Geh hinein, Maron. Falls der Zungenlöser Lunte gerochen hat, wird er dir folgen oder eine Wache rufen.« Maron sprang eine steile Lehmstufe hinunter und schaute sich in der Höhle um. Gleich am Eingang lag in einem Korb ein Haufen zusammengebundener Skandas – vermutlich waren sie ausgebrannt und nur noch als Futter zu verwenden. Ein armer Troll konnte sich bestimmt keine frischen Skandas leisten. Trotzdem versetzte Maron einem von ihnen einen Schlag in den Nacken. Dieser begann zu leuchten. Merkwürdig. Wer wohnte hier? Es gab keine Türen, denn Trolle mussten nicht fürchten, bestohlen zu werden, da der Gestank, mit dem sie die

Dinge umgaben, so stark war und von Troll zu Troll so verschieden, dass ein gestohlener Gegenstand sofort wieder gefunden werden konnte.

Draußen rief Enite nach Maron. »Komm wieder raus, der Zungenlöser ist weg.«

»Nein, komm du!«, schallte es herauf und Enite folgte Maron hinab in das Erdloch des Trolls.

Pansakur, Zone des schwarzen Lichts

Kein Troll würde sie finden. General Lanf hatte ihr die Hütte mitten in dieses Nichts hineingepflanzt. Alle glaubten, die Königin sei tot, gestorben auf Geheiß Samagars. Doch Paide lebte und Lanf liebte und beschützte sie wie seine eigene Tochter. Der General ritt schnurstracks auf die Zone des schwarzen Lichts zu, da ihm ein Irrlicht gemeldet hatte, dass ein Trupp Trolle die Königin fast entdeckt hätte. Falls Paides Versteck gefunden wurde, wäre sie des Todes. Für Lanf war es äußerst riskant gewesen, sich von der Truppe zu entfernen. Schließlich wurde von ihm als General erwartet, dass er die Soldaten vor den Toren Khanahas' in die Schlacht verabschiedete. Doch er musste es riskieren und zu ihr eilen, koste es, was es wolle. Waat sei Dank war Samagar viel zu sehr mit sich selbst beschäftigt. Lanf würde die Trolle, die sich in der Zone des schwarzen Lichts aufhielten, fassen und außer Gefecht setzen.

Pansakur, Khanahas

Nangolf und Ezeras warteten mit den Reittieren ein paar Meter von der Erdbehausung des Trolls entfernt, in der Enite und Maron verschwunden waren.

»Was mag da los sein?«

»Mach dir keine Sorgen. Enite weiß, was sie tut«, entgegnete Nangolf und streichelte Khetam am Kinn: »Ganz ruhig, lange werden wir hier nicht bleiben.«

Zwei ärmlich gekleidete Trolle schauten sie argwöhnisch an. Ihnen war klar, dass die Fremden nicht zu dem Erdloch gehörten.

»Was macht ihr hier?« Es war der Kleinere von beiden, der sie ansprach. Seine Hände hatte er tief in seiner zerlumpten Hose vergraben, während sein Freund überhaupt keine Hose trug, sondern seinen Pelz wild wuchern ließ.

»Und was macht ihr hier?«, konterte Nangolf. »Die Armee braucht jeden kräftigen Troll.«

»Nicht jeden«, sagte sein Gegenüber und lachte seinen Freund dabei von der Seite an. Der grinste und wiederholte: »Nicht jeden.«

»Ausgemustert?«, wunderte sich Nangolf. Warum wurden solche Kerle nicht in die Armee eingezogen. Waren sie zu dumm? Das konnte nicht sein. Keiner kann zu dumm für den Krieg sein.

»Also, was macht ihr hier?«, fragte wieder der Kleinere.

»Meinen Bruder besuchen.« Ezeras zeigte auf seinen behaarten Handrücken. »Ich bin ein Achteltroll.

Der dort wohnt, ist mein Viertelbruder, und das ist der Bruder von meinem Schwager, ein Handelself.«

Der Troll nickte, obwohl er nichts verstanden hatte. Er verzog gelangweilt die Mundwinkel. »Hast einen Elf als Freund?«

»Na und?«, sagte Nangolf.

»Mit dir habe ich nicht geredet, Elf. Zieh die Flügel ein, sonst hack ich sie dir ab.«

»Ich habe aber mit dir geredet und noch gibt es keinen Krieg zwischen euch und Ontika.«

»Aber wenn es so weit ist, werdet ihr alle nur noch Asche sein.«

»Der Elf und ich kennen uns schon lange«, sagte Ezeras. »Lasst ihn in Ruhe, er ist ein Elf, der es immer schon mit den Trollen gehalten hat.«

Der Bewohner des Erdlochs hatte zwei Räume in den Grund gegraben und sie mit Balken und Steinen abgestützt. In einem der Räume schlief er, in dem anderen wohnte er. Enite hockte schräg hinter Maron auf einem Schemel im Wohnraum, der bis zum Bersten vollgestopft war. Auf dem Tisch lag ein zusammengeklapptes Mäppchen, das Maron in die Hand nahm. Es war halb aus Leder, halb aus einem undefinierbaren glatten Stoff. Als er den Verschluss öffnete, erschrak er über das laut ratschende Geräusch. Und wie er in die kleine Seitentasche des Mäppchens schaute, fand er ein paar fremdländisch aussehende Münzen. Fragend blickte er Enite an. Die zuckte nur mit den Schultern: »Es scheint eine Art Geldsack zu sein. Aber solche Münzen habe ich noch nie gesehen.«

Fasziniert öffnete und schloss Maron die Geldbörse und fühlte über den rauen Verschluss. Dann erst sah er das Bild. Das Mädchen hatte Zöpfe wie geflochtenes Gold. Maron strich über ihr Gesicht.

»Sie ist schön«, sagte er. »Sie hat wunderschöne glänzende Menschenaugen.«

Enite schwieg und legte ihre Hand auf seine Schulter. Sie ahnte, was in ihm vorging. Er hatte noch nie einen anderen Menschen gesehen, außer auf den Zeichnungen der Elfen, die von der Vertreibung der Völker Terras von der Erde berichteten.

Es gab mehrere kleine rechteckige Bilder in der Geldbörse, darauf war das Mädchen in verschiedenen Altersstufen zu sehen. Die Augen waren immer grün, grün wie frisches Gras. Und noch etwas anderes war unverändert an dem Gesicht, einige Muttermale oberhalb des Mundwinkels. Die Bilder waren so echt, so lebendig und gleichzeitig glatt und kalt wie ein Spiegelbild.

Am liebsten hätte er das Mädchen angefasst, es gestreichelt.

»Was ist das für ein Baum neben ihr?«, fragte Maron.

»Ein Tolma. Die Menschen nennen ihn Mandelbaum.«

»Das Weiß ist schön. So schön wie meine Hand gewesen ist, als ich sie mit Fermlunds Asche gewaschen habe.«

»Früher gab es in Ontika auch Tolmas, leider sind sie ausgestorben.«

»Tolma«, wiederholte Maron das Wort und strich dabei noch einmal über das Gesicht des Mädchens. Wie sie wohl heißen mochte?

In der Geldbörse steckten glatte Karten, auf deren Oberfläche Zeichen gedruckt waren. »Menschenschrift?« Die Druidin nickte.

»Woher hat der Troll das?«

»Ich weiß es nicht.«

»Vielleicht hat er ja auch menschliche Augen.«

»Dann würde er nicht hier leben. Aber es geht etwas Merkwürdiges im Reich der Trolle vor. Das ist sicher.«

Maron nahm eines der Bilder aus der Börse, auf dem das Mädchen ihr Haar offen trug, und hielt es wie einen Schatz in Händen. Diese Lippen, sie waren voller als die der Elfen. Er glaubte sie reden zu hören, sie riechen zu können, er fuhr mit dem Zeigefinger darüber. Sie war ihm so nah und gleichzeitig unfassbar. Maron war unheimlich zumute, er hatte ein Kribbeln im Bauch.

»Wo ist das Mädchen?«, fragte er Enite.

»Ich weiß es nicht. Wir müssen los. Ezeras und Nangolf warten auf uns.«

In der Tat, denn oben bahnte sich Ärger an. Der Besitzer der Erdhöhle war eingetroffen: »Du sollst mein Viertelbruder sein?«

»Scheinbar nicht, sonst würdest du mich ja kennen«, entgegnete Ezeras keck. Der Troll verstummte. Da mischte sich der Kleine ein: »Die anderen beiden sind in deiner Höhle.« Jetzt wurde der Troll wütend und wollte auf Ezeras losgehen. Genau da erschien Maron im Eingang.

»Was suchst du hier?«, fragte der Troll. »Und warum hat die da« – er zeigte auf die Druidin – »meinen Skanda in der Hand? Die sind teuer.«

»Das stimmt«, sagte Maron. Die übrigen Trolle schauten jetzt sehr neugierig, denn sie fragten sich, woher ihr Nachbar wohl so viel Geld hatte, um sich frische Skandas leisten zu können. »Du solltest schweigen, solange du nicht weißt, mit wem du es zu tun hast.« Maron hielt zwischen Zeigefinger und Daumen die Geldbörse hoch. »Und was hat das bei dir zu suchen?«

»Damit habe ich nichts zu tun. Ihr könnt mich nicht dafür verantwortlich machen.«

»Warum liegt es bei dir in der Höhle?«

»Müssen wir das jetzt hier ...?«

»Dann komm zu mir runter und mach kein Aufsehen. Die anderen sollen sich fortscheren.« Als die Trolle nicht reagierten, hielt Maron eine der Karten aus der Geldbörse hoch und sagte: »Innere Polizei. Geht oder wir müssen euch festnehmen.«

Keiner wusste, was die Innere Polizei sein sollte, aber die glänzende goldene Karte war so ungewöhnlich, dass die Trolle Angst hatten, es könnte irgendeine neue Spezialtruppe von Samagar sein, die mit Elfen zusammenarbeitete.

Als auch Ezeras und Nangolf mit hinabsteigen wollten, sagte Maron: »Bleibt bitte hier. Ihr solltet auf die Reittiere achten.«

In der Höhle hielt Maron dem Troll die Geldbörse vor die Nase: »Woher hast du die?«

»Weiß nicht.«

»Das sind Menschenaugen«, sagte Maron und zeigte auf das Weiß im Auge des Mädchens. Dann zog er die Kapuze ab und sah den Troll an. »Ich habe auch welche. Siehst du das?«

Der Troll sprang erschrocken auf, aber Enite befahl: »Bleib sitzen.«

»Können die Elfen jetzt auch Menschenaugen verpflanzen?«, fragte der Troll verängstigt.

Maron schüttelte den Kopf. »Ich bin ein Mensch. Ein falsches Wort und du bist tot. Woher hast du den Geldsack?«

»Von dem Menschen.«

»Aber wo ist dieser Mensch jetzt?« Er zeigte wieder auf das Bild des Mädchens.

»Bei den anderen.«

»Wo?« Maron hielt ihm das Schwert an die Kehle. Der Troll sah auf die glühende Klinge und verzog den Mund. Würde dieser Mensch zustechen? Sicher nicht. Menschen waren zwar brutal, aber schwach.

»Wo sind die Menschen?«, wiederholte Maron. »Red schon!« Er führte die Klinge dichter an die Kehle. Die Haare des Trolls kokelten bereits. Bräunlicher, stinkender Rauch stieg auf.

»Ist ja gut. Ich bin nicht der Einzige, der solche Dinge von den Menschen genommen hat.«

»Das interessiert mich nicht. Ich will wissen, wo dieses Mädchen ist.«

»In Samagars Festung Tukum, aber ich bin nur ein Bediensteter. Ihr seht, wie und wo ich lebe.«

»Ein Dieb bist du, dafür reicht dein Verstand«, sagte Enite.

»Wir müssen zur Festung«, sagte Maron.

»Nein, du hast zuerst einen Auftrag zu erfüllen. Du hast Fermlund dein Wort gegeben.«

Maron schwieg. Er steckte das Bild ein und schritt zum Ausgang. Oben diskutierten Nangolf und Ezeras mit einer Patrouille. Der Zungenlöser hatte die Polizei geholt. Nangolf war es zumindest gelungen, den Kommandanten und seine drei Männer in ein Gespräch zu verstricken und sie von der Behausung wegzulocken.

»Bleib hier am Eingang«, sagte Enite zu Maron. »Die Wachen könnten dich als Menschen entlarven.«

»Ich werde meine Freunde nicht im Stich lassen«, sagte Maron und verließ das Versteck. Als der Kommandant ihn sah, sagte er spöttisch: »Noch ein Elf? Ist hier ein Nest? Ihr habt Glück, dass ich Elfen mag. Immerhin brauen ihre Druidinnen den besten Rotsaft.« Er hatte einen riesigen Schädel und wirkte ungepflegt mit seinen verfilzten Haaren und dem löchrigen, verknitterten Umhang.

Enite schlich sich derweil zu Ezeras' Titurel.

»He, was machst du da?« Einer der Soldaten hatte sie bemerkt. Alle schauten jetzt zu ihr hinüber.

»Was soll eine Händlerin schon tun?«

»Mach keine dummen Sprüche! Nimm die Hände unter dem Sattelblatt vor. Ganz langsam!« Der Kommandant fürchtete, dass Enite eine Waffe darunter versteckt haben könnte. Seine Soldaten zogen ihre Schwerter und gingen in Stellung. Erst als sie sahen, was Enite hervorholte, verstummten sie: Rotsaft. »Wir sollten darauf anstoßen, dass es so gute Geschäfte zwischen den Trollen und uns gibt«, sagte Enite. Wenn die Druidin nicht alles täuschte, kam die grobporige Nase des Kommandanten von der Sauferei.

»Dann gib uns unser Geschenk«, sagte er, woraufhin die Druidin ihm das Fässchen reichte. Doch der Zungenlöser zischte dem Kommandanten zu: »Passt auf. Das ist eine Finte. Das sind keine Händler, das sind Spione.«

»Dann bin ich die Mutter einer Elfe.«

»Glaubt mir, es ist bestimmt eine Finte.«

»Was hast du gegen Finten?«, sagte der Kommandant ironisch. »Magst du keinen Rotsaft?«

»So hört mir doch zu, Kommandant.«

»Nein, du hörst mir zu!«, blaffte dieser den Zungenlöser an. »Sonst landest du selbst im Kerker.« Er wandte sich wieder Enite zu. »Du bist also eine Druidin aus Ontika, die mit Rotsaft handelt?«

Sie nickte. »Aber nicht mehr lange.«

»Wieso?«

»Weil wir bald alle Untertanen eines großen vereinten Terra unter der Herrschaft Samagars sein werden. Dann gibt es keine Grenzen mehr, dann könnt Ihr Euren Rotsaft selbst aus Ontika holen.«

»Du bist eine pfiffige Alte.«

»Meine Kunst beschränkt sich nicht nur auf das Sammeln von Beeren.«

»Was kannst du denn sonst noch?«

»Kann ich Euch bei irgendetwas behilflich sein?«

»Willst du mich etwa bestechen?«

»Das wär mir zu teuer«, sagte Enite lächelnd. »Trinkt lieber mit uns. Wir wollen von Euch hören, was im Lande vor sich geht. Vielleicht können wir ja noch andere Geschäfte miteinander machen, wenn ganz Terra eins ist. Samagar braucht Ideen und die besten Ideen kommen bei einem Krug Rotsaft, oder?«

Der Kommandant stieß den Zungenlöser zur Seite. Der drohte, sich beim Vorgesetzten zu beschweren, woraufhin er eine schallende Ohrfeige kassierte. »Beim nächsten Mal rollt dein Kopf!«

Die Gefährten schritten mit der Patrouille durch Khanahas – es ging bergauf und bergab. Waren die Gassen eben schon eng gewesen, so waren sie jetzt auch noch matschig dazu.

»Hier hinunter«, sagte der Kommandant und zeigte auf eine Erdhöhle. Sie lag unter einem dreistöckigen Haus. »Ganz schön eng da unten, aber es lohnt sich.«

»Was ist mit den Einhörnern?«, fragte Maron und band Pepan an einem Balken fest, wo schon zwei fettleibige Reitdrachen dösten. Der Kommandant holte einen Kobold aus einem Sack, den er am Gürtel trug, und brach ihm das Genick. Statt einer Antwort riss er ein Stück Kobold ab und hielt es Maron hin.

»Nein, danke. Ich habe keinen Hunger.«

Ezeras griff zu, woraufhin ihm der Kommandant kameradschaftlich auf die Schulter klopfte: »Du gefällst mir. Bist einer von uns, gefräßig wie eine Schar Hirmkerber.«

Als Ezeras Marons vorwurfsvollen Blick sah, hob er unschuldig die Augenbrauen.

»Aber jetzt zu dir«, meinte der Kommandant an Maron gerichtet. »Was soll denn mit den Einhörnern sein?«

»Wer kümmert sich um sie, wenn wir in der Erdhöhle sind? Ihr kennt doch Eure Artgenossen, die …«

Der Kommandant blickte mitleidig in Pepans Augen. »Will uns dein Herrchen damit sagen, dass meine Freunde dich leckeres, unbewachtes Einhörnchen einfach fressen könnten?«

»Es ist gut und gern 1.200 Bogs wert«, erklärte Maron. »Für das Geld kann ich mir einen ganzen Sack Skandas kaufen.«

»Aber die schmecken nicht so zart.« Der Kommandant lachte lauthals und schlug Pepan auf die Schulter.

Im Gegensatz zu den Trollen, denen sie bislang begegnet waren, stank dieser lediglich nach Bianstwo. »Du musst dir keine Sorgen um deinen vierbeinigen Freund machen, kleiner Elf. Falls jemand euren Viechern etwas tun sollte, bekommt er Ärger mit mir.« Dabei schaute er hinauf in den zweiten Stock, wo ein speckiger Troll zwischen zwei verdreckten Felldecken auf sie herunterschielte und genüsslich an einer Keule knabberte.

Sie stiegen über eine kurze Holztreppe hinab in eine mit Fackeln erleuchtete Höhle, von der aus es über eine lange Treppe weiter steil nach unten ins Erdreich ging. Die Soldaten polterten ungeduldig die Treppe voran. Rechts und links gingen Steintüren ab. Durch einen Spalt erhaschte Maron einen Blick auf ein Trollpärchen, das sich in einem mit rotem Stoff verkleideten Raum küsste. Disirien-Musik klang durch den Türspalt. Ein paar Treppen später fanden sie sich im Untergeschoss wieder. Der Kommandant klopfte an eine Tür, in der sich eine Klappe öffnete. Lautes Trommeln drang durch das Loch heraus.

»Wie viele?«, fragte ein Troll mit geschorenem Schädel.

»Sieben.«

Die Trolle in der rauchigen Spelunke hatten oben im Stahl des Helms Mulden, in denen Öl brannte. Auf einem Podest schlugen behaarte Gestalten auf Drachenschuppen, die auf ausgehöhlte Steine gespannt waren. An den Wänden lagen Bianstwo-Fässer in stabilen Steinregalen. Es mussten Hunderte sein, genug für ein ganzes Heer durstiger Soldaten.

Maron wurde von dem Kommandanten untergehakt, als der Glatzkopf befahl: »Kapuze runter!«

Maron ignorierte ihn. Wenn einer der Trolle das Weiß in seinen Augen sah, wäre es um ihn geschehen. Enite und Nangolf setzten sich auf die Barhocker. Der Glatzkopf blieb stur und wollte Maron die

Kapuze herunterreißen. Der griff sofort zu seinem Schwert.

»Lass ihn!«, blaffte der Kommandant den Troll an. »Es ist noch kein Krieg.« Und zu Maron: »Du bist übereifrig.« Er nahm einen der brennenden Helme von der Theke. »Dann kommt der eben auf die Kapuze drauf.« Schließlich griff er in einen Kübel, zog einen getrockneten Kobold heraus und knabberte an ihm. Kobolde schienen sein Leibgericht zu sein.

Hoffentlich schlief Wirges oben in Buracks Satteltasche. Sollten die Trolle ihn finden, würde er gegrillt. Maron versuchte, den Kopf gerade zu halten, doch das brennende Öl tropfte ein wenig vom Helm herunter und fiel ihm auf die Hand. Es schmerzte höllisch. Er musste sich zusammenreißen, um nicht aufzuschreien. Am liebsten wäre er gleich wieder hinausmarschiert und hätte nach dem Mädchen auf dem Bild gesucht.

»Es wird nicht lange dauern«, flüsterte Enite ihm ins Ohr.

Sie legte der Bedienung 76 Bogs auf die Theke und erhielt dafür zwei Skandas. Diese warf sie einem der Trommler zu, der seine Stöcke daraufhin fortlegte und mit den Skandas auf die Trommel einschlug.

»Das war gut«, sagte der Kommandant, dem das Leuchten der Skandas im Rhythmus der Musik gefiel. »Du kennst unsere Bräuche und Sitten.«

Der Kommandant nahm Maron in den Arm. »Wo hast du den her?« Es war der Stab, der ihn interessierte. Maron hatte ihn die ganze Zeit unter seinem

Umhang getragen. Wie hatte der Troll ihn sehen können?

»Nur geliehen«, log er.

»Gib ihn mir mal.«

Als Maron keine Anstalten machte, ihm den Stab zu überreichen, schnippte der Kommandant mit den Fingern. Sofort reichte ihm die Bedienung einen Krug. Ehe Maron noch etwas äußern konnte, sagte der Kommandant zur Bedienung, einem ungewöhnlich schmalen Troll, der sich am ganzen Körper rasiert hatte und Kleidung wie eine Elfe trug: »Ich will keinen Bianstwo.« Dann kippte er den Krug kurzerhand aus. »Wir haben Besseres dabei.« Er zog das Fässchen Rotsaft aus seinem Umhang.

»Hier dürft Ihr den nicht trinken, der kommt aus Ontika.«

Der Kommandant griff mit einer blitzschnellen Bewegung die Halskette der Bedienung und zog ihr Gesicht nah an seines heran. »Noch eine Bemerkung und ich trinke das Zeug aus deinem Schädel.«

»Schon gut.«

»Das will ich meinen«, sagte der Kommandant und drehte noch einmal seine Hand, sodass sich die Kette eng um den Hals des Trolls zog. Dann ließ er ihn los und meinte zu Maron: »Man muss nur mit diesen Typen zu reden wissen. Immerhin dulden wir es, dass sie ihren Bianstwo selbst brauen, obwohl Samagar das auch strengstens verboten hat. Das Gesöff darf nur von offiziellen Brauereien hergestellt werden. Aber was ist jetzt mit deinem Stab, Bürschchen?«

»Sagt mir erst einmal, was das für ein Bianstwo ist. Er ist ja bläulich.«

»Du willst Händler sein, kleiner Elf?«, fragte der Kommandant. »Wohl noch nicht allzu oft hier gewesen?«

»Nein«, mischte sich Enite ein. »Er ist zum ersten Mal mit uns unterwegs. Wir sollten uns mal über den Rotsaft unterhalten. Wir könnten Euch noch mehr besorgen.« Sie kramte aus ihrem Kleid ein Schierlingsblatt und gab es dem Kommandanten. »Nehmt es«, sagte sie.

»Willst du mich umbringen? Ein Becher Schierling haut den stärksten Troll um. Das weiß doch jeder.«

»Nein. Ihr sollt das Blatt nicht trinken. Nehmt es und zerreibt es zwischen den Fingern.«

»Und dann?«

»Vertraut mir.«

Der Kommandant winkte einen seiner Soldaten zu sich, der für ihn das Kraut zerrieb.

»Und? Wie fühlst du dich?«, fragte er seinen Rekruten.

»Gut. Richtig gut. Ich glaube, ich schwebe.«

»Du hast wohl zu viel Bianstwo getrunken?«

»Nicht einen Schluck.«

»Seht Ihr«, sagte Enite. »Und wollt Ihr nun auch etwas vom Schierling reiben?«

Der Kommandant grinste breit. Seine Hauer waren dunkelgelb. »Du bist wirklich geschickt, Druidin. Du willst mich ablenken. Aber der Stab interessiert mich trotzdem. Also gib ihn mir, Junge.«

Maron rang nach Worten. Nangolf kam ihm zu Hilfe und sagte: »Es ist mein Stab.«

»Wieso hat *er* ihn dann?«

»Geliehen. Das hat er doch eben gesagt.«

»Trinkt erst mal«, sagte Maron. »Danach reden wir weiter.«

Sie gossen sich den Rotsaft ein und kippten ihn hinunter. Er brannte Maron scharf in der Kehle. Zumindest hatte er so etwas Zeit gewonnen.

»Wo kommt ihr genau her?«, fragte der Kommandant.

»Ontika.«

»Genauer.«

»Region Akmene – im Südosten Ontikas«, log Nangolf.

»Ich wollte schon immer mal dorthin, aber Trollen wie mir ist es untersagt.«

»Warum?«, fragte Maron.

»Weil wir Trolle angeblich dort zwei Druidinnen hinterrücks erschlagen haben sollen. Sehe ich so aus, als könnte ich einer Fliege was zuleide tun?«

Maron umklammerte das Bild des Mädchens in seiner Hosentasche. »Und die Menschen? Was ist mit denen?«

»Wie kommst du darauf, dass in Khanahas Menschen sind?«

»Warum haben wir Elfen wohl so lange Ohren? Wir hören die Gerüchte schon, bevor sie überhaupt in die Welt gesetzt werden.«

»Wer hat euch das erzählt?«

»Das möchte ich für mich behalten«, sagte Maron. »Auf Verplappern steht der Tod.«

»Dann vergesst einfach, was ich gesagt habe.«

»Ich kann viel vergessen, aber das nicht.«

Maron schluckte. Kannte er ein Staatsgeheimnis? Wenn ja, waren sie in großer Gefahr. Er kippte das Fässchen Rotsaft und sagte: »Das reicht höchstens noch für einen Becher. Wir brauchen Nachschub.«

»Schau mich an«, befahl der Kommandant.

Jetzt war alles aus. Maron füllte mit zitternden Händen seinen Becher.

»Wer bist du?«, sagte der Kommandant. »Zeig mir dein Gesicht! Los!«

Da schleuderte Maron dem Kommandanten den Rotsaft in die Augen. Einige Tropfen spritzten hoch, entzündeten sich an der Flamme auf dem Kopf und das Feuer züngelte ins Gesicht des Kommandanten. Maron zog wie Nangolf und Ezeras sein Schwert und Enite schleuderte einen Blitz Richtung Eingang. Der glatzköpfige Türsteher war sofort außer Gefecht gesetzt. Da stellten sich ihnen zwei weitere Trolle in den Weg, doch Maron hieb dem einen mit dem Schwert auf den Fuß, während Enite versuchte, mit einem weiteren Blitz eine Schneise zwischen die beiden zu schlagen. Die Trolle reagierten schnell. Einer hielt der Druidin sein Schwert entgegen. Der Blitz wurde von dem Metall reflektiert und schlug direkt hinter Enite in ein Fass Bianstwo ein, das sofort explodierte.

»Raus hier!«, schrie Maron. Wenn die Fässer Feuer fingen, würde der ganze Laden in die Luft fliegen.

Aber die Trolle stürzten schon zur Tür, drängelten, verstopften den Fluchtweg. Da explodierte ein zweites Bianstwo-Fass. Das Fell eines Trommlers geriet in Brand und der Troll in Panik. Er überrollte alles, was sich ihm in den Weg stellte. Die ganze Masse Trolle war in Bewegung. Maron bekam einen Stoß und wurde vom Gewicht eines Trommlers fast erdrückt.

»Wir verbrennen! Raus hier, schnell!«, schrie Nangolf Maron an.

Doch Maron schüttelte den Kopf, kroch zu dem ohnmächtigen Kommandanten und versuchte, ihn hochzuziehen – vergebens. Allein die Rüstung wog mehr als Maron selbst. Endlich schlug der Kommandant die Augen auf.

»Steht auf!«

Der Kommandant rappelte sich auf und stürmte hinter Maron die Treppe hinauf. Als sie oben waren, sah er Marons Augen. »Du bist ein Mensch?«

Maron nickte, in der Hoffnung, er habe durch seine Rettungstat das Vertrauen des Kommandanten gewonnen, doch der brüllte: »Ein Mensch! Hier ist ein Mensch!«

Die Trolle drehten sich um.

»Nehmt ihn fest!«, schrie der Kommandant.

In diesem Moment wurde das Erdloch von einer weiteren Bianstwo-Explosion erschüttert und die Wucht der Flammen schleuderte den Kommandanten in die Luft.

Die Gefährten schwangen sich hastig auf ihre Reittiere und preschten davon.

»Macht Platz! Platz!«, rief Maron, der mit Nangolf vor Enite und Ezeras durch die Gassen des Marktviertels galoppierte, das an das Vergnügungsviertel angrenzte. Ein Händler zog seinen beladenen Drachen zur Seite, rechts und links rückten die Trolle mit ihren Waren näher an die Hauswände. Die Trolle ahnten noch nichts von der drohenden Katastrophe. Dann hörten sie die Explosion, die ganz Terra zu zerreißen schien. Pepan stieg vor Schreck mit den Vorderläufen hoch und der Titurel galoppierte mitten in einen Stand mit Käfigen voller Fledermäuse. Die Tiere flatterten wie wild herum. Ezeras konnte sich kaum noch im Sattel halten, als der Titurel über einen Tisch stürmte, der unter ihm in tausend Stücke zerbrach. Eine zweite Explosion zerriss die Luft, eine Stichflamme schlug hoch. Geschockt blickten die Händler nach Osten, in Richtung Vergnügungsviertel, Anwohner schauten aus ihren Fenstern in den oberen Stockwerken und schenkten den vier Reitern keine Beachtung, die im Gewirr der Gassen verschwanden.

»Dort ist Samagars Festung«, rief Maron. »Seht …«

Sie verlangsamten das Tempo, die Einhörner schnaubten erschöpft. Zwischen zwei Häuserzeilen hindurch konnten sie die Festung sehen.

»Bestimmt werden dort die Menschen gefangen gehalten.«

Enite nickte. »Aber viel Zeit bleibt uns nicht, wenn wir sie befreien wollen.«

»Heißt das, du wirst mir helfen?«

Sie nickte noch einmal.

»Aber wir sollten erst einmal«, begann Ezeras und deutete auf eine stinkende Fischbude, »hier etwas essen.«

Nangolf lächelte. »Ich nehme mit etwas anderem vorlieb.« Er klopfte auf seine Satteltasche, in der er wie Maron noch Vorräte an Wurzeln und getrocknetem Fleisch hatte.

Enite beobachtete Maron. Wie gelassen er das alles nahm. Das hätte sie ihm nicht zugetraut. Sie öffnete ihre Satteltasche, um nach Wirges zu sehen, doch die Tasche war leer. Wirges ist weg, wollte sie sagen, aber ihre Stimme versagte. Sie schaute sich um. Dort, wo sie eben noch gewesen waren, sah man nur Feuer und Rauch.

Kölner Dom

Der Südturm war kein bisschen von Philipps Sprengung erschüttert worden, und Kai und Helen hatten die Explosion nicht gehört, obgleich sie nur einen Steinwurf entfernt waren. Aber Theo Kramer hielt sich die Ohren zu und wimmerte. Der Knall hatte ihm das Trommelfell zerfetzt und überall auf seinem Körper hatten herumfliegende Steinsplitter Verletzungen hinterlassen. Keiner hatte damit gerechnet, dass sich einer der Eingeschlossenen hinter der gesprengten Wand befinden würde. Wie auch? Der Vierungspunkt lag fünfzig Meter entfernt. Umso größer war die Überraschung, als das Team Kramer entdeckte. Kesken stieg mit dem Geretteten nach oben. Ärzte und Sanitäter warteten wie die Journalisten vor dem Haus Domblick, wo Kramer notdürftig versorgt wurde. Es war der Polizei unmöglich, die Journalisten zurückzuhalten, zumal Meurer ganz erpicht darauf schien, die Öffentlichkeit möglichst nah ans Geschehen heranzulassen. Vollmundig erklärte er, dass *RescueMe* sicher auch die übrigen Eingeschlossenen bergen werde. »Ganz sicher«, sagte er vor laufender Kamera zu Hafiz Kesken. Als der nicht sofort antwortete, half Meurer nach: »Versprochen?« – und hielt Kesken die Hand hin. Dem sonst so hartgesottenen Ingenieur wurde mulmig, woraufhin Meurer ihn kumpelhaft in den Arm nahm. Schließlich nickte Kesken und Meurer drückte ihm für die Presse die Hand. Da blitzte es um sie herum. Das Donnerwetter allerdings würde später folgen, falls Kesken sein Versprechen nicht hielt.

Kramer wurde, begleitet von seiner Frau, in einen Hubschrauber verfrachtet und in eine Spezialklinik geflogen. Die halbe Welt schaute zu. Meurer war seine Freude über den Erfolg anzusehen. Doch sie währte nicht lange, denn Bugholz zischte ihm ins Ohr: »Verlier keine Zeit. Ich will Jedicke lebend.«

»Jaja«, sagte Meurer, er schaute zu den Journalisten, die Kesken bedrängten. »Lassen Sie ihn bitte durch. Er muss zurück zu seinem Team.«

Unter dem Dom mussten Hans-Gerd, Philipp und Carlos kriechen, denn die Gänge der Archäologen waren halb eingebrochen. Nach wenigen Metern trafen sie auf einen verbeulten Seismographen-Kasten, kurz darauf war wieder Schluss, denn der Gang endete erneut an einer Betonwand.

»Das darf doch nicht wahr sein!«, fluchte Philipp. Dann hörten sie einen Schrei. Das war Moritz.

Er war an eine offene Leitung geraten. »Warum stellen die Idioten nicht den Strom ab?«, sagte er zu Kesken.

»Notstrom. Der springt automatisch an«, erklärte Kesken, der hinter ihm kroch. »Mach voran. Wir müssen zu den anderen.«

»Wir sind hier!«, rief Hans-Gerd. »Beeilt euch. Es gibt ein Problem.«

»Welches?«

»Beton!«

Khanahas, Samagars Festung Tukum, Thronsaal

»Was ist da los?«

»Ich weiß es nicht, mein Gebieter.«

Samagar stieß seinen Diener zur Seite und schritt zum Fenster. »Was ist das für ein Feuer?«

Als der Bedienstete nichts zu sagen wusste, schrie ihn Samagar an: »Hol mir General Lanf!«

Kurz darauf erschien der Diener wieder und hatte nicht nur Lanf, sondern auch noch drei Trolle im Schlepptau.

»Wer sind diese verlausten Typen?«, fuhr Samagar Lanf an.

»Fahnenflüchtige Arbeiter. Eine Patrouille hat sie in der Zone des schwarzen Lichts aufgegriffen.«

»Köpft sie, aber lasst mich damit in Ruhe.«

Die drei Trolle waren an Händen und Füßen gefesselt und baten um Vergebung.

»Es gibt einen Grund, der mich veranlasst hat, Euch diese Kreaturen vorzuführen«, sagte Lanf.

»Und welchen?«

»Zwei Elfen, eine Druidin und noch ein Kerl. Sie liefen durch das schwarze Licht. Wir wollten sie für Euch fangen, dann zog einer der vier plötzlich sein Schwert«, sagte einer der Trolle.

»Und?«, fragte Samagar ungeduldig. »Hat das Schwert geleuchtet?«

»Woher wisst Ihr das, unser Herrscher?«, fragte der Troll zurück.

»Ich will keine Frage von dir, sondern eine Antwort.« Samagar schritt auf ihn zu. »War die Klinge aus Glut?«

Der Troll nickte.

»Wohin sind sie geritten?«

»Direkt auf Khanahas zu.«

Samagar winkte Lanf zu sich ans Fenster.

»Was befehlt Ihr?«, fragte der General.

»Schickt diese drei Idioten an die Front. Sie dürfen beim Kampf gegen Ontika in der ersten Reihe sterben. Und findet heraus, warum es dort unten im Vergnügungsviertel brennt.«

»Wir haben doch nichts Verbotenes getan«, sagten die Trolle.

»Nein, aber ihr geht doch sicher gern an die Front, um für mich euer Leben zu lassen.«

Die Trolle wagten nicht zu widersprechen. Und zu Lanf sagte Samagar: »Lasst die Wachen verstärken. Es darf keinen Platz in der Stadt geben, an dem sich dieser Mensch sicher fühlen kann. Denkt daran, wir brauchen Hand und Stab von ihm.«

»Ich werde dafür sorgen.«

»Ihr wisst, dass die Soldaten und Wachen nicht wissen sollen, um was für einen Menschen es sich handelt?«

Lanf nickte.

»Sonst kommen sie noch auf die Idee, den Stab zu stehlen«, sagte Samagar nachdenklich. Dann schaute er wieder zu den Trollen. »Sie haben alles mitgehört.«

»Aber wir werden nichts sagen.«

»Das stimmt«, erklärte Samagar. »Das werdet ihr nicht, denn ohne Zunge könnt ihr nicht reden. Und eine Zunge braucht ihr nicht zum Kämpfen.«

Kölner Dom

Helen und Kai waren müde und schliefen fest, obwohl sie nicht wussten, ob es Tag oder Nacht war – Silvesternacht. Auf ihnen lag eine Decke von Staub. Kai schnarchte und Helen träumte von Wasser und einem

Brunnen, in den sie hinabstieg. Dort unten saß sie, eine Gefangene. Ein Priester warf ihr Essen herunter – Abfälle. Sie trank Wasser. Wenn Kai wach gewesen wäre, hätte er gesehen, wie Helens Zunge im Schlaf über ihre Lippen strich. Sie waren trocken, genauso trocken wie die Lippen ihrer Tochter, die jetzt durch ihren Traum geisterte. Grüne Augen. Sie schrien um Hilfe. Helen musste aus dem Brunnen heraus, musste ihr helfen, aber sie rutschte an den feuchten Wänden ab. Kais Gesicht. Er streckte seine Hand zu ihr hinab, seine Arme wurden länger, bis seine Fingerspitzen endlich ihre erreichten und er sie zu sich hochzog.

Kai wachte auf, tastete nach der Taschenlampe und knipste sie an. Helen King lag zusammengekauert neben ihm und schrie: »Kai! Kai!« Er nahm ihre Hand, sie schlug die Augen auf und schaute ihn im Schein der Taschenlampe an. »Hey Helen, keine Angst, du hast nur geträumt.«

»Ich hatte einen Albtraum.«

»Das ist nicht schmeichelhaft, du hast meinen Namen gerufen.«

»Weil du mich gerettet …«, begann sie, stockte und versuchte sich aufzustützen.

»Ich habe dich gerettet?«, hakte er lächelnd nach.

»Ja«, sagte sie und strich sich die Steinchen von ihrem Ellbogen.

Kai beugte sich über sie und half ihr auf.

»Danke«, sagte sie und blickte ihm in die Augen. Sie fühlte sich wohl in seiner Nähe.

Dann küsste er sie oder küsste sie ihn?

Als sie wieder die Augen öffnete, schaute sie in die seinen. Kai wusste nicht, was er tun sollte, und sagte schlicht: »Wir sollten weitergraben.«

»Du Idiot«, sagte sie und drückte ihm noch einen Kuss auf die Wange.

Etwa fünfunddreißig Meter entfernt arbeitete sich *RescueMe* zu ihnen heran. Hätte man die Grabungen unter dem Dom im Querschnitt betrachtet, so hätte man glauben können, dass Helen und Kai vor Keskens Männern auf der Flucht waren.

Philipp hatte noch zweimal TNT zum Einsatz gebracht. Der letzte Einsatz führte dazu, dass der Gang, den sie mühsam freigeschaufelt hatten, wieder zusammenbrach. Mit der Spitzhacke würden sie die Eingeschlossenen jedoch erst nächstes Jahr zu Weihnachten erreichen. Also hatten Hans-Gerd und Carlos einen Bergwerksmeißel herangeschafft und trieben das anderthalb Meter lange Werkzeug in das brüchige Gestein. Immer ein wenig schräg nach oben setzte Carlos den Meißel an, damit der über ihnen liegende Stein nicht einbrach. Moritz, der mit seinen 56 Jahren der Senior im Team war, hatte eine Zeche im Saarland geleitet, jetzt sorgte er für den Abtransport des Aushubs und ließ von Spencer einen zweiten Wasserschlauch heranschaffen, damit der Staub nicht unerträglich wurde.

Draußen war es trotz der hereinbrechenden Nacht und fallender Temperaturen kein bisschen ruhiger geworden. Die Scheinwerfer beleuchteten den Domplatz wie ein Fußballfeld und sämtliche Sender berichteten live von der Katastrophe. Die Journalisten hatten sich mit Mützen und Handschuhen eingedeckt. Einige Experten gingen davon aus, dass die Domtürme ins Wanken geraten würden. Warum sich diese Meinung durchsetzte, wusste niemand, denn die Erdbebenspezialisten in Bensberg hielten sich mit ihren Prognosen über Nachbeben zurück. Minütlich gab es neue Spekulationen, weil keiner etwas Genaues wusste, aber alle etwas senden mussten – ob in New York, Chicago, Kuala Lumpur, Hongkong oder Brüssel. Die Zeit steht nie still, aber in dieser Nacht schien jede Sekunde wie eine Ewigkeit.

Einem Mann jedoch lief die Zeit davon: Benjamin Koch. Der stellvertretende Chefredakteur hatte einen Fehler gemacht. Er hatte Mitarbeiter des *Kölnischen Kuriers* nach Brühl gesandt. Sie hatten die Trauer der Verwandten und Freunde der 87 Verschollenen eingefangen, verweinte Gesichter fotografiert, Elend in Worte gegossen, aber alles war umsonst, denn Koch hielt jetzt die Abend-Sonderausgabe der Konkurrenzzeitung in der Hand, in der es schon jede Menge solcher Geschichten gab. Er hätte auch eine Sonderausgabe machen müssen. Morgen früh, wenn der Kurier wieder erschien, würde das niemanden mehr interessieren.

Während am Dom weitere Journalisten eintrafen, verließen die meisten Brühl bereits wieder. Es gab keinen Anhaltspunkt, wo die Hochzeitsgesellschaft sein könnte. Es war ein Mysterium. Hätte das Dom-Ereignis nicht alles in den Schatten gestellt, wäre Brühl natürlich im Scheinwerferlicht der Weltöffentlichkeit geblieben. Aber was wollten die Kameras dort noch fotografieren? Nur einen schmalen Riss in der Erde und eine eingefallene Halle? Koch hielt die 16-seitige Sonderausgabe der Konkurrenz vor sich und hätte sich am liebsten selbst in eine Erdspalte verkrochen.

Khanahas, am Fuß der Festung Samagars

Sie schauten die unüberwindliche Festungsmauer hinauf – grob behauene Buckelquader, ein paar Schießscharten und sechs Wachtürme. »Vielleicht kann uns jetzt Wirges mal helfen«, sagte Ezeras. »Er muss nur mit einem Seil hochklettern, an dem wir ihm dann folgen können.« Der Achteltroll klopfte auf Enites Satteltasche und rief: »Wirges, aufstehen!« Doch der Kobold antwortete nicht.

»Er ist weg. Wahrscheinlich ist er tot«, sagte Enite, wurde blass und wies auf die Rauchwolke über dem Vergnügungsviertel.

»Ich hatte es schon befürchtet, als wir ihn alleine gelassen hatten«, sagte Ezeras und wich Enites Blick aus. »Sicherlich haben die Trolle sein Schnarchen gehört und ihn gefressen.«

»Warum hast du uns dann nicht gewarnt?«, fuhr Enite ihn an. Sie war nicht wütend auf Ezeras, sondern wütend auf sich selbst. Wie hatte sie das nur zulassen können?

Ezeras schwieg. Er wollte ihr entgegnen, dass dieser kleine unverschämte Kobold doch gefälligst selbst auf sich aufpassen solle, aber er unterließ es, denn er merkte, wie schwer es Enite fiel, die Fassung zu bewahren. So verzweifelt hatte er sie noch nie gesehen. All ihre Sicherheit war für einen Moment verschwunden. Dann klatschte die Druidin in die Hände, zog sich ihren Handschuh gerade und sagte gefasst: »Wir müssen auch ohne ihn dort hinein kommen.«

In diesem Moment stieg ein beißender Geruch den Gefährten in die Nase. Er kam von einem sechsräderigen Karren mit Drachenschenkeln, der an ihnen vorbei zum Festungstor polterte. Die Schenkel waren leicht angefault, so wie die Trolle sie am liebsten mochten. Das Tor wurde mit einem lauten Scheppern geöffnet. Der Wagen wurde von einem viel zu kleinen Drachen gezogen, der unter der Last seines Geschirrs stöhnte.

»Wirges hätte jetzt sicher gesagt: Lasst uns doch einfach durchs Tor gehen«, meinte Maron.

»Er war immer etwas zu forsch«, sagte Nangolf.

Maron schaute erst auf das Bild des Mädchens in seiner Hand, dann zu den Wachen. »Wir hätten Wirges nicht bei den Reittieren zurücklassen dürfen. Das war ein Fehler, ich werde keinen zweiten machen. Seht euch diese Kreaturen nur an. Wir dürfen die Menschen nicht diesen Kerlen überlassen.«

Beim Anblick der Drachenschenkel sabberte eine der Wachen und rieb sich den Speichel vom Mund. Maron schauderte. Das Mädchen litt hinter dieser

Mauer tausend Qualen, während er hier tatenlos wartete. Ohne weiter nachzudenken, schritt Maron auf das offene Tor zu.

»Bleib stehen!«, rief Enite.

»Was hat er vor?«, fragte Nangolf.

Doch Maron lief unbeirrt den Wachen entgegen und zog sich die Kapuze vom Kopf. Sein Ziehvater musste mit ansehen, wie die Trolle neugierig wurden und den Drachenfleischhändler eilig durchwinkten. Jetzt erkannten sie, dass Maron ein Mensch war, und stürmten, die Lanzen voran, auf ihn zu.

Nangolf spannte den Bogen, zielte, aber Enite hielt ihn zurück. »Lass gut sein. Er hat seine Entscheidung getroffen und wir dürfen kein Aufsehen erregen.«

Nangolf zog den Bogen wieder über seinen Oberkörper. »Na gut, dann warten wir ab.«

Die drei ritten davon, Pepan im Schlepptau, während die Wachen Maron festnahmen. »Komm mit, Freundchen!«, schrien sie ihn an und schlugen ihm ins Gesicht. Maron zuckte nicht einmal.

Unterhalb von Samagars Festung Tukum, Operationssaal

Professor Burker streifte sich die Gummihandschuhe über und ließ die Ränder auf die Haut an seinen Handgelenken flitschen. Er mochte das schnappende Geräusch und den winzigen Schmerz.

»Lass uns anfangen«, sagte er zu Melissa.

Der Troll lag auf dem OP-Tisch: 2,85 Meter groß, 412 Kilogramm schwer. Der Umfang der Augenhöhle belief sich genau auf 1,86 Zentimeter in der Breite, 1,12 Zentimeter in der Höhe und 1,76 Zentimeter in der Tiefe. Ein Mädchen, das unter den Hochzeitsgästen gewesen war, besaß nahezu die gleichen Augenmaße, obgleich dieser Koloss größer und schwerer war. Aber was für Augen müsste erst ein Wal haben, wenn die Augengröße direkt von der Körpergröße abhinge?

Melissa hatte dem Troll namens Ruka zuvor die Gesichtshaare abrasiert. Es war ein gesunder Kerl, der Burker trotz seiner Muskelpakete hilflos wie ein Kind anschaute. Er hatte Angst und stank erbärmlich aus dem Mund. Trolle kannten keine Ärzte außer den Zungenlösern. Erkrankten sie oder wurden sie verwundet, starben sie – falls ihre Selbstheilungskräfte nicht ausreichten. Trolle lehnten alles Kranke und Schwache ab. Hilfe konnte ein Troll daher nicht erwarten, nicht einmal von den Eltern. Sie gaben ihre Kinder kurz nach der Zungenlösung ab, um wieder ihrer Arbeit nachzugehen. Die meisten ließen die Kinder in Gruppen betreuen, bis sie erwachsen waren. Samagar hatte das System eingeführt, um die Bindung der Kinder an ihre Eltern möglichst gering zu halten, damit ihm die neuen Trolle später hundertprozentig folgten.

»Alles wird gut, Ruka«, sagte Burker. »Du musst dir keine Sorgen machen. Ich werde dir die Augen eines hübschen Menschenmädchens einsetzen. Es wird bald hier sein. Ich habe es aus dem Verlies holen lassen. Ihre Augen werden dir gefallen, sie sind grün. Morgen siehst du Khanahas mit anderen Augen.«

Der Troll nickte. Melissa zog die Spritze auf und injizierte das Narkotikum in seinen Oberschenkel. Die Dosis hätte ausgereicht, einen Elefantenbullen niederzustrecken. Nach wenigen Minuten schlief Ruka und schnarchte.

Professor Burker blickte auf den diamantenen Behälter, der neben dem Operationstisch stand. Warum war das Mädchen noch nicht da? Sie sollte längst betäubt hier auf der Trage liegen. Als Burker das Skalpell vom Tablett nahm, sah er durch die dünne rötliche Haut des Rubins Samagar. Er wirkte wie der Teufel persönlich. Mit wem hatte sich Burker da nur eingelassen? Er nahm das Skalpell, schaute nochmals seine Frau an, dann setzte er mehrere tiefe, präzise Schnitte in die Augenhöhle, ehe er zum Sehnerv vordrang. Der Nerv stand in direkter Verbindung zum Gehirn. Dieser Gedanke schoss ihm noch durch den Kopf, als er das erste Auge Rukas schon in Händen hielt und es in den Diamantbehälter mit der Flüssigkeit legte, den ihm Melissa reichte. Das zweite Auge folgte. Nun hatte er erst einmal Zeit, denn es war kein Problem, die Höhlen mit einem Gel zu füllen, um sie feucht zu halten, damit auch noch einige Stunden später die Augen des Mädchens eingesetzt werden konnten.

Burker betrachtete das Skalpell. Ein wenig Trollblut klebte daran wie Himbeersaft. Er konnte sein Gesicht in der Klinge sehen. In dem leicht gewölbten Metall schien es breiter als sonst. Das Skalpell lag leicht wie eine Feder in seiner Hand. Wie wenig bräuchte es, um sich damit die Haut zu durchtrennen? Wie verletzlich der Mensch doch war. »Wo bleibt das Mädchen?«, rief Melissa aus dem Rubin heraus.

»Sie wird gleich hier sein«, entgegnete Samagar und sah ungeduldig um sich. Hoffentlich hatte nicht einer seiner tumben Untergebenen einen Fehler gemacht.

Unterhalb von Samagars Festung Tukum, Verlies

»Steh auf!« Der Befehl donnerte in Merikes Ohr. Eines dieser Wesen hielt ihr einen Knüppel vor die Nase, dann bekam sie einen Schlag gegen den Oberschenkel. »Schneller! Wir sind spät dran.« Merike sah einen orangefarbenen Zettel in ihrer Hand. Nr. 59. Es war ein Los, das sie auf der Hochzeit bekommen hatte. Die Tombola war für einen gemeinnützigen Zweck veranstaltet worden, denn das Brautpaar hatte keine Geschenke gewollt. Der Zettel segelte zu Boden. Merike wollte ihn wieder aufheben.

»Was soll das?« Das Wesen schrie. »Wir haben keine Zeit.«

»Das haben wir nur dir zu verdanken. Du kannst die Finger ja nicht vom Bianstwo lassen«, sagte eine

Stimme aus dem Hintergrund. Ein weiterer Kerl trat aus dem Schatten auf Merike zu. Seine Augen lagen unter der weit vorstehenden Augenwulst wie zwei dunkle Höhlen. Er griff Merikes Fuß, zog sie mit sich wie ein Stück Fleisch und schleifte sie über irgendetwas Weiches.

»Pass auf, Kalker! Sie geht sonst kaputt!«

»Jaja.« Daraufhin packte er Merike am Oberarm, während der andere Kerl ein krötenartiges Wesen aus seiner Umhängetasche kramte und schlug. Es begann zu leuchten. Jetzt sah Merike, worüber sie geschleift worden war: Es waren Hochzeitsgäste. Waren sie betäubt? Einige von ihnen wanden sich hin und her, sie sagten kein Wort. Und Kalker, der Kerl, der an ihr zerrte, sah aus wie ein Werwolf, nur größer, und sein Gesicht hatte fast menschliche Züge. Die Nase war breit und knorrig, vier riesige Hauer – zwei oben, zwei unten – stachen ihm aus dem geschlossenen Mund. »Los! Schneller! Lass dich nicht so hängen!«

Merike wurde aus der Höhle gezerrt. Der süßliche Geruch, der sie eben noch umhüllt hatte, verflog. Hatten diese Wesen einen Duft versprüht, der einem die Sinne benebelte? Der Gang, in dem sie sich befand, war lang und wurde von phosphoreszierenden Steinen erleuchtet. Das Licht des krötenartigen länglichen Wesens mit den Augen einer Ratte, das einer der Kerle in der Hand hielt, wurde schwächer. Er warf es auf den Boden und trat drauf. Es leuchtete hell auf, dann erlosch es. Die beiden lachten hämisch. Kalker griff mit seiner freien Hand nach dem toten Wesen und schob es sich in den Mund. Es knackte, dann sagte er mit vollem Mund: »Eigentlich schade, die Skandas roh zu essen, gekocht schmecken sie doch eigentlich besser.« Dabei wischte er sich den Sabber vom Kinn.

War das die Hölle? Diese Kerle kamen eindeutig dort her. Immer noch hatte Merike das Gefühl, nicht sie selbst zu sein. Sie wurde geführt, wurde angeschrien, wurde geschlagen, aber es war, als würde sie sich selbst aus der Ferne beobachten. Sie hatte kein einziges Mal um Hilfe gerufen. Wer sollte ihr auch helfen? Die Menschen in der Höhle? Was war passiert? Was wollten diese Wesen von ihr? Filmbilder schossen ihr durch den Kopf: Gefangene wurden aus dem Verlies geholt, um gefoltert zu werden. »Träumst du?«, schrie Kalker sie an und stieß ihr mit dem Knüppel in die Seite. »Schlafen kannst du gleich!«

»Für immer«, grinste der andere und zog ein neues Leuchttier aus der Tasche, in der es von den Viechern nur so wimmelte.

Pansakur, Kalevs See

Zig Speerwürfe entfernt durchlebte Valkaal ebenfalls einen Albtraum. Bei dem Sturz in den See war Wasser in sein Silma gedrungen und hatte seine Flamme fast gelöscht. Mit letzter Kraft hatte er sich an Land schleppen können und war in den Wald gekrochen, wo er vor Erschöpfung zusammengebrochen war. Er hatte erlebt, wie sich der Geist aus seinem Körper erhob, hatte sich selbst gesehen, wie er zusammengekauert wie eine rot schimmernde Assel auf dem Boden lag. Um ihn war Wald, auf der anderen Seite des Sees gab es einen Wasserfall. Ein Riese, um dessen Kopf weiße Fledermäuse tanzten, verschwand dahinter. Dann merkte Valkaal etwas Raues, das wie ein Lappen über sein Gesicht strich. Sein Silma leuchtete auf. Er fand wieder in seinen Körper, zurück in diese harte Schale. Halem? Wieder kam Valkaal die riesige Zunge entgegen.

»Lass das!«

Doch Halem schleckte ihn erneut ab. Valkaal wischte sich den gelblichen Sabber aus dem Gesicht, kroch zum Ufer und wusch sich. Der Speichel des Hippogryphen brannte wie Feuer in seinem Silma.

Aus dem Wasserfall schossen weiße Fledermäuse, gefolgt von dem Riesen. Was war das für ein Kerl, der dort am Ufer schritt? Er ging jetzt jene Schneise entlang, die der Pirita in den Wald geschlagen hatte und die vom See fort führte.

Valkaal horchte in sich hinein. Da war keine Stimme mehr, vermutlich hielt Kalman ihn für tot, vermutlich hielten alle ihn für tot. Aber er würde seinem Fürsten beweisen, dass er ein guter Botschafter war, er würde die Verfolgung Marons allein weiterführen.

»Flieg mich zu den Makoonbergen«, flüsterte er Halem ins Ohr. Die beiden erhoben sich in die Luft.

Samagars Festung Tukum, Innenhof

»Warum ist er nicht in Ketten?«

»Der Mensch kam freiwillig zu uns. Wir haben ihn vor dem Tor aufgegriffen und wollen ihn zu Samagar bringen.«

»Er ist beschäftigt. Schafft ihn erst mal zu den Übrigen ins Verlies.«

Die beiden Wachen, die Maron aufgegriffen hatten, fühlten sich abgespeist von ihrem Kommandanten, doch sie gehorchten. Maron wurde tiefer und tiefer hinab in die Festung geführt. Als er schon glaubte, das Ende nie zu erreichen, kam ihnen eine Trollpatrouille entgegen, die einen Menschen hinter sich herzerrte. Maron konnte es nicht fassen: goldene Haare, die Muttermale über dem Mundwinkel. Es war das Mädchen vom Bild aus der Geldbörse.

»Wohin geht ihr, Kalker?«, fragten Marons Bewacher den entgegenkommenden Kollegen.

»Runter in den Operationssaal.«

»Schlagt ihr nicht ins Gesicht. Das hat Samagar nicht gern. Ihr könntet die Augen verletzen.«

Die beiden Trolle führten Maron nur mit leichtem Griff. Doch falls er sich losreißen sollte, würden sie ihn sicherlich niederstechen. Die Wachen gingen weiter. Er hörte, wie die Schritte hinter ihm verhallten. Sein Herz pochte. Er musste etwas unternehmen!

»Warum hat Samagar die Menschen nicht näher am Operationssaal unterbringen lassen?«, fragte einer seiner beiden Bewacher.

»Dieser Menschenarzt will seine Ruhe haben, aber Genaues weiß ich nicht. Man hört ja nur Gerüchte.«

Marons Gedanken waren bei dem Mädchen, dann hörte er einen hellen Schrei.

»Oh nein«, sagte einer der Trolle. »Sie werden das Mädchen beschädigen und es womöglich töten, ehe es noch im Operationssaal ist. Kalker ist immer so aufbrausend. Der Kerl ist wahnsinnig. Ich war mit ihm zusammen beim vierten Regiment. Als der Offizier ihn mal angeschrien hat, ist Kalker sofort auf ihn los. Der ist wirklich irre, aber ...«

Was redete der Troll da? Mit einem Ruck riss sich Maron los, nahm die Dryardenpfeife und blies so kräftig hinein, wie er nur konnte. Seine Wächter schrien auf vor Schmerz, hielten sich die Ohren zu und fielen zu Boden. Er brachte Stab und Schwert wieder an sich, dann rannte er los. Schon bald stieß er auf Kalker, der sich ebenfalls die Ohren zuhielt und gleichzeitig versuchte, das Mädchen am Hosenbein festzuhalten. Vergebens. Merike befreite sich aus seinem Griff. Maron sprang über den zweiten Wächter hinweg, der ohnmächtig war, und rannte dem Mädchen hinterher.

Aus den Gängen drangen die Schreie der Trolle, die

den Ton der Pfeife nicht ertrugen. Selbst Samagar hörte weit entfernt am Rubin das Fiepen. Es ging ihm durch Mark und Bein, durchdrang ihn wie ein Messer. Kein Elf, keine Druidin und auch kein Riese konnte so die Dryardenpfeife blasen, wie ein Mensch es tat.

Als Maron das Mädchen eingeholt hatte, drehte sie sich zu ihm um, ihr Brustkorb hob und senkte sich schnell. Sie hatte Angst. Maron nahm die Pfeife vom Mund und stand vor ihr wie vor einem fremden Wesen von einem anderen Planeten, Lichtjahre entfernt und zum Greifen nah. Er wollte sie berühren, wollte ihr das Bild aus der Geldbörse zeigen, machte einen Schritt auf sie zu und streckte die Hand aus. Da schlug sie wie ein verwirrtes Tier um sich und traf die Dryardenpfeife. Das kleine Instrument fiel ihm aus der Hand und zersprang klirrend in zwei Teile. Die Trollstimmen drangen aus der Tiefe der Gänge zu ihnen herauf.

»Hörst du sie? Sie kommen!« Maron hatte seine Sprache wiedergefunden, bückte sich und versuchte, die Scherben zusammenzufügen.

Was war das für ein Junge? Was machte er mit der Pfeife, aus der er nun vergebens einen Ton herauszupressen versuchte?

Merike sah, dass die beiden Trolle, die sie eben abgeführt hatten, mit gezogenen Schwertern von hinten auf Maron zustürmten. »Pass auf!«

Er drehte sich um. Kalker und sein Kamerad holten aus und schlugen auf ihn ein. Doch ihre Klingen zerbarsten, als sie auf Marons glühendes Eisen trafen. Die Trolle schauten sich verdutzt an und liefen fort.

Kölner Dom

»Wir werden verdursten. Ich spür meine Lippen nicht mehr.«

»Denk an deine Tochter.« Kai drückte Helen einen Kuss auf den Mund.

»Aber das hier ist eine Sackgasse.«

»Und was ist dort?« Er zeigte nach Osten.

»Irgendwann kommt da die Außenmauer. Aber so weit werden wir es nicht schaffen. Es liegt zu viel Erde zwischen uns und dem Domplatz. Und wenn wir nicht nach oben graben, stoßen wir sowieso nur auf die Betonmauer, die den Untergrund des Doms von der Tiefgarage trennt.«

»Dann lass uns schräg nach oben graben.«

Ohne ein weiteres Wort ergriff Kai die Schaufel und nach einer Schicht lockeren Gesteins stießen sie auf eine Mauer. Weder war sie aus Beton noch war es die Außenmauer der Kathedrale.

»Das ist Schiefer«, sagte Helen erstaunt.

»Und?«

»Es gibt keinen Schiefer unter dem Dom.«

»Offensichtlich schon.« Kai rieb sich den Nacken. Sein Rücken schmerzte, seine Hände schmerzten, selbst seine Beine taten ihm weh. »Also kommen wir hier auch nicht voran.«

»Wir müssen«, sagte Helen. »Ich würde schon gern das neue Jahr mit dir und meiner Tochter beginnen« – bei diesen Worten stiegen ihr Tränen in die Augen.

»Das werden wir.«

Die schwarzen Schieferschichten sahen aus wie verkohlter Blätterteig. Kai schlug mit der Schaufel dagegen. Die Masse bröckelte ein wenig, aber es würde Stunden dauern, auf diese Weise den Schiefer Stück für Stück abzuschlagen. Das Merkwürdige war, dass das Geräusch beim Aufprall der Schaufel heller klang. Kai bat Helen, ihm ihre Jacke zu geben. Dann presste er noch seine Daunenjacke gegen den Schiefer. Ehe sie ihn fragen konnte, was er vorhatte, nahm er Schwung und rammte seine Schulter gegen die Wand. Die Schieferplatten bewegten sich. Das scharfe Gestein zerschnitt die Jacken, aber es hatte sie nicht ganz durchdrungen. Kai warf sich wieder und wieder dagegen, dann fiel er samt Schiefermauer kopfüber nach unten.

»Kai?«, rief Helen panisch in das Loch, in dem er verschwunden war. »Wo bist du?«

Sie griff nach der Taschenlampe, da hörte sie seine Stimme: »Alles in Ordnung. War nicht tief.«

Er hockte auf dem Boden – etwa einen Meter unter ihr in einem Raum. Sie leuchtete mit der Lampe und erblickte ein winziges Licht. »Was ist das?«, fragte sie.

Samagars Festung Tukum, Thronsaal

»Wie? Dieser Maron ist hier?«

»Er war es, der eben unter der Festung die Dryardenpfeife gespielt hat.« General Lanf hielt Samagar die beiden Scherben hin. »Damit hat er unsere Wachen außer Gefecht gesetzt.«

»Und wo ist er jetzt?«

»Das weiß keiner. Wir hatten ihn ja schon festgenommen.«

»Wie soll ich das verstehen?«

»Es war, als Ihr Euch im Rubin aufgehalten habt. Ihr hattet die Anweisung gegeben, dass Ihr nicht zu sprechen wärt – für niemanden.«

»Hatte er den Stab bei sich?«

Der General nickte.

»Und dann hat er auch noch das Mädchen entführt?«

»Leider. Das war ein dummer Zufall.«

»Zufall nennt Ihr das? Dieser Menschenjunge hat genau das Mädchen entführt, auf das Professor Burker wartet!« Samagar tobte. »Ihr wusstet doch, dass wir den Stabträger brauchen! Ihr … !«

»Ich war nicht hier«, sagte Lanf ruhig. Seine Hände ruhten, vor dem Bauch gefaltet, auf dem Schild seiner Rüstung. Er war Samagars Ungerechtigkeiten gewohnt. »Die Truppenaufmärsche in Kentar laufen übrigens wie von Euch befohlen. Ich war kurzzeitig vor den Toren Khanahas, wo vier Legionen nach Kentar abmarschiert sind. Die Soldaten brauchen ihren General. Wir müssen schließlich einen Krieg gewinnen.«

»Jaja, mag ja sein. Aber es nutzt nichts, wenn wir nicht diesen Maron daran hindern, den neuen Drachen zu entfesseln.«

»Hat Professor Burker schon einen Ersatz gefunden?«

»Was weiß ich? Das ist ein Irrenhaus hier. Der Drachenwächter rennt irgendwo unter mir herum und hat auch noch das Mädchen bei sich. Sie hatte genau die richtigen Augenmaße.«

»Die Suchtrupps durchstöbern jeden Winkel.«

»Sind die Aufgänge gesichert?«

Lanf schaute den Herrscher erstaunt an.

»Sonst findet das Ungeziefer womöglich noch einen Weg zu uns herauf. Seid Ihr jetzt auch unter die Dummköpfe gegangen?«

»Keine Sorge, alles abgeriegelt«, log Lanf.

»Gut, dann sitzen sie in der Falle.«

Genau so war es. Maron irrte durch die halbdunklen Gänge unter der Festung. Er hatte die Spur des Mädchens verloren. Sie war weggelaufen, als er mit den Wachen gekämpft hatte.

In einer Höhle hockte er sich hin, um kurz auszuruhen. Wie er so an die Wand gelehnt dasaß, wurden seine Augen schwer. Die einzige Lichtquelle in der Höhle war ein faustgroßer Stein. Rötlich und einschläfernd schimmerte er. Vermutlich lag er schon lange hier unten. Demnächst würde er von einer Lichtpatrouille eingesammelt. Solche Steine mussten von Zeit zu Zeit im Lichtquell an den Makoonbergen aufgeladen werden.

Maron zog das Bild aus der Hosentasche und wollte sich das Gesicht des Mädchens ansehen, aber es war zu dunkel, um sie genauer erkennen zu können. So sahen die Trolle die Welt. Unscharf. Wie sollten sie die Schönheit der Dinge erfahren? Was für eine Welt war das, in der sie lebten? Vielleicht gab es auch Dinge, die Maron nicht sehen konnte, die in den Zwischenräumen existierten. Vielleicht lebten dort jene Geister, an die in Lindanisa, wo er aufgewachsen war, jeder glaubte.

Wie schön das Mädchen war. Seine Augen wurden schwer. Bleib wach, Maron! Du darfst jetzt nicht einschlafen! Doch zu schwer waren die Augenlider. Im Traum hörte er eine Stimme: »Woher hast du das Foto? Es war doch in meinem Portemonnaie.« Was war ein Portemonnaie? Meinte sie damit den Geldsack? Er konnte seine Lippen nicht bewegen. Sie lagen aufeinander wie zwei tote Schlangen. Ihr Gesicht. Grüne Augen. Sie redete. Was sagte sie? Es musste ein Traum sein. Träume kamen im Schlaf. Die Erinnerungen wurden in den Träumen aufgehoben wie Schmuck in einer Schatulle. Er schlug die Augen auf.

Das Mädchen! Was machte sie hier? Hatte sie keine Angst mehr vor ihm?

»Du bist auch ein Mensch, wie ich«, stellte sie fest, als habe sie seine Gedanken gelesen. »Wie heißt du?«

»Maron«, sagte er. Das Herz schlug ihm bis zum Hals.

»Merike«, erwiderte sie und blickte auf das Bild, das Maron von ihr in der Hand hielt. »Woher hast du das Foto?«

»Aus so einem ...« Er zeigte die Größe mit der Hand.

»Mein Portemonnaie, wo ist es?«

»Die Trolle haben es.«

Merike sah ihn verwundert an: »Die Trolle?« Der Junge war gekleidet wie die Elfen, die sie aus Filmen kannte. Sie schaute in sein Gesicht. Er hatte die Augen geschminkt und die spitzen Ohren schienen nur angeklebt zu sein.

»Wo sind wir hier?«

»In Tukum, der Festung von Samagar.«

»Wer ist Samagar?«

»Der Herrscher der Trolle.«

Merike schaute ihn skeptisch an, dann sagte sie: »Ich will hier raus. Ich will nach Hause.«

»Ich bin auf dem Weg hinauf zur Erde«, sagte Maron. »Ich werde dich mitnehmen, wenn du willst.«

»Warum siehst du mich so an?«

»Weil ich noch nie ein Mädchen gesehen habe.«

Und sie hatte noch nie einen so seltsam verkleideten Jungen gesehen, der sich vor Trollen versteckt hielt. Aber ehe sie etwas entgegnen konnte, hörten sie Schritte. Kurz darauf betraten zwei mit Äxten bewaffnete Trolle die Höhle. »Ich meine, ich hätte Stimmen gehört.«

»Lass uns weitergehen. Wir müssen diese Menschen finden, sonst bringt General Lanf uns um.«

Maron und Merike hatten sich eben in eine Nische verkrochen, jetzt folgten sie ihren Verfolgern. Die Wachen würden ihnen hoffentlich den Weg nach oben weisen. Doch statt nach oben stiegen sie über eine Leiter weiter hinab ins Erdreich.

Aus einem Schacht hörten sie ein schabendes Geräusch. Merike blieb stehen und schaute mit Maron den schwach beleuchteten Schacht hinauf. Von oben kam ein gigantischer Diamant langsam auf sie zu.

Sie versteckten sich.

Als der Aufzug ihr Stockwerk erreichte, entstieg ihm Samagar und eilte an ihnen vorbei. Maron hatte ihn noch nie gesehen, aber er erkannte den Herrscher sogleich an der breiten Narbe in seinem Gesicht. Die beiden folgten ihm und gelangten in eine Höhle, in der ein riesiger begehbarer Rubin lag. Samagar ließ sich auf einem purpurnen Sessel davor nieder. Das Licht der Öllampen schimmerte rötlich durch die Außenwand des Edelsteins.

Maron und Merike verbargen sich hinter einem Felsvorsprung und betrachteten die unheimliche Szene. Im Rubin lag auf einem Operationstisch ein Troll. Ein Mann im Chirurgenkittel löffelte irgend etwas Durchsichtiges aus den Augenhöhlen. Der Mundschutz verbarg sein Gesicht. Merike lief ein kalter Schauer über den Rücken. Die zweite Gestalt im Rubin fischte Augen aus dem gläsernen Behälter, der gleich neben dem OP-Tisch stand. Es war eine Frau, sie war klein und dicklich. Die Gesichter konnte Merike unter dem Mundschutz nicht erkennen.

»Was passiert da?«, fragte sie.

Maron schwieg, denn Samagar erhob sich ungeduldig und schritt gebückt durch eine niedrige Öffnung in den Rubin. Burker hatte sich einen anderen gefangenen Menschen kommen lassen, nachdem Merike nicht mehr aufzufinden war.

»Was wollen Sie hier? Wir sind mitten in der Operation«, sagte Burker.

»Die Stimme kenne ich«, sagte Merike. »Das ist Professor Burker. Er und seine Frau Melissa. Sie haben geheiratet. Sie hat ein grünes und ein braunes Auge. Ich bin mir sicher, dass ...«

»Sei still. Burker und Samagar streiten sich.«

»Das ist Ihr Problem! Sie müssen mir die Menschen besorgen und zwar schleunigst!«, fauchte der Professor. So etwas ließ Samagar sich nicht bieten, schon gar nicht von einem Menschen. Er hob seine Faust und schlug ihn nieder. Fast hätte man glauben können, der übermächtige Troll habe dem Professor mit seiner Pranke den Kopf von den Schultern gerissen, aber Melissa half ihrem Mann bereits wieder auf.

Samagar verließ den Rubin und befahl: »Macht weiter! Sonst lass ich euch töten!« Er beobachtete mit verschränkten Armen, wie Melissa ihrem Mann das Blut von der Stirn tupfte und der Professor seinen Kittel glatt strich, als könne er seine Niederlage einfach wegwischen. Er nahm das Skalpell und fuhr wortlos mit der Operation fort. Samagar nahm wieder in seinem Sessel Platz.

»Wir müssen verhindern, dass er weiterarbeitet«, flüsterte Maron.

»Und wir sollten den anderen Gefangenen helfen, sonst wird er sie alle töten.«

»Wo sind sie?«

»Weiß nicht. Die Trolle« – zum ersten Mal brachte Merike das Wort über die Lippen – »haben mich durch zig Gänge geschleppt. Gibt es hier auch Elfen?«, fragte sie dann unvermittelt.

»Natürlich. Und Zwerge, Kobolde, Alben und … »

»Hörst du das?«

Er hörte die Schritte ebenfalls. »Sicher eine Patrouille«, sagte Maron. Die Geräusche kamen aus dem Gang, durch den Merike und er hierher gelangt waren.

»Was sollen wir machen?«

Maron schaute hinüber zu Samagar. Sie saßen in der Falle. Auf der einen Seite hockte der Herrscher der Trolle und von der anderen Seite kam die Patrouille. Maron überlegte kurz, nahm den Stab vom Rücken und hielt die Spitze gegen die Wand neben sich. Vielleicht gab es ja dahinter einen Parallelgang, durch den sie entkommen konnten? Der Stein schmolz, doch die vierköpfige Trollpatrouille hatte sie schon entdeckt. »Halt fest!« Maron drückte Merike den Stab in die Hand, zog sein Schwert und hieb auf einen der Trolle ein.

»Was ist da los?«, hörte er Samagars Stimme. Der

Herrscher hatte das Klirren der Klingen gehört, aber er konnte von seinem Sessel aus nichts sehen. Wieder hieb Maron auf den Troll ein, dessen Schwert zerbrach. Die übrigen Trolle wichen entsetzt vor der gleißenden Klinge zurück. Der Kommandant schrie seine Leute an: »Ergreift sie! Macht schon!« Und Samagar rief genervt: »Was ist denn da los?« Im Augenwinkel sah Maron, wie Samagar mit gezücktem Schwert heranstürmte.

»Ein Gang!«, rief Merike. Der Stab hatte ein kniehohes Loch in den Fels geschmolzen. Maron schlug mit einem letzten Schlag das Schwert des Kommandanten entzwei, der Troll ging zu Boden.

»Überlasst ihn mir!«, schrie Samagar und hieb im nächsten Augenblick wie ein Wilder auf Maron ein, der den Schlag parierte und seinerseits nach vorn stürmte, während Merike durch das Loch in den Gang auf der anderen Seite kroch. Die rotbraune Klinge Samagars war nicht aus Metall, sondern aus gehärtetem Karneol, scharf und stark wie kein Eisen es sein kann. Keine Angst, du darfst keine Angst zeigen, sagte sich Maron. Und das tat er auch nicht, sondern ließ sich von seiner glühenden Klinge führen. Er verletzte Samagar am Arm, dann hielt er inne, statt ihn zu töten. Das war ein Fehler, denn sofort schlug der Herrscher wutentbrannt auf Maron ein. Der kämpfte mit dem Mut der Verzweiflung gegen Samagars unbändige Kräfte. Gerade als der Herrscher der Trolle sich überlegen fühlte, splitterte ein Stück seiner Karneolklinge ab, surrte durch die Luft und traf Samagars Auge wie ein Pfeil. Er schrie laut auf. Blut rann aus seinem Auge.

Samagar versuchte, Maron durch das Loch zu folgen, aber er war zu groß. »Ich kriege dich!«, brüllte er ihm hinterher.

Maron drehte sich um. »Lauf weiter!«, rief er Merike zu.

Er selbst rannte zurück zum Durchbruch und hieb mit dem Schwert nach dem Kopf Samagars, der seinen Schädel wie eine Schildkröte zurückzog. Maron hatte ihm mit dem Schlag ein Stück vom Haupthaar abrasiert. Er konnte Samagar nicht mehr sehen, aber hören: »Schlagt den Stein ein, sonst erschlage ich euch!«, brüllte der Herrscher seine Trolle an.

Verzweifelt versuchten sie, die Öffnung zu vergrößern, aber das dauerte. Samagar schleuderte vor Zorn seinen Umhang zu Boden, der grün aufleuchtete. Er hatte Skandas dabei gehabt. Einige von ihnen wanden sich aus dem Umhang, und der Herrscher trat wütend auf sie ein, dass sie wie Blitze aufzuckten. Der Umhang ging in Flammen auf. Samagars Gesicht wurde von den Skandas in grünes Licht getaucht und in seinem Auge steckte immer noch der Splitter.

»Burker!«, schrie er. »Ihr müsst mir helfen.«

Maron stieg mit Merike über Leitern und Treppen nach oben und gelangte außer Atem in einen breiteren Gang, der mit Teppich ausgelegt war. Wo waren sie? Am Ende des Gangs gab es wieder einen Aufzugschacht. An der Wand prangte ein Mosaik. Maron wunderte sich über die Augen aus Edelsteinen. Auge in Auge in Auge. In der Mitte war ein Stein, der ihn an jenen erinnerte, der in Ezeras' Zopf eingewoben war – ein Schwarzopal, aber das Katzenauge in seiner Mitte leuchtete nicht so wie jenes von Ezeras.

»Was ist da?« Merike deutete auf eine Tür am Ende, unter der flackerndes Licht herausdrang.

Vorsichtig drückte Maron sie auf: ein Zimmer, Bett und Schrank, alles zu klein für einen Troll. Und welcher Troll hatte schon einen Schreibtisch? Maron besah sich die Papiere.

»Auf dem Briefkopf steht Professor Dr. Bernhard Burker«, sagte Merike. »Das ist der Arzt, auf dessen Hochzeit wir alle überfallen und entführt wurden. Wie kommt dieses Briefpapier hierher?«

Marons Blick fiel auf die blaue Flasche. Er nahm den Verschluss aus Bernstein ab und roch daran: Alati. Er nahm einen Schluck und augenblicklich fühlte er sich so wach, als habe er Tage geschlafen.

»Was ist das?«

»Es hilft gegen den Schlaf. Trink!«

Merike winkte ab.

»Hast du schon geschlafen?«

Sie schüttelte den Kopf.

»Du musst es trinken. Falls du einschläfst, darfst du nicht mehr auf die Erde zurück.«

»Warum?«

»Weil der Schlaf deine Erinnerung wachhält und du dann den Menschen auf der Erde von unserer Welt erzählen würdest.«

»Ist das hier auch deine Welt?«

»Ich bin hier aufgewachsen.« Maron hielt ihr die Flasche hin.

Merike nahm zögernd einen Schluck. Es schmeckte bitter.

»Du wirst dich dran gewöhnen.«

Sie liefen zu der Treppe, über die sie in den Gang gelangt waren, und stiegen weiter hinauf. In einer endlosen Spirale führten die Stufen höher und höher.

»Ich brauch eine Pause«, sagte Merike. Die Strapazen der letzten Stunden hatten an ihren Kräften gezehrt.

Maron nickte. »Ruhen wir uns einen Moment aus.«

»Wie bist du hierhergekommen?«, fragte sie ihn.

»Ich lebe hier – also nicht hier, sondern in Ontika, aber das wollen die Trolle erobern, deshalb …«

»Bist du freiwillig hier?«, unterbrach ihn Merike.

»Ich bin auserwählt«, sagte er. Dann hörten sie Schritte. »Sie kommen. Wir müssen weiter.«

Die Trolle waren ihnen dicht auf den Fersen. Obwohl Maron und Merike liefen, so schnell sie konnten, wurden die Stimmen der Verfolger immer lauter. Maron blieb stehen. Er nahm den Stab und hielt ihn hinter sich auf die Stufe. Sie schmolz, brach zusammen und riss weitere Stufen mit sich. Die entstandene Lücke war zu groß, als dass einer der behäbigen Trolle sie hätte überspringen können. Als die Trolle Maron sahen, ließ sich der Erste von ihnen nach vorn fallen, erreichte mit seinen Fingerspitzen das untere Ende des anderen Treppenstücks und bildete mit seinem Körper eine Brücke. Geistesgegenwärtig warf Maron seine Fackel auf den Troll hinab. Der schrie laut auf, ließ die Stufe los und verschwand im Abgrund. Der Kommandant brüllte: »Der Nächste! Der Mensch hat keine Fackel mehr!«

Kölner Dom

Der Lichtkegel der Taschenlampe erfasste ein kleines, schwach brennendes Öllicht. Kai schnippte sein Feuerzeug an und entdeckte einige größere Öllampen, von denen er eine entzündete. Helen stieg zu ihm in den Raum. Es war, als habe die Erde einen Schatz in sich verborgen. War das etwa der Tempel, den sie unter dem Dom zu finden gehofft hatte? Hunderte von Archäologen hatten Scherbe für Scherbe unter der Kathedrale klassifiziert und Grabbeigaben aus Gräbern von Königen und Fürsten katalogisiert, aber einen solchen Fund hatte es bislang nicht gegeben.

Der Raum war groß wie eine Garage und wurde getragen von einer Reihe von Säulen, die Verzierungen an Kopf und Fuß besaßen. Nichts in diesem Tempel war zerstört, als habe es überhaupt kein Beben gegeben. Auf den Wänden waren Kampfszenen zu sehen: einäugige Teufel, Drachen, elfenartige Wesen mit Flügeln, dahinter Menschen, die Schilde und Speere hielten. Selbst Vampirfledermäuse und Einhörner waren dargestellt.

»Was ist das?«, fragte Kai, der seinen Rücken durchdrückte, denn in dem Tempel konnte er endlich aufrecht stehen.

Helen betrachtete die Zeichnungen an den Säulen. »Die haben sogar die Gesichtszüge genau abgebildet.«

Es rauschte. Irgendwo gurgelte Wasser. Im selben Moment sah Helen einen der Wasserspeier des Doms vor ihrem geistigen Auge. Das englische Wort für Wasserspeier war Gargoyle. Gurgeln. Er spuckte Wasser.

»Wo kommt das Geräusch her?« Kai ging über den Hügel, der sich in der Mitte des Tempels befand. Es schien ihm, als ob seine Kehle auf einmal noch trockener wäre. Das Wasser plätscherte leise. Wieder horchte er, dann entzündete er eine weitere Öllampe und entdeckte ein schmales Rinnsal, das aus der Wand kam.

Das Wasser lief in ein marmornes Becken, das randvoll war. Die überlaufenden Tropfen rannen an der Unterseite des Beckens entlang und versickerten im Boden.

Helen kostete vorsichtig, dann lächelte sie ihn an: »Das ist das beste Wasser, das ich je getrunken habe.«

Sie beugte sich mit Kai über das Becken. Ihre Lippen waren feucht, ihr Hals wurde nass, ihr Gesicht war halb unter Wasser. Es war kalt und es war schön.

Sie lebte und er lebte und sie würden zusammen auf Hilfe warten.

»Ist das der Altar gewesen?«, fragte Kai und deutete auf den Hügel, der die Höhe eines zusammengekauerten Ochsen hatte.

»Glaube ich nicht«, antwortete Helen. »Vielleicht hatte diese Kultur ja keine Opfergaben, für die ein Altar benötigt wurde.« Sie hockten sich auf die Erhebung. Der Hügel strahlte Wärme ab.

»Gemütlich warm«, stellte Kai fest. »Deshalb gibt es hier auch die Farne und Kristalle.« Letztere glitzerten rot und gelb.

»Aber wer hat das Licht an der Säule entzündet?«

»Das brennt vielleicht schon ewig«, sagte Kai. »Es scheint von einer winzigen Quelle gespeist zu werden.«

»Und woher kommt die?«

»Weiß nicht. Das alles ist ein einziges Wunder.«

Helen schmiegte sich in seinen Arm.

Kai schaute über ihre Schulter hinweg zur Wand: »Guck mal.« Er kratzte am Moos.

»Was ist da?«

»Könnte noch eine Zeichnung sein.«

Es dauerte nicht lange, da hatten sie ein Mosaik freigekratzt, das ein Auge darstellte, in dem sich wieder ein Auge spiegelte und in dessen Mitte ein Stein fehlte.

»Was ist das?«, fragte Kai und schaute Helen an.

»Frag mich nicht. Wir sind hier auf etwas gestoßen, das die Archäologie noch nicht gesehen hat.«

Samagars Festung Tukum

Enite ruckte noch einmal am Seil. Hoffentlich würde der Haken, mit dem sie das Seil über die Mauer geworfen hatten, halten. Dann zog sich die Druidin kraftvoll am Seil hoch wie ein junges Mädchen. Nangolf folgte ihr. Ezeras blieb am Fuß der Festung bei den Reittieren. Kurz darauf schlichen sich die beiden oben über den Wehrgang der Festungsanlage, stiegen eine steile Treppe hinunter in den Innenhof und schauten sich um. Wachen. Vier Trolle mit Lanzen. Enite warf einen Tarnzauber über sich und Nangolf, dann schlüpften sie durch einen Seiteneingang ins Hauptgebäude. Die Gänge wimmelten nur so von Trollen. Deshalb stiegen die beiden eine schmale Seitenstiege hinauf, bis in die zweite Etage. Sie fanden sich in einem Flur wieder, an dessen Ende ein Spiegel hing. Als sie auf ihn zuschritten, sah Nangolf, wie er wieder sichtbar wurde – sein Brustpanzer, der aus einer Schuppe Fermlunds gefertigt war, der Bogen, der ihm auf dem Rücken hing, das Schwert und der Köcher mit den Pfeilen, die am Gürtel der engen grünen Hose befestigt waren.

»Wer seid Ihr?«, sprach sie eine Stimme an. Ein Troll trat aus einer Tür, die vom Flur abging.

»Wir sind Gäste Samagars«, sagte Enite.

Der Troll wurde misstrauisch. Samagar hatte höchstens Gefangene, keine Gäste. Und wenn, dann waren es Trolldamen, die ihm Nachkommen schenken sollten. Der Troll zog sein Schwert und hielt

Enite die Klinge an die Kehle. »Wie seid Ihr hier reingekommen?« Sein Blick war kalt. Er würde sie töten, ohne mit der Wimper zu zucken.

Aber da streckte ihn schon Nangolfs Pfeil nieder. Der Elf war schneller mit seinem Bogen als jeder andere in Terra. Der Troll sank zu Boden. Tot war er nicht, aber der Pfeil hatte ihn außer Gefecht gesetzt. Sie hörten Stimmen hinter sich.

»Wir müssen ihn fortschaffen«, sagte Enite.

Sie zogen den Troll mit Mühe an den Beinen hinter sich her in jene Tür, aus der er gekommen war.

»Was ist das für eine Halle?«, fragte Nangolf.

Enite zuckte mit den Schultern und wischte sich den Schweiß von der Stirn. Oben gab es eine Galerie mit einem goldenen Geländer. Sie lehnten den Troll an eine Wand und fesselten ihn. Dann gingen sie durch eine Tür, kamen an einen weiteren Gang, durchschritten erneut eine Tür und … Enite überlegte, dann stellte sie fest: »Das ist ein Labyrinth.«

Die Halle war unterteilt in Räume und Gänge, die durch massive Wände aus Felsgranit voneinander abgetrennt waren, aber keine Decke besaßen. Oben von der Galerie aus konnte das Labyrinth eingesehen werden. Doch wozu?

Sie hörten Stimmen, die über die nächste Wand zu ihnen herüberdrangen. Enite zog die Tür vorsichtig auf und sah durch den Spalt. Sechs kräftige junge Trolle standen auf einer riesigen Landkarte, die Terra zeigte. Sie trugen auf ihren Schultermänteln das Wappen von Tukum: sechs Türme, dahinter gelblich angedeutet die Makoonberge.

»Das sind Samagars Kinder«, sagte Enite.

Fregar legte gerade seine Pranke auf einen mit Feenhaar überzogenen Spielstein und steckte ihn in eine Figur, die in der Mitte des Gesichts ein flackerndes Feuer trug. Vermutlich sollte es das Silma eines Kurats symbolisieren, das Fregar jetzt erstickte.

»Wir sind im Labyrinth der Thronfolger, Nangolf. Wir sollten uns von hier wegschleichen, ehe sie uns entdecken.«

»Und Maron?«

Eine Tür schlug zu. Dann erschien der Troll, den sie gefesselt hatten, oben auf der Galerie und zeigte zu ihnen hinunter. »Da sind sie!«

General Lanf trat neben ihn. Er schaute zu Nangolf und Enite. »Wenn mich nicht alles täuscht, sind das die berühmte Druidin aus Jakwe und ein Elf der Garde Ontikas. Das wird Samagar freuen.«

Der General nahm seinen Beutel und schickte ein Irrlicht nach dem Tyrannen. Doch Nangolf flog auf und feuerte blitzschnell einen Pfeil auf das Irrlicht. Der General lachte: »Ihr habt ein gutes Auge, aber so viele Pfeile habt Ihr nicht!« Woraufhin er seinen Beutel ausschüttelte, aus dem Hunderte Irrlichter herausstoben. »Euer Stabträger ist in unserer Gewalt und Ihr seid es nun auch! Wie konntet Ihr nur hoffen, die Menschen befreien zu können?« Blitzschnell zog der General seine kurzläufige Armbrust unter dem Mantelarm hervor, schoss und traf Nangolfs rechten Flügel. Der Pfeil durchbohrte ihn und riss ein Loch in die Flügelhaut. Nangolf fiel wie ein verwundeter Falter zu Boden.

»Damit du uns nicht davonflatterst! Wir sind bodenständige Wesen und du bist jetzt auch eines.«

Nangolf rappelte sich auf und blickte verzweifelt auf seinen verletzten Flügel.

Nun erschien Samagar selbst auf der Galerie, ohne Enite und Nangolf zu beachten. Mit einem Wink forderte er die Aufmerksamkeit seiner Kinder. »In euer Labyrinth sind eine Druidin und ein Elf eingedrungen. Zwischen euch und ihnen liegt nur eine Tür.« Die Kinder schauten neugierig zu ihrem Vater hinauf.

»Der von euch, der mir die Köpfe der Eindringlinge in die Mitte des Labyrinths legt, wird mich beerben. Nehmt euch zur Jagd die Waffen aus der Kammer.« Samagar grinste Enite und Nangolf an. Wann hatten die Trolle schon mal die Möglichkeit, mit einem lebenden Elf und einer Druidin zu spielen? Mit Äxten und Beilen, Schwertern und Speeren bewaffnet, kehrten die Kinder zurück. Fregar wollte sogleich die Tür mit einem Fußtritt öffnen, doch Samagar rief: »Du nicht!«

Der ungestüme Troll schaute seinen Vater verwundert an.

»Warte dort am anderen Ende des Labyrinths im Zimmer des Schicksals. Der Sieger unter deinen Geschwistern darf zum Schluss gegen dich antreten.«

»So soll es sein«, sagte Lanf. »Das ist weise, so setzt sich nicht der Mutigste Eurer Sprösslinge der Gefahr aus, getötet zu werden, sondern einer der Feiglinge.«

»Aber Vater!«, rief Fregar, der unbedingt kämpfen wollte. »Ich werde die Eindringlinge besiegen! Meine Schwestern und Brüder sind langsam und dumm.«

»Was redest du da?«, fuhr ihn seine Schwester Karma an und hob drohend die Streitaxt, woraufhin Fregar sofort mit dem Schwert auf sie einschlug. Helma, ihre kleinere Schwester, zog ihren Dolch und wollte ihn ihrem Bruder von hinten in den Rücken rammen.

»Hört auf! Alle!«, schrie Samagar. »Und du, Fregar, geh dort hinüber! Du musst Geduld lernen. Deine Schwestern und Brüder können ihren Mut und ihre Schläue unter Beweis stellen, bis du in das Spiel eingreifst.«

Keines der übrigen fünf Trollkinder wagte, die Tür aufzustoßen, was Enite und Nangolf genügend Zeit ließ, um durch eine zweite Tür in einen weiteren Abschnitt des Labyrinths zu fliehen. Sie glichen zwei Labormäusen, verfolgt von kindlichen Ungeheuern und beobachtet von einem mordlüsternen Trollvater.

Karma schlug mit der Axt gegen die Tür. Die Trolle rannten den beiden von Raum zu Raum und durch die Gänge hinterher.

Unweit vom Labyrinth der Thronfolger entfernt, schlichen Merike und Maron durch die Burg. Nur mit knapper Not waren sie ihren Verfolgern entkommen und über einen der Aufzüge nach oben, in den Palast selbst, gelangt.

»Nangolf muss in der Nähe sein«, sagte Maron, als er einen Trollstern auf dem Boden liegen sah. Er schritt auf die nächste Tür zu. Verschlossen. Auch die übrigen waren abgesperrt. So stiegen sie die Treppe hinauf, die bei jedem Schritt verräterisch knarrte. Das Geländer war mit Figuren verziert. Jede Stütze zeigte in zeitlicher Reihenfolge einen Herrscherkopf des Trollvolkes seit seiner Vertreibung unter die Erde. Die Figur der Paide, die zu den wenigen Königinnen der Trolle gehörte, war noch an ihrem Kleid zu erkennen. Die Figur dahinter musste ihren Vater darstellen. Samagar hatte all ihre Gesichter abschleifen lassen, um nicht an sie erinnert zu werden.

Zufrieden schaute der Trollherrscher währenddessen von der Galerie auf das Schauspiel im Labyrinth hinab. Nangolf gelangte mit Enite in einen Raum, der von einem Wassergraben geteilt wurde. Hier hatten sich vor Kurzem Fregar und Helma über das Wasser hinweg mit Keulen geprügelt. Nangolf watete durch den Graben, nicht ahnend, welche Gefahr in der trüben Brühe lauerte. Er schrie auf und schlug wild um sich. Eine Schlange hatte sich in seine Wade verbissen. Geistesgegenwärtig schleuderte Enite einen Blitz auf das Reptil, das zurück ins Wasser fiel. Während die drei Brüder Enite und Nangolf auf den Fersen blieben, versuchten die Mädchen hinten herum den Flüchtenden den Weg abzuschneiden.

»Lass uns die Thronfolger hier abpassen«, sagte Nangolf, als sie einen Raum mit sechs Türen erreichten. Über dem Raum schwebte ein stählernes Netz. Samagar musste es lediglich fallen lassen, dann wäre es aus mit dem Elf und der Druidin. Doch der Herrscher hatte Gefallen an dem Schauspiel gefunden. Fregar saß derweil in sicherer Entfernung auf einem Hocker und ließ sich von einem Kobold das Fell lausen.

Die Trollkinder drückten die Tür zu Enite und Nangolf auf. »Wo sind sie hin?«, fragte Karwan seinen größeren Bruder Malko.

»Das ist nicht die richtige Frage«, schnauzte der ihn an und fuchtelte mit der Axt herum.

»Und wie lautet die richtige Frage?«

»Durch welche Tür sind sie gegangen, ist die richtige Frage.«

Ehe die Trolle sich für eine der sechs Türen entscheiden konnten, rief Enite: »Bleibt stehen!« Überrumpelt drehten sich die Trolle um. »Die beiden Mädchen fehlen«, zischte Enite Nangolf zu, der fünf Pfeile in seinen Bogen eingespannt hatte. »Wo sind sie?«, wollte er von den Trollen wissen.

Doch Malko sagte: »Das ist nicht die richtige Frage. Die richtige Frage heißt: Wo kommt ihr her?«

»Das ist aber nicht die Antwort auf meine Frage«, sagte Enite und schaute dabei zu Samagar hinauf. »Und die richtige Frage, die ich mir gerade stelle, lautet, ob euer Vater mit ansehen möchte, wie euch die Pfeile meines Freundes durchbohren.« Samagar blickte ungerührt herab, obwohl er sich ärgerte: Warum war sein Nachwuchs nur so dämlich? »Im Kampf zu sterben, ist keine Schande, meine Kinder«, sagte Samagar.

»Du kannst ohnehin bloß einen von uns töten, und zwar mich!« Mit diesen Worten machte Malko zwei Schritte auf Nangolf zu. So war der Schusswinkel für den Elf deutlich schlechter geworden. Wenn er nun den Bogen losließ, konnte er nur Malko treffen.

Doch Karwan wollte seinem Vater beweisen, dass er noch mutiger war. Er stürmte mit gezogenem Schwert an Harko und Malko vorbei auf Enite zu. Nangolf ließ den Bogen los und Karwan fiel getroffen nieder. Im nächsten Moment sprang Malko auf den Elf zu und packte ihn am Hals. Enite schoss einen Blitz auf ihn, sodass sein grauer Pelz Feuer fing. Schreiend lief er fort. Bevor Harko sich besann, rannten Enite und Nangolf Malko hinterher und drückten die schwere Tür hinter sich zu. Harko versuchte, die Tür mit der Axt einzuschlagen. Das mit Bronze verkleidete Eichenholz hielt jedoch stand. Doch Malko löschte sein brennendes Fell genau in jenem Wassergraben, den sie eben noch überquert hatten, und versperrte ihnen jetzt den Weg.

Nangolf legte erneut einen Pfeil ein, da sah er die Schlange an Malkos Körper, wie sie diesem in den Nacken biss. Der Troll versuchte, sie wegzureißen, doch das Reptil würgte ihn. Samagar stützte die Hände aufs Geländer und sah wortlos zu, wie sich sein Sohn aus dem Würgegriff zu winden versuchte. Vergeblich. Malko rang nach Luft und sank nieder. Gleich würde das Reptil ihn ersticken. Da surrte Nangolfs Pfeil. Die Schlange zuckte, rutschte zu Boden und schlängelte sich zurück ins Wasser. Malko lag reglos da, sein Brustkorb hob und senkte sich nur langsam.

In diesem Moment betraten Maron und Merike die Galerie. Samagar entdeckte die beiden auf der anderen Seite und gleichzeitig flog schon Lanfs Pfeil auf Maron zu. Doch als würde der Pfeil magisch von Marons Stab angezogen, traf er nicht den Jungen, sondern zersplitterte an den Diamanten des Stabes.

Unterdessen war es Harko unten im Labyrinth gelungen, die Tür zu Nangolf und Enite einzuschlagen. Mit lautem Kampfgeheul stürmte der Troll auf die beiden zu, woraufhin Maron in das Labyrinth sprang, jedoch nicht auf den Boden, sondern auf eine der Trennwände. Er schlug den Angreifer von oben nieder.

»Pass auf!«, rief Merike. Die beiden Trollmädchen hatten sich jetzt ebenfalls auf die Mauer geschwungen und stürmten von zwei Seiten mit erhobenen Streitäxten auf Maron zu. Im letzten Augenblick machte er einen Satz nach unten. Die Trollmädchen stießen gegeneinander, verloren das Gleichgewicht und fielen zu Boden, wo Maron, Enite und Nangolf sie bereits erwarteten. Da tauchte Fregar auf, den es nicht mehr auf seinem Platz gehalten hatte. An seinen Lefzen klebten noch die Reste des Kobolds, den er nach der Entlausung verspeist hatte. Den Krummsäbel voran, stürmte er über die bewusstlosen Leiber seiner Brüder auf Maron zu, der sich erneut auf die Mauer gehangelt hatte. Der wild gewordene Thronfolger war genauso gelenkig wie riesig. Fregar folgte Maron nach oben. Der versuchte wegzurennen, aber der Troll trat ihm von hinten in die Beine, sodass Maron fiel und sich nur mit letzter Not auf der Mauer halten konnte. Fregar grinste. Gerade als er ausholte, um Maron das Schwert in den Rücken zu stoßen, traf ihn Nangolfs Pfeil in den Arm.

Samagar hielt es kaum noch auf der Galerie, denn Fregar wankte. Der Trolljunge stürzte, landete auf seiner Schulter, die unter seinem eigenen Körpergewicht so laut knackte, dass es jeder in der Halle hören konnte. Geistesgegenwärtig hielt Enite dem Thronfolger ihren Dolch an die Kehle.

Samagar bebte. Er zog seine Armbrust.

»Lass uns gehen, dann werden wir deinem Sohn kein Haar krümmen«, rief Maron. »Wenn du aber einen von uns tötest, wird Fregar das hier nicht überleben!«

Doch Samagar schoss nicht auf Maron, nicht auf Nangolf und nicht auf Enite, sondern seinem Sohn mitten ins Herz.

Maron starrte ihn ungläubig an.

Samagar sagte kühl zu seinem General: »Er hat versagt. Ich habe ihm die Schmach der Niederlage erspart. Und nun tötet die Übrigen. Ich brauche lediglich die Hand des Jungen und den Stab. Ihre Leichen könnt Ihr mit Boten nach Ontika bringen lassen.« Samagar ließ die Armbrust aus seinen Händen gleiten und verließ den Saal.

Der General rief in eines der Sprachrohre, über die in der Festung von Etage zu Etage kommuniziert werden konnte: »Bogenschützen ins Labyrinth!«

Als er sich wieder dem Labyrinth zuwenden wollte, stand Merike unvermittelt vor ihm, mit Samagars Armbrust in den zitternden Händen. »Lass Maron gehen, sonst …« Ihre Stimme versagte.

Der General machte unbeeindruckt einen Schritt auf sie zu, als fürchte er den Tod nicht. Merike wollte abdrücken, sie wollte dieses Monster töten, aber sie vermochte nicht, den Zeigefinger zu krümmen. Lanf nahm ihr die Armbrust ab und zerbrach sie.

»Jetzt zu dir«, sagte er und griff Merike in die Haare.

»Lass sie!«, rief Maron und hielt sich das glühende Schwert vor die Hand. »Wenn du sie nicht in Frieden lässt, werde ich die Handfläche auf meiner Linken verbrennen. Und ihr werdet niemals Samagar die Karte geben können.«

»Was willst du?«

»Das Mädchen.«

Lanf ließ sie los.

»Lauf weg, Merike!«, rief Maron ihr zu.

»Jetzt wirf das Schwert fort!«, befahl Lanf.

»Ich denke nicht daran!«

Oben auf der Galerie erschienen vier Bogenschützen.

Lanf rief: »Wir können dich reich machen, Maron – und dich hinauf zur Erde bringen, wenn du uns Karte und Stab gibst. Wir wollen nur, was uns zusteht.«

»Ihr werdet die Karte nie bekommen. Eher verbrenne ich sie.«

Mit diesen Worten führte er die glühende Klinge zu seiner Hand.

Unter dem Kölner Dom

Kesken nahm die Spitzen der Domtürme in die Hand, die aus dem Schutt herausragten. Direkt unter ihm war das Dom-Modell. »Wir sind an der Stelle, von der aus Helen King Richtung Osten zum Vierungspunkt gegangen sein muss.« Sie würden sich noch ein wenig nach unten vorarbeiten und hofften, dann auf den Gang zu stoßen, in dem die Besuchergruppe vermutlich die historische Bodenheizung des Patrizierhauses besichtigt hatte. Noch ein wenig nach unten vorarbeiten klang einfach, aber es war alles andere als das. Jahrzehnte hatten Kolonnen von Archäologen damit verbracht, die Gänge behutsam freizulegen, nun musste alles schnell gehen. Keskens Leute meißelten und bohrten, waren sich jedoch nie sicher, ob nicht im nächsten Moment die ganze Konstruktion über ihnen zusammenbrechen würde. Mauselöcher nannten sich solche Stollen im Jargon der Bergarbeiter. Steinbrocken fielen auf die Männer herab, prasselten auf ihre Helme. Die Luft wurde immer stickiger, die Räume immer enger. Kesken zog sich eine Staubmaske über, doch sie hätten eigentlich mit Atemmasken arbeiten müssen.

Das Walkie-Talkie am Gürtel blinkte. Was wollte die Nervensäge schon wieder? Er drückte auf Empfang, Meurers verzerrte Stimme drang aus dem Lautsprecher: »Sind Sie weitergekommen? Haben Sie …?«

»Ja. Wir tun, was wir können.«

»Die Presse wird ungeduldig.«

»Und wir buddeln wie die Maulwürfe.«

»Sie wissen, dass ein Eingeschlossener keine drei Tage ohne Wasser überlebt. Womöglich wird auch noch die Luft knapp …«

»Wem sagen Sie das? Hier ist die Luft auch knapp.« Kesken schaltete das Funkgerät aus. Aber Meurer gab nicht auf: Nun blinkte das Empfangssignal bei Hans-Gerd. Auch der drückte den Off-Knopf.

»Richtig«, sagte Kesken und hob den Daumen: »Schaltet die Dinger einfach aus.«

»Und was ist mit einem Nachbeben?«, fragte Carlos und ließ den Meißel ruhen.

»Diese Erdbebenheinis in Bensberg wissen ohnehin nie genau, wie stark ein neues Beben sein wird. Und bei welcher Stärke sollen wir überhaupt unsere Aktion abbrechen, wann weitermachen? Es kann uns also egal sein, was sie sagen.«

»Mir ist es nicht egal«, erklärte Carlos, dessen Gesicht grau von Staub war. »Ich will hier nicht in einer Kiste rausgetragen werden. »

»Hören wir etwa auf, falls es ein Nachbeben gibt?«, fragte ihn Kesken provozierend.

Carlos schwieg, statt einer Antwort stellte auch er sein Gerät aus. Kesken würde sich schon wieder beruhigen, er musste ihm nur ein paar Minuten Zeit lassen. Das einsetzende Hämmern des Meißels übertönte alles.

Khanahas, nordwestlich der Festung Tukum

Maron lag ohnmächtig vor Ezeras im Sattel, als die Gefährten durch Khanahas preschten. Die Wachen bliesen Alarm von den Zinnen Tukums und die übergewichtigen Trommler bezogen Stellung auf den Dächern. Jeder in der Stadt hätte mit dem Einsetzen der Trommeln gewarnt sein müssen. Doch die Trolle hielten die Signale für einen der üblichen Probealarme, wie sie zurzeit häufig durchgeführt wurden, um die Bevölkerung auf den nahenden Krieg gegen Ontika einzustimmen. Viele Bewohner Khanahas waren ohnehin schon fort und warteten an der Front in Kentar, an der Grenze zu Lortans Albenland, auf das Kommando zum Angriff. Die Übrigen würden in den nächsten Tagen eingezogen, dann wäre es ganz still in Vororten wie diesen.

Merike galoppierte neben Ezeras' Titurel durch die Straßen und hielt die Zügel von Pepan fest in den Fäusten. Das Einhorn reagierte auf die gleichen Kommandos wie daheim ihr Pferd Santos und es schwitzte und schnaubte auch wie ein Pferd – vermutlich legte es sogar die Ohren an, wenn es wütend wurde. Einzig die Leichtigkeit der Schritte war verblüffend, als hätte Pepan zwei Herzen, als würde er auf Wattebäuschen schweben. Sie schaute über die kurz geschorene graue Mähne des Einhorns hinweg auf das monumentale Gebirge, dessen Gipfel leuchteten. Solches Licht gab es auf der Erde nur kurz vor Sonnenuntergang, wenn die letzten Strahlen den Horizont verbrannten und über die Ränder der Berge hinweg ins Tal schienen. Aber hier unter der Erde gab es keine Sonne, vielmehr schien das gelblich-rote Licht aus den Bergen selbst zu kommen.

Die lang gezogene und gewundene Gasse, auf der sie eben noch durchs Zentrum von Khanahas geritten waren, hatte sich geweitet, sie war zu einer breiten Straße geworden. Die Häuser standen dicht beieinander und die Gärten waren eckig und gepflegt wie in einem Neubauviertel. Nur gab es keine Hecken, sondern trollhohe Wälle aus Basalt, die die Grundstücke begrenzten. Aus den Steinen wuchsen Blumen, die sich offensichtlich in den Poren des Gesteins wohlfühlten und dort Wurzeln geschlagen hatten. Die Gegend war ruhig. Selbst der Lärm der Trommler war kaum zu hören.

»Halt!« Enite zeigte auf einen Planwagen, der knapp einen Speerwurf entfernt vor einem zweistöckigen Haus wartete und glitt aus dem Sattel. Die Bewohner hatten es sich hübsch gemacht, einen gezackten Halbkreis als Symbol für Glück über ihre Tür malen lassen, und die Zwerge hatten ihnen auf die Gartenmauer die Gipfel der Makoonberge gezeichnet. Eine Trollfrau, deren Oberschenkel so rund waren wie Pepans Bauch, entlud Kisten und brachte sie stöhnend in den Keller des Hauses.

»Was hast du vor?«, fragte Ezeras.

»Wartet auf mein Zeichen.« Die Druidin schlich sich zu dem Planwagen, verharrte dort, bis die Trollfrau wieder ein Fass von der Ladefläche holte und mit ihm auf dem Buckel im Haus verschwand. Dann stieg Enite vorsichtig auf den Kutschbock, der unter dem Leichtgewicht der Druidin nicht einmal quietschte.

»Enite winkt uns«, sagte Nangolf. »Los!«

Merike folgte Nangolf und Ezeras. Das Klacken der Hufe war auf dem platt getrampelten Weg kaum zu hören – braune feste Erde.

Als sie Enite erreicht hatten, gab die Druidin dem silberschuppigen Zugdrachen die Peitsche. Er war im Stehen eingedöst und bewegte sich keinen Millimeter voran. Wieder ließ sie die Peitsche über seine Schuppen zucken, worauf er gemächlich lostrottete.

»Achtung! Sie kommt zurück!«, sagte Ezeras, der hinter dem Planwagen herritt. Kaum hatte er es ausgesprochen, schrie auch schon die Trollfrau: »Diebe!

Haltet sie!« – und lief wie ein Walross hinter ihnen her.

»Lauf endlich!«, feuerte Enite den Drachen an. Jetzt wurde ihm klar, dass jemand anders die Zügel hielt als seine Herrin. Vor Schreck fiel er in Trab, doch die Trollfrau blieb ihnen auf den Fersen.

»Wirf ihr Geld hin!«, rief Enite Nangolf zu, der Burack am Zügel hatte – sie zeigte dabei auf die Satteltaschen ihres Einhorns. Der Elf griff hinein, schnürte einen Geldbeutel auf und warf ihn hinter sich. Die Bogs kullerten heraus und hüpften über das Pflaster. Gierig bückte sich die Trollfrau danach. Überall aus den Häusern stürmten Trolle und griffen nach den Bogs. Merike sah die Familientrolle, die aufeinander einschrien und -schlugen, Nachbar gegen Nachbar. Der gestohlene Planwagen war längst vergessen im Kampf um das Geld.

Maron kam langsam wieder zu sich. Sein Kopf schmerzte. Zuerst spürte er den Galopp des Titurels, dann Ezeras' Pranke, die ihn im Nacken festhielt, damit er nicht herunterfiel.

»Beweg dich nicht«, sagte Ezeras.

»Was ist los?«

»Bleib liegen! Wir müssen schleunigst weg. Das ist los.«

Enite war es gelungen, den müden Drachen zu einem Galopp zu bewegen, indem sie ihm unermüdlich die Peitsche über seine Schuppen zog. Für die Druidin war das ständige Schwingen der siebenschwänzigen Katze noch anstrengender als das Laufen für den Drachen – Schweißperlen standen ihr auf der Stirn. Der Drache ließ sich nicht aus der Ruhe bringen, er war die vielen Schläge gewohnt.

Bald wurde die Straße zu einem steinig-staubigen Weg voller Schlaglöcher. Die wenigen Häuser wurden schäbiger. Keine Vorgärten mehr, keine Mauern, keine Blumen – und endlich erreichten sie die kargen Ausläufer des Makoongebirges, wo keine Trolle mehr lebten und nur noch ein paar Sträucher und verdorrtes Gras zu sehen waren.

Es gab lediglich einen schmalen Zugang zu dem sagenumwobenen Gebirge: die Malroëschlucht. Rechts und links ragten unüberwindlich steile, Hunderte von Metern hohe gelbliche Felsen auf. Kaum etwas konnte sich an diesen Wänden halten, ab und an ein Strauch und selten mal ein Baum auf einem Vorsprung. Obendrein gab es oben in den Bergen nur wenig Wasser, höchstens Schwefelseen oder Lavabäche. Die erloschenen Vulkane, von denen die meisten seit Jahrtausenden nicht mehr aktiv waren, schienen die Öde geradezu anzuziehen.

Eigentlich hätten zwei bewaffnete Trolle ausgereicht, um die enge Schlucht zu kontrollieren. Samagar hatte jedoch vorsichtshalber schon die Wachen verstärken lassen, als sich Maron noch im Gebiet der Lihalas befunden hatte. Jetzt waren die insgesamt zwölf bis an die Zähne bewaffneten Wächter durch Irrlichter informiert, dass der Junge mit einem Kampfelf, einer Druidin aus Jakwe, einem Menschenmädchen und einem streitlustigen Achteltroll auf dem Weg zu ihnen war. Zwei der Trolle hatten sich mit ihren Schilden und Armbrüsten gleich am Eingang postiert, während die anderen noch Barrikaden errichteten.

»Das darf nicht wahr sein. Sie haben die Schlucht komplett abgeriegelt!«, rief Enite und zügelte den Drachen.

Maron saß mittlerweile aufrecht vor Ezeras im Nacken des Titurels. Sein Kopf schmerzte noch von dem Schlag, den ihm ein Troll auf der Flucht aus Tukum verpasst hatte. Er schaute zu Merike hinüber, die Pepan ritt, als hätte sie im Leben nichts anderes getan. Wenn das Mädchen nicht in Tukum die Tür zum Labyrinth geöffnet hätte, hätte sich Maron selbst die Hand mit Kalevs Schwert verbrannt, denn er war zu allem bereit gewesen.

Merike zog die Zügel an und ließ Enites Planwagen an sich vorüberziehen. Sie schaute von hinten hinein: Zwei Fässer waren umgekippt, sie rollten auf der Ladefläche hin und her – eine zähe weißliche Flüssigkeit lief an den Rändern heraus wie Eiter.

»Was ist das?«, rief Merike Enite zu.

»Flüssigkristall. Billiges Zeug zum Abdichten der Dächer. Die Trolle streichen es auf die Drachendärme.«

»Brennt es?«

Enite drehte sich überrascht um und schaute nach hinten durch den flatternden Stoff des Planwagens hindurch in Merikes Gesicht. Das Mädchen schien nicht nur reiten zu können, sondern auch klug zu sein. Sie trabte locker wieder an der Kutsche vorbei, während Enite Maron zurief: »Komm zu mir!«

Der sprang daraufhin direkt vom Titurel zu der Druidin auf den Bock.

»Was hast du vor, Enite?«

Sie drückte ihm die Zügel in die Hand und sagte: »Wenn wir zum Wachposten kommen, musst du dem Drachen die Peitsche geben. Er muss geradezu in die Barrikaden hineinfliegen.«

Enite selbst stieg nach hinten auf die Ladefläche, richtete die Fässer auf und schob sie nah zur Ladeklappe. Maron musste sich erst an die Zügel gewöhnen. Es war schon lange her, dass er ein Gespann gelenkt hatte. Daheim in Lindanisa fuhr Silva den Wagen mit den Einhörnern, selten ließ sie Maron oder Nangolf dran, denn die beiden waren ihr zu wild.

»Bist du so weit, Maron?«

»Los, lauf!« Maron ließ die Peitsche knallen. Der Drache kam in Fahrt, Staub wirbelte auf und die Kutsche rumpelte, als würde sie gleich auseinanderbrechen.

»Bleibt neben uns!«, rief Enite hinten aus dem Wagen den anderen zu. Sie selbst konnte sich kaum auf den wackligen Holzplanken halten, da der Drache schneller und schneller wurde.

»So ist es gut! Voran! Renn!« Marons Schreie klangen dem alten Drachen in den Ohren, der jetzt in den Galopp fiel. Sein Herz pumpte mächtiger als das eines Ochsen, er spürte endlich wieder Leben in sich. Die

Jahre vor dem Familiengespann hatten ihn rosten lassen. Seine Augen glühten rot vor Eifer. Als er jedoch die Speere und Pfeile der Trollwachen sah, fiel er ängstlich in den Trab zurück.

»Lauf schon!«, schrie Maron. »So haben wir keine Chance! Wir sind zu langsam!« Maron war verzweifelt. Er schlug mit der Peitsche auf den Hintern des Drachen – vergebens. »Gib mir den Handschuh!«, rief Maron nach hinten unter die Plane. Die Zauberin blickte ihn fragend an, während sie die schweren Fässer festhielt. Dann streifte sie sich den Handschuh ab und warf ihn Maron zu. Der wollte ihn überziehen, aber dazu kam es nicht, denn der Handschuh legte sich von selbst wie heißes Wachs auf seine Haut, glitt über Finger und Hand. Aber wie sollte er ihn gebrauchen? »Was muss ich tun?«, rief er Enite zu.

»Schau auf die Stelle, die der Blitz treffen soll! Denk an dein Ziel, Maron! Hab es vor Augen!«

Es war, als würde sich der Handschuh aufladen, als würde alle Energie aus dieser kargen Steinwüste in ihn fließen. Maron spürte ein Brennen, das sich zuerst in seinem Arm, dann in seinem gesamten Körper ausbreitete. Er hätte vor Schmerz aufschreien können. Die Kraft, die der Handschuh in sich bündelte, zerriss ihn schier. Maron schaute auf den Rücken des Drachen, dann brach das Rot aus seiner Hand, entlud sich in einem gewaltigen Blitz, der den Rücken des Drachen traf, seinen Körper umschloss. Er schien geradezu Feuer zu fangen. Der Drache zuckte auf, der

Blitz fuhr erneut über seinen Rücken und das mächtige Wesen rannte schneller und schneller.

Die Trolle an den Barrikaden konnten es kaum glauben. Der Drache erschien ihnen furchterregend. Mit seinem Gesichtspanzer glich er einem gewaltigen Amboss. Würde der Mensch es wagen, in die Absperrung zu rasen? Die Geschichten, die die Trolle von den Menschen kannten, gingen nie gut für die Trolle aus.

Kaum hatte Maron Erleichterung gespürt, da schien der Handschuh wieder die Kräfte der Umgebung in sich aufzusaugen, sammelte erneut Energie und wieder schlug der Blitz aus ihm heraus wie eine Befreiung. Das Zaubern war kein Spiel, es war eine Kraft, die sich in ihm sammelte, ihn schmerzte, ehe sie ihn verließ. Wieder züngelte ein Blitz über den Körper des Drachen und weckte das Ungetüm in diesem. Der tonnenschwere Koloss rannte, als sei er zurückversetzt in jene Zeit, als Fermlunds Väter noch der Welt die Richtung gaben.

Hinter dem Planwagen tauchten Samagars Häscher auf. Drachenreiter. Noch waren sie klein am Horizont, doch ihre Gestalten wuchsen mit jedem Meter, den sie über die Ebene näherkamen.

»Sie kommen! Schneller!« Enite konnte sie vom Planwagen aus genau erkennen. Die Häscher flogen geradezu heran. Wieder ließ Maron einen Blitz auf das Hinterteil des Drachen zucken, dann warf er den Handschuh zurück zu Enite.

So rasten sie in vollem Galopp in die erste Barrikade hinein. Holz splitterte, Steine flogen zur Seite,

Merike, Nangolf und Ezeras ritten dicht am Wagen. Die Pfeile der Trolle flogen, einer durchzuckte die Plane und blieb neben Enites Hand im Fass stecken.

»Schießt auf den Drachen! Schießt!«, schrie jemand. Doch die Geschosse der Trolle konnten den Koloss nicht aufhalten, prallten an seinem Panzer ab, nur die Speere drangen in sein Fleisch vor. Der Drache rannte wie nie zuvor in seinem Leben. Er war so schnell, dass er trotz der Verletzungen nicht stoppte und auch den zweiten Wall der Absperrung durchbrach. Sein Körper donnerte vorwärts, sein Herz war aufgepeitscht, und noch bevor er mit dem Karren weiter in die Schlucht einfuhr, schob Enite die beiden Fässer hinten vom Wagen und entzündete sie mit einem Blitz. Die Explosion, die darauf folgte, war gewiss noch in Khanahas zu hören. Rechts und links brachen Felsen aus den Wänden der Schlucht, stürzten herab, begruben die Wachtrolle samt der Absperrung unter sich und versperrten den Eingang zur Malroëschlucht. Sie hatten es geschafft, waren in der Schlucht und die Häscher würden ihnen so schnell nicht folgen können.

Der Drache sank erschöpft zu Boden, Maron sprang vom Bock: »Was ist mit dir?« Das Zugtier schaute ihn matt an. Maron kniete sich neben den Drachen, den Berg aus Fleisch und Schuppen, dessen Kopf auf der Seite lag. Er röchelte. Aus den Wunden lief Blut, aber die Speerspitzen waren nicht tief eingedrungen. Er war erschöpft von der Anstrengung und den Jahren, die er Karren hatte ziehen müssen, den Jahren, in denen er immer wieder die Peitsche zu spüren bekommen hatte. Es war die Ausweglosigkeit, die sein Herz belastet hatte. Jetzt war sein letztes Feuer aufgebraucht. Maron dachte an Fermlund, dann drückte er dem Drachen mit beiden Händen die toten Augen zu. Für einen Moment war es ruhig in der Schlucht, als hielte Terra den Atem an.

»Er ist tot, und es war besser für ihn, so zu sterben, als an der Arbeit zu ersticken«, sagte Nangolf tröstend.

Pansakur, Makoonberge, oberhalb der Malroëschlucht

Valkaals Silma war hell, ein kaltes und fürchterliches Licht, das in ihm flackerte, sich ausbreitete und ihn verzehrte – keine Hoffnung auf Erlösung von dem Schmerz, der ihn unablässig gepeinigt hatte auf seiner Reise in das Makoongebirge. Es war die Stimme seines Fürsten Kalman, der Hunderte Kilometer entfernt, in Silamäe, in seinem Kokon lag. Kalmans Stimme kam von allen Seiten, monoton und ohne Gnade. Dabei hatte Valkaal geglaubt, dass sein Herr ihn für tot gehalten habe. Doch gerade, als er sich auf Halem über Kalevs See Richtung Makoonberge aufgemacht hatte, hatte Kalman schon wieder Verbindung zu ihm aufgenommen und war seither in ihm und um ihn gewesen.

Halem landete auf einem Felsvorsprung, von wo aus sie in die Schlucht blicken konnten. Ein Stein bräuchte sicher mehr als einen Augenblick, um dort unten auf dem Pfad einzuschlagen, so hoch oben waren sie. Hier hätte auch ein Adler seinen Horst bauen können. Aber in den Bergen gab es keine Raubvögel mehr. Die Gämsen und Hirmkerber waren von den Zwergen aufgefressen worden. Schwarze Zwerge aßen alles, was sie zu fassen bekamen, selbst Spinnentiere brieten sie. Und fanden sie einen verendeten Troll, so war auch er vor ihren scharfen Zähnen nicht sicher. Was also sollten Raubvögel zwischen den kargen Felswänden noch rauben, wo neben Farnen und Moosen nur ein paar schlichte Kristalle blühten?

Valkaal hob den Kopf, Kalmans Stimme verebbte langsam in ihm. Er streckte den Rücken durch, wobei sein Chitinpanzer knackte. Die Berggipfel und Krater in der Gegend schimmerten schwefelgelb und ein wenig rötlich, es war ein unangenehmes Licht für den Kurat. Er war hier oben den Säulen der Welt sehr nah. Wie gigantisch diese Stützen und Zugänge waren.

»Die Malroëschlucht«, sagte Valkaal und sah auf seine rotschwarzen, zerkratzten Hände, die nicht mehr zitterten. Kalmans Stimme war ganz aus seinem Kopf verschwunden. Die letzten Stunden hatte der Fürst ihn angeschrien, ihn in diesen Dämmerzustand der Schuld versetzt und jetzt war mit einem Mal Ruhe. Aber warum? Wollte er ihm eine zweite

Chance geben? Oder hatte er schlichtweg Wichtigeres zu tun, als seine Gedanken auf ihn zu konzentrieren?

Valkaal erkannte unten fünf Reiter auf vier Tieren. Falls das Maron und seine Gefährten waren, dann hatten sie sich vermehrt. Er schaute Halem fragend an, der hob und senkte den Kopf, als könne er die Gedanken seines Herrn erahnen. Hätte Valkaal noch eines der Irrlichter besessen, wäre er in der Lage gewesen, die Schlucht auszukundschaften. So aber musste er sich auf sein Silma verlassen und damit konnte er sie auf diese Entfernung nicht genau erfassen. Witterung vermochte er auch keine aufzunehmen, da die Luft voll von den süßlich-bitteren Düften war, die aus den dampfenden Erdspalten stiegen. Was er jedoch weiter hinten in der Schlucht sah, waren tonnenschwere Trolle mit Speeren. Auf riesigen Drachen räumten sie Felsbrocken aus dem Weg. Wenn das dort vorn Maron war, dann waren die Trolle dahinter die Häscher Samagars – rund zwei Dutzend. Sie hatten sich gerade den Weg freigeräumt.

Noch hatten die Flüchtenden die heranstürmenden Verfolger nicht bemerkt. Valkaal beobachtete, wie einer – er glaubte, an dem grünen Umhang den lang aufgeschossenen Elf Nangolf zu erkennen – innehielt. Der Elf hatte mit seinen feinen spitzen Ohren wohl gerade die Trolle kommen gehört. Auch die Übrigen der Gruppe verharrten. Marons Einhorn Pepan, das grau wie die Dämmerung war, scheute und stieg mit den Vorderläufen empor. Wer war die Person, die hinter ihm im Sattel saß? Spätestens jetzt mussten auch Enite und Ezeras die heranstürmenden Drachen gehört haben, denn die Gruppe galoppierte los, als seien Tod und Teufel hinter ihr her.

Der Schall trug das Hufgetrappel hinauf zu Valkaal, der Halem befahl: »Erhebe dich!« Der Hippogryph musste nicht erst die Peitsche spüren, sondern reagierte sofort und schwang sich in die Luft, um wie ein Kondor in der Schlucht zu kreisen. Valkaal konnte nicht tatenlos zusehen, wie sich die Trolle Maron und den Stab schnappten. Aber was sollte er tun? Sein Blick fiel auf eine Dornenweide, die auf einem Felsen über ihm stand und ihre Zweige wie strähniges Haar nach unten wehen ließ. Nicht weit darunter stach eine ihrer Wurzeln aus der Wand hervor. Valkaal steuerte darauf zu und Halem zog an der Spitze der Wurzel – wieder und wieder. Endlich riss die Wand auf, in der die Wurzel verlief, und der Fels, auf dem die Weide stand, stürzte hinab, riss weitere Steine mit sich, knallte gegen den Abhang und bald schon raste eine ganze Lawine zu Tal.

Alle, die sich unten in der Schlucht befanden, schauten ängstlich nach oben. Während Maron und seine Gefährten schon weit genug weg waren, würden die Trolle auf ihren Drachen gleich von den herunterfallenden Steinen erschlagen werden, falls sie nicht augenblicklich stoppten.

Der Kommandant versuchte jedoch das Unmögliche: Er wollte vor der Lawine die Stelle passieren, an der die Felsen gleich aufschlagen würden. Die Trolle droschen mit ihren Peitschen auf die Drachen ein, aber die donnernde Lawine war schneller. Valkaal konnte vor lauter Steinen und Staub nicht mehr genau erkennen, was dort unten geschah. Er hörte jetzt die gellenden Schreie der Trolle und Drachen. Sie vermischten sich mit dem Getöse der Lawine, unter der sie schließlich verschwanden. Dann schwiegen die Steine, die Staubwolke senkte sich langsam. Totenstille. Die Drachenreiter hatten es nicht geschafft. Ihr Kommandant hatte sie gnadenlos in den Tod getrieben.

Maron und seine Gefährten kehrten vorsichtig zum Unglücksort zurück. Nicht einmal ein Stöhnen war noch zu hören, als sie die Stelle erreichten.

»So kann es uns auch gehen«, sagte Nangolf, der einen zerbeulten eisernen Helm ergriff. »Vermutlich sitzt dort oben noch viel loser Stein. Wir müssen aufpassen.«

Silamäe, Palast Kalmans

Fürst Kalman blickte in den See der Seelen und genoss die schwüle Hitze, die unter seinem Palast herrschte. Er hatte seinen Kokon verlassen, um hier hinabzusteigen, denn die Schreie der Elfen beruhigten und inspirierten ihn zugleich. Er brauchte schleunigst eine gute Idee, da er erfahren hatte, dass Samagar ihn hinterging. Ganz gegen die Abmachung hatte der Herrscher der Trolle heimlich Truppen im Gebiet der Lihalas stationiert. Eigentlich sollten die Heere der Kurats und Trolle alle im Territorium der Kartuns, an der Grenze zum Gebiet des Albenkönigs Lortan, zusammengezogen werden. Die Wüste war ein idealer Aufmarschplatz. Von dort wollte man gemeinsam über das Albenland, am Tartunmeer vorbei, ins Herz Ontikas vorstoßen.

Was also sollten die Trolltruppen in Lihala? Vermutlich wollte Samagar sie so lange dort warten lassen, bis der Krieg gegen Ontika entschieden war. Dann würde er sie gegen Kalman führen und sich ganz Terra einverleiben. Das würde Kalman nicht zulassen – niemals!

»Fürst Kalman. Es sind Elitetruppen, die …« Kalman schaute auf, sein Silma flackerte.

Der Späher, der eine Reihe von Lederbeuteln mit sich führte, in denen Irrlichter summten, wiederholte den Satz: »Es sind Troll-Elitetruppen, die in Lihala bereitstehen. Ich habe mehrere Hundert Versorgungswagen mit Pfeilen, Lanzen und Lebensmitteln gesehen. Sie könnten dort längere Zeit ausharren.«

»Er versucht es also tatsächlich, dieser hinterhältige Schuft!« Kalman bat den Späher, näher zu kommen: »Hör mir genau zu …«

Nachdem er seine Anweisung gegeben hatte, wandte sich der Fürst ab und schritt wieder hinauf zum Palast, um dort den Kokon zu besteigen. Der Späher blieb am See zurück, band seinen Sack mit

Irrlichtern auf, die herausflogen und sich am Rand seines Silmas niederließen, wo sie seine Botschaft entgegennahmen. Fürst Kalman hatte einen verwegenen Plan, doch dazu brauchte er die Hilfe seiner Leibgarde, der zwölf Slois, mit denen er gleich Kontakt über den Kokon der Gedanken aufnehmen würde. Nichts durfte nun mehr dem Zufall überlassen werden. Er hatte sich auf Samagar verlassen. Doch das war ein Fehler gewesen und dafür würde der Herrscher der Trolle büßen.

Kentar, Territorium der Kartuns und Aufmarschgebiet der Trolle und Kurats, um ins Albenland einzumarschieren

Die Slois lösten sich vom Heer, kurz nachdem die Irrlichter Kalmans Botschaft überbracht hatten. Die Hippogryphen, auf denen sie Richtung Makoonberge flogen, maßen drei Meter Schädelhöhe und ihre Schwingen neun Meter Spannweite. An jedem der vier Knochen eines Flügels besaßen sie zweifingrige scharfe Klauen. Ihre Reiter trugen Rüstungen aus dunklem Turmalin. Keine Säure vermochte das Material aufzulösen und keine Hitze schmolz es. Gelänge es einem Angreifer, mit seinem Schwert an den Nahtstellen die Rüstung zu durchstoßen und den Chitinpanzer des Kurats zu verletzen, so sonderte der Turmalin sofort glühende Lava ab, die eine Kruste auf dem Leib des Verwundeten bildete. Sie flogen nordwärts über Silamäe, wo Kalman sie Stunden später über den Palast ziehen sah. Auf nichts vertraute er mehr als auf seine Slois, die Teil seiner eigenen Seele waren und die er wie Marionetten zu bewegen vermochte.

Makoonberge, Malroëschlucht

Merike wurde die Gegend immer unheimlicher. Je tiefer sie in die Schlucht hineinritten, desto stärker wurde der Geruch nach Schwefel. »Du bringst mich doch zurück nach Hause?«, flüsterte sie Maron zu und klammerte sich fest an ihn. Ihre Hände, die seinen Bauch umfingen, schwitzten.

»Ich habe es dir versprochen.« Er kannte sie kaum, aber er konnte sich schon nicht mehr vorstellen, sich wieder von ihr zu trennen. Er schaute auf ihre Hände. Feingliedrig waren sie, zudem war ihre Haut ein wenig dunkler als die der Elfenmädchen und sicher war sie auch weicher. Er hielt Pepans Zügel locker. Das Einhorn trottete vor sich hin und hatte genauso viel Durst wie Maron selbst. Laut der Karte auf seiner Hand mussten sie dem Verlauf der Schlucht folgen, bis sie an eine Stelle kamen, die mit einem Haken markiert war. Dort würde es einen Aufstieg zum Kratergipfel mit einer Weltsäule geben, über die er zur Erdkruste und dann durch diese hinauf geradewegs auf die Erde gelangen würde. Während sich die fünf Gefährten durch die enger werdende Schlucht bewegten, kreiste Valkaal auf Halem weiter unbemerkt über ihnen. Valkaal konnte Maron mit seinem Silma durch den schwefeligen Nebel kaum wahrnehmen, der aus den Erdspalten drang. Die Schlucht führte in einem lang gezogenen Bogen tiefer in die bizarre Bergwelt hinein. Um die Erdöffnungen und -spalten bildeten sich hier oben Schwefelseen, die in kleinen Flüssen und Rinnsalen die Felsen hinabliefen.

Unten in der Schlucht wurde Ezeras langsam ungeduldig. Mit leerem Magen ritt er mageren Zeiten entgegen. Merike steckte sich ihr Haar hoch. Sie spürte, dass Maron sie aus dem Augenwinkel beobachtete. Es tat gut, ihn in ihrer Nähe zu wissen, aber sie erwiderte seinen Blick nicht, sondern schaute weiter über seine Schulter hinweg auf den Pfad.

»Wenn Wirges noch lebte, würde er sich sicher auch in deine Haare schmiegen«, sagte Enite und schaute das Mädchen an.

»Wer ist Wirges?«, fragte Merike, der das Atmen wegen des Dampfes schwerfiel. Sie wischte sich den Schweiß von der Stirn und schaute neugierig Enite an.

Der Druidin wurde schmerzlich bewusst, wie lange der Kobold schon tot war. Das Thema trug nicht gerade dazu bei, die Stimmung aufzuhellen. Nach einer Weile sagte Ezeras in die Stille hinein: »Hört ihr das?«

Sie hielten an. Doch niemand außer ihm hörte etwas. Nichts rührte sich.

»Da ist es schon wieder, dieses Grollen. Es kommt von ganz tief unten. Hört ihr das nicht?«

»Nein«, sagte Nangolf.

»Da, jetzt höre ich es ganz deutlich«, sagte Ezeras. »Es steigt aus den Untiefen meines Magens empor.«

Nangolf musste lachen. »Ja, jetzt hör ich es auch«, sagte er. »Du hast Hunger.«

Ezeras nickte und alle lachten.

»Noch habe ich gute Laune«, sagte der Achteltroll. »Aber bald werde ich ungemütlich.«

Maron stieg ab.

»Was hast du vor?«, fragte Merike.

Er zeichnete mit einem Stock den gebogenen Verlauf, den die Schlucht bisher genommen hatte, in den staubigen Boden. Dann verglich er die Zeichnung mit der Karte auf seiner Handinnenfläche und sagte: »Wir sind zu weit geritten. Wenn wir so weiterreiten ...« – er führte den Bogen zu Ende –

»... kehren wir zum Ausgangspunkt zurück und landen ganz in der Nähe des Wachpostens.«

»Ich habe aber bislang kein Zeichen am Fels gefunden, das aussieht wie ein Haken«, sagte Nangolf, der ebenfalls absaß. »Ein solcher Hinweis wäre einem von uns doch aufgefallen.«

Maron überlegte und umkringelte eine Stelle auf der Zeichnung im Staub. »Ich hab es«, sagte er. »Genau dort muss es aufwärts gehen.« Jetzt sahen auch die anderen, dass der Weg an dem Punkt, wo die

Spitze von Marons Stock ruhte, einen kurzen Haken schlug. Das musste das Zeichen sein.

»Heißt das, wir müssen wieder zurück?«, fragte Ezeras.

Maron nickte und meinte: »Immerhin ist der Gestank dort nicht so stark.«

Khanahas, Samagars Festung Tukum

Zwei mächtige, pechschwarze Slois, die sich von der zwölfköpfigen Gruppe getrennt hatten, landeten an der Festungsmauer von Tukum. Ihre Hippogryphen hielten sich im massiven Stein fest, als würden ihre Krallen in Butter stoßen. Die Reiter sprangen ab, warfen Seile mit Widerhaken und kletterten an ihnen wie Schatten leichtfüßig die letzten Meter nach oben zum Festungswehrgang, wo sie die Patrouille außer Gefecht setzten. Die Aktion verlief lautlos. Die Krieger waren für solche Aufgaben ausgebildet. Und selbst das Silma dieser beiden Slois war dunkel, als sie über die Treppe hinunter in den Innenhof stiegen und die vier Wachen zur Seite schafften. Das Licht der Felsen schien in ihren Körpern zu versickern. Schattengleich verschwanden sie im Gebäude, wo das Feuer jetzt in ihnen aufflackerte, als wolle es ihnen den Weg weisen.

Palast Kalmans, Kokon der Gedanken

Fürst Kalman lag wieder zusammengerollt im Kokon und schaute durch das Silma seiner Slois, die in Richtung Makoongebirge weitergeflogen waren. Er sah, wie der Anführer Argon mit neun weiteren Slois über die Malroëschlucht schwebte und nach Maron Ausschau hielt, während die beiden übrigen, Mentin und Farmal, weiter in die Festung Samagars eindrangen. Die Slois von Argons Truppe waren unterschiedlich in Gestalt und Größe, dagegen glichen sich Mentin und Farmal wie eineiige Zwillinge. Kein Troll war in den Fluren zu sehen, als sich hinter ihnen die Tür mit einem lauten Knarren öffnete.

»Ich habe Stimmen vernommen«, hörte Kalman durch das Silma Mentins einen Troll sagen. Der Troll stand mit einem zweiten Wachposten direkt unter den Slois, die an die Decke gesprungen waren und sich an den Balken festhielten. Am liebsten hätten sie sich sofort auf die Wachen gestürzt, aber Kalman wollte kein Aufsehen erregen. Seine Slois sollten Samagar finden und ihn ausschalten – mehr nicht.

»Du hörst gern Stimmen«, sagte einer der Trolle.

»Red keinen Blödsinn und lass uns zurück zum Thronsaal gehen. Wenn ich mich getäuscht habe, habe ich mich eben getäuscht, das ist noch lange kein Grund, blöde Sprüche zu machen. Samagar erwartet uns sicher bald zurück.«

Kalman rieb sich die Hände. Seine Slois mussten lediglich den beiden ahnungslosen Trollen folgen, die sie auf direktem Weg zu Samagar führen würden. Doch da machte Mentin einen Fehler. Als er sich ein wenig bewegte, löste sich ein Steinchen von der Decke.

»Hey.« Einer der Trolle schaute überrascht nach oben. »Da sind Slois!«

Kalman erteilte seinen beiden Kriegern sofort den Befehl zum Angriff. Wieder verlief die Aktion geräuschlos – bis auf den Satz des einen Trolls, der den Slois mit sterbender Stimme verriet, dass der Thronsaal nur wenige Türen entfernt lag.

Kalman ließ die Slois ihre Köpfe hin und her bewegen, damit er über ihr Silma ständig neue Informationen in seinem Kokon empfangen konnte. Sie stießen die Flügeltür zum Thronsaal nicht auf, sondern lugten nur durch einen Spalt hinein. Keine Wachen, aber auch kein Samagar.

Der fuhr gerade mit dem Aufzug hinab zu Professor Burker. Er hatte die Nachricht erhalten, dass seine Drachenreiter in der Malroëschlucht umgekommen seien. Daraufhin hatte er Lanf beauftragt, die schwarzen Alben und Zwerge über Marons Ankunft im Gebirge zu informieren. Eigentlich hatte er auf die Hilfe der Bergbewohner verzichten wollen. Sie waren zwar verlässlich, aber auch dreist in ihren Forderungen. Für Stab und Hand verlangten sie die Kontrolle über den Zugang zur Malroëschlucht. Er hatte es ihnen zugesagt, doch einhalten würde er sein Versprechen natürlich nicht. Samagar verließ den Aufzug, schritt an den Gemächern von Burker und dessen Frau vorbei und lief die Treppe hinab zum Rubin.

Der Troll, dem Burker die Menschenaugen eingepflanzt hatte, lag noch immer betäubt auf dem Operationstisch.

»Was ist los? Ich denke, er ist bereit?«

»Er hat die Transplantation nicht so gut überstanden, wie wir gehofft hatten. Ich kann keine Verbindung zwischen dem Sehnerv und seinem Großhirn herstellen. Das Gewebe des Trolls stößt das Gewebe des Menschen ab. Mit den Augen des Mädchens wäre das nicht passiert. Ihre Werte haben genau gepasst.«

»Dann setzen Sie ihm andere Menschenaugen ein. Wir haben genügend Menschen im Verlies.«

»So einfach ist das nicht«, mischte sich Melissa ein. »Wir brauchen Zeit.«

»Zeit haben wir nicht«, unterbrach Samagar sie. »Wir befinden uns im Krieg.« Er schaute die Frau, die ihr rotes Haar unter einem grünen Häubchen verstaut hatte, drohend an. »Falls das hier nicht funktioniert, wird er ...« Samagar legte die Handkante an seine Kehle.

»Sie wollen meinen Mann töten?«

»Ihn auf jeden Fall. Mein Volk fordert das. Stellen Sie sich vor, zu welchen Leistungen es fähig sein wird, wenn wir endlich die Kraft der menschlichen Augen besitzen. Die Karte auf der Hand Marons, die wir dann erkennen können, ist nur ein Vorspiel. Und Ihr Mann hat uns versprochen, dass wir Trolle bald so gut wie Menschen sehen werden – nicht mehr und nicht weniger.«

»Er hat recht«, sagte Burker zu seiner Frau. »Wir müssen es schaffen.« Und an Samagar gewandt: »Geben Sie uns noch etwas Zeit, vielleicht können wir die Verbindung über den Sehnerv ja doch herstellen. Eine erneute Transplantation könnte womöglich noch länger dauern.«

Makoonberge, Malroëschlucht

»Genau hier ist die Stelle, die auf der Karte eingezeichnet ist«, sagte Maron. Nur blanke Felswände waren zu sehen, kein einziges Zeichen.

Als Ezeras schon ungeduldig sagte: »Du hast dich vertan. Wir müssen woanders suchen«, stieg Maron vor Merike vom Einhorn und zog den ledernen Beutel unter seinem Umhang hervor. Er schüttete ein wenig von dem Inhalt auf seinen Handteller.

»Das ist Fermlunds Asche«, erklärte er Merike.

»Das hat doch keinen Sinn. Lass uns weiterreiten«, knurrte Ezeras ungeduldig, als Maron die Asche auf seiner Hand verrieb. Doch eine unwiderstehliche Kraft breitete sich in Maron aus und zog ihn zu Boden. Es war ein gutes, ein sicheres Gefühl, als hielte er Fermlunds Pranke, als wäre er in seinem Bann, als weise ihm der Drache den Weg.

»Was ist los?« Merike wollte absteigen und ihm

aufhelfen, doch Enite sagte: »Lass ihn, Fermlund ist bei ihm.«

»Hier muss es sein. Ich fühle es.«

Nangolf sprang ab und begann, mit bloßen Händen an der Stelle zu graben, auf die Maron zeigte. Die Erde war überraschend locker – und schon stieß der Elf auf etwas Hartes, das blau war wie das Meer. »Ein Kobaltstein!«

Kaum hatte Maron ihn an sich genommen, veränderte sich der Stein, wurde durchscheinend. Das Licht der Berge brach sich in ihm, die Strahlen warfen Muster an die Felswände, und egal wie Maron ihn drehte, an einer Stelle des Felsens blieb stets ein kreisrunder Schatten, der sich nicht bewegte.

»Dort muss es sein!«, platzte es aus Merike heraus, die es vor Spannung kaum aushielt.

Nangolf drückte den Kobalt auf den Schatten, und als wäre ein Schlüssel in seinem Schloss gedreht worden, öffnete sich mit einem Ruck ein Eingang in der Felswand.

Erdbebenstation nahe Köln

»In der nächsten halben Stunde wird es in Domnähe zu einem Nachbeben kommen.« Professor Hintze gab den Journalisten Bescheid, die vor der Erdbebenstation in Bensberg ausharrten. Jeder Schritt, den Hintze hinter der Scheibe seines Büros tat, wurde von ihnen neugierig beäugt. Die Erdbebenstation, die wie ein normales Einfamilienhaus aussah, war zum Anziehungspunkt für TV-Teams aus aller Welt geworden. Jeder wollte ein Interview, und jetzt war es höchste Zeit für Hintze, an die Öffentlichkeit zu gehen, nachdem er telefonisch den Krisen-Einsatzstab informiert hatte.

Köln, Haus Domblick

Rudolf Bugholz stellte sein Handy aus und sagte zum Bürgermeister: »Wir müssen hier raus. Bensberg fürchtet ein Nachbeben, das die Türme zum Einsturz bringen könnte.«

»Warum weiß ich nichts davon?«, empörte sich Meurer.

»Was glaubst du, warum die Journalisten da draußen wie aufgeregte Hühner ihre Ausrüstungen zusammenpacken? Die verziehen sich mit ihren Kameras und Mikros an einen sicheren Ort.«

Auch das Rote Kreuz und die Einsatztruppen von Armee und Technischem Hilfswerk fingen eilig an, sich in Sicherheit zu bringen. Nur Bürgermeister Meurer war nicht informiert worden. Dabei war er doch einer der Köpfe der Einsatzleitung. Er griff zum Walkie-Talkie.

»Was hast du vor?«, fragte Bugholz. »Wir müssen raus.«

»Die Männer von *RescueMe* informieren.«

»Und was ist mit Jedicke?«, wollte Bugholz wissen. »Wir müssen ihn doch rausholen!«

Meurer antwortete nicht, sondern drückte auf die Ruftaste, doch die *RescueMe*-Leute hatten ihre Funkgeräte immer noch ausgeschaltet. Wieder und wieder versuchte Meurer es – vergebens.

Die folgenden 27 Sekunden veränderten alles: Ehe Meurer und Bugholz das Gebäude verlassen konnten, ehe noch alle Journalisten ihr Equipment fortgeschafft hatten, ehe noch Bagger und Kräne abtransportiert waren, bewegte sich die Erde. Meurer fühlte sich, als hätte er einen vibrierenden Presslufthammer verschluckt. Er zitterte, seine Füße ruckelten vor und zurück, hatte keine Bodenhaftung mehr, er biss sich auf die Zunge, das Walkie-Talkie rutschte ihm aus der Hand, er sah Bugholz, der versuchte, nach draußen zu kommen, doch aus der Decke brach ein Stück Verkleidung und knallte ihm vor die Füße.

Die Kameraleute in den Hubschraubern filmten, wie der Dom bebte. Ein mächtiges Tier, das den Halt unter den Füßen verlor. Das Ostwerk brach auseinander, stürzte in sich zusammen, der Friedhof der Bischöfe zwischen Dom und Römisch-Germanischem Museum wurde zugeschüttet. Die Betonunterführung, wo sich der Verkehr sonst Tag und Nacht hinter dem Dom und unter dem Museum Ludwig staute und wo die Obdachlosen sich die Betonnischen mit den Ratten teilten, stürzte ein. Sie riss einen Teil des Museums mit sich, während die beiden Domtürme bislang nicht einmal wankten.

»Verdammt!«, schrie Kameramann Aaron Moldanowitsch vom US-Nachrichtensender CNN im Hubschrauber. Er wollte die ultimativen Aufnahmen vom Fall der beiden Domtürme, doch die Spitzen schienen ungerührt. Sie zeigten stolz wie Bleistiftspitzen in den nächtlichen Himmel. Dann, als er wieder auf das Ostwerk schwenkte, wo ein weiterer Deckenteil einbrach, rief der Pilot: »Hey! Das musst du filmen! Es geht los!«

Moldanowitsch schwenkte herüber. Die Regie des Senders schaltete live auf Aarons Kamera, keine Sekunde zu früh und keine zu spät. Egal, ob die Zuschauer in New York oder Singapur, in Mailand, Rio oder Köln saßen, sie erlebten mit, wie Aaron Moldanowitschs Kamera die Bilder von den schwankenden Domtürmen einfing. Ganz langsam kippte der Nordturm zur Seite, dann fiel der Koloss rasend schnell seitlich nach vorn, brach in sich zusammen und seine nachtschwarzen Steine stürzten quer über den Domplatz, auf das achtstöckige Haus Domblick. 33.000 Tonnen Stein waren in freiem Fall und schossen auf die Erde nieder. Der Krach war ohrenbetäubend, Staub stieg in den Himmel und vernebelte Aaron Moldanowitschs Sicht.

CNN schaltete zu einem Reporter, der auf der anderen Rheinseite in Köln-Deutz auf dem Dach eines erdbebensicheren Wolkenkratzers stand und das Geschehen aufgeregt kommentierte.

Bugholz und Meurer hatten es nicht mehr bis zum Ausgang geschafft. Da draußen wären sie jetzt ohnehin von Steinbrocken erschlagen worden. Geistesgegenwärtig war Meurer mit Bugholz weiter ins Gebäude hineingerannt. Sie hatten den Hinterausgang erreichen wollen. Doch das Haus brach in sich zusammen.

Draußen war der Rückzug aus der Gefahrenzone bislang weitgehend gut verlaufen. Nur zwei der 178 Journalisten hatten es nicht mehr geschafft, da sie im letzten Moment noch einmal versucht hatten, an den Koloss heranzukommen. Sie lagen unter den Trümmern begraben.

Und Kesken mit seinem Team? Carlos hatte die Schwankungen erst gar nicht wahrgenommen, so markerschütternd und laut war die Arbeit am Meißel. Irgendwann glaubte er, Hans-Gerds Stimme zu hören, drehte sich um, sah, wie sein Freund und Kollege schrie, stoppte den Meißel, registrierte das Zittern der Steine, das Beben um ihn herum, Hans-Gerd, der sich zur Seite warf. Dann brach über Carlos die Welt zusammen und es war still.

Makoonberge, Malroëschlucht

Halem landete, beugte sich vor und ging in die Knie, sodass Valkaal bequem absteigen konnte. Da war der Eingang, durch den Maron mit seinen Gefährten in den Fels eingetreten war. Einige ewige Lichter, die von Ölquellen gespeist wurden, erhellten die riesige Höhle im Berg – ein breiter steiniger Weg verlief nach oben.

»Duck dich!«, befahl Valkaal seinem Hippogryphen, der nicht in den Eingang passte. Während sein Kopf bereits in der Höhle war, befand sich der Körper noch davor. »Jetzt mach schon!« Egal, wie stark Valkaal aber am Zügel zerrte und sosehr sich der Hippogryph auch verdrehte, es nutzte alles nichts. Valkaal musste sich von ihm trennen. Allerdings kam er nicht weit, denn als Halem draußen in der Schlucht schrie, lief er eilig zurück, um zu sehen, was los war: »Willst du uns die schwarzen Alben auf den Hals hetzen?«, fragte er seinen Hippogryphen. Erst als er dem Blick Halems folgte, sah er ebenfalls die Slois, die über der Schlucht kreisten.

»Hier sind wir! Hier!«, rief Valkaal sogleich.

Als die Slois ihn hörten, stürzten sie wie Falken, die eine Feldmaus ausgemacht hatten, zu ihm herab. Der Staub, den sie bei der Landung aufwirbelten, drang in Valkaals Silma. Er versuchte, es freizuhusten – kleine, kurze Feuerstrahlen fauchten aus seinem Silma heraus.

Der Anführer Argon stieg ab, während sein Hippogryph argwöhnisch Halem betrachtete.

»Wo ist der Mensch?«, fragte Argon. Sein Silma nahm fast sein gesamtes Gesichtsfeld ein. Gezüchtet in den Erdblasen unter den Lavaseen, glichen die Slois mit ihren harten Chitinpanzern eher Maschinen als Kurats. Die Dornen auf ihren Köpfen, die fast so lang waren wie die von Fürst Kalman, drangen durch die ölglatten Helme, die sie trugen. Alles an ihnen wirkte bedrohlich.

»Es sind zwei, soweit ich es eben sehen konnte.«

»Wo ist der Mensch?«, wiederholte Argon, ohne eine Miene zu verziehen. Valkaal war wie hypnotisiert von seinem Silma, in dem sich die Hölle zu spiegeln schien, und zeigte wortlos auf den Eingang im Fels.

»Warum verfolgst du sie nicht?«

»Ich wollte, aber er ist zu groß« – er schaute auf Halem.

Argon lachte verächtlich und hob seine Rechte, woraufhin zwei seiner Untergebenen ihre Hippogryphen zum Fels führten und sie auf die Ränder des Steins einhacken ließen. Nach wenigen Schlägen war die Öffnung so breit, dass sogar die Hippogryphen der Slois bequem hindurchpassten.

»Wie groß ist der Vorsprung des Menschen?«

»Ihr könnt sie schnell erreichen.«

»Das habe ich nicht gefragt.«

»Gerade eben war noch das Hufgetrappel zu hören.«

»Warum belügst du mich?«, fragte Argon und schaute auf ihn herab. Sein Silma flößte Valkaal Angst ein, denn das nun tiefe Blau inmitten der rötlichen Flamme zeigte, wie wütend der Sloi war. Aber warum?

»Warum siehst du mich so an?«, blaffte Argon und schob Valkaal zurück gegen die Wand. »Bist du dir wirklich sicher, dass sie dort hinaufgeritten sind? Oder bildest du es dir nur ein? Kalman hat uns gesagt, dass du ein Versager bist.« Dabei griff Argon ihm ohne zu zögern ins Silma. Valkaal schrie auf. Der Sloi zog seine Faust wieder heraus und hielt darin Valkaals Seele. Sie war eine gallertartige Masse, die noch ein letztes Mal aufblitzte, bevor sie Argon durch die Finger glitt und in den Boden sickerte. »Viele Grüße von Kalman. Jetzt wirst du Versager ihm nicht mehr schaden.«

Valkaals Mund stand weit offen, die Mundwinkel hingen nach unten, sein Körper war gekrümmt – eine Hülle ohne Lebensfunken. Er kniete wie ein Betender vor Argon, der ihm einen Tritt versetzte, sodass er zur Seite kippte. »Nun werden wir uns diesen Maron holen. Sitzt auf! Wir haben eine Mission! Eine Hand und einen Stab werden wir unserem Fürsten zu Füßen legen, damit uns nicht am Ende ein Drache unseren Sieg nimmt.«

Die Truppe saß auf und ritt in den Berg hinein, während Valkaal reglos vor der Höhle liegen blieb. Halem nahm seinen Herrn mit dem Schnabel am Kragen und setzte ihn auf seinen Rücken. Der ehemals so stolze Kurat war jetzt leicht wie ein ausgeweideter Krebs.

Der Hippogryph erhob sich, ließ sich von der Thermik treiben wie ein Blatt im Wind. Die Vulkanberge unter ihnen waren schroff und gezackt. Keiner der Vulkane war mehr aktiv, doch aus den Säulen der Welt drang Dampf. Halem schaute sich um. Wo einst das Silma seines Herren gelodert hatte, war nur noch ein schwarzes Loch.

Köln, unter dem Dom

Es schien, als sei der Tempel von allem Irdischen abgekapselt, als gehöre er auf einen anderen Planeten, in eine andere Zeit, eine andere Welt. Kai und Helen saßen Arm in Arm, sie fühlten sich sicher in diesem Tempel, wo Farne und Kristalle wuchsen wie in einem märchenhaften Reich – als wollten sie die Säulen und den Hügel zudecken und schützen. Der Hügel verströmte eine angenehme Wärme, so als käme sie aus der Erde selbst.

»Mich wundert, dass hier alles so ist, als hätte es nie ein Erdbeben gegeben. Nicht der kleinste Riss im Stein«, staunte Kai. »Und was ist das für ein merkwürdiges Mosaik an der Wand?«

Die beiden betrachteten das Mosaik näher und ahnten nicht, welche Katastrophe soeben über ihnen geschehen war – der riesige Nordturm des Doms war eingestürzt.

Benjamin Koch, der stellvertretende Chefredakteur, starrte in seinem Büro auf die Fernsehbilder. Zwar hatte sein Zimmer gewankt, doch die Stifte lagen noch sortiert auf der Schreibtischunterlage. So heftig war das Beben eigentlich nicht gewesen, aber doch zu stark für die schon stark angeschlagene Kathedrale. Die schlanken Finger Kochs ruhten auf der Tastatur der Telefonanlage. Er drückte den Knopf: »Frau Wirtz?«

Die Sekretärin quakte wie immer ihr »Ja«.

»Haben Sie Kontakt zu Bugholz?«

»Nein.«

»Versuchen Sie es weiter.«

Es schien, als würde die Katastrophe Benjamin Koch nicht nervös machen, sondern ihn eher beruhigen. Die Sonderausgabe der Konkurrenz lag noch auf seinem Schreibtisch und war durch die neuesten Ereignisse schon wieder überholt. Später würde niemand Koch Vorwürfe machen, dass er keine solche Sonderausgabe hatte drucken lassen. Dieses Nachbeben war gerade zur rechten Zeit gekommen. Er fragte die Sekretärin: »Wie sieht es mit unserer Druckerei aus? Alles in Ordnung?«

»Der Producer sagt, das Nachbeben hat keinen Schaden angerichtet.«

Makoonberge, Berginneres

Wer dies alles erschaffen hatte, wussten Nangolf und Maron nicht. Sie trauten so etwas nur den schwarzen Zwerge und den Alben zu. Zuerst waren die fünf Reiter von der Eingangshöhle aus durch einen gewundenen Gang nach oben geritten. Nun befanden sie sich auf einem Pfad, der durch den ausgehöhlten oberen Teil des Bergs führte. Für Merike war es wie eine Straße in einem Traum, die in der Luft schwebte – getragen von langen, beigeblauen Pfeilern. Hoffentlich hielten die Pfeiler, hoffentlich hielt der ganze Traum. Rechts und links des Wegs leuchteten tiefrot ewige Lichter. Die Baumeister hatten Hunderte armdicker Zuleitungen gelegt, die aus Stein gemeißelt waren. Sie führten parallel zum Weg oder hingen wie Lianen von der Bergdecke und den Wänden hinab, transportierten das Öl zu den ewigen Lichtern. Von unten zog ein schwefliger Geruch herauf.

Merike schaute über Marons Schulter nach unten. Ihr wurde mulmig. Hunderte Meter unter ihnen zogen gelblich dampfende Flüsse dahin, deren Lichtschein sich mit dem der ewigen Lichter hier oben vermischte. War dies das Leuchten der Makoonberge? Schimmerten die Gipfel und Grate deshalb von außen so gelb-rötlich? Warum hatten die Zwerge den oberen Teil des Berges ausgehöhlt und den Sockel massiv gelassen?

»Hier gab es sicher Kobaltstein«, sagte Enite. »Sie haben ihn abgebaut und den Pfad angelegt, um ihn zu transportieren.«

»Bist du sicher, dass die Karte diesen Weg beschreibt?«, fragte Ezeras.

Maron drehte sich um, schaute über Merikes Kopf hinweg und sagte: »Siehst du einen anderen?«

Ezeras zeigte nach oben. »Warum endet der Weg dann an der Wand?«

»Weil in der anderen Hälfte des Berges noch kein Kobalt abgebaut wurde«, sagte Enite. »Die Zwerge sind vermutlich noch nicht so weit. Wir befinden uns anscheinend im südlichen Teil.«

»Und wo sind die Zwerge?«, fragte der Achteltroll.

Enite wusste es nicht, genauso wenig wie Nangolf, der als Letzter ritt.

Ezeras schnalzte und galoppierte auf seinem Titurel an Maron und Merike vorbei, die ihm sofort in schnellem Trab folgten. Die bläulich schimmernde Erde knirschte unter den Hufen. Als sie das Ende erreichten, stieg Ezeras ab und sagte: »Obsidian. Das ist wie schwarzes hartes Glas.« Er strich über den glatten Stein, in dem sich die ewigen Lichter widerspiegelten. Obsidian. Früher hatten die Elfen ihre Pfeilspitzen daraus geschlagen, bevor sie das Eisen für sich entdeckt hatten. Ezeras sah erschöpft aus, die Tränensäcke hingen schwer herunter und selbst seine Lachfalten zogen sich tief wie Schützengräben durch sein Gesicht. War das wirklich eine Sackgasse?

»Das kann nicht das Ende des Wegs sein«, sagte Merike. »Welches Volk ist so verrückt und baut einen so traumhaften Pfad durch die Luft, nur um ihn im Nichts enden zu lassen? Dahinter ist ein Ausweg. Das ist nur eine Platte, eine Art Tür.«

Maron schwang sich von Pepan, warf den Umhang ab, legte ihn vor Merike über den Sattel und nahm den Stab.

»Der Obsidian wird sich nicht erweichen lassen«, bemerkte Ezeras.

Maron schob ihn freundlich zur Seite: »Lass es mich wenigstens versuchen.« Hoffnungsvoll hielt er die Spitze an den Stein. Der Stab wurde warm, aber der Obsidian blieb hart. Maron jedoch gab nicht auf.

Ein Krähen hallte durch den Berg und ließ Merike zusammenzucken. Gewaltige Hippogryphen schritten den gewundenen Pfad hinauf. Sie wurden von Kurats geritten, deren Silmas wie brennendes Öl in der Dunkelheit loderten.

»Slois«, sagte Enite.

Die zehn Todesboten Kalmans flogen auf, sahen Maron und seine Freunde und schraubten sich in die Luft. Hoch über den fünf Gefährten segelten sie im Berg umher. Zehn Schatten waren es. Und in jedem brannte das Feuer der Hölle.

»Sie werden uns töten«, sagte Merike. Allein schon der Anblick jagte ihr Todesangst ein. Die Druidin sah sie beruhigend an und legte ihr die Hand ans Gesicht: »Du lebst und du wirst leben. Vertrauen ist der größte Zauber.« Als habe ein Wind die Angst weggeblasen, spürte Merike, wie sie wieder frei atmen konnte. Aber es änderte nichts an den Slois, die wie Geier über ihnen kreisten. Nangolf schoss einen Pfeil ab. Vergebens. Denn selbst ein Eispickel hätte die Haut der Hippogryphen nicht verletzen können. Wehrlos schauten die fünf den Slois zu, wie sie sich langsam zu ihnen herabsenkten. Der Flügelschlag ihrer Hippogryphen war so gewaltig, dass an der Bergwand die ewigen Lichter hell aufflackerten.

Das ist ein Traum, sagte sich Merike. Schließ die Augen! Im Traum stirbst du nicht. Du darfst keine Angst haben. Du erwachst immer kurz vor dem Tod oder deine Mutter weckt dich. Im Traum fällst du, aber du schlägst nicht auf dem Boden auf. Die Kugel trifft nicht deinen Schädel, das Messer zerschneidet nicht deine Haut, deine Kehle ist trocken, aber du verdurstest nicht. Sie öffnete die Augen, aber es war kein Morgen, kein Sonnenaufgang, kein Frieden, nicht das Gesicht ihrer Mutter, die sie liebevoll anschaute. Da waren nur diese Ungeheuer über ihnen. Merike drehte sich um, schaute auf die Spitze des Stabes, die ganz allmählich den Obsidian erweichte. Zu langsam. Die geflügelten Wesen setzten zum Sturzflug an. Merike hätte sich am liebsten selbst in die Tiefe fallen lassen, um endlich zu wissen, ob sie dort unten in den Schwefelflüssen oder zwischen ihren verschwitzten Bettlaken erwachen würde. Sie wollte eine Antwort, aber sie traute sich nicht zu springen.

»Suche stets die schwächste Stelle deines Feindes«, sagte Nangolf zu sich selbst. »Wo ist eure schwächste Stelle?« Ezeras schaute den Elf verwundert an. Was hatte er vor? Mit einem Pfeil konnte man gegen das Übel nichts ausrichten. Das war eindeutig. »Die schwächste Stelle! Such sie!«, rief Nangolf.

»Das muss sie sein!«

Während Ezeras sein Schwert zog und es den Feinden entgegenstreckte, legte Nangolf einen Pfeil ein. Näher und näher kamen die Angreifer. Nangolf zielte genau. »Die schwächste Stelle«, wiederholte er und ließ den Bogen los. Der Pfeil surrte über die Köpfe der Einhörner hinweg, zerschnitt die schwefelgeschwängerte Luft und traf einen Sloi direkt in sein Silma. Es funkte und blitzte, der Sloi fiel nach vorn, der Hippogryph kam ins Wanken. Nangolfs zweiter Pfeil surrte, traf den Hippogryphen am Hals, dann war es still. Leblos fiel der Sloi mit seinem Hippogryphen an den anderen vorbei in die Tiefe. Sein Vogel blieb mit den Schwingen zwischen den Ölleitungen hängen, wo er wie eine Fliege im Netz einer Spinne zappelte. Schnell legte Nangolf nach, so schnell, dass Merike es kaum sehen konnte – und wieder traf er. Wütend hob Argon den Arm und die übrigen sieben Slois drehten ab.

Weit entfernt schrie Kalman in seinem Kokon. Sein Silma brannte vor Wut. Mit dem Tod der beiden Slois war auch er verletzt worden. Löschte man ihr Silma aus, so war es, als schlüge man ihm ein Beil ins Herz. Der Kokon in dem Kubus schwang weit aus, hin und her, berührte die Wände, die Zeit verging mit jedem Schlag schneller. Kalman befahl Argon und seinen Slois, einen Speerwurf entfernt von Maron und seinen Gefährten auf dem Weg zu landen.

Das Krähen der Slois war kein Kriegsgeschrei, sondern ein Heulen. Sie trauerten um die Ihrigen. So musste einst Waat das All erschüttert haben, als er unter seiner Scham gelitten hatte. Ihre Rufe hallten im Berg wider. Dann jedoch hielten sie inne. Denn der erste Sloi, dessen Hippogryph immer noch versuchte, sich aus den Leitungen zu befreien, bäumte sich noch einmal auf und wollte aus dem Sattel aufstehen. Aber er rutschte zur Seite weg, fiel in die Leitung unter ihm und durch eines der ewigen Lichter fing das austretende Öl Feuer, sodass er und sein Hippogryph über ihm verbrannten.

»Kommt«, sagte Maron und nahm Merike an der Hand. »Wir müssen hier weg.« Der Obsidian hatte sich endlich erweichen lassen, eine mannsgroße Öffnung war entstanden. Doch Marons Zuversicht währte nur kurz: Auf der anderen Seite der Wand endete der Weg in einem Vorsprung über einem Abgrund. Das war kein Ausweg, sondern eine Falle. Die Slois hatten sich mittlerweile vom Schock erholt, hielten sich die Schilde vors Gesicht und marschierten den Weg hinauf auf die Gefährten zu. »Tötet sie!«, schrie Kalman seinen Slois zu. Er wollte nur eins: Rache!

Verzweifelt blickte Maron in Merikes Gesicht. Sie zitterte vor Angst. Nangolf schoss, aber selbst Enites Blitze konnten gegen die Schilde der Slois nichts ausrichten. Maron zog sein Schwert, bereit für einen Kampf Mann gegen Mann. Da schrie Merike laut los. Wenn sie nicht weiterwusste, hatte sie immer geschrien: Wenn sich ihre Eltern stritten, wenn sie keinen Ausweg mehr sah, selbst die Trauer über den Tod ihres Vaters hatte sie in einem Schrei zu ersticken versucht. Merike schrie, und als hätte der Stein sie gehört, schloss sich der Obsidian wieder. Merike sah mit einem Mal ihr eigenes schreiendes Gesicht, wie es sich in dem schwarzen glänzenden Stein spiegelte. Sie hatte Angst. Dieser Albtraum schien kein Ende zu nehmen.

Kölner Dom, Haus Domblick

Vor der Kathedrale herrschte Panik. Sirenen heulten. Zwei Journalisten wurden unter den Augen der Weltöffentlichkeit tot aus den Trümmern geborgen. Wo war der Bürgermeister? Er musste im zusammengestürzten Haus Domblick sein. An Chefredakteur Bugholz dachte niemand. Wie hätte jemand ahnen können, dass er sich nicht mit den übrigen Journalisten in Sicherheit gebracht hatte?

Bugholz' Brustkorb wurde von einem Stahlträger eingequetscht, der sich jeden Moment in seinen Körper bohren konnte. Er spürte seine Beine nicht mehr und ihm war kalt, obwohl er kurz vor dem Beben seinen Mantel übergezogen hatte. Er hatte Todesangst. Seine Augen waren geschlossen, aber für einen Moment sah er wieder die Fratze des Dämons vor sich, die eben noch an der Absperrung gelegen hatte. Es war jener Wasserspeier mit dem Riss im Schädel. Der Gehörnte grinste, das Abflussrohr drang aus dem Mund. Bugholz hatte Durst, unendlichen Durst. Sein Handy klingelte. Er konnte dem Ton nicht folgen. Woher kam das Klingeln?

Meurer war es besser ergangen. Er hatte sich in letzter Sekunde unter einen Tisch geworfen, auf den ein Stahlschrank gekippt war. Unter dieser stabilen Konstruktion hockte er wie ein erschrockenes Reh. Er hörte Stöhnen. War das Bugholz? Meurer kroch aus seiner Tischhöhle und schaute sich um: zerbrochene Möbel, Betonplatten, Eisenträger, die zurückgelassenen Taschenlampen und Proviantrationen von *RescueMe*. Woher kam das Stöhnen? Geduckt lief er über einen Stahlträger, kroch über einen Haufen Trümmer und sah ein Stück schwarzes Holz, die obere Kante der Rezeption. Er hörte die Sirenen, aber sie waren weit weg. Wo war seine Frau? Sie hatte ihn kurz vor dem Beben angerufen und gesagt, dass sie ihn abholen würde. Wieder das Stöhnen, er folgte den dumpfen, klagenden Lauten, konnte aufrecht stehen, schob ein Regal zur Seite, räumte Steine weg, dann sah er Bugholz' schmerzverzerrtes Gesicht, die Augen waren geschlossen. »Hilf mir.« Bugholz hatte ihn nicht gesehen, nur gehört.

Der Bürgermeister erschrak über Bugholz' schwache Stimme.

»Bitte hilf mir oder willst du mich …?«, sagte Bugholz und schlug die Augen auf.

Glaubte Bugholz wirklich, er würde ihn unter den Trümmern sterben lassen? Meurer sah ihn mitleidig an. Wirkte er so hart? Er hatte in seinem Leben schon schwierige Entscheidungen fällen müssen. Und ihm war klar, dass er im Lauf seiner Politikerkarriere einigen Leuten auf die Füße getreten war. Aber er würde nie einen Menschen sterben lassen, selbst wenn es ein mieser Erpresser wie Bugholz war.

Der Bürgermeister hörte nicht das Dröhnen der Hubschrauber, die mit ihren Scheinwerfern den Domvorplatz absuchten, er hörte nicht mehr die Sirenen, die immer noch heulten. Das Militär hatte drei Hubschrauber, darunter zwei *Scorpions*, geschickt, die zwischen den Steinen nach Toten und Verletzten Ausschau hielten. Sie hatten die TV-Teams, wie das von Aaron Moldanowitsch, aus dem Luftbereich verbannt, denn die Journalisten behinderten die Arbeit der Einsatzkräfte.

Im Haus Domblick starrte der Bürgermeister immer noch auf Chefredakteur Bugholz. Die Uhr tickte dem neuen Jahr entgegen. Was sollte das für ein Jahr werden? Kein gutes, dachte Meurer. Er musste Bugholz helfen und versuchte, den Träger gleichzeitig nach oben und nach hinten zu schieben – vergebens. Also räumte er erst mal die Steine weg, griff sich ein abgeknicktes eisernes Tischbein und klemmte es unter den Stahl. Der Träger bewegte sich Zentimeter für Zentimeter. Schließlich zog Meurer Bugholz unter dem Träger hervor. Der Verletzte schrie nicht.

»Ich hol Hilfe.« Meurer zog seinen Trenchcoat aus und legte ihn dem zitternden Bugholz über, faltete sein Jackett zu einem Paket und stopfte es ihm behutsam unter den Kopf. »Du brauchst einen Arzt«, sagte Meuerer und erhob sich. Bugholz schaute hinter ihm her, Tränen traten ihm in die Augen.

Der Bürgermeister gelangte schnell ins Freie. Die Scheinwerfer des Technischen Hilfswerks blendeten ihn. Dann sah er die Felsbrocken, sie lagen vor dem Dom. Regelrechte Schuttberge waren entstanden und das Domizil des Touristenbüros war genauso zerstört wie der McDonald's und das historische Hotel Excelsior. Der Dom hatte ganze Arbeit geleistet. Meurer irrte über den Domplatz. Wo war seine Frau?

Koch saß in seinem Büro im dritten Stock des *Kölnischen Kuriers* und schaute auf den Fernsehschirm. Einer der Militärhubschrauber übertrug die Bilder zu den Fernsehstationen und Millionen Menschen sahen, wie der Kölner Oberbürgermeister seine Arme in die Luft streckte und schrie: »Ich brauche Hilfe!« Seine Frau kam auf ihn zugelaufen, begleitet von zwei Sanitätern, die sie zurückhalten wollten.

In der Redaktion fragte Koch: »Haben wir immer noch keinen Kontakt zu Bugholz?«

Die Sekretärin schüttelte den Kopf und versuchte es wieder.

Bugholz' Handy klingelte erneut, aber er konnte seine Arme nicht bewegen. Sie waren wie gelähmt. Da hörte er ein Krachen. Von außen räumten die Einsatzkräfte mit einem unversehrten Kran die Trümmer zur Seite.

Makoonberge, oberhalb des Steinbruchs der schwarzen Zwerge im Schlund des Berges

Auf dem Vorsprung über dem Abgrund war kaum Platz für Maron und seine Gefährten. Sie befanden sich im oberen Teil eines gigantischen Bergschlundes, der sich rund fünfzig Meter über ihnen trichterförmig öffnete wie ein Vulkankrater. An den rauen Wänden des Schlundes brannten in Nischen Feuer. Schloss

Ontika selbst hätte in diesen Schlauch gepasst. Nach unten ging es rund dreihundert Meter steil in die Tiefe.

»Sind das Schwarzalben dort unten in dem Bergwerk?« Maron hatte noch nie so große Alben gesehen. Sie flatterten um vier mächtige stahlblaue Kobaltspitzen, die von Zwergen mit Hacken und Meißeln bearbeitet wurden.

Nangolf schwieg.

Maron wiederholte seine Frage: »Warum sagst du nichts? Sind das schwarze Alben?«

»Ja.«

»Und die Spitzen? Sind das Erdbeber?«

Sein Lehrer druckste herum: »Ja. Sie schießen sie in die Erdkruste, um die Erdoberfläche zu lockern.«

»Erzähl ihm alles«, sagte Enite. »Du hast ihn aufgezogen wie deinen Sohn; du solltest derjenige sein, der es ihm sagt.«

»Was soll er mir sagen?« Maron sah nicht nur Nangolf und Enite, sondern auch Ezeras an.

»Ich weiß von nichts«, sagte der. »Wir sollten machen, dass wir hier wegkommen, ehe sich die Slois durch den Obsidian gehackt haben.«

Maron unterbrach ihn. »Was verheimlichst du mir, Nangolf?«

»Hör zu«, begann sein Ziehvater, »ohne die schwarzen Zwerge gäbe es kein Leben auf der Erde, da sie mit ihren Hebeln, Bebern und Spitzen die Erdkruste in Bewegung halten und sie immer wieder aufbrechen. Würde sich die Erdkruste verhärten, könnte die Lava, Waats Blut, nicht mehr durch die Vulkane und Erdspalten an die Oberfläche austreten. Ganz Terra würde wie ein Kessel unter Druck geraten und am Ende explodieren. Waat würde ins Weltall bluten, denn die Lava ist sein Blut.«

»Erzähl ihm endlich, was er wissen muss«, unterbrach ihn Enite.

Nangolf fasste Maron an den Schultern und schaute ihm fest in die Augen. »Die schwarzen Zwerge und Alben transportieren durch die Weltsäulen ab und an Dinge zu uns herunter.«

»Auch Menschen?«, fragte Merike unvermittelt. »Ich habe pechschwarze Fledermäuse gesehen, genau wie die da unten. Nur waren sie viel kleiner. Sie haben uns aus der Festhalle entführt. Winzige Blutsauger waren das. Später kamen die widerlichen Zwerge mit ihren schwarzen Bärten. Sie hatten Beulen in den Gesichtern und Buckel und sabberten, als wollten sie uns sofort auffressen. Ihre Zähne staken kreuz und quer im Zahnfleisch.« Merike hatte plötzlich wieder die Bilder vor Augen, wie die Erde bebte, wie die Stuhlreihen umkippten, die Luft nach Schwefel roch und Tausende Fledermäuse aus der Erdspalte zu ihnen hinaufflatterten. Einige der Hochzeitsgäste stürzten in die Spalte, Merikes Patentante wurde von den Fledermäusen gebissen, brach zusammen und fiel auf den Hinterkopf. Blut lief in feinen Rinnsalen über den Parkettboden. Die Fledermäuse schleckten durstig mit den Zungen danach. Merike krabbelte unter einen Tisch, zog die geblümte

Papierdecke ein Stück zu sich herab. Teller und Tassen knallten auf den Boden, zersprangen, Scherben vor ihren Knien. Sie wollte sich verstecken, doch dann durchstießen die ersten Fledermäuse die Tischdecke und …

Enite sah, wie blass das Mädchen geworden war. Sie nahm Merike in den Arm.

Nangolf fuhr fort: »Früher, als noch Paide regierte und überall ihr Zeichen des Elfenkranzes auf den Fahnen Khanahas wehte, haben die schwarzen Alben und Zwerge auch Ontika gedient. Heute tun sie es nicht mehr, da sie Angst vor Samagar haben.« Dann stockte Nangolf wieder.

»Was ist? Erzähl!«, forderte Maron.

»Sie haben auch dich von der Erde heruntergeholt.«

»Mich? Warum?«

»Weil du die Karte schon in dir getragen hast, ehe sie sichtbar wurde. Du wurdest auf der Erde geboren, Maron. Und du wurdest auf Fermlunds Befehl von den schwarzen Zwergen zu uns nach Ontika gebracht.« Bei diesen Worten drückte er Maron ein Kettchen in die Hand, leicht und fein und aus Gold war es. Maron schaute mit großen Augen auf den Anhänger, der daran baumelte, und las in verschnörkelten Buchstaben seinen eigenen Namen: Maron. »Du hast es um den Hals getragen, als du zu uns gekommen bist. Jetzt sollst du es wiederhaben.«

Nangolf redete weiter, aber Maron hörte die Worte nicht mehr. Erst jetzt wurde ihm bewusst, was geschehen war. Er wusste, dass er der Auserwählte war. Aber er hatte nicht geahnt, dass er auf der Erde geboren wurde, genau wie Merike. Er hatte zwischen Drachen und Elfen, Alben und Zwergen gelebt. Wie sie hatte er die Menschen selbst oft verflucht, weil sie den Elfen so viel Übles angetan hatten – aber er war einer von ihnen, er hatte Mutter und Vater. Sie hatten ihm seinen Namen gegeben.

»Wo sind meine Eltern?«, fragte er, und ehe Nangolf antworten konnte, meinte er vorwurfsvoll: »Warum hast du mir nie davon erzählt?«

Alle hatten es gewusst, alle hatten geschwiegen, selbst Fermlund. Maron hatte Eltern, menschliche Eltern! Wut stieg in ihm hoch, ein Knoten in seinem Magen, ein glühender Ball in seiner Kehle, der zu platzen drohte. »Elender Betrüger!«, rief er und hämmerte mit den Fäusten gegen Nangolfs Brustschild, wischte ihm den Helm vom Kopf, der hinab in die Schlucht fiel, wollte ihn niederschlagen, sich für den Verrat rächen. Nangolf wehrte sich nicht. Er fühlte sich schuldig. Er war ein Betrüger. Er war nicht Marons Vater, Silva nicht seine Mutter. »Ich …«, begann er, doch Maron griff nach seinem Schwert. Da spürte er eine Hand, die ihn zurückhielt. Es war Enite. Und ihre Kraft war unüberwindlich.

»Warum hat mir keiner gesagt, dass ich Menscheneltern habe?«

»Weil du der Auserwählte bist«, sagte Enite. »Hätten wir es dir gesagt, wäre dir die Zeit in Ontika wie eine Gefangenschaft vorgekommen. Wir hätten dich bewachen müssen. So aber warst du nie ein Gefangener, sondern Sohn und Freund. Bedenke, wie viel Böses die Menschen uns angetan haben.«

»Weil ihr falsch seid. Aber ich will weg von hier!«, schrie Maron. »Ich bin ein Mensch und ich werde bei den Menschen leben. Euer Krieg ist mir egal!«

»War dein Leben denn so unnütz?«, mischte sich Ezeras wütend ein. »Wir sind in Not, und du hast die Macht, uns zu retten. Nur du allein!« Er packte Marons Kinn. »Sieh mich an.«

Marons Kiefer schmerzte. Er wollte Ezeras nicht anschauen, aber der Achteltroll drückte fester zu.

»Hast du deine Freunde geliebt?«

»Sie sind Lügner!«

»Liebst du sie?«

Maron begann zu weinen, aber Ezeras blieb hart: »Was ist? Liebst du sie?«

Maron nickte. Ezeras ließ ihn los. Maron wurde weich in den Knien. Sein ganzes Leben war auf den Kopf gestellt. Auf wen konnte er sich noch verlassen? Was war richtig, was falsch? Er sackte in sich zusammen. Sein Kopf schlug auf. Gleich würde er vom Vorsprung abrutschen, dann wäre es vorbei – endlich. Er spürte in seiner Hand das goldene Kettchen mit seinem Namen darauf und wollte nur noch fort, fort aus diesem gelogenen Leben. Merike lief zu ihm, hielt ihn und sagte: »Du kannst mich nicht allein lassen.«

Köln, unter dem Dom

Kesken fühlte seine Stirn. Blut. Die Lampe auf seinem Helm beleuchtete einen Punkt direkt vor seinen Augen. Sechs Steine, sie bildeten ein Gesicht. Er dachte an Hans-Gerd, Carlos, Moritz und Philipp. Wo waren sie? Er war dem Ausgang am nächsten gewesen, hatte versucht rauszukommen – ohne Erfolg. Ein Steinschlag hatte ihn niedergestreckt. Wie lange war er ohnmächtig gewesen? Kesken schaltete das Walkie-Talkie ein und sofort leuchtete die Diode rot. Meurer versuchte, ihn zu erreichen.

»Wie geht es Ihnen?«

Zum ersten Mal freute sich Kesken über die Stimme des Bürgermeisters, der gerade die Einsatzkräfte beobachtete, die Bugholz aus den Trümmern von Haus Domblick trugen. Ein Arzt lief mit.

»Ich bin eingeschlossen«, sagte Kesken durchs Walkie-Talkie. »Aber nur leicht verletzt.«

»Wo sind die anderen?«, fragte Meurer und schritt auf den Arzt zu, um ihn nach Bugholz' Zustand zu fragen.

In diesem Moment hörte Kesken Stimmen hinter dem Schutt. »Hallo?«, rief er.

»Halte durch!«, schallte es durch die Wand zurück. »Wir kommen zu dir!«

Der Bürgermeister hatte am anderen Ende des Funks nur die Hälfte mitgehört, denn er konnte Kesken wegen des abflugbereiten Rettungshubschraubers kaum verstehen.

»Meine Kollegen arbeiten sich zu mir vor«, rief Kesken ins Walkie-Talkie. Im selben Moment setzte der Lärm des Meißels ein und Meurer konnte nicht mehr verstehen, wie Kesken sagte: »Sie sind gleich bei mir.«

»Transportfähig?«, hörte Meurer mit dem anderen Ohr den Arzt, der über Bugholz sprach. Der Rettungssanitäter schaute ihn skeptisch an, dann nickte er und fragte: »Wohin?«

»Uniklinik.«

»Wie geht es ihm?«, wollte Meurer von dem Arzt wissen.

»Er wird durchkommen.« Und zu den Sanitätern sagte er: »Abmarsch.« Sie schoben die Trage zum Hubschrauber, wo Bugholz den Intubationsschlauch in die Luftröhre eingeführt bekommen sollte. Da schlug er die Augen auf.

»Warten Sie«, sagte Meurer. »Er will mir etwas sagen.«

»Aber nur einen Moment.«

»Jedicke«, hauchte Bugholz.

Meurer schüttelte den Kopf, er konnte ihn nicht verstehen. Der Hubschrauber war zu laut. Meurer ging mit seinem Ohr ganz nah an Bugholz' Mund, der wiederholte: »Jedicke?«

»Wir wissen nichts, aber wir vermuten, er ist tot.«

Bugholz schloss die Augen.

»Wir müssen«, sagte der Notarzt. Kurz darauf flog der Hubschrauber los. Noch einmal drehte der Pilot eine Schleife über dem Dom, als sollte der Chefredakteur mit eigenen Augen sehen, was unten geschehen war. Doch das Kreisen hatte einen anderen Grund: Alle Operationssäle in der Uniklinik waren belegt. Er musste ein Krankenhaus finden, das noch nicht ausgelastet war und in dem der Patient sofort behandelt werden konnte. Bugholz sah wieder den gehörnten Dämon vor seinen geschlossenen Augen. Er hatte noch nicht begriffen, dass er im Himmel war und der Hubschrauber durch die Nacht flog. Himmel und Hölle treffen sich in jenem Moment, wo ich auf der Schwelle zum Jenseits stehe, dieser Gedanke schoss Bugholz durch den Kopf. Sah er dort wirklich einen Dämon vor sich?

Der Gehörnte lief über die Domplatte, rannte über die Trümmer. Niemand schien ihn zu sehen, nur Bugholz, denn dessen Augen waren geschlossen. Der Dämon mit dem Riss im Gesicht kreischte und kletterte auf den Trümmern des Nordturms herum. Bugholz sah ihn, als würde er ihn durch ein Nachtsichtgerät betrachten. Ihm wurde kalt, er begann zu zittern. Er beobachtete den Dämon, der gleich ins himmlische Jerusalem eindringen würde, denn wenn die Nacht ins neue Jahr überging und die Glocke geläutet wurde, würden die Wasserspeier und Dämonen wieder in einen tiefen Schlaf fallen. Doch das Untier kehrte zurück und sprang wieder über den Domvorplatz, als würde es sich über die Katastrophe freuen. Niemand würde in diesem Jahr die Glocke läuten. Niemand. Bugholz sah den Dämon und er wollte etwas sagen, aber seine Lippen waren verschlossen. Diese Wasserspeier waren Boten der Hölle, Verbündete des Bösen in einer Welt unter der Welt und dann wurde es dunkel um den Chefredakteur.

»Was ist los mit ihm?«, fragte der Sanitäter, als er sah, dass sich Bugholz auf der Trage aufbäumte.

»Die inneren Verletzungen«, erklärte der Arzt. »Wir müssen es schaffen. Wir müssen auf die Intensiv.«

Kesken wollte derweil von Meurer wissen, wie es mit den Eingeschlossenen um Helen King aussah.

»Was weiß ich? Sie sind näher dran als ich«, sagte Meurer, der die Lichter des Hubschraubers in der Nacht verschwinden sah. »Der Nordturm ist zusammengebrochen. Das Nachbeben hat die Gruppe sicher endgültig verschüttet. Retten Sie Ihr eigenes Leben. Ich kann kein zweites Rettungsteam runterschicken.«

»Das sollten Sie aber.«

»Die Erdbebenwarte befürchtet weitere Beben. Und die werden sicher auch noch den Südturm einstürzen lassen. Kommen Sie raus da, ehe es zu spät ist!«

Makoonberge, oberhalb des Steinbruchs der schwarzen Zwerge im Schlund des Berges

»Gleich kommen die Hippogryphen«, sagte Merike und schaute Maron verzweifelt an. Was sollte sie tun? Ohne ihn war sie verloren. »Sie hacken ein

Loch in den Obsidian. Bitte, Maron, steh auf! Ich will nicht von diesen Monstern getötet werden.«

Maron schaute sie stumm an und fühlte sich ihr ganz nah. Sie hatte ihn nicht betrogen, sie war auch gegen ihren Willen hier in Terra – genau wie er. Maron richtete sich auf, streifte das Kettchen mit seinem Namen über sein Handgelenk, erhob sich, riss sich die Elfenohren ab und warf sie Enite vor die Füße. Dann fragte er die Druidin vorwurfsvoll: »Wie kommen wir hier raus? Die Karte auf meiner Hand zeigt, dass wir dort hinauf müssen.«

»Fermlunds Asche«, sagte die Druidin, die Marons innere Not spürte und ganz ruhig war.

»Red nicht in Rätseln«, blaffte Maron sie an.

»Wirf sie vor dir über den Abgrund.«

Maron öffnete den Beutel und ließ etwas Asche herausrieseln. Sie schwebte ein Stück nach unten, über dem Abgrund blieb sie jedoch in der Luft hängen.

»Die unsichtbare Treppe«, sagte Enite. »Sie führt hinaus aus dem Berg.«

Maron berührte vorsichtig mit der Fußspitze die Stelle, wo die erste Stufe sein sollte, doch sein Fuß fand keinen Halt auf der schwebenden Asche.

»Da ist nichts«, sagte er.

»Die Asche Fermlunds entfaltet ihren Zauber nur, wenn du an Waat glaubst …«

Maron nickte.

»Dann zweifle nicht und geh.«

»Warte«, sagte Merike. Das Herz schlug ihr bis zum

Hals, als sie an Marons Hand nach vorn in den Abgrund trat. Für einen kurzen Moment glaubte sie, alles sei vorbei, dann aber fühlte sie festen Grund unter den Füßen. Marons Glaube trug sie. Vor ihnen erschien die Treppe. Stufe für Stufe gingen sie hinauf, während Enite und ihre Freunde auf dem Vorsprung zurückblieben, um Maron und Merike vor dem drohenden Angriff der Slois den Rücken freizuhalten.

Redaktion des Kölnischen Kuriers

Kochs Sekretärin Marion Wirtz ließ das Handy ihres Chefredakteurs wieder klingeln.

»Ja, Anschluss Bugholz«, sagte eine männliche Stimme.

»Sie sind nicht Bugholz.«

»Das habe ich auch nicht behauptet«, erklärte die Stimme.

»Herr Koch möchte Herrn Bugholz sprechen. Bitte holen Sie ihn ans Handy. Es ist dringend. Ich verbinde Sie.«

»Aber …«

Zu spät. Frau Wirtz hatte das Gespräch schon zum stellvertretenden Chefredakteur durchgestellt.

»Bugholz«, sagte Koch, als er den Hörer aufnahm.

»Nein«, meinte die Stimme am anderen Ende der Leitung.

»Wer denn?«

»Dr. Henning.«

»Was ist mit Herrn Bugholz?«

»Sind Sie mit ihm verwandt?«, fragte der Arzt.

»Nein. Wir brauchen ihn hier dringend, er soll bitte sofort in die Redaktion kommen. Sagen Sie ihm das bitte. Es geht um die Ausgabe für morgen. Der Verleger möchte, dass er den Kommentar schreibt.«

»Das geht leider nicht.«

»Wieso?«

»Er ist tot.«

Koch stockte der Atem. »Tot?«

»Ja. Die inneren Verletzungen waren zu stark. Ich bitte Sie, nichts zu unternehmen, was seine Verwandten anbelangt. Wir werden der Polizei Bescheid geben, die wird dann die Angehörigen benachrichtigen.«

Als Koch kurz darauf sein Büro Richtung Kantine verließ, um endlich an diesem beschissenen Tag einen Raum ohne Computer und Monitore und Redakteure zu sehen und diesen ganzen Weltuntergangsszenarien zu entkommen, kam Lokalredakteur Schermann mit betroffener Miene auf ihn zu. »Ich habe davon gehört.«

»Von wem?« Koch blickte sich im Großraumbüro um, alle schauten in seine Richtung, aber niemand schaute ihm in die Augen. Dieser riesige Raum stank im Sommer nach Hitze und Schweiß und im Winter nach Schweiß und Elektrosmog. Hier, wo die Redakteure wie mit Informationen vollgesogene Insekten an ihren Monitoren hockten und zwischen morgens um neun und nachts um halb zwei in die Tasten hackten, wo Konferenzen abgehalten wurden und oft über den Tod geschrieben wurde, hier wussten alle Bescheid über Bugholz' Tod und schwiegen. Sie starrten Koch an. Kein Finger bewegte sich auf einer Tastatur, kein Telefon klingelte, kein Fuß ging über den Teppich, in dem sich die Milben von Jahrzehnten sammelten, niemand rührte sich. Bugholz war fort, gestorben, weil die Operationssäle an der Uniklinik und in den übrigen Krankenhäusern belegt waren, weil es keinen Platz für ihn gegeben und er es nicht mehr rechtzeitig bis in die Hürther Klinik geschafft hatte. Die Redakteure saßen steif vor Anspannung und Neugierde wie Wachsfiguren herum.

»Sind wir hier bei Madame Tussaud's!?«, schrie Koch. Sie blieben stumm. Die Gesichter waren erschrocken. Morgen würden sie für die Beileidsanzeige sammeln. Wenn ein Kollege starb, gab es vom Zeitungsverleger eine Ermäßigung auf die Todesanzeige …

Makoonberge

Fürst Kalman hatte Argon mit zwei Slois zurück in die Schlucht beordert. Sie waren von dort gerade den Berg hinaufgeflogen und kreisten nun über dem Krater des Gipfels. Durch Argons Silma sah Kalman Maron und seine Gefährten unter sich. »Der Mensch befindet sich auf halber Treppe«, teilte Kalman seinem

Sloi Tantor mit, der mit den übrigen vier Slois noch den Obsidian vom Berginneren aus einzuhacken versuchte. Wenn Tantor endlich den Stein durchstoßen hätte, könnten Kalmans Slois Maron von oben und unten in die Zange nehmen.

Nangolf entdeckte Argon am Himmel. »Duckt euch!«, rief er Maron und Merike zu. Schon zischte sein Pfeil über ihre Köpfe hinweg. Obwohl der Elf den Bogen zum Zerreißen gespannt hatte, reichte die Kraft des Pfeils nicht aus, um bis hinauf zu Argon zu gelangen – und das Geschoss stürzte mit der Spitze voran zurück in den Schlund des Berges.

Unten im Steinbruch stoben die Zwerge wie wild auseinander. Der Pfeil hatte sich in den Nacken eines fliegenden Alben gesenkt und der leblose Körper klatschte zwischen die Zwerge. Merike beobachtete mit Entsetzen, was nun geschah: Aus dem Rücken des toten Alben schälten sich Hunderte kleiner Vampirfledermäuse, die um den Leichnam schwirrten und sich sogleich gierig auf ihn stürzten. Genau solche Fledermäuse, nicht größer als Tauben, waren über die Hochzeitsgesellschaft hergefallen. Die schwarzen Zwerge und Alben hatten jetzt Maron und seine Gefährten entdeckt und schauten zu ihnen hinauf. Kurz darauf schwangen sich die Alben in die Luft, schraubten sich hoch und höher, als gäbe es in diesem Schlund eine unglaubliche Thermik. Sie waren bereit zum Angriff.

Zur selben Zeit durchstieß Tantors Truppe den Obsidian. Seine vier Slois stürmten auf Ezeras und Nangolf zu und verwickelten die beiden in einen Kampf auf Leben und Tod. Tantor selbst näherte sich Enite. Vergeblich schleuderte sie Blitze gegen seinen Schild. Den Morgenstern schwingend drängte er die Druidin zum Abgrund. Dann beugte er sich weit über seinen Hippogryphen vor und schleuderte ihr den Stern entgegen. Durch einen gewagten Sprung nach hinten wich Enite ihm gerade noch aus, rutschte dabei aber ab und konnte sich im letzten Moment mit der Linken am Vorsprung festhalten. Zum ersten Mal in ihrem Leben hatte sie Angst, wie sie nun völlig wehrlos über dem Abgrund baumelte. Siegessicher schritt Tantors Hippogryph auf Enite zu, senkte seinen Kopf und drückte ihr seine Kralle in die Hand. Blut trat zwischen ihren Fingern hervor, tropfte ihr ins Gesicht. Der Schmerz wurde unerträglich. Dann schrie sie laut auf und ließ los.

Maron hörte den Schrei, schaute hinunter und rief: »Enite!« – und sah sie nur noch fallen. Kurz darauf verlor er sie aus den Augen, da aufsteigende schwarze Alben ihm die Sicht versperrten. Eben noch hatte Maron mit Enite gestritten, hatte sie angeschrien und jetzt stürzte sie ihrem sicheren Ende entgegen. Maron hatte einen schweren Fehler gemacht und er wusste es, hatte in seiner Wut die Druidin und Nangolf beleidigt und die Sache Ontikas verraten. Wie hatte er das nur tun können? Und wie konnte er seinen Fehler wiedergutmachen? Er musste den Drachen befreien, musste Ontika retten, sonst wäre Enite umsonst gestorben. Maron sah die Alben.

Rechts und links vom Schädel hing ihnen schwarzes Haar herab und selbst auf ihren Flügeln wehte armlanges dichtes Fell. Einzig ihre Augen waren leuchtend weiß.

»Lauf und warte da oben auf mich«, sagte Maron und gab Merike den Beutel mit Fermlunds Asche. »Enite ist tot. Ich muss meinen Freunden helfen.«

Doch statt ungebremst in den Steinbruch zu fallen, war Enite auf dem Rücken einer Albe gelandet und hielt sich jetzt in deren Fell fest. Die Albe war erschrocken und gleichzeitig damit beschäftigt, den Ballast auf ihrem Rücken auszugleichen, um selbst nicht abzustürzen. Enite legte die Hand auf den Kopf der Albe, um in ihre Gedanken einzudringen, und zog ihn langsam hoch, sodass die Albe nach oben fliegen musste, immer im Strudel mit ihren Artgenossen.

Nangolf war es unterdessen gelungen, seinen Bogen zu spannen, zwei anstürmende Slois ins Silma zu treffen und einem dritten das Schwert in die Lunge zu jagen. Doch da sprang Tantor über seinen Hippogryphen auf ihn zu, warf Nangolf zu Boden und würgte ihn. Der Elf schlug mit dem Hinterkopf auf den Vorsprung und verlor das Bewusstsein. Ezeras, der den vierten Sloi mit bloßen Händen und einer ungeheuren Wut aus dem Sattel geschlagen und in die Tiefe geworfen hatte, wollte Nangolf zu Hilfe eilen, aber Tantor war wie unter Strom. Er hielt die Druidin für tot und diese Gewissheit hatte ihn noch siegessicherer gemacht.

In seinem Kokon schwang Kalman grinsend hin und her, als nähme er Anlauf für einen neuen Todesstoß.

Tantor hieb mit dem Schwert auf Ezeras ein. Der parierte. Die Klingen schlugen Funken, als wären sie bei einem Schmied in Arbeit. Dabei drängte Tantor Ezeras auf die Treppe. Der Achteltroll vermochte wieder zu parieren, aber der Sloi zwang ihn über eine der Stufen an den Abgrund heran. Maron zog blitzschnell seinen Dolch, warf ihn und traf Tantor am Rand des Silmas, das rot fauchte und Tantor ins Taumeln brachte. Er durfte die Klinge nicht aus seinem Chitinpanzer ziehen, da aus einer offenen Wunde sein Silma herausfließen würde. Die selbstheilenden Kräfte, die ein Sloi besaß, waren an seiner sensibelsten Stelle außer Kraft gesetzt. Hass stand ihm ins Gesicht geschrieben, als er nun die Stufen nach oben schritt, um den Menschen und den Achteltroll zu zermalmen. Da versetzte ihm Ezeras' Titurel blitzschnell von hinten einen Tritt und der Sloi stürzte hinab in die Tiefe.

Argons Slois kreisten immer noch über Maron und Merike, doch in diesem Moment scherte einer von ihnen aus der Formation aus, um seinen toten Kameraden zu rächen. Sein Hippogryph packte Ezeras von hinten und wollte ihn mit sich in die Luft reißen. Aber der Achteltroll war zu schwer. Mit seinem Gewicht zog Ezeras den Hippogryph nach unten, wo dieser auf die Treppe knallte, sich die Flügel brach und samt Reiter in den Abgrund fiel.

Der zweite Sloi Argons schoss auf Maron herab. Maron sah schon die ausgefahrenen Klauen des Hippogryphen vor sich. Merike schrie auf. Dann prallte ein riesiger Felsbrocken gegen den Kopf des Slois und riss ihn und den Hippogryphen mit sich. Reiter und Vogel knallten neben Maron auf die Treppe, schlidderten an ihm vorbei. Ihr schwarzes Blut floss die Stufen hinab.

Wo war der Felsbrocken hergekommen? Maron sah nach oben. Kalev, der Riese, stand dort, das Licht der Berge umschien seine Gestalt.

Kalman kauerte sich in seinem Kokon zusammen, als würde er Schutz suchen. Sein Silma glühte wie brennendes Eisen.

Nur noch ein Sloi war ihm geblieben: Argon. Der flog höher und sah, wie die schwarzen Alben die Treppe erreichten und ihre Rücken öffneten. Heraus stoben Hunderte Vampirfledermäuse, die sich sofort auf das schwarze Blut der Hippogryphen und Slois stürzten, sie leckten es begierig mit ihren Zungen wie Nektar.

Köln, unter dem Dom

»Wir müssen hier schleunigst raus. Meurer hat gesagt, es kommt noch ein Nachbeben.«

»Wo ist denn die Karte?«, fragte Hans-Gerd.

Kesken zuckte mit den Schultern. »Die muss unter den Steinen liegen.«

»Und jetzt?«

Kesken drückte auf den Rufknopf des Funkgeräts.

»Alles in Ordnung bei Ihnen?«, fragte Meurer mit zitternder Stimme.

»Ja, ja, aber was ist mit Ihnen?«

»Nichts. Alles ist gut.«

»Sie klingen nervös. Gibt es etwas, das wir wissen müssen? Los, rücken Sie raus mit der Sprache. »

»Der Chefredakteur des *Kölnischen Kuriers* ist tot.«

»Tut mir leid«, sagte Kesken.

»Wo sind Sie?«

»Wir sind etwa acht Meter östlich vom Dommodell und graben uns nach oben. Soweit ich mich erinnere, gibt es über uns keine Betonschicht. Oder täusche ich mich?«

»Ist das auf Ihrer Karte nicht eingezeichnet?«

»Deshalb funke ich Sie an. Unsere Karte ist weg, es wäre gut, wenn Sie auf einer anderen Karte nachschauen könnten. Falls Ihnen die Spezialisten vom Domteam sagen, wir sollen besser woanders graben, geben Sie uns bitte sofort Bescheid.«

»Alles klar«, sagte Meurer und verabschiedete sich.

»Warum bist du plötzlich so freundlich zu diesem Bürgermeister?«, fragte Carlos. Er hatte eine Platzwunde über der Nasenwurzel und putzte das Blut mit seinem Ärmel ab, hielt aber mit der Linken immer noch den Meißel fest, als befürchte er, ihn zu verlieren.

»Ich hatte vorhin ziemlichen Schiss. Und die Stimme des Bürgermeisters war die erste, die ich in meiner kleinen Höhle gehört habe.«

Carlos grinste. »Dann bist du dem Bürgermeister dankbar?«

»Wenn du es so ausdrücken willst.«

Sie begannen mit ihrer Arbeit. Meurer rief nicht zurück und Moritz wurde nach einer Weile skeptisch: »Wir müssten längst den Boden der Kirche erreicht haben.«

»Ich bin mir nicht sicher«, sagte Philipp. »Vielleicht haben wir uns nur um einen halben Meter verschätzt. Wir sollten uns schräger nach oben vorarbeiten.«

Während Philipp und Moritz noch diskutierten, versuchte Kesken erneut, Funkkontakt zu bekommen. »Es passiert nichts.«

»Was meinst du damit?«, fragte Moritz.

»Kein Empfang.«

Dasselbe Problem hatten auch die anderen.

»Immerhin wissen wir, wo oben und unten ist«, sagte Hans-Gerd, der die Arbeit am Meißel übernommen hatte. »Ich werde mich weiter schräg nach oben arbeiten. Hauptsache, es gibt da keinen Beton.«

Makoonberge, oberhalb des Steinbruchs der schwarzen Zwerge im Schlund des Berges

»Achtung, Ezeras! Die Fledermäuse!« Merike hatte den Kraterrand erreicht und sah, wie die gierigen kleinen Blutsauger auf Ezeras zuschossen, der unten auf der Treppe lag. Merike konnte es nicht mit ansehen, sie ekelte sich vor diesen Wesen. Der Achteltroll war von dem Blut der Slois bedeckt, das die Vampirfledermäuse wild machte. Sie saßen auf ihm, leckten ihn ab und gleich würden sie ihn beißen. Das Mädchen verkroch sich zwischen den Felsen und schaute gebannt zu Kalev hinauf, der nicht weit von ihr am Kraterrand stand.

Der Riese öffnete weit seinen Mund. Heraus stoben seine Fledermäuse. Sie waren kleiner als ihre schwarzen Artgenossen, aber sie waren noch flinker. Von unten kamen immer neue Alben, öffneten ihre Rücken und entließen Heerscharen von Nagern. Die Vampirfledermäuse stürzten sich nicht nur auf Ezeras, sondern griffen auch Nangolf und Maron an.

»Fliegt!«, rief der Riese seinen weißen Fledermäusen zu, die ihre schwarzen Widersacher in Kämpfe verwickelten – Hunderte von Kämpfen. Sie flogen über die Treppen, verharrten kurz bei den Feuern in der Wand, um bald darauf wieder aufeinander loszustürmen.

Enite landete in der Zwischenzeit auf dem Vorsprung. Die Albe, auf der sie gesessen hatte, blieb starr liegen und sah die Druidin hilflos an. Aus ihrem Rücken wollten ebenfalls Vampirfledermäuse entweichen. Sie drückten von innen und bereiteten ihr ungeheure Schmerzen, sodass die Albe hohe klagende Laute ausstieß.

Maron kämpfte mit den letzten schwarzen Fledermäusen, ehe diese von Kalevs weißen Helfern besiegt wurden. Fast wahnsinnig vor Schmerz kroch die Albe zum Rand des Vorsprungs und ließ sich fallen.

Kölner Dom

Die Männer von *RescueMe* kamen schneller voran, als sie gehofft hatten. Bald sah Kesken von oben Licht. Sie waren durch den Fußboden der Kirche gestoßen. Hans-Gerd ging Kesken zur Hand, legte den Meißel beiseite und schob mit seinem Chef noch ein Stück der Bodenplatte weg. Jetzt war der Ausgang groß genug. Hans-Gerd atmete auf, kletterte hinauf und reichte Carlos die Hand. Dann kam Kesken selbst und schaute dabei durch das zerstörte Dach der Kirche hinauf in den Himmel. Die Silvesternacht war wolkenverhangen, genau wie der Wetterbericht es vorhergesagt hatte: »vereinzelt Schneefälle möglich«. Noch nie hatte er sich so sehr über einen Fetzen Himmel gefreut, auch wenn es schneite. Nur von Weitem hörte er die Geräusche der Hubschrauber, die über der Kathedrale kreisten. In der Kirche selbst war es ruhig. Sie befanden sich zwischen zwei Sitzreihen. Sie hatten Glück, denn an den meisten Stellen war alles mit meterhohen Trümmerhaufen bedeckt.

»Träum nicht, sondern gib mir die Hand«, sagte Moritz Reuter, der als Letzter dort unten hockte. Aber bevor Kesken und Hans-Gerd ihm hinaufhelfen konnten, erschütterte ein weiteres Nachbeben die Kathedrale. Es war, als würde eine Rakete von unten in die Erde hineingestoßen, als gäbe es einen gigantischen Meißel, der die Welt auseinanderbrechen ließ. Kesken und Carlos versuchten, Moritz schnell noch aus dem Loch ziehen, da riss das Dach des Doms weiter auf. Steine fielen wie Bomben aus schwindelnder Höhe.

Kesken schrie seinen Mitarbeitern zu: »Rennt!«

Die drei liefen über Trümmer und Bänke in Richtung Ausgang, nur Kesken blieb zurück. Er würde keinen seiner Leute im Stich lassen, aber er bekam Moritz nicht aus dem Loch und versuchte erneut, über Funk Kontakt aufzunehmen. »Hört mich jemand da draußen?«

Es kam nur ein Rauschen.

Makoonberge, oberhalb des Steinbruchs der schwarzen Zwerge im Schlund des Berges

Die weißen Fledermäuse zogen sich wieder in Kalevs Mund zurück. Der Riese streifte seine Jacke ab, die er über dem Wams trug, und faltete sie, als wolle er sie als Kopfkissen benutzen. Merike hockte noch hinter dem Felsen, während Maron unten auf dem Vorsprung Nangolfs Bogen aufhob. »Es tut mir leid«, sagte er zu seinem Ziehvater. »Ich bin kein Elf und ich gehöre nicht nach Ontika, trotzdem weiß ich, dass ihr beide, du und Silva, mich liebt.« Nangolf nahm ihn in den Arm und drückte ihn an sich.

Kalman lag in seinem Kokon und blickte durch Argons Silma hinab in den Schlund des Berges. Er wusste, dass er jetzt sofort handeln musste. Denn sobald Maron die unsichtbare Treppe hinaufgestiegen und im Schutz Kalevs war, würde es schwer sein, an den Stab zu gelangen. Unverzüglich ließ Kalman Argon angreifen. Dieser flog im Sturzflug an Kalev vorbei direkt auf Maron zu. Wind umfloss seinen Körper. Kalman spürte jede Bewegung des Slois, er war eins mit ihm, ein Pfeil und ein Gedanke: »Ergreife den Stab!«

Der Kokon kreiste in Zirkeln, die kleiner und kleiner, schneller und schneller wurden, sich dem Zielpunkt näherten. Gleich würde er den Stab haben. Er sah auf Marons Hand, der Hippogryph fuhr die Krallen aus, dann spürte der Sloi einen Stoß. Etwas umklammerte ihn von hinten, er bekam keine Luft mehr. Die Treppe kam näher, er konnte den Stab nicht fassen, die riesige Hand Kalevs hatte ihn fest gepackt. Argon schlug auf der Treppe auf, durchbrach sie, Kalevs Faust umfing ihn noch fester und gemeinsam stürzten sie in den Abgrund. Im freien Fall riss Kalev die beiden letzten schwarzen Alben, die sich noch in der Luft befanden, mit in die Tiefe. In seiner Rechten hielt er noch immer Argon. Dann krachte er zwischen die Beber in den Steinbruch der Zwerge wie ein Meteorit in eine Puppenwerkstatt. Neun Zwerge begrub sein Körper unter sich und die Federn von Argons Hippogryph wirbelten auf.

Kalman verlor den Kontakt zu seinem Sloi. Argon war tot.

Die Dornen auf Kalmans Schädel wurden tiefrot vor Zorn, schlugen Funken in dem Basalt, schwollen an und schienen den Kokon sprengen zu wollen. Dann atmete Kalman tief durch. Er musste sich auf seine letzten beiden Slois konzentrieren: Mentin und Farmal. Sie durchsuchten immer noch die Trollfestung in Khanahas nach dem Herrscher Samagar, um ihn zu ermorden.

Kölner Dom

Die drei Ausgänge des Doms waren verschüttet, Trümmer lagen davor. Philipp, Hans-Gerd und Carlos waren gefangen in der riesigen Kathedrale, während Kesken noch immer versuchte, Moritz durch das Loch zu ziehen. Die Erschütterung hatte die Bodenplatten noch stärker gegeneinander verschoben.

»Lass mich nicht allein«, keuchte Moritz. Der Schweiß lief über seine Stirn, und er spürte, wie etwas Warmes an seinen Schenkeln herunterlief: Urin.

Kesken sagte von oben: »Wir holen dich raus! Die anderen bringen sicher gleich Hilfe.«

Philipp kletterte auf einen Trümmerhaufen, schaute sich um und konnte nur das etwa vierzig Meter entfernte Licht von Keskens Helm erkennen. Der Schutt zwischen den Sitzreihen versperrte ihm die Sicht. Wenn sie raus wollten, mussten sie auf die Sockelreste des Nordturms steigen und von dort hinab auf den Domvorplatz klettern. Doch der Turmstumpf sah nicht so aus, als ob man ihn sicher besteigen könnte.

»Die Leiter!«, rief Philipp seinen Kollegen zu. Es kam ihnen wie eine Ewigkeit vor, dass sie den antiquierten Leiterwagen das letzte Mal gesehen hatten, als sie den Dom betreten hatten. Bewegen konnte man ihn jetzt nicht mehr, aber die Leiter selbst stach deutlich sichtbar aus den Trümmern des Nordturms heraus. Philipp kletterte mit seinen Kollegen über die Steinbrocken hinweg zu dem Wagen, legte die Kurbel frei und versuchte, sie gemeinsam mit Carlos zu drehen.

»Verdammt. Sie klemmt. Das Ding ist Schrott.«

»Abwarten«, sagte Carlos. »Vielleicht ist sie nur ein bisschen schwer zu drehen.« Die Kurbel quietschte laut und nach ein paar Umdrehungen schob sich die Leiter ohne zu stocken nach oben.

Immer noch bröckelten Teile des Dachs ab und schlugen rechts und links von Kesken ein. Kesken entschloss sich, die Gebetsbank neben dem Loch umzureißen. Wenn es ihm gelänge, die zentnerschwere Bodenplatte, an der die Bank montiert war, zu verschieben oder ein wenig anzuheben, würde er Moritz befreien können.

Makoonberge, Berginneres, oberhalb des Steinbruchs der schwarzen Zwerge

Zwerge versuchen stets, aus den Gegebenheiten das Beste für ihr Volk herauszuholen. So waren die Überlebenden im Steinbruch gleich wieder zur Stelle und zerteilten Kalevs Riesenkörper, so wie sie einst Waats

Inneres zerlegt hatten. Das Fleisch transportierten sie durch ihre unterirdischen Gänge ab.

»Maron!« Merike lief ihm die Treppe hinab entgegen. An jener Stelle, wo Kalevs Körper ein Loch in die Treppe gerissen hatte, ließ sie ein wenig von Fermlunds Asche rieseln. Neue Stufen wurden sichtbar. Merike stieg darüber auf Maron zu und fiel ihm in die Arme. »Kalev ist tot«, sagte sie – und schaute in die Tiefe. Maron blickte über ihre Schulter hinweg zu Kalevs Jacke, die am Kraterrand lag. Aus der Brusttasche waren orangefarbene Zettel herausgefallen, die wie Farbtupfer auf dem Boden lagen.

»Was ist das?«

Merike folgte seinem Blick und wurde bleich. »Tombola-Lose!«

Maron schaute Merike verwirrt an. »Was meinst du damit?«

»Jeder auf der Hochzeit hat ein solches Los bekommen. Die meisten der Gäste hielten es in den Händen, als die Vampirfledermäuse hereingeflogen sind. Man sollte seinen Namen auf das Los schreiben und es in die Lostrommel werfen.«

»Dann hat Kalev die entführten Menschen getroffen?«, folgerte Maron.

»Befreit«, rief Enite. »Er muss sie befreit haben. Aber wo hat er sie hingebracht?«

Merike lief die wenigen Schritte hinüber zur Jacke des Riesen. Mit zitternden Händen griff sie nach den Zetteln. Nangolf, Enite und Ezeras, die nun ebenfalls über die Treppe zu Maron hinaufgelangt waren, schauten hinüber zu Merike, die dort in sich versunken hockte.

»Was suchst du?«, fragte Maron.

Das Mädchen las leise: »Katrin Halm, Henning Wollengräber, Marion Wollengräber, Iris Krieger, Benjamin Hirschgraben.« Dann stockte sie und fragte sich selbst: »Wo ist sie?«

»Wer?«, fragte Maron. »Welchen Namen suchst du?«

Tränen stiegen in Merikes Augen. »Sie haben meine Tante getötet. Ich hatte noch gehofft, wenigstens den Zettel mit ihrem Namen zu finden.«

Sie ging zum Rand des Kraters und warf die Zettel hinein. Sie schwebten hinunter. Einige blieben auf der Treppe liegen, andere segelten ins Leere. Dann griff sie nach einem Stein und schleuderte ihn in den Schlund, den Zwergen entgegen. Maron legte seinen Arm um Merike.

Kölner Dom

Carlos bestieg die Holzleiter und prüfte die Sprossen. Wie solide sie gebaut war! Sie drehten sie höher. Die Leiter reichte bis oben auf den Stumpf des Nordturms. Wie Insekten schwirrten die Hubschrauber über dem Dom und ließen ihre hellen Fühler durch die Nacht kreisen, doch kein Lichtstrahl fand den Weg zu Hans-Gerd und Philipp, die Carlos hinauf auf den Sockel folgten. Dann blieb Philipp stehen. Er hatte einen Blick zurückgeworfen und gesehen, wie Kesken sich gegen die Kirchenbank stemmte. Allein würde er sie niemals wegdrücken können.

»Geht weiter. Ich muss Kesken helfen. Holt ihr Hilfe«, sagte Philipp.

Ein Pilot der kleinen wendigen Militärhubschrauber vom Typ *Scorpion II* hatte inzwischen die Gestalten auf den Resten des Nordturms entdeckt, wie sie hinab auf die Domplatte klettern.

Der Suchscheinwerfer des Hubschraubers folgte Carlos und Hans-Gerd, die von Sanitätern in Empfang genommen wurden.

Kesken versuchte derweil zusammen mit Philipp, die Bank wegzudrücken, die immer noch fest in ihrer Verankerung saß. Moritz hockte zitternd in seinem Loch.

Allmählich wurde auch noch das Licht an seinem Helm erst gelblich, dann bräunlich, dann ging es ganz aus.

Als Kesken und Philipp wieder auf ein Kommando gegen die Bank drückten, schrie Philipp auf und stieß seinen Chef zur Seite. Da knallte schon ein Stück der Deckenkonstruktion des Doms direkt auf die Stelle, an der Kesken gerade noch gestanden hatte.

»Was ist da oben bei euch los?«, rief Moritz.

»Alles okay!«, antwortete Philipp und flüsterte Kesken zu: »Wir müssen hier schleunigst raus.«

»Eher lass ich mich erschlagen.«

»Ich sage dir, lange wird das Dach nicht mehr halten. Wir brauchen Hilfe.«

»Dafür hab ich euch losgeschickt!«, schrie Kesken Philipp an. »Und jetzt halt endlich die Klappe und hilf mir! Oder hau ab! Ist mir scheißegal!«

Philipp zuckte zusammen und schwieg.

Makoonberge, Berginneres, oberhalb des Steinbruchs der schwarzen Zwerge

»Ein Leben in Liebe«, hatte der Pfarrer gesagt. Burkers Hochzeit. Tombola-Lose. Merike schaute den orangefarbenen Papierstückchen nach, wie sie in den Schlund segelten. Maron saß neben ihr und legte seinen Arm um sie.

Er sah sie an. Auf der Wange hatte Merike kleine Muttermale. Er wollte sie berühren, wie er das Foto im Portemonnaie berührt hatte. Dreizehn Male. Wenn man sie miteinander verband, ergab sich das Sternbild des Drachen. Wo hatte es schon einmal gesehen? In seinem Zimmer, als er nach Fermlunds Tod den Gesang der Disirien hörte:

Wie dem Mond sein Heim gewoben,
wie der Sonne ihr Nest gemacht,
klug erdacht war einst der Himmel
angefüllt mit den Gestirnen,
hell erleuchtet ist die Nacht.
Weisheit ist herangereift
in einer Schale von der Zeit bewacht,

braucht niemals Tag und niemals Nacht
ist ungetrennt und ewig
und ewig ist nur Waat.

»Maron!« Gerade hatte Maron mit seiner Hand Merikes Wange berührt, da rüttelte Nangolfs Stimme die beiden aus ihren Gedanken. »Wir müssen aufbrechen. Wir wissen nicht, wie weit es noch ist.«

Maron schaute zu ihm hoch und schüttelte den Kopf. »Nur Merike und ich müssen weiter«, sagte er. »Ich habe das Schwert, ich habe den Stab und ich kenne den Weg. Aber ich gehe nicht ohne die Gewissheit, dass die Menschen, die irgendwo dort unten am Fuß der Makoonberge oder in Khanahas sind, von euch gerettet werden. Ihr müsst Kalevs Werk vollenden.«

»Ich kann dich nicht allein ziehen lassen«, sagte Nangolf.

»Doch«, widersprach ihm Enite. Sie legte ihre Hand auf Nangolfs Schulter. »Das musst du. Es steht geschrieben, dass der Stabträger seine Aufgabe erfüllen wird und nicht ein Elf wie du. Wir müssen einen Krieg verhindern und wir sollten auf Maron hören. Er wird es allein schaffen.«

»Nimm Pepan mit«, sagte Maron. »Bitte pass auf ihn auf.«

»Wenn wir uns wiedersehen, kannst du mir von Menschenerde erzählen«, sagte Nangolf.

»Ihr werdet euch nicht wiedersehen«, sagte Ezeras. »Maron geht fort.«

Köln, vor dem Dom

Der *Scorpion* sank über dem Quartier der Sanitäter nieder, wo Carlos wartete. Er ließ sich von einem Soldaten über die Seilwinde in die Maschine hochziehen und stieg vorn ins Cockpit. Der Pilot reichte ihm den Helm mit dem Mikro, dann schwenkte er die Maschine Richtung Dom.

»Sie sind in Mexiko City Rettungshubschrauber geflogen?«, fragte der Pilot.

»Hat sich das schon herumgesprochen?«

»Mein Einsatzleiter hat über jeden von Ihrem Team ein Dossier. Er ist ein Hundertfünfzigprozentiger.«

»Dann wollen wir mal hundertprozentig da hinfliegen. Da müssen sie nämlich sein«, sagte Carlos ins Mikro und zeigte zu der Stelle, wo früher die Vierung gewesen war. Er sah den Piloten neben sich an: ein junger, braunhaariger Kerl, kaum 25 Jahre alt, der noch nicht viel Erfahrung haben konnte. Der Pilot zog den Steuerknüppel zu sich und kurz darauf flog der *Scorpion* hinauf zum beschädigten Dach des Mittelschiffs. Durch das Loch hätte man ein Einfamilienhaus in die Kirche fliegen können. Der Suchscheinwerfer leuchtete in die Kathedrale.

»Da unten sind Kesken und Philipp«, sagte Carlos. »Halten Sie die Maschine genau hier. Wir müssen das Drahtseil zu den beiden herunterlassen. Geht das?«

Der Pilot nickte und Carlos stieg nach hinten in den Laderaum. Kesken und Philipp winkten. Der Soldat ließ das Stahlseil langsam zu ihnen hinab. Doch es reichte nicht bis zum Boden, sondern schwebte unerreichbar über den Köpfen der Eingeschlossenen.

»Sie müssen weiter runter«, sagte Carlos über Funk.

»Ich kann nicht«, entgegnete der Pilot. »Wir können nicht ins Dominnere fliegen.«

»Wir müssen.«

»Zu gefährlich. Stellen Sie sich vor, die Rotoren kommen an die Steine. Das Loch ist nicht groß genug.«

»Dann brauchen wir eben ein längeres Seil.«

»Das hier ist schon verdammt lang, extra für solche Einsätze.«

»Dann müssen Sie weiter runter.«

Der Pilot schüttelte den Kopf, worauf Carlos ihm drohend seine Hand auf die Schulter legte. »Wenn Sie sich weigern, werde ich uns abstürzen lassen. Sie werden mich wohl kaum kontrollieren und gleichzeitig die Maschine fliegen können.«

»Sie können doch nicht …«

»Doch, ich kann. Und kein Wort über Funk. Ich setze mich jetzt neben Sie, und glauben Sie mir, ich reiße uns samt Maschine nach unten. Und der Kerl im Laderaum wird Ihnen auch nicht helfen können.«

Als der Pilot zögerte, schrie Carlos ihn an: »Übergeben Sie mir!«

Der Pilot hatte keine Waffe. Wenn dieser kräftige Mann in dem winzigen Cockpit ausflippte, dann gute Nacht. Er schaltete die Lenkung auf den Kopiloten. Carlos übernahm.

»Trauen Sie sich das zu?«, fragte der Pilot.

Ehe Carlos antworten konnte, hörten sie eine Stimme über Funk: »Was ist bei Ihnen los? Was machen Sie da oben? Geben Sie Meldung.«

»Passagier Carlos will *Scorpion* durch das Loch im Kirchendach fliegen.«

Carlos sah den Piloten wütend an. Hatte er ihm nicht gesagt, er solle die Klappe halten?

»Unmöglich. Sie können …«, begann der Einsatzleiter.

»Es ist möglich«, unterbrach ihn Carlos. »Denn wir müssen es schaffen. Wenn Ihr Pilot nicht macht, was ich sage, werden wir alle sterben.« Dann drückte er den Funkverkehr weg und senkte den *Scorpion,* flog ihn ein wenig hin und her, als wolle er sich einpendeln. Würde er die Maschine einfach waagerecht absinken lassen, wäre das Loch zu klein, so aber stellte er die Maschine genau in dem Moment, als sie durch die Dachöffnung flogen, ein wenig schräg und benötigte nicht so viel Raum für die Rotoren. Ein zweiter Schwenk, und der Hubschrauber flog im Innern des Kirchenraums wieder waagrecht.

»Geschafft«, sagte Carlos zu dem Piloten, auf dessen Stirn sich Schweißperlen gebildet hatten.

»Aber wir werden hier nie wieder rauskommen.«

»Das war auch nicht mein Ziel.« Carlos schaute nach unten zu Kesken, der das Drahtseil, das nun bis hinab auf den Boden reichte, einmal unter der Bank hindurchführte und festmachte.

Dann gab Kesken dem Soldaten im Laderaum ein Zeichen. Er stellte die Winde wieder an. Sie drehte sich, dann stockte sie, da die Bank fest in der Verankerung saß und die Bodenplatte sich nicht anheben ließ. Carlos versuchte, den Hubschrauber waagrecht zu halten. Falls die Rotoren an eines der Mauerstücke kämen, würde er abstürzen. Doch die Winde schaffte es nicht. Carlos zog den Steuerknüppel zurück und der Hubschrauber selbst bewegte sich nach oben.

»Weiter!«, schrie er, als wolle er den *Scorpion* mit seinen Worten nach oben peitschen.

»Sind Sie wahnsinnig?«, brüllte der Pilot. Dann krachte es und ein Ruck ging durch den Hubschrauber, der nach oben schoss und fast an die Dachreste stieß. Unten riss es die Befestigung der Bank aus der Bodenplatte, die dabei auseinanderbrach. Jetzt baumelten Bank und ein Stück Bodenplatte in der Luft und das Loch über Moritz war mit einem Mal groß genug für zwei. Augenblicklich griff Kesken nach der Hand des Eingeschlossenen und zog ihn zu sich hinauf.

Carlos senkte den Hubschrauber erneut nach unten. Philipp machte die Bank los und das Drahtseil wurde von der Winde eingefahren.

»Gleich spannen die da oben im Hubschrauber die Gurte ans Seil, lassen es zu uns runter und holen uns raus«, sagte Kesken zu Moritz, dem vor Erleichterung die Tränen über das Gesicht liefen.

Die drei warteten, doch der Soldat im Laderaum machte keine Anstalten, das Seil noch mal herunterzulassen.

Samagars Festung Tukum

Samagar lief nervös auf und ab. Warum war sein General nicht in der Nähe? Angeblich organisierte er die Nachschublinien. Der Riese Kalev hatte die Menschen befreit und seine Fledermäuse in den Abwassertunnel unter dem Westflügel Tukums gehaucht. Zu Hunderten hatten diese Mistviecher die Wachen ausgeschaltet und die Menschen aus dem unterirdischen Labyrinth geführt.

In Gedanken versunken, betrachtete Samagar das Mosaik vor Professor Burkers Gemach. Er strich darüber. Was würde geschehen, falls er endlich den echten Schwarzopal gegen das Imitat im inneren Auge austauschen könnte? In einem alten Vers der Legende hieß es: *Es ist ein Stein und ein Weg, der zum Letzten und zum Ersten führt.* Es musste also ein Portal sein, das dieser Stein im Mosaik öffnen würde. Aber wohin führte es? Der Legende nach sollte ein Kind, das weder Elf noch Alb noch Troll war, im Besitz des Opals sein. Samagar hatte dieses Kind vor Jahren einmal am Tartunmeer fast erwischt, doch seine Eltern hatten es verstecken können und der Vater hatte Samagar die Narbe in seinem Gesicht zugefügt. Das Kind musste heute erwachsen sein. Dem Vater des Kindes war dieser Stein damals von Paides Vater gegeben worden, der wie die tote Königin selbst Elfenblut in sich getragen hatte. Aber nun war Paides Vater schon längst verstorben und Paide war von Samagar zum Tode verurteilt worden. Samagar konnte sie also nicht mehr foltern, um herauszufinden, wie jenes Wesen hieß, das den Stein in seinem Besitz hielt. Mit diesem Gedanken betrat er das Gemach des Professors, der vor seinem Schreibtisch saß und in seine Aufzeichnungen vertieft war. Vor ihm lagen die Notizen und Skizzen, verschieden große Trollaugen, das Innenleben einer Augenhöhle und Berechnungen zur Größenanpassung zwischen Troll- und Menschenauge.

»Gibt es ein Problem?«, fragte Samagar mit drohendem Unterton.

»Das Nervengewebe des Trolls stößt das Auge des Menschen immer noch ab. Ich brauche andere Menschenaugen, sonst ist die Operation endgültig gescheitert.«

»Sie wissen selbst, dass die Menschen vorerst nicht greifbar sind. Ein Riese hat sie befreit. Wir brauchen eine andere Lösung«, knurrte der Trollkönig.

Der Professor schüttelte den Kopf. »Es gibt keine andere Lösung.« Sollte er dem Troll Murmeln einsetzen? Was stellte sich dieser gewalttätige Dilettant, der ihm eben im Rubin fast die Nase gebrochen hatte, eigentlich vor?

»Das ist Ihr Problem, Professor.« Samagar schob die Daumen unter die beiden breiten Lederträger, die sich vor seinem Körper kreuzten. Den roten Mantel, der sonst seinen pelzigen Leib verdeckte, hatte er weit geöffnet.

Der Professor stützte die Hände auf die Schreibtischplatte. »Die Augenhöhlen werden bald austrocknen, dann ist eine Transplantation nicht mehr möglich.«

»Die Mission darf und wird nicht scheitern.« Samagar hob das Augenmodell an und spielte mit ihm, warf es von einer in die andere Pranke.

»Könnten Sie es bitte wieder hinstellen?«

Anstatt einer Antwort brach der Troll das Auge entzwei und blaffte: »Wo kriegen wir Menschenaugen her?«

Burker wurde bleich. »Vielleicht von diesem Jungen? Er soll das Mädchen bei sich haben, das ich für die Transplantation vorgesehen hatte.«

»Sie sind in den Bergen – die Zwerge werden sie uns sicher in ein oder zwei Tagen herschaffen.«

»Zu spät«, sagte Burker.

»Es gibt kein zu spät. Ist das klar?« Samagar packte die Armlehne des Stuhls und hob den Professor an. Er hauchte ihm seinen fauligen Atem ins Gesicht und ließ ihn langsam wieder herab. »Sie werden sterben, wenn Sie es nicht schaffen.« Er nahm ein Blatt vom Schreibtisch: »Das soll auch mein Volk lesen können.« Dann sah er Burker an: »Solche Augen wie Ihre brauchen wir.«

»Aber ich habe nur zwei. Und die brauche ich selbst, damit ich operieren kann.«

»Falsch«, sagte Samagar. »Sie haben vier. Ihre Melissa wird nichts spüren. Und jetzt lasse ich den Trank zu ihr bringen, damit sie schläft.«

»Das ist doch wohl nicht Ihr Ernst?« Burker fuhr drohend hoch. Doch was sollte er gegen den Troll ausrichten? Und so fasste er das zerstörte Augenmodell und schleuderte es gegen die Wand, wo es krachend zersplitterte.

»Beruhigen Sie sich«, sagte Samagar. »Und machen Sie sich keine Sorgen. Die Augen Ihrer Frau werden keinen Schaden nehmen. Ich werde Ihnen später andere Menschenaugen für Ihre Melissa besorgen.«

»Das werde ich nicht mitmachen.«

»Dann werden Sie beide sterben.«

Kölner Dom, Innenraum, Hubschrauber

»Was um Himmels willen haben Sie vor?«, rief der Bundeswehrpilot, als Carlos den Autopiloten einschaltete.

»Gucken Sie nicht so«, sagte der Mexikaner. »Wir werden aussteigen müssen, ehe die Maschine abschmiert, oder wollen Sie sterben? Zurück durchs Dach kriegen wir das Ding nicht mehr.«

Der Pilot schwieg einen Moment, dann sagte er zu seinem Vorgesetzten in den Funk: »Wir müssen die Maschine verlassen.«

In was für eine Lage hatte ihn dieser Wahnsinnige gebracht?

Carlos unterbrach den Funkverkehr wieder. »Genug geredet. Verbieten kann er uns den Ausstieg ohnehin nicht.«

»Das wird Konsequenzen für Sie haben.« Der Pilot ballte zornig die Fäuste.

Statt einen Gurt am Drahtseil herunterzulassen, um Kesken, Moritz und Philipp hochzuziehen, seilten sich Carlos, der Pilot und der Soldat aus dem Hubschrauber ab.

»Was soll das?«, fragte Kesken, der Carlos unten in Empfang nahm und ihn abschnallte. Er musste schreien, der Lärm des Motors war ohrenbetäubend.

»Für lange Erklärungen ist keine Zeit. Wir müssen zum Leiterwagen.«

Pansakur, Zone des schwarzen Lichts

General Lanf kümmerte sich nicht um den Nachschub, wie Samagar glaubte. Er ritt vielmehr direkt in die Zone des schwarzen Lichts. Wie schon so oft suchte er Paide in ihrer Hütte auf.

»Eure Zeit ist gekommen. Wir müssen die Gunst der Stunde nutzen, Paide. Khanahas wird bald ungeschützt sein, weil Samagar jeden kampffähigen Troll in den Krieg schickt. Er will die Macht über Terra und am Ende will er auch noch die Menschen von der Erde vertreiben.«

Wäre der General nicht gewesen, wäre die Königin nach der Machtübernahme Samagars enthauptet worden. In all den Jahren, seit sie im Verborgenen lebte, war Lanf ihre einzige Hoffnung gewesen. Zuerst hatte er sie in einer Höhle im Makoongebirge versteckt. Nachdem sich aber die schwarzen Alben und Zwerge auf die Seite Samagars geschlagen hatten, hatte Lanf den Herrscher auf die Idee gebracht, zum Schutz der Stadt Khanahas die Zone des schwarzen Lichts errichten zu lassen. Samagar hatte nicht geahnt, dass sein General genau dort Paide versteckt hielt.

»Setzt Euch erst einmal«, sagte sie und reichte ihm eine Tasse Fadenkrauttee. Lanf schaute hinüber zu dem Schwarm Irrlichter, die um die silberne Lichtkugel über dem Bett kreisten, und sagte: »Die Truppen warten nur noch auf das Signal zum Angriff.«

Paide setzte sich ihm gegenüber an den Tisch, der wie alle übrigen Möbel aus Birkenzweigen geflochten war. Sie trug ein mit Brokat besetztes Kleid, hatte sich das Haar zurückgebunden und ihren Kopf dort, wo die pelzigen Ohren herausstachen, mit einer eng anliegenden Kappe aus rotem Samt bedeckt. Wenn sie einst wieder vor ihr Volk treten sollte, wollte sie es erhobenen Hauptes tun, nicht wie eine Frau, die lange kein Licht mehr gesehen hat. Ihr nur leicht behaartes Antlitz besaß die glatten Züge einer Katze, auch war ihre Nase nicht knorrig wie sonst bei den Trollfrauen üblich. Schließlich hatte sie das Blut eines Elfen in ihrer Familie. Der General zuckerte den Tee, das leichte Klicken des Löffels am Becherrand und das Summen der Irrlichter waren die einzigen Geräusche in der Hütte.

»Ihr solltet weniger Zucker nehmen.«

Lanf lächelte. Seine vier gelblichen Hauer hatten kleine Löcher. »In meinem Alter brauche ich häufiger meinen Verstand als meine Zähne.« Er war ein erfahrener Stratege und hatte schon Paides Vater beraten. »Samagar und Kalman gehen davon aus, dass sie Ontika einfach überrollen werden.«

»Was wollt Ihr dagegen tun, Lanf?«

»Das Spiel mitspielen. Aber dann müsst Ihr mir helfen, die Partie im letzten Moment für uns zu entscheiden.«

»Wie?«

»Deshalb bin ich gekommen.«

Makoonberge, auf dem Weg zu den Weltsäulen

Während General Lanf in der dunklen Zone Paide in seinen Plan einweihte und Samagar gerade Burker dazu zwang, die Augen seiner eigenen Frau zu transplantieren, erschien ein Totgeglaubter im Makoongebirge über Maron und Merike: Valkaal. Er saß auf dem Rücken seines treuen Hippogryphen Halem. Weit unter sich erkannte er zwei winzige Punkte. Was aus seiner Perspektive nur eine gleichförmige Schräge war, auf der sich zwei Menschen nach oben kämpften, war für Merike und Maron eine Anhäufung von meterhohem Lavagestein, das es zu überwinden galt. Ständig blieben sie an den rauen Flächen hängen und schürften sich die Haut auf.

Halem kreiste über ihnen. In seinem Herrn hatte das Silma wieder zu glimmen begonnen. Der Hass auf Kalman hatte Valkaal am Leben gehalten. Fürst Kalman selbst verharrte nach wie vor im Kokon, aber er konzentrierte sich nun auf Mentin und Farmal. Um sich vor einer Trollpatrouille zu verbergen, waren sie tief hinab in die weit verzweigten Gänge unter Samagars Festung gestiegen …

Nordöstliches Ontika, Land der Lichtalben

»Sollen wir wirklich keine Meldung nach Ontika schicken? Vielleicht brauchen wir Verstärkung«, schlug Lortans Berater vor. Doch Lortan wollte jene Trollverbände, die sich an der Grenze zu seinem Land in Kentar versammelt hatten, allein in die Flucht schlagen. Er hoffte, den Kartuns, mit denen er wegen des Wassers schon so lange im Streit lebte, ein wenig von ihrem Land abnehmen zu können.

So versammelte er zweihundert seiner besten Krieger und stürmte mit ihnen gen Kentar, nicht ahnend, dass hinter der Grenze Tausende Trolle und Kurats lauerten, die sich gerade bereit machten, in den Süden Terras einzumarschieren.

Kurats, die auf ihren Hippogryphen Patrouille flogen, entdeckten die zu Pferde heranstürmenden Alben als Erste und meldeten es sogleich Kalman in seinem Kokon.

Ehe noch die Irrlichter Samagar über den Überraschungsangriff informieren konnten, schickte Kalman weitere Hippogryphen. Und der Albenkönig hatte noch nicht einmal die Grenze zu den Kartuns überschritten, da stießen schon die Hippogryphen auf sie nieder. Mit lautem Kampfgeschrei flogen die Albenkrieger aus den Sätteln der Pferde auf, zogen ihre Schwerter, doch die Klauen der Hippogryphen krallten sich in ihre Flügel, zerfetzten sie in der Luft, ohne dass auch nur ein Kurat verletzt worden war. Die Alben fielen wie verwundete Falter zu Boden. Dann zogen die Kämpfer Kalmans, die Gunst der Stunde nutzend, weiter und warfen den toten Lortan über der Albenburg ab.

Der Krieg gegen Ontika hatte begonnen.

Kölner Dom, Innenraum

Der *Scorpion* taumelte in Schieflage, einer der Rotoren berührte mit einem Knall einen Strebepfeiler. Zwei Flügel brachen ab, schlugen Funken. Wie ein Pfeil schoss eines der Rotorblätter durch die Kathedrale, knallte gegen einen Trümmerhaufen, sprühte wieder Funken, splitterte und blieb liegen. Der demolierte Rumpf des Hubschraubers mit dem verbliebenen Heckrotor raste quer durch den Dom, krachte mit dem Heck ins Ostwerk und gegen die Außenmauer. Wie in Zeitlupe brach das Gemäuer zusammen. Der *Scorpion* bohrte sich in den Boden. Einen Moment war es still, dann explodierte der Hubschrauber in einem mächtigen Feuerball.

Keskens Männer und die beiden Soldaten sahen, während sie auf dem Rumpf des Nordturms standen, wie ein zweiter Tank des Helikopters in die Luft flog und die einzelnen Trümmerteile ausbrannten.

Dann war es wieder still – totenstill.

Erst als ein kalter Wind durch das zerstörte Gebäude zog, heulten die Orgelpfeifen und stimmten ein unheimliches Konzert an. Nach einer Weile drang der Lärm eines nahenden Transporthubschraubers in das Bewusstsein der *RescueMe*-Truppe. Sie sahen über die Domplatte hinüber zu den Journalisten, die rund hundert Meter entfernt bei St. Andreas warteten. Blitzlichter, Kamerascheinwerfer, alles zeigte in ihre Richtung. Der zweimotorige Transporthubschrauber war mindestens doppelt so groß wie der *Scorpion*. Das grelle Licht des Suchscheinwerfers war kalt, doch es kam Kesken wie eine wärmende Quelle vor. Solch eine magische Kraft musste das kühle Licht einer Neonröhre auf Nachtfalter haben.

Die beiden Soldaten im Laderaum schwenkten eine Lampe und die Maschine senkte sich ein wenig, schließlich ließ sich einer der Soldaten mit einem Tragegurt zu ihnen herab und half einem nach dem anderen hinauf – sie waren gerettet. Kesken schaute von oben auf den Dom, während er von einem weiteren Soldaten in den Hubschrauber gezogen wurde. Das Motorgeräusch war ohrenbetäubend. Er dachte an die Eingeschlossenen, an den Journalisten Kai Jedicke und die Forscherin Helen King. Wahrscheinlich waren sie längst tot, begraben unter dem Koloss. Er hatte es in der Hand gehabt, sie zu retten. Doch er war zu spät gekommen.

Pansakur, am Fuß der Makoonberge

Enite, Ezeras und Nangolf hatten unweit des demolierten Trollwachpostens an der Malroëschlucht einen Abstieg über einen gewundenen Pfad gefunden. Ezeras ritt als Erster auf die Brücke, die über den ausgetrockneten Fluss in die weitläufige Ebene vor den Außenbezirken von Khanahas führte.

»Ist dieser Berg« – Enite zeigte nach Westen – »schon früher dort gewesen?«

Ezeras antwortete nicht auf die Frage, sondern ritt stur weiter. Er wollte keine Fragen, keine Abenteuer, keinen knurrenden Magen mehr. Er wollte dieses elende Khanahas schnellstmöglich durchqueren, über die Grenze nach Ontika reiten und etwas Vernünftiges essen. Als ihm seine Freunde nicht folgten, zügelte er seinen Titurel. »Was ist? Kommt endlich! Wir müssen weiter!«

»Vergiss dein Versprechen nicht!«, rief Nangolf. »Wir müssen die Menschen finden.«

»Was hat das mit dem Berg zu tun?«

»Lass uns einen Blick drauf werfen«, sagte Enite. Mürrisch ließ sich Ezeras dazu überreden.

Als sie sich der Erhebung näherten, sagte Enite: »Seht ihr die Felsspalte? Das ist der Pirita, der uns zu Kalev gebracht hat.«

»Warte, nicht so voreilig«, warnte Ezeras die Druidin, die direkt auf den Felsspalt zuritt. »Du solltest mithilfe des Kringskrauts in den Pirita hineinschauen. Ich möchte nicht wieder in einen See gespuckt werden.«

Enite nickte. »Obwohl ich sicher bin, dass Kalev hier war.« Sie deutete auf die umgeknickten Tannen auf dem Bergrücken. »Das könnte sein Fußabdruck sein.« Mit diesen Worten wollte sie das Kraut, das seherische Fähigkeiten verlieh, aus dem Horn nehmen. »Das darf doch nicht wahr sein!«, rief sie. »Wirges hat den Beutel nicht in das Horn zurückgetan.«

Nangolf atmete schwer. »Er hat geschwindelt.«

»Gelogen hat er«, erklärte Ezeras. »Ich hätte ihn fressen sollen. Dieser verdammte …«

»Er hatte Angst, uns die Wahrheit zu sagen«, unterbrach ihn Enite. »Er war nur ein Kobold, er meinte es nicht böse. Du solltest nicht so über ihn reden!«

Im Licht von Enites Fackel schritten die drei hintereinander in den Pirita. Wieder liefen sie am Abgrund entlang und wieder ging ein leicht säuerlicher Wind, der Atem des Berges, der die Fackeln rhythmisch auflodern ließ.

»Hört ihr das?«, fragte Nangolf. »Stimmen!«

»Kalev hat die Menschen hier irgendwo versteckt«, sagte die Druidin.

Da schossen plötzlich schattenhafte Gestalten auf sie zu, würgten Ezeras und Nangolf und warfen sie zu Boden. Enite hielt den Angreifern die Fackel entgegen. Überall waren Menschenaugen zu sehen, weit geöffnete Menschenaugen. Die Druidin schleuderte einen leichten Blitz. Augenblicklich erstarrte die Menge.

»Lasst die beiden sofort los!«, sagte Enite.

»Verschont die Kinder«, bettelte eine Frau, die ein zerrissenes schwarzes Kleid trug. »Nehmt unser Leben, aber lasst die Kinder.«

»Ihr müsst keine Angst vor uns haben«, entgegnete Enite. »Wir wollen euch helfen.«

»Und was ist mit ihm?« Die Frau blickte zu Ezeras, der sich aufrappelte. »Ist er …?«

Der Achteltroll schüttelte den Kopf. »Keine Sorge. Ich bin kein Troll.«

»Habt ihr geschlafen?«, fragte Enite.

»Wie kommen Sie darauf? Wie sollten wir? Wir haben Angst!«, erwiderte die Frau und flehte Enite an: »Bitte, ihr müsst uns hier herausholen. Es ist ein Albtraum. Der Berg lebt.«

»Zurzeit ist er der sicherste Ort für euch.« Sie hielt die Fackel in die Runde. Einige der Menschen hatten sich erschöpft hingehockt. Lange würden die meisten nicht mehr wach bleiben.

»Schläft das Kind?«

Der Mann, der es in seinem Arm hielt, nickte.

»Ist es dein Kind?«

»Seine Eltern sind tot.«

»Ich sage euch, ihr dürft nicht schlafen, sonst kommt ihr nie wieder hier raus.« Zu ihren Freunden gewandt fügte Enite hinzu: »Sie brauchen Alati.«

»Aber woher sollen wir die Zutaten für den Trank nehmen? Auf dem Berg wachsen zwar Kräuter, aber das Bilsenkraut und die Eibischwurzel gibt es nur in Ontika«, gab Nangolf zurück.

»Ich werde das Alati besorgen«, sagte Ezeras. »Die Trolle haben es. Maron hat schließlich eine Flasche im Gemach des Professors gefunden. Es wird also irgendwo einen Händler geben.«

Gipfel im Makoongebirge

»Trink das Alati«, sagte Maron.

Er gab Merike die Flasche mit der bläulichen Flüssigkeit, die ihr immer noch übel aufstieß. Hatte er ihr nicht versprochen, dass sie sich an den Geschmack gewöhnen würde? Immerhin gab ihr der Trank Kraft, denn sie stieg nun beherzt die letzten Felsbrocken hinauf zum Rand des Kraters, der wie eine flache Schüssel vor ihnen lag. Aus seiner Mitte wuchs eine der Weltsäulen – gelb und riesig war sie, und sie verband den Vulkan mit der Erdkruste, die wie ein wolkenverhangener Himmel im Nebel über ihnen lag.

»Wir müssen da raufklettern.« Maron schritt vor Merike über den Kraterrand. Das gelbe Berglicht schimmerte bizarr durch den Basalt unter ihren Füßen.

»Gibt es hier irgendwelche Wesen?«, fragte Merike.

»Wie kommst du darauf?«

»Ich habe eben ein Augenpaar zwischen den Steinen gesehen.«

Merikes ängstlicher Blick traf ihn wie ein Schlag. Am liebsten hätte er sie schützend in den Arm genommen. Die stärksten Verbindungen sind die unsichtbaren, sagte ein Elfensprichwort – gemeint war damit die Liebe zwischen den Elfen, aber es schien auch auf die Liebe der Menschen zuzutreffen.

»Das bildest du dir bestimmt nur ein«, sagte er.

»Nein, ich bin mir ganz sicher!« Merike zeigte auf zwei Augen – kreisrund sahen sie zwischen den Steinen hervor.

»Zwerge«, flüsterte Maron. »Lass dir nichts anmerken. Sie lauern in den Hohlräumen unter dem Boden.«

»Und was sollen wir machen?«

»Zur Säule gehen und hochklettern.« Zügig liefen sie weiter, ohne den Blick nach unten zu wenden, wo jetzt Hunderte Augen jeden ihrer Schritte verfolgten.

Auch Valkaal beobachtete sie. Er und Halem kreisten über ihnen. Fürst Kalman hatte wieder Kontakt zu Valkaal aufgenommen. Sein Gefühl hatte ihm gesagt, dass der Botschafter erneut unter den Lebenden weilte. Mentin und Farmal sollten in Samagars Festung erst einmal allein fertig werden. Sie irrten durch die unterirdischen Gänge, in der Hoffnung, endlich einen Aufgang zu finden. Kalman witterte seine letzte Chance, mit Valkaals Hilfe in den Besitz der Karte und des Stabes zu gelangen. Er sah durch das Silma seines Botschafters die beiden Menschen, wie sie an der gewaltigen Säule inmitten des Kraters anlangten.

Maron tastete den gelben Stein ab. Dann setzte er in Armhöhe einen Fuß auf einen daumenbreiten Absatz, der aus dem Stein der Weltsäule ragte, und krallte seine Finger in eine Einkerbung. Schließlich wuchtete er sich hinauf und half Merike. Fußspitze um Fußspitze, Fingerkuppe um Fingerkuppe zogen und stemmten sie sich nach oben. Merike war mal in einer Kletterhalle gewesen und wusste, dass man sein Gewicht immer zur Wand drücken musste und niemals in die Tiefe blicken durfte. Aus den Hohlräumen der Säule, die aus zusammengeschmolzenen Steinen zu bestehen schien, drangen schabende Geräusche.

Nachdem sie einen Gutteil des Aufstiegs geschafft hatten, legten sie auf einem Vorsprung eine Pause ein und blickten in eine der Felsspalten.

»Ich kann nichts erkennen«, sagte Maron.

»Wie auch bei all dem stinkenden Rauch?«, erklärte Merike und deutete nach oben, wo die Säule in gelben Rauch gehüllt war.

Bald hatten sie die Rauchwolke erreicht, die dichter und dichter wurde. Es stank abscheulich. Maron hatte einen festen Tritt unter seiner rechten Fußspitze ertastet und zog sich mit der linken Hand an einer der Ausbuchtungen hinauf, die weit aus dem Stein herausragte. Sie war so groß, dass er sich draufhocken konnte. Als Merike ihn erreichte, erstarrte sie.

»Hinter dir«, sagte sie.

»Was?« Maron drehte sich um, dann sah auch er die Fratze, die in die Säule gemeißelt war. Sie schälte sich langsam aus dem Stein hervor. Kein Zwerg, kein Alb oder Vampir, sondern ein aus Stein gehauener Kopf mit Hörnern – ein Dämon, aus dessen Mund und der Narbe, die quer über sein Gesicht lief, stinkender Schwefeldampf strömte. Unwillkürlich erinnerte Merike die Narbe an jene, die Samagars Gesicht entstellte. Solche gehörnten Kreaturen kannte sie vom Kölner Dom. Daheim hatten sie Fotos von vier Wasserspeiern im Wohnzimmer hängen, direkt neben dem Esstisch. Mehr und mehr der Fratzen zwängten sich aus der Säule. Der Schwefeldampf stieg ihnen aus Mündern, Nasen und Ohren. Manche besaßen drei oder vier Augen, andere trugen Rüssel, Totenköpfe und Drachenkämme. Die Weltsäule schien hier oben aus Albträumen gebaut.

»Hörst du das?«, sagte Merike. Es klang wie ein Raunen, das in einer Menge umgeht, als würden die Figuren tuscheln, sich beratschlagen und Pläne schmieden.

»Weg hier«, meinte Maron. »Los, kletter weiter!«

Da öffnete das unheimliche Wesen hinter ihm seine steinernen Lippen: »Bleibt stehen!«

Der Dämon umklammerte Merikes Handgelenk. Vor Schreck wäre sie fast abgerutscht, aber der Dämon hielt sie fest.

»Wartet. Hört mir zu und kehrt zurück nach Ontika«, sagte er mit dunkler Stimme. »Dort oben auf der Erde erwartet euch nur der Tod.«

»Wer bist du?«, fragte Maron.

»Ich bin der, der es gut mit euch meint. Spiegelbild des Bösen und Freund Waats. Die Engel der Erde sind unsere Teufel. Ohne Waat bin ich nichts, ohne mich ist er nur halb. Ein Unglück ist auf Menschenerde geschehen, das neue Menschenjahr wird ohne Glockengeläut kommen. Und läutet nicht die große Glocke des Domes, so werden die Dämonen der Kathedrale, die in der Silvesternacht zum Leben erwachen, nicht wieder zu Stein. Dort« – er zeigte nach oben – »werden die Verbündeten der Hölle, die von den Menschen in Stein gemeißelt wurden, aufbegehren. Sie werden mit Samagar den Drachen töten und mit ihm jede Zukunft Ontikas und das menschliche Leben.« Die Figur lächelte Merike an: »Hört auf meinen Rat: Lasst euch nicht auf einen Kampf mit den Dämonen der Kathedrale ein, denn ihr Zorn ist unüberwindlich. Die Menschen haben das Wasser durch deren Körper geführt – und Wasser ist für jene Höllenwesen schlimmer, als würde man ein glühendes Schwert durch euch stoßen. Die Wasserspeier werden ihre Schwerter aus ihren Leibern ziehen und euch …«

Ein Krähen unterbrach jäh die Gestalt. Es war Valkaal auf seinem Hippogryphen, der sich auf Merike und Maron herabstürzte.

»Duck dich!«, schrie Maron.

Sofort gingen sie unter dem Kopf des Dämons in Deckung. Doch der Kurat hatte es gar nicht auf die beiden abgesehen, sondern auf einen schwarzen Zwerg. Der hatte in den Spalten des Steins gelauert, um sich jetzt auf die erschöpften Menschen zu stürzen, während die Dämonen in den Stein zurückglitten.

Valkaal schlug mit erhobenem Schwert auf den Zwerg ein. Halem ergriff einen weiteren Zwerg mit seinen Krallen und schleuderte ihn in die Tiefe. Kalman hatte Valkaal befohlen, sich auf Maron zu stürzen, doch dieser gehorchte nicht, sondern beschützte stattdessen die Menschen. Der Fürst fauchte und tobte in seinem Kokon. Während Valkaal gegen die Zwerge kämpfte, lieferte er sich zugleich mit seinem Herrscher einen Kampf im Kopf, einen Kampf der Kräfte des Willens. Kalman konzentrierte all seine Macht, Blitze durchzuckten den Kubus um den Kokon, die acht Türme seines Palastes schienen zu glühen und die Elfen im See der Seelen winselten. Doch Valkaal ließ sich nichts mehr befehlen. Er rief Maron zu: »Klettre hinauf! Bring dich und deine Freundin in Sicherheit!«

Während die beiden höher in die Rauchwolke hinaufstiegen, zog Halem wieder einen Zwerg aus einem Felsspalt heraus wie einen Wurm aus der Erde. In diesem Moment tauchten zwei bewaffnete Zwerge vor Maron und Merike auf. Sie hatten sich in einer Nische weiter oben versteckt gehalten. Maron konnte weder sein Schwert noch den Stab ziehen, da er beide Hände brauchte, um sich festzuhalten.

Da spürte er etwas Kaltes in seinem Nacken, wurde angehoben. Halem fasste ihn und Merike am Kragen und setzte die beiden hinter sich auf seinen Rücken zu Valkaal. Die Zwerge warfen ihre Speere, einer traf Halem am Oberlauf. Der Hippogryph wankte leicht, doch er schwang sich mit wenigen Flügelschlägen auf einen Vorsprung.

»Dort ist der Aufgang zur Erde«, sagte Valkaal. »Geht! Die Stufen werden euch durch die Erdkruste auf die Erde führen.«

Köln, Domnähe, Maternushaus

»Lassen Sie mich durch«, sagte Gernot Buber, der Lokalredakteur des *Kölnischen Kuriers.* Er brauchte ein Foto von Bürgermeister Meurer mit dem geretteten *RescueMe*-Team – Umarmung und Händeschütteln. Das wollte Koch morgen in der Zeitung sehen. Buber drängte sich durch die Menge hinein ins Maternushaus. Es war ein moderner Backsteinbau mit Bibliothek und Konferenzsälen, exklusiven Zimmern und

Wohnungen, wo Päpste und Bischöfe logierten, wenn sie in Köln waren. Nach dem Zusammenbruch des Nordturms hatte die Katholische Kirche das Maternushaus für die Pressekonferenzen zur Verfügung gestellt. Journalisten aus über sechzig Ländern waren mittlerweile vor Ort. Buber stritt sich mit einem unfreundlichen Kollegen des französischen Fernsehteams TV5Monde, der ihn partout nicht durchlassen wollte.

»Jetzt reicht's mir!«, sagte Buber laut und stieß den hageren Mann brutal in die Seite. Der klappte in der Menge zusammen und Buber arbeitete sich weiter nach vorn wie ein Maulwurf, bis er in der vierten Reihe vor der Bühne stand und, den Fotoapparat über den Kopf haltend, abdrückte. Auf dem Display war scharf zu erkennen, wie Kesken und Bürgermeister Meurer sich gerade in den Arm nahmen.

Koch saß in seinem Büro und sah im Fernsehen, wie Kesken nach mehreren Umarmungen sagte: »Das Nachbeben hatte katastrophale Folgen. Ich muss Ihnen mitteilen, dass ich selbst wenig Hoffnung für die verbliebenen …«

Meurer schnitt ihm das Wort ab: »Sie müssen Verständnis haben, dass die Männer von *RescueMe* Ruhe brauchen. Wenn es neue Nachrichten gibt, werden wir Sie umgehend informieren.«

»Was ist mit den übrigen Eingeschlossenen unter dem Dom?«, fragte einer der Journalisten auf Englisch.

»Kein Kommentar«, sagte Meurer.

»Heißt das, Sie haben keine Hoffnung mehr?«, fragte eine deutsche Stimme.

»Habe ich das gesagt?«, fragte Meurer zurück.

»Nicht Sie, aber Herr Kesken hat es doch angedeutet.«

Koch rief die Nummer 1632 im Haus an. Das war der Anschluss von Henning, einem der ehemaligen Erfasser. Früher hatte die Zeitung neun Erfasser gehabt. Sie waren dafür zuständig gewesen, jene Texte ins Computersystem der Zeitung zu übertragen, die von den Journalisten telefonisch übermittelt wurden oder von Mitarbeitern daheim auf Schreibmaschine geschrieben worden waren. Keine Sekretärin der Welt konnte so schnell Texte tippen wie diese neun Schreiber. Durch die Erfindung der E-Mail wurde dieser Beruf überflüssig und man hatte die Erfasser entlassen. Nur Henning nicht, da ihn der Verlegervater noch persönlich eingestellt hatte. So war der einfache Kerl mit dem Spitzbart zu einer Institution geworden. Wenn die Chefredaktion nicht wusste, was Volkesmeinung war, wurde Henning gefragt. Er wusste stets, was die einfachen Leute dachten. Auch bei Überschriften fragten die Redakteure ab und zu den alten Mitarbeiter, der in seinem Raum ein Stockwerk unter der Redaktion saß und meist Zeitung las, fernsah oder Buddelschiffe bastelte – von der Jolle bis zum stolzen Dreimaster. Auf den Regalen standen Hunderte dieser Schmuckstücke in ihren verstaubten Flaschen.

Hennings Telefon klingelte. »Ja, was kann ich für Sie tun, Herr Koch?«

»Haben Sie gerade im Fernsehen die Pressekonferenz aus dem Maternushaus gesehen?«

Henning nickte, dann sagte er ruhig: »Ja.«

»Sollen wir morgen mit dem tragischen Tod der Besichtigungsgruppe aufmachen oder eher die Rettung des *RescueMe*-Teams in den Vordergrund stellen? Die Katastrophe selbst werden wir ohnehin zur Genüge behandeln. Mir geht es jetzt nur um die Pressekonferenz.«

Henning schwieg. Er schaute auf sein neues Buddelschiff. Wenn er gleich an dem Faden, der aus der Flasche heraushing, zog, würde sich das Schiff aufrichten. Es war ein Piratenschiff, wie es Calico Jack in der Karibik vor dreihundert Jahren gesteuert haben sollte.

»Schreiben Sie, dass die Besichtigungsgruppe noch lebt und dass diese Archäologin Helen King gerettet werden wird, denn falls es nicht geschehen sollte, dann gibt es keine Wunder mehr. Aber wir wollen doch alle an Wunder glauben.«

Koch runzelte die Stirn. Was sollte er mit dieser Antwort anfangen? Er konnte doch nicht gegen jede Vernunft auf ein Wunder spekulieren.

Henning zog an dem Faden. Das Schiff hob seine Masten, die Segel wurden straff, und im nächsten Moment lächelte er, als würde die *Revenge* zu großer Fahrt auslaufen.

»Ich glaube nicht an Wunder«, sagte Koch.

»Aber die Menschen sehnen sich nach Wundern. Mit Wundern können Sie Menschen erreichen und Zeitungen verkaufen.«

Koch legte auf und starrte auf den Bildschirm. Die ARD hatte wieder auf den Dom geschaltet. Jeder ging davon aus, dass der Südturm bald fallen würde. Es war, als wollten die Journalisten die negative Nachricht, aber er, Koch, würde das Positive und die Hoffnung in der ganzen Katastrophe suchen.

Wieder nahm er den Hörer hoch und rief den Fotochef an. »Suchen Sie mir ein Foto von Kai Jedicke heraus, auf dem er zuversichtlich in die Zukunft blickt, und besorgen Sie eines von dieser Archäologin Helen King. Es muss eines sein, das einen hoffen lässt.«

»Aber wir haben doch eines. Das ist zwar nicht so gut. Aber schließlich ist die Frau vermutlich schon tot.«

»Das wollen wir doch nicht hoffen, also brauchen wir ein anderes Foto. Wir setzen auf ein Wunder.«

»Damit sind wir die Einzigen.«

»Das glaube ich nicht. Und jetzt machen Sie, was ich Ihnen gesagt habe.«

Khanahas, Vergnügungsviertel

Khanahas glich einer Geisterstadt. Die Straßen waren wie leer gefegt. Nur noch wenige Feuer brannten auf den Mauern. Es war Krieg, die meisten Trolle waren an der Front in Kentar, und die Daheimgebliebenen durften ihre Häuser nicht verlassen – außer sie besaßen eine Genehmigung Samagars.

Ezeras hatte auf seinem Weg ins Vergnügungsviertel zwei bis an die Zähne bewaffneten Trollpatrouillen ausweichen müssen, die nach Plünderern Ausschau hielten. Er befand sich nicht auf der Seite des Viertels, wo sie vor wenigen Tagen gewesen waren, sondern genau am entgegengesetzten Ende. Seinen Titurel band er in einer Seitengasse an, bevor er im Eingang zu den unterirdischen Spelunken verschwand. Kein Troll war auf den Treppen unterwegs, keine Kneipe geöffnet. Wo sollte Ezeras das Alati finden? Tiefer und tiefer schraubte sich die Treppe ins Erdreich. Alles war wie ausgestorben.

»Was machst du hier?«

Ezeras wandte sich um. Nichts zu sehen. Sein Herz schlug ihm bis zum Hals. Der matt leuchtende Phosphorstein in der Nische neben der geschlossenen Kneipentür konnte ihn ja wohl kaum angesprochen haben.

»Hier unten.«

»Wirges! Du lebst?«, sagte Ezeras und schmunzelte.

Der Kobold hatte sich ein Kopftuch aufgesetzt und ein Messer in den Gürtel gesteckt, das an ihm wie ein Säbel aussah. »Ich hab zu überleben gelernt.«

Ezeras musste lachen. »Wie schön, ich mag es, wenn das Essen überleben gelernt hat. Dann ist es frischer.«

Der Kobold sprang in den Schatten, kletterte behände an der Wand hoch wie eine Katze und hockte sich in die Nische neben dem Phosphorstein. Er zog seinen Säbel. »Du machst einen Witz, Ezeras. Nicht wahr?«

»Enite ist weit weg, und hör dir meinen Magen an, was er zu sagen hat. Klingt das lustig?« Tatsächlich knurrte es gewaltig in dem Achteltroll. »Aber keine Sorge. Ich bin froh, dich wiederzusehen. Wir hatten schon gedacht, du bist tot.«

»Wäre ich auch fast gewesen. Wer sollte denn ahnen, dass es verboten ist, seinen Kopf aus der Satteltasche zu stecken? Die Trolle waren gleich mit ihrem Barbarenbesteck hinter mir her, diese Mörder – und dann sind sie alle verreckt, verreckt, verreckt!«, sang er rhythmisch und sprang um den Phosphorstein. »Recht geschieht ihnen das. Die Explosion hat sie explodiert und ich hab alles überlebt. Ich explodiere nicht so leicht.«

»Das kann sein, aber jetzt brauchen wir Alati.«

»Warum?«

»Das ist eine lange Geschichte, für die wir keine Zeit haben.«

Wirges rieb sich die Hände und Füße an dem leuchtenden Stein, die dadurch ebenfalls zu leuchten begannen, dann sprang er auf Ezeras' Schulter und flüsterte ihm ins Ohr: »Das ist ein Problem. Denn der Braumeister darf das Alati nur an Samagars Festungshändler verkaufen.«

»Woher weißt du das?«

»Das ist eine noch längere Geschichte, für die wir noch weniger Zeit haben.«

»Wo ist denn die Brauerei?«

»Brauerei klingt stolz. Lass uns beim Wort Laden bleiben.«

»Und wo ist der Laden?«

»Nicht hier, sondern am Ende der Straße. Du hast bestimmt das einfache Haus mit dem prächtigen hölzernen roten Vogel über dem Türsims bemerkt. Ist doch gar nicht zu übersehen.«

»Ja«, log Ezeras, der sich nicht weiter von dem Kobold belehren lassen wollte.

»Dort müssen wir hin. Aber wie gesagt, er wird uns nichts verkaufen – jedenfalls nicht freiwillig«, sagte Wirges. Mit einer schnellen Handbewegung zwirbelte er sich den Schnurrbart an den Rändern nach oben und benetzte ihn kurz an den Spitzen. »Wie geht es Enite?« Wirges hockte immer noch auf Ezeras' Schulter und schaute ihn neugierig von der Seite an, während der Achteltroll die Treppe wieder hochstieg.

»Sie ist mit Nangolf und den befreiten Menschen in dem Pirita.«

Der Kobold schaute ihn groß an, stellte sich aufrecht hin, zog das Kopftuch ein Stück in die Stirn und nahm den Säbel. »Das klingt gefährlich. Gab es denn schon eine Schlacht?«

»Die kommt noch. Jetzt versteck dich. Wir sind oben.«

Wirges kroch in Ezeras' Kapuze.

»Wo müssen wir hin?«, fragte Ezeras und band seinen Titurel los.

Wirges machte es sich in der Kapuze gemütlich wie in einer Hängematte. Die letzten Tage waren zu hart für einen kleinen Kobold gewesen. Gelangweilt spielte er mit dem Schwarzopal in Ezeras' Zopf, betrachtete das Katzenauge in der Mitte und hielt ihn wie einen Felsbrocken zwischen seinen feinen Fingerchen. Er fühlte über den glatten Stein, ertastete das Zeichen, das darauf eingraviert war: ein Elfenkranz. Nur er kannte das Geheimnis, seine zarten Fingerchen konnten es ertasten, seine scharfen Augen es sehen.

»Hey, schläfst du? Wohin müssen wir?«, fragte Ezeras erneut und trat – mit dem Titurel neben sich – aus der schmalen Gasse.

»Du kennst doch den Weg.«

»Hab ihn vergessen«, sagte Ezeras.

»Du hast geschwindelt«, sagte Wirges. »Aber ich verzeihe dir sofort wieder, denn du bist von edlem Blut.«

»Red keinen Blödsinn.«

»Blödsinnreden ist mein Hobby. Das kannst du mir nicht verbieten. Zudem sind deine Finger zu grob, um die Zeichen zu ertasten.«

»Was schwätzt du da für Dummheiten? Jetzt sag endlich, wo der Laden ist.«

»Geradeaus.«

Schon von Weitem sah Ezeras den roten Vogel.

»Und jetzt?«, fragte er. Und als keine Antwort aus seiner Kapuze kam: »Schläfst du?«

»Ich schlafe nie«, sagte Wirges. »Das habe ich doch eben schon gesagt. Ich bin wach wie eine Fee, die mit ihren flinken Fingern einen Stoff wirkt und dir ein neues Wams näht. Aber ich habe keine Idee, wie wir dort hinein- und am Ende mit dem Alati wieder lebend herauskommen können. Außer …«

»Außer?«

»Außer wir würden uns als Einkäufer Samagars ausgeben.« Der Kobold stellte sich in die Kapuze und drückte die Beinchen fest durch. »Dort drüben läuft ein Händler. Los, hin! Den brauchen wir.« Er sprach Ezeras ins Ohr, als würde er ihn dirigieren.

»Woher weißt du, dass der Kerl ein Händler ist?«

»Weil ich selbst von einem dieser arroganten Einkäufer Samagars gekauft worden bin.«

»Wie? Ich dachte, du wärst den Trollen entkommen?«

»Vermutlich habt ihr euch in der Zwischenzeit nur um diese blöden Menschen gekümmert, statt mir zu helfen. Dabei habe ich stets …«

»Ist ja gut. Ich will es gar nicht wissen.«

»Du lässt mich nie aussprechen.«

»Dann red.«

»Also, ich bin dem Hackebeil des Kochs entkommen und aus Tukum weggelaufen, aber vorher hat mich ein solcher Kerl gegen meinen ausdrücklichen Willen gekauft.«

Ezeras schaute zu dem Troll hinüber, der auf den Laden mit dem roten Vogel zulief und sich kurz umblickte. Sein Gesicht war schmal und die Wangenknochen ausgeprägt. All das konnte Ezeras nur erkennen, weil sich der Troll gerade an einer der wenigen Feuerschalen vorbeibewegte. Ansonsten war die Gasse finster und verlassen.

»Also, was ist nun? Haust du ihn oder nicht?«, fragte Wirges.

Ezeras beschleunigte seinen Schritt. Er wollte sich unauffällig anschleichen.

»Das erste Vögelchen fliegt noch bitter hinein, das zweite Vögelchen ist schon ein wenig Sonnenschein und beim dritten wirst du selbst ein Vogel sein«, deklamierte Wirges.

»Was redest du da?«, fragte Ezeras.

»Ist ein alter Trinkspruch der Trolle. Das hat mir ein Kobold erzählt, den es erwischt hat. Und ich kombiniere eiskalt, dass genau wegen des Trinkspruchs der Vogel über dem Laden hängt. Vor dem Vogel solltest du den Wurm gefangen haben, sonst ist nämlich das Alati weg.«

»Lass deine dummen Sprüche. Was sollen wir eigentlich tun, wenn wir den Troll haben?«

»Er trägt deine künftige Verkleidung.«

Ezeras wusste nicht, ob er es wirklich riskieren sollte, den Troll auf offener Straße abzufangen. Aber einen Plan hatte er nicht. Ezeras beschleunigte also seinen Schritt, bis er direkt hinter dem Troll war. Als der sich umdrehte, landete Ezeras' Faust unter seinem Kinn. Blitzschnell zog ihn der Achteltroll in einen Hauseingang und nahm ihm den Mantel ab.

»Nimm auch das da«, kommandierte Wirges. Es war ein vielfarbiges Amulett. »Das zeigt dem Händler, ob der Troll ein von Samagar berechtigter Einkäufer ist. So etwas hatte mein Händler auch dabei.«

Im Hauseingang blieb ein geknebelter, gut gekleideter Troll zurück, und als es schließlich an der Ladentür unter dem Vogel bimmelte, trat ein kräftiger Achteltroll ein, der an seiner Verkleidung zweifelte. Denn der Mantel war ihm zu lang. Er hatte sich die Ärmel hochkrempeln müssen.

Der Händler hinter der Theke betrachtete Ezeras kritisch.

»Was wünscht Ihr?«

»Alati.«

Ezeras merkte erst jetzt, dass Wirges nicht mehr bei ihm war. Dieser Feigling hatte sich wohl einfach verkrümelt.

»Seid Ihr neu bei Samagar?«

»Habe bislang nur in Tukum selbst für ihn gearbeitet.«

Der Händler sah ihn durchdringend an. »Wie viele Flaschen?«

»Eine Kiste.«

Der Troll griff unter die Ladentheke und zog ein Schwert hervor, das er Ezeras flugs an die Gurgel hielt. »Los, sprecht: Wer seid Ihr?«

»Ein Einkäufer Samagars. Ich soll Alati holen. Wir brauchen es für die Menschen.«

»Jedes Kind in Khanahas weiß, dass die Menschen entkommen sind. Und wenn du mir nicht augenblicklich sagst, was du für ein Kerl bist und wo jener Troll ist, dem der Mantel gehört, spieße ich dich auf wie einen räudigen Kobold.«

In diesem Moment hörten die beiden ein Scheppern. Der Händler blickte erschrocken auf die Ladenscheibe aus dünn geschliffenem Saphir, die mit einem Knall zersprang. Ein Karren stieß mit seinem Heck herein. Ezeras nutzte die Situation, fasste die Schwerthand des Händlers, sprang über die Theke und warf ihn zu Boden. Im nächsten Augenblick erkannte er Wirges, der über den Karren in den Laden sprang. Es war ihm irgendwie gelungen, die Zugdrachen vor dem Wagen rückwärts zu bewegen.

»Wo ist das Alati?«, schrie der Kobold von Ezeras' Schulter aus den Händler an. Der Troll war so verdutzt über den sprechenden Kobold, dass er gleich zur Tür zeigte, die Wirges kurz darauf unter Stöhnen aufstieß.

»Komm her!«, rief er Ezeras zu, der dem Troll die Hände auf den Rücken gebunden hatte. Kurz darauf stand er mit der Kiste Alati, auf der Wirges hockte, vor dem Geschäft, schwang sich auf den Titurel und preschte so schnell er konnte mit Kasten und Kobold davon.

Unterhalb von Samagars Festung Tukum, Operationssaal Rubin

Samagar schaute auf den Professor herab, der das Gesicht in seinen Händen vergraben hatte. Das Licht um ihn herum erschien Burker matt, obgleich die Öllampen brannten. Das Schlafmittel, das der Troll seiner

Frau Melissa gegeben hatte, war zu stark gewesen und ihr Kreislauf zusammengebrochen. Noch während der Entnahme der Augen hatte ihr Herz ausgesetzt. Zwei Wiederbelebungsversuche hatte Burker unternommen, aber es half alles nichts. Melissas Körper lag reglos vor ihm auf dem Operationstisch.

»Ich hätte wissen müssen, dass sie zu schwach für einen solchen Trank war. Er hätte sogar einen Troll wie mich umgehauen.« Samagar sagte es kalt und fuhr fort: »Fehler passieren. Selbst ich habe schon einen begangen, als ich dachte, ich hätte einen Nachfolger für meinen Thron, aber mein Sohn war ein Versager. Deshalb musste ich ihn töten. Sonst hätte mich seine Anwesenheit nur noch mehr verletzt.«

Professor Burker schaute Samagar an. »Ich kann nicht weitermachen. Ich …«

»Sie haben doch Ihre Frau ohnehin nie geliebt, sondern stets nur die Wissenschaft«, unterbrach ihn der Troll. »Jetzt heucheln Sie kein Mitleid. Sie sollten sich beruhigen und Ihre Arbeit fortführen.«

Burker schwieg. Zornig blickte er von dem Leichnam auf und hielt Samagar drohend das Skalpell hin.

»Nehmen Sie das Ding weg. Sie können mich damit ohnehin nicht töten«, sagte der Troll und schaute auf das Gefäß, in dem Melissas Augen in einer milchigen Flüssigkeit schwebten wie federleichte Murmeln. »Sie hatte wirklich schöne Augen, ein grünes und ein braunes. Nun braucht unser Troll diese Augen.«

»Sie gehen jetzt besser«, sagte der Professor.

»Können Sie denn die Operation allein durchführen?«

»Sehen Sie jemanden, der mir helfen könnte?«, entgegnete Burker und ballte die Fäuste.

Köln, Tempel unter dem Dom

Ganz gegen Keskens Vermutung ging es Helen King und Kai Jedicke gut. Die beiden betasteten gerade das Moos auf dem Hügel. Es war weich und durchsetzt mit kleinen schillernden Steinchen. Kai nahm ein Stück Schiefer und stach damit hinein.

»Pass auf, dass du nichts kaputt machst.«

»Fingerspitzengefühl ist mein Job.«

Sie musste lachen. »Dafür bist du ja bekannt. Mal sehen, was da noch alles zum Vorschein kommt«, sagte Helen.

»Langsam sollten wir lieber dran denken, wie *wir* wieder zum Vorschein kommen. Klingt nicht gerade so, als würden die« – er zeigte auf die Decke des Raums – »uns hier rausholen.«

»Ich fühle mich hier sicher.«

»Trotzdem will ich raus.«

Sie nickte, blieb aber neben ihm sitzen. Am Ende würden sie ja doch nur auf Beton oder ein Eisengitter stoßen, dachte sie. Sie waren in diesem Tempel gefangen und hatten sich damit abgefunden, ohne es auszusprechen. Sie spürten den Hunger nicht mehr.

Einzig der Gedanke an ihre Tochter ließ Helen King nicht in Ruhe. »Wie es ihr wohl geht?«

Kai ahnte, von wem sie sprach. »Wir werden sie finden.«

Helen nickte. »Früher war die Kirche magisch für mich«, sagte sie.

»Wie kommst du darauf?«

»Weil ich als Kind immer etwas gespürt habe, wenn ich in eine Kirche ging. So ein Gebäude war mehr als nur ein Haus.«

»Und heute?«

»Weiß nicht. Aber dieser Tempel hat auch so etwas Magisches.«

»Genau wie du.« Erschrocken über seine eigenen Worte, die ihm kitschig klangen und sofort peinlich waren, nahm er den Arm von ihrer Schulter.

Helen ergriff seine Hand und legte seinen Arm wieder zurück. »Das tut gut. Lass mich nicht allein.« Dann grinste sie ihn an und meinte: »Sollen wir mal gucken, was unter uns ist?«

Palast Kalmans, Kokon der Gedanken

Kalmans Kokon bebte. Er hatte einen neuen gefährlichen Feind: Valkaal. Dieser wollte ihn töten. Und Kalman musste tatenlos mit ansehen, wie Valkaal jetzt die Weltsäulen umkreiste und über das Makoongebirge hinwegflog. Bald würde er Khanahas erreichen und dann wäre es nicht mehr weit bis nach Silamäe und zum Palast. Was sollte Kalman dagegen unternehmen? Er musste seinen durchgedrehten Botschafter irgendwie aufhalten. Und die Zeit drängte, denn Valkaal war äußerst schnell unterwegs.

Khanahas

»Halt!«

Ezeras tat, was die vier Trolle von ihm verlangten. Sie waren vor ihm aus einer Gasse gekommen. Die Soldaten trugen nicht die üblichen kupfernen Helme, sondern Kappen aus Drachenschuppen.

»Warum seid Ihr so schnell unterwegs?« Der Kommandant ging um den Titurel herum, beäugte ihn von allen Seiten, zog ihn am Kinnriemen, dann schaute er auf die Kiste, die vor Ezeras auf dem Sattel thronte. »Was ist in den Flaschen?«

»Ich bin ein Händler Samagars.«

»So seht Ihr aus«, sagte der Kommandant kopfschüttelnd und schlug auf die Satteltasche.

»Aua! Ihr tut mir weh!«, rief eine Stimme. Erschrocken zuckte der Troll zurück, als Wirges jetzt auch noch aus der Tasche hervorlugte.

»Hast du geredet?«

Wirges nickte. »Wer sonst? Oder glaubt Ihr, dass hier noch jemand Platz hat?«

Ohne ihn eines weiteren Blickes zu würdigen, fragte der Kommandant Ezeras: »Warum quatscht der Kobold?«

»Weil er so schlecht die Klappe halten kann«, antwortete Wirges und sprang mit einem Satz aus der Tasche. Dabei fiel ihm der Schwarzopal aus Ezeras' Zopf aus der Hand. Bevor jedoch der Kommandant danach greifen konnte, hatte Wirges ihn schon wieder vom Boden aufgefischt und kletterte flugs auf Ezeras' Schulter.

»Zeig mal«, sagte der Kommandant.

»Wollt Ihr den Stein wirklich haben? Er bringt nur Unglück«, sagte der Kobold.

»He! Gib das her!«, rief Ezeras und versuchte, Wirges zu packen.

»Gib ihn mir!« Der Kommandant schlug nach Wirges, traf ihn jedoch nicht, weil der Kobold behände auf den Kopf des Titurels sprang. »Das ist nicht fair«, sagte Wirges.

»Nicht fair?« Der Kommandant und seine Rekruten brachen in schallendes Gelächter aus.

»Lasst uns um den Stein spielen«, schlug Wirges vor und fing sich von Ezeras dafür einen bösen Blick ein.

»Ich will ihn haben, nicht spielen«, erklärte der Kommandant.

»Ich bringe den Stein zu Samagar, dann essen wir den Kobold später zusammen«, schlug Ezeras vor.

»Du wirst doch einen Freund nicht fressen.« Wirges sah Ezeras böse an.

»Dann spielen wir eben«, sagte der Kommandant kurzerhand. »Aber quatscht nicht so viel, sonst lasse ich Euch beide ins Verlies werfen.«

»Und wie spielen wir?« Wirges war siegessicher, im Spiel hatte er immer Glück. Diesen Moment der Unaufmerksamkeit nutzte der Troll aus und packte ihn am Schlafittchen. »So, jetzt hab ich dich, Freundchen. In die eine Hand nehme ich dich und in die andere den Opal. Und dein Freund wird sich für eine Hand entscheiden müssen. So leicht ist das. Wählt er den Opal, kriegt er ihn und ich fresse dich; wählt er dich, so bringe ich Samagar den Stein und du bist wieder frei.« Der Troll legte beide Hände hinter den Rücken und fragte grinsend: »Also, welche Hand nehmt Ihr?«

Ezeras legte die Hand an sein Schwert, zog es jedoch nicht. Die vier Trolle waren bis an die Zähne bewaffnet und ihre Zähne selbst sahen auch wie Waffen aus.

»Die«, sagte Ezeras.

Es war die Faust mit Wirges. Der sprang munter zurück auf Ezeras' Schulter und sagte: »Gewonnen!«

»Und was wollt Ihr nun für den Stein?«, fragte Ezeras. »Ich muss ihn Samagar bringen.«

»Spart Euch den Weg. Ich werde ihn Samagar selbst bringen«, sagte der Kommandant. »Er wird ihm gefallen. Wahrscheinlich befördert mich Samagar dafür.«

»Wir müssen weiter«, flüsterte Wirges Ezeras ins Ohr und schaute auf das Alati. »Wir haben keine Zeit, denn es ist höchste Zeit.«

»Ach, halt die Klappe«, zischte ihm der Achteltroll zu.

»Und jetzt schert Euch zum Teufel«, meinte der Kommandant. »Ihr könnt von Glück reden, dass wir Euch laufen lassen.«

Unterhalb von Samagars Festung Tukum, Operationssaal Rubin

Drei der vier Öllichter hatte Professor Burker gelöscht. Er hockte auf dem OP-Stuhl vor dem Körper des Trolls und schaute in die Augen seiner Frau. Die Augen waren die Fenster zur Seele. Würden sie nun die Seele des Trolls zeigen? Der Troll lag bewusstlos da und starrte Burker mit Melissas Augen an.

»Melissa«, sagte Burker leise.

Lautlos waren Kalmans Slois Mentin und Farmal aufgetaucht. Sie waren auf ihrem Irrweg zufällig hier gelandet. Nun erblickten sie den Rubin. Direkt vor ihnen, am anderen Ende des Raums, lag eine Bahre auf einem fahrbahren Gestell und darauf ein abgedeckter Körper. Farmal hob vorsichtig das grüne OP-Tuch an: »Ein Mensch«, sagte er. »Eine Frau.« Dort, wo sonst die Augen saßen, gab es nur dunkle Höhlen. Die Person im Rubin war also vermutlich der Professor, folgerte Mentin. Eben jener Arzt, mit dem Samagar zusammenarbeitete.

Mentin und Farmal schlichen sich zu Samagars purpurnem Sessel neben dem Rubin und von dort aus zum Eingang des Steins. Ihre schwarzen Körper huschten wie Schatten durch den Raum. Nur das Knirschen unter ihren Füßen verriet Burker, dass sich jemand dem Operationssaal näherte. »Nicht jetzt!«, rief er laut. »Ich brauche Ruhe!«

Die Slois schauten sich fragend an: Was meinte der Professor damit? Mit erhobenen Schwertern betraten sie den Rubin.

Professor Burker drehte sich um und erstarrte. »Wer seid ihr? Was wollt ihr hier?«

»Ein Troll mit Menschenaugen«, sagte Farmal und zeigte auf den OP-Tisch.

»Das ist kein Troll«, sagte Burker. »Das ist meine Frau.«

Mentin grinste und hielt Burker die Spitze seines Schwerts an die Kehle. »Na klar. Das ist deine Frau. Und wo ist Samagar?«

»Was wollt ihr von ihm?«

»Das geht dich nichts an.«

»Wollt ihr ihn töten?« Burker schloss die Augen. Nichts wünschte er sich sehnlicher.

»Wo sind die anderen Trolle mit Menschenaugen?«, fragte Farmal.

»Es gibt keine. Die Menschen sind geflohen.«

»Dann sollten wir diesen Troll mitnehmen«, erklärte Mentin. »Wenn er der Einzige mit Menschenaugen ist, ist er wertvoll. Er wird für uns arbeiten.«

»Das glaube ich nicht«, sagte der Professor. »In ihrem Zustand wird meine Frau ohne medizinische Betreuung sterben.«

»Dann musst du auch mit uns kommen.«

»Nein.«

Mentin hielt die Klinge näher an den Hals des Chirurgen und drohte: »Falls du nicht machst, was wir wollen, dann spieße ich dich auf.«

Kalman rieb sich in seinem Kokon vor Freude die Hände.

Der Professor blickte in das lodernde Silma des Slois. Es erschien wie die Pforte zur Hölle. Er würde sicher in der Hölle enden, aber seine Frau durfte nicht von diesen Kreaturen angefasst werden. Melissas Augen, die Fenster zur Seele. Er schaute auf die Klinge – dann trat er unvermittelt einen Schritt vor. Mentins Klinge bohrte sich mit einem Ruck in die Kehle des Professors. Machtlos konnte der Sloi nur zusehen, wie Burker tot zu Boden sank.

»Was hast du gemacht?«, schrie Kalman Mentin an.

»Ich habe nichts getan«, sagte Mentin. »Er hat sich selbst getötet.«

Kalman wusste es, aber er fuhr den Sloi in Gedanken trotzdem so stark an, dass dessen Kopf zu zerplatzen drohte. Mentin ging zu Boden, wand sich wie ein Wurm, stieß mit dem Bein gegen den OP-Tisch, warf die Geräte im Rubin um und bekam die Wut seines Herrschers nicht aus seinem Schädel. Dann ließ Kalman wieder ab von ihm, und langsam verklang der Schmerz wie ein Ton, der leiser und leiser wird.

Samagars Festung Tukum, Thronsaal

»Einen Stein habt ihr, der mir gehört?«

»Jawohl, Herrscher«, sagte der Kommandant und warf sich mit seinen Untergebenen zu Boden.

»Steht auf. Ich will ihn sehen.«

Der Kommandant erhob sich, hielt den Opal in der ausgestreckten Hand, traute sich aber nicht, seinen Herrscher anzusehen.

»Das muss es sein. Das innere Auge«, sagte Samagar, griff gierig nach dem Opal und hielt ihn zwischen zwei Finger, um ihn genau zu betrachten. »Wahrhaftig. Es könnte der gesuchte Stein sein. Ich werde ihn unten im Gang gegen das Imitat austauschen. Wir werden sehen, ob er es wirklich ist.« Dann lehnte er sich zurück.

»Woher habt ihr es?«

»Gefunden«, sagte der Kommandant. Der Herrscher sah ihn skeptisch an. »Naja ... nicht direkt gefunden. Eine fettleibige Trollfrau hat uns den Stein übergeben. Sie hat ihn gefunden.« Die drei Soldaten nickten bestätigend.

Samagar spürte die Lüge, aber er bohrte nicht nach, sondern sagte schlicht: »Ich werde euch nicht köpfen lassen, obwohl ihr mich belügt. Geht!«

Gebeugten Hauptes verließen die vier rückwärts den Saal, während Samagar auf seinem Thron saß und den Opal mit beiden Händen fest umfasste. Er schaute von dem Schwarzopal auf den Boden, wo der Stein in der Mitte des inneren Auges fehlte. Was würde geschehen, wenn er das Imitat gegen diesen Stein austauschte? Wohin würde ihn das Portal führen? Samagar konnte kaum erwarten, es auszuprobieren.

Außenbezirk von Khanahas

»Warum hast du Idiot mir den Opal geklaut?«

»Ich habe deinen Kopf gerettet.« Wirges saß auf dem Kasten Alati und sah kein bisschen zerknirscht aus.

Ezeras trieb wütend den Titurel an. Wirges klammerte sich an den Kasten, der auf dem Rücken des Titurels hin und her schaukelte. Warum kann der Kobold nicht einfach herunterfallen? Dann wäre ich endlich erlöst von diesem Kerl, fluchte Ezeras in sich hinein.

Als sie die Innenstadt hinter sich hatten, drosselte Ezeras das Tempo. Er kam an einem Haus mit einem Panoramabild von den Makoonbergen vorbei und stemmte sich ein wenig aus dem Sattel. Da erkannte er den gezackten farbigen Halbkreis über der Eingangstür. Dort musste die Trollfrau wohnen, der sie auf ihrem Weg in die Schlucht den Planwagen gestohlen hatten.

»Das ist er!«, rief plötzlich eine Frauenstimme hinter ihm her. Auf der gegenüberliegenden Straßenseite trat die Trollfrau mit ihrem Mann aus einem

Nachbarhaus – vier Kinder im Schlepptau, bewaffnet mit Pfeil und Bogen. Der Vater, der so fett war, dass er sich kaum bewegen konnte, schnappte sich einen der Bogen und zielte auf Ezeras, doch er traf nicht ihn, sondern Wirges. Der Kobold schrie auf. Reflexartig knickte er den Pfeil ab und krümmte sich.

Ezeras galoppierte an. Sein Titurel war schlagartig wach und rannte sich die Seele aus dem Leib. Trolle fraßen zwar kein Titurelfleisch, aber sie spannten die kräftigen Tiere gern vor ihre Karren. Und das war schlimmer als der Tod.

Das Trollpaar lief hinter dem Dieb her und schrie. Noch einmal schoss der Troll einen Pfeil, doch sie waren schon zu weit weg.

»Glück gehabt«, sagte Ezeras.

»Ja, Glück. Wir werden das Alati zu Enite bringen.« Wirges rang sich ein Lächeln ab, während er mit der Rechten seine Wunde abdeckte. Das Blut lief warm über seine Hand und das Leben aus ihm heraus.

Samagars Festung Tukum

Samagar trat aus dem Thronsaal. »Ihr kommt gerade recht.« Lanf wunderte sich über seinen Herrscher – so freundlich war er sonst nie. »Nachschublinien organisiert? Alles in Ordnung?«

Der General nickte und trat neben den Herrscher. Er trug den Dolch im Gewand. Ein eiserner Griff und eine scharfe Klinge, das war die Formel für das Glück seines Volkes. Samagar hielt hingegen sein eigenes glitzerndes Glück in Händen. »Seht es Euch an, das innere Auge. Wir werden den Kampf gegen diese unwürdigen Kreaturen aus Ontika gewinnen und der Stein wird mich über jeden Bewohner Terras erheben. Ich weiß es. So wird es sein.«

Der General schritt neben Samagar her, der zum Mosaik hinunter wollte. Die beiden stiegen in den Aufzug und Samagar rief: »Abwärts!«

Behutsam öffnete Lanf sein Gewand und tastete nach dem Dolch. Schnell zog er die Hand wieder zurück, als Samagar ihn plötzlich umarmte. »Ihr seid der Einzige, dem ich wirklich vertrauen kann, Lanf. All diese Neider um mich, all diese Bücklinge, ich ertrage sie nicht mehr. Ihr habt mir immer gesagt, wenn ich einen Fehler gemacht habe. Dafür danke ich Euch und dafür werdet Ihr nach dem Sieg die Provinz Ontika verwalten dürfen.«

Es rumpelte und ein leichtes Kratzen war zu hören, als der Aufzug wieder einmal an die Wände des Schachts stieß. Der General zögerte. Jetzt und hier konnte er den Krieg verhindern und dem Volk der Trolle einen Dienst erweisen, aber er zog den Dolch nicht.

»Also«, sagte Samagar und schaute ihn freundlich an. »Was sagt Ihr?«

»Eine große Ehre.«

»Ihr sollt sagen, was Ihr denkt. Seid nicht immer so bescheiden.«

»Natürlich werde ich gern diese Aufgabe übernehmen.«

Der Aufzug hielt und Lanfs Gewand schloss sich wieder. Er würde warten und später seinen Plan vollenden. Jahrelang hatte er sich auf den einen Augenblick vorbereitet, hatte jedes Spiel Samagars mitgespielt, hatte seine Tarnung nie riskiert, hatte Paide nie in Gefahr gebracht, doch nun musste er die Geschichte zu Ende bringen. Er musste zum Mörder werden – und konnte es nicht.

Pirita, am Fuße der Makoonberge

»Er kommt!«, rief Nangolf, der am Eingang stand. Wie er hatte auch die Druidin Ezeras' Ankunft sehnlich erwartet. Der Titurel kam näher. Enite schrie auf, als sie erkannte, dass Ezeras nicht nur das Alati dabei hatte: In seinem Arm lag regungslos der Kobold.

»Wirges! Was ist mit dir?«, rief die Druidin anstatt einer Begrüßung.

»Er hat Blut verloren, sehr viel Blut«, antwortete Ezeras.

»Wo hast du ihn gefunden?«

»In Khanahas. Er konnte den Trollen entkommen, aber eben hat ihn wohl ein Pfeil erwischt.«

Die Druidin nahm den Kobold vorsichtig und trug ihn in den Pirita. »Nehmt das Alati und kümmert euch um die Menschen«, sagte sie. Dabei schaute sie weder Nangolf noch Ezeras an. »Ich werde noch mal hinausgehen und sehen, was der Pirita für Kräuter auf seinem Rücken trägt. Vielleicht kann ich Wirges ja einen Trank brauen.« Mit diesen Worten zog sie ihre Sichel aus dem Gürtel.

Sie suchte Zinnkraut zur Stillung des Blutes, die Mistel für die Verletzungen im Innern, die Blätter der Himbeere zur Reinigung und das Hirtentäschel, damit sich schnell eine Kruste über die Wunde legte. Ein Tee, gebraut aus diesen Zutaten, konnte Wirges vielleicht wieder auf die Beine helfen.

Palast Kalmans, Kokon der Gedanken

Valkaal war noch schneller unterwegs, als Fürst Kalman befürchtet hatte – Khanahas lag schon hinter ihm. Bald würde er die Lavaspalte überfliegen, die das Gebiet der Trolle im Norden von Silamäe trennte. Kalman hatte zuerst erwogen, die Leibgarden der sieben Fürsten zu seinem Schutz von der Front zu erbitten. Falls er dies jedoch täte, könnte er nicht mehr sicher sein, ob ihm die Fürsten weiter folgen würden, da sie dann wüssten, dass er in Bedrängnis war. Womöglich würden sie die Situation schamlos ausnutzen. Daher befahl er lieber Mentin, umgehend einen Ausgang aus Samagars Festung zu suchen. Farmal würde Samagar alleine zur Strecke bringen müssen. Und so verließ Mentin alsbald Tukum, flog auf seinem Hippogryph über die Stadtmauer von Khanahas hinweg und hielt Aussachu nach dem abtrünnigen Valkaal.

Farmal war derweil in den Flur mit dem Mosaik gelangt. Er öffnete die erste Tür, die gleich neben dem Aufzug lag: Es war Melissas Zimmer. Das Bett war unberührt, der Schrank geöffnet. Röcke, Blusen und Hosen. Melissa hatte grau gemocht. Der Schreibtisch war aufgeräumt, Notizen in einer Ablage, eine Reihe Lehrbücher zwischen zwei Stützen. Der Sloi ging zurück in den Flur und verschwand jetzt in Burkers Gemach.

In diesem Moment entstieg Samagar dem Aufzug. »Das wird unser großer Tag.«

Lanf nickte. Auf Samagars Rücken war das innere Auge auf den roten Mantel aufgestickt. Lanf musste den Dolch nur dort hineinstechen, genau in die Pupille. Der Zeitpunkt war ideal, der Herrscher blieb ruhig vor dem Mosaik stehen. Lanf fasste den Dolch. Das kalte Eisen des Griffs beruhigte ihn. Er hob den Dolch, wollte zustechen – da drehte sich Samagar um und sagte: »Das nenn ich Glück. Ihr denkt auch an alles, mein alter Lanf« – und nahm ihm den Dolch aus der Hand. Dann kratzte Samagar mit der Spitze der Klinge am Imitat des Schwarzopals in der Mitte des Mosaiks und hob schließlich den Stein ab. Er platzte heraus und fiel zu Boden.

»So«, sagte Samagar und schaute auf Ezeras' Opal mit dem Katzenauge. »Und jetzt kommst du an seine Stelle.«

Da stürmte Farmal aus Burkers Gemach auf die beiden zu.

»Macht was!«, schrie Samagar Lanf an und fügte eilig das innere Auge ins Mosaik ein. Lanf zog sein Schwert und rannte auf den Sloi zu, der seiner Klinge jedoch auswich und ihn einfach beiseite schleuderte. Farmal wollte Samagar niederstechen, holte aus – und stach ins Leere. Der Trollkönig war verschwunden. Lanf zögerte nicht und stieß geistesgegenwärtig dem Sloi das Schwert ins Silma. Die Klinge glühte, Feuer züngelte über das Metall, Lanf drückte fester zu. Mit einem lauten Zischen sank der Sloi zu Boden.

Erdkruste, Aufgang zur Erde

Die Zeit schien unendlich langsam zu vergehen. Marons Beine waren schwer und die Fackel in seiner Hand flackerte. Stunde um Stunde schritt er nun schon mit Merike die Stufen in der Erdkruste hinauf. Kein Essen, kein Trinken, nichts als das Ziel vor Augen. Einige der Stufen waren so hoch, dass die beiden sich mit den Händen auf der nächsten festhalten mussten, um sie zu erklimmen. Sie hatten gerade eine gigantische Sauerstoffblase durchklettert. Merike war fast der Atem gestockt, da die Luft jetzt so dünn war wie sonst nur auf den höchsten Bergen der Welt. Die Schichten der Erdkruste, die sie durchwanderten, reichten von Silizium bis Aluminium und immer wieder gingen rechts und links von der Treppe Gänge ab, die vermutlich in andere Regionen der Kruste führten und von dort hinauf auf die Erde. Über sie gelangten die Zwerge zu nahezu jedem Punkt auf der Welt. Manche der Gänge waren so breit, dass durch sie auf Schienen auch Erdbeber transportiert werden konnten. Doch die Karte auf Marons Hand zeigte den geraden Weg nach oben, Stufe für Stufe ging es hinauf und schließlich endete die Treppe jäh in einer Höhle. War das eine Sackgasse? Maron tastete mit dem Stab die Wände ab, schmolz den Stein um sie herum, doch da war kein Durchgang, nur massiver Fels.

»Oh nein. Wir müssen doch direkt in der Nähe der Erdoberfläche sein«, sagte Maron. »Oder meinst du, wir sollten zurückgehen?«

Merike atmete schwer. »Ich habe dir doch den Beutel mit Fermlunds Asche zurückgegeben?«

Maron nickte.

»Könnte sie uns nicht wieder den Weg weisen?«

Als Maron die Asche aus seiner Hosentasche holte, stieß er einen Fluch aus, denn der Beutel war eingerissen. Die Asche lag lose in seiner Tasche. Er nahm ein wenig davon und ließ sie auf den Boden rieseln. Nichts passierte. Dann warf er sie gegen den Fels. Wieder keine Reaktion. Maron ging in die Knie. Merike hockte sich neben ihn und lehnte den Kopf an die Mauer.

»Ich glaube, wir …«, begann Maron in resignierendem Ton, aber Merike unterbrach ihn: »Sieh mal dort!« Sie zeigte zur Decke. »Ist das eine Platte?«

Köln, Tempel unter dem Dom

»Ich bin auf etwas Hartes gestoßen«, sagte Kai, der das Moos mit dem Schiefer vom Hügel abgeschabt hatte und nun über eine glatte und leicht gewölbte Fläche rieb.

»Sei vorsichtig. Wir dürfen den Fund auf keinen Fall beschädigen.«

»Ich werde ihn wie ein rohes Ei behandeln«, antwortete er. Helen kniete sich neben ihn und riss an einer anderen Stelle Moos ab. Auch sie stieß bald auf festen Grund. »Lass uns mal ein wenig heraustrennen«, sagte sie und holte sich ein Stück Schiefer.

Sie schabte etwas von der Fläche ab, betrachtete die weiße, harte Masse, schmeckte daran und sagte: »Kalk. Es ist eindeutig Kalk.«

»Da sind Schriftzeichen drauf«, ergänzte Kai, der jetzt mit Helen Stück für Stück den Fund freilegte.

»Sie erinnern mich an die Schrift der Amharen, ein Volk in Ostafrika. Aber einige Buchstaben könnten auch aus dem georgischen Alphabet stammen. Leider kann ich die Schrift nicht entziffern, aber es ist sensationell.« Helen betrachtete den Fund fasziniert.

»Sensationell unbrauchbar, denn die Zeichen werden uns hier nicht raushelfen.«

»Pssst. Sei mal still.« Helen horchte und legte ihr Ohr auf den Fund. »Da drin bewegt sich was.« Es klang wie das Glucksen von Wasser, das in einem hohlen Körper hin und her schwappte. »Als ob es ein

Ei wäre«, sagte sie. »Wir müssen es freilegen, um sicher zu sein.«

»Klar, ein Ei«, sagte Kai spöttisch. »Ein zwei Meter langes Dino-Ei.«

»Nein, die Eier der Riesenechsen des Erdmittelalters waren kleiner. Selbst die Eier des Elefantenvogels auf Madagaskar haben gerade mal ein Volumen von neun Litern gehabt. Das hier ist mindestens zwanzigmal so groß.«

Die Form, die sie freilegten, erinnerte wirklich immer mehr an ein Ei.

»Wir sollten aufhören«, meinte Kai. »Falls das ein Ei ist, möchte ich nicht hier sein, wenn das Monster schlüpft.«

Helen legte ihr Ohr auf die Schale. »Du könntest recht haben. Da ist etwas und das will raus. Und es wird ganz schön groß sein.«

Zur selben Zeit saß der gehörnte Dämon auf dem Rumpf des Nordturms, reckte sich und hielt die Nase in den Wind. Er hatte Witterung aufgenommen. Seine steinernen Nüstern blähten sich, dann sprang er ins Kircheninnere. Es war der Duft des Stabes, der ihn anzog, er drang durch das Gestein. Der Dämon kletterte über die Trümmer, witterte und sprang schließlich auf den Altar, der leicht mit Schnee bedeckt war. Dort unter dem Altar war die Quelle des Dufts, der stärker und stärker wurde. Kai und Helen befanden sich nur wenige Meter unter der kalten Marmorplatte des Altars und ahnten nicht, dass über ihnen der Dämon lauerte, während unter ihnen …

Silamäe, Palast Kalmans

»Flieg schneller! Dort ist Kalmans Palast«, sagte Valkaal zu Halem und steuerte auf die Kuppel inmitten der Türme zu.

Mentin war ihnen dicht auf den Fersen. Langsam senkte Valkaal seinen Hippogryphen in eine der sieben Anflugrampen, die eigentlich für die Fürsten bestimmt waren. Bedienstete, denen Kalman in der Waffenkammer eilig Rüstung, Armbrust und Säbel hatte zuteilen lassen, bewachten die Rampen. Zwei der Bewaffneten standen dort, wo Valkaal zur Landung ansetzte. Ihre Silmas leuchteten ängstlich grün. Niemals hatten sie eine Waffe tragen müssen, sondern sich stets um die Kleidung des Fürsten gekümmert. Warum hatte Kalman seine Slois riskiert? Warum hatte er nicht zumindest zwei von ihnen zu seinem Schutz im Palast zurückbehalten? Aber wie hätte er auch ahnen sollen, dass einer seiner Untertanen ihn im Palast angreifen würde? Schließlich war es noch keinem gelungen, sich Kalmans Gedanken zu widersetzen.

Der Fürst selbst lag im Kokon und befehligte von dort aus seine Kurats.

»Empfangt den Verräter gebührend! Versucht, die Beine des Hippogryphen mit den Armbrüsten zu treffen!«, schrie er.

Aber ehe seine Untergebenen einen einzigen ihrer Pfeile abfeuern konnten, hatte Halem sie schon gepackt. Und bevor Mentin ihnen zu Hilfe eilen konnte, war Valkaal bereits in der Kuppel verschwunden.

»Ich kriege dich«, sagte Valkaal zu Kalman. Er wusste, dass der Fürst ihn hörte und er hatte bereits vier der acht Ringe umlaufen, an denen die Zimmer des Palasts lagen. Im innersten Ring war Kalmans Kokonraum.

Je näher Valkaal dem Fürsten kam, desto stärker sog er die Energie in sich auf, Blitze zuckten durch Silamäe. Noch einmal versuchte Kalman, in die Gedanken Valkaals einzudringen, ihn zur Vernunft zu bringen. Doch Valkaal ließ sich nicht mehr beeinflussen.

Nicht weit entfernt ging Halem zum Angriff über. Er sprang aus einer Nische von hinten auf Mentins Hippogryphen und krallte sich in dessen Nacken fest. Der Hippogryph des Slois war fast doppelt so groß und schlug wie wild mit seinen Flügeln, um Halem abzuwerfen. Der jedoch hatte sich in dessen Nacken festgebissen. Ehe Mentin noch wusste, wohin er in diesen sich jetzt wälzenden Knäuel aus Federn, Klauen und Schnäbeln sein Schwert stechen sollte, hatte Halem dem Hippogryphen das Genick durchgebissen. Jetzt erhob Mentin sein Schwert gegen Halem. Der Hippogryph konnte der Klinge gerade noch ausweichen und versuchte nun, dem Sloi den Schnabel direkt in sein Silma zu hacken. Mentin drehte sich blitzschnell zur Seite und schlug ihm stattdessen mit der Klinge den Schnabel ab. Halem schrie auf, um im nächsten Moment den tödlichen Stoß von Mentin zu erhalten. Geschwächt vom Kampf, aber voller Hass lief Mentin Valkaal hinterher.

Durch Halems selbstmörderischen Einsatz hatte Valkaal Zeit gewonnen. Der Fürst sah durch das Silma seines Feindes, wie dieser den Raum betrat und sich dem Kokon näherte. Wollte er das aus Elfenhaar geflochtene Seil, an dem der Kokon hing, durchtrennen? Das Machtzentrum glich einem frei in der Luft schwebenden Wespennest. Mit einem gezielten Schlag würde es zu Boden fallen und dann wäre es aus mit Kalman.

»Denk gar nicht erst dran«, drohte der Fürst. Doch Valkaal hieb auf das geflochtene Seil ein. Es riss nicht. Auch dem nächsten und übernächsten Schlag hielt das Elfenhaar stand. »Hör endlich auf! Ich werde dich töten lassen!«, schrie Kalman. Valkaals Silma glühte und schmerzte. Er versuchte jetzt, sein Schwert in den hauchdünnen Spalt zwischen die Hälften des Kokons zu stecken, um ihn wie eine Walnuss zu knacken. Dabei merkte er nicht, wie sich Mentin anschlich. Gerade aber, als der Sloi ihn von hinten erschlagen wollte, rutschte Valkaals Klinge am Kokon ab und der Botschafter fiel, sodass Mentin ins Leere schlug. Die Klinge surrte an Valkaals Kopf vorbei. Das Eisen schlug Funken auf dem Boden, doch Valkaal rollte sich unter dem Kokon hindurch und rappelte sich wieder auf. Wollte Mentin jetzt nach ihm schlagen, würde er den Kokon treffen. Kalman tobte in seinem Gefängnis. Wie der ruhende Sandsack eines Boxers hing der Kokon zwischen Mentin und Valkaal. Einen Moment lang war es still im Raum, dann rammte Valkaal seine Schulter gegen den Kokon, der sogleich gegen den Sloi schwang. Mentin taumelte. Valkaal stieß ihm den Kokon erneut entgegen, dabei riss das Seil und der Kokon knallte auf den Sloi und begrub ihn unter sich. Der Kokon war nicht zerbrochen. Valkaal umwickelte ihn so schnell er konnte mit dem Elfenhaar. Danach band er sich das andere Ende des Seils um den Leib und schleifte den Kokon hinter sich her aus dem Raum. Kalman gab keinen Mucks von sich, der Sturz hatte ihn außer Gefecht gesetzt.

Kölner Dom

»Ein Rettungstrupp!« Kai stürmte zu dem Punkt, wo ein Geräusch aus dem Boden kam – gleich in der Nähe der Schiefermauer.

»Wieso sollte der Rettungstrupp von unten kommen?«

»Was weiß ich?«, fragte Kai und begann zu graben.

»Hör auf! Das sind keine Bohrgeräusche!«, sagte Helen.

Eine Bodenplatte hob sich leicht, dann sank sie wieder in ihre Ausgangsposition.

»Wenn es ein Rettungsteam wäre, hätten wir längst Stimmen gehört«, fügte Helen hinzu.

»Langsam fange ich an, an Geister zu glauben.«

Kaum hatte Kai das gesagt, begann die Platte zu dampfen und zu schmelzen.

Oben im Dom erwachten an allen Ecken und Enden die Wasserspeier zum Leben, spitzten die Ohren und stöhnten, schrien, fiepten, blökten und riefen. Der Dämon war der Erste. Auf seinem Rücken stach ein Zackenkamm wie eine Gänsehaut hervor. Er lief halb aufrecht, das Abflussrohr im Mund. Dann reckte er seinen Schädel in die Höhe und stieß einen gellenden Schrei aus. Zwei Gehörnte mit Ziegenfüßen folgten ihm, andere schlossen sich an, Teufelsfratzen und gefallene Engel, Schafsköpfe mit Hauern groß wie Schwerter, die ihnen aus dem Maul stachen, Höllendrachen und Höllenhunde, sie alle versammelten sich um den einen Dämon, der sie rief. Dann kletterte er vom Altar und sprang auf die Reste des Hubschraubers, dessen Rotoren wie ein riesiges gebrochenes Kreuz auf den Heiligenfiguren lagen.

»Die Glocke wird gleich nicht mehr um Mitternacht schlagen«, hob der Dämon zu seiner Rede an. »Sie wird nie mehr schlagen, denn niemand wird sie mehr zum Schwingen bringen. Unsere Zeit ist gekommen. Wir sind die Auserwählten, die den letzten Drachen töten und mit den Trollen und Kurats die Welt erobern werden. Die Flut der Steine wird sich über jene Menschen ergießen, die uns in Stein gehauen haben. Flüssig ist die Lava und hart der Fels. Wir werden wach sein. Keiner kann uns mehr aufhalten, keiner uns in den Stein zurückschicken. Darum lasst uns den Drachen und mit ihm das Gute töten.« Er stockte, dann schrie er laut: »Grabt! Mit euren Klauen und Händen, mit euren Hufen und

Flossen. Grabt dem Leben ein Grab und findet den Tempel! Er muss direkt unter dem Altar liegen, er ist die letzte Bastion der falschen Welt.«

Unter dem Palast Kalmans, am See der Seelen

Valkaal kam die steile Treppe aus dem Palast herunter. Fast hätte ihn das Gewicht des Kokons die Stufen hinabgerissen. Der Fürst war immer noch ohnmächtig. Unten empfingen Valkaal die Wächter des Sees, die von den Geschehnissen im Palast noch nichts mitbekommen hatten.

»Haltet mich nicht auf«, sagte er. »Platz! Macht Platz! Ich muss auf die Brücke!«

»Was macht Ihr mit dem Kokon Kalmans?«

Valkaal keuchte erschöpft von der Schlepperei. »Die Elfenfürstin wollte sich des Kokons bemächtigen. Stellt keine Fragen, sonst wird sie womöglich noch von innen den Stein auseinanderbrechen. Und dann bewahre euch Waat. Ihr habt doch sicher von ihren unbändigen Kräften gehört. Dort unten im Wasser soll die Elfenfürstin neben ihresgleichen leiden.«

Die Wächter warfen den schweren Kokon übers Geländer. Kein Tropfen Flüssigkeit drang durch den Stein, als er abtauchte, aber Kalman würde ihn auch nicht verlassen können, denn all seine Macht endete unter Wasser.

»Jetzt lasst die Elfen frei«, sagte Valkaal zu den Wachen.

»Wozu?« Die Silmas der Wachen flackerten verunsichert auf.

»Wollt ihr euch eurem neuen Herrscher widersetzen? Was glaubt ihr, wer in dem Kokon war? Ihr Narren! Ihr könnt gern selbst ins Wasser steigen und Kalman herausholen.«

Die Wachen verneigten sich tief vor Valkaal, ihrem neuen Anführer. »Und nun löst den Fluch von den Elfen. Schließlich seid ihr die Wächter des Sees.«

Kurz darauf entstiegen die Erd- und Luftwesen Ontikas ganz allmählich dem See der Seelen. Langsam verdrängte die Luft, die sie atmeten, das Wasser aus ihren Adern. Die Flügel wurden wieder leicht. Es war ein betörendes Schauspiel, wie über dem See mehr und mehr Elfen flatterten und sich das wenige Licht hier unten in den Mustern ihrer Körper verfing.

»Lasst sie hinaus«, befahl Valkaal. »Öffnet das Tor.«

»Sie werden verbrennen«, entgegnete ihm ein Wächter. »Die Hitze über den Lavaflüssen und -seen wird sie töten.«

»Dann ruft einen Pirita, der sie sicher in ihre Heimat bringt.«

Valkaal war sich darüber im Klaren, dass nicht alle Probleme so einfach zu lösen sein würden. Er hatte keinen Kokon, um seine Machtstellung im Reich der Kurats aufzubauen. Er war auch nicht von der Gier besessen wie Kalman. Ihm fehlte die Kraft, die sieben Fürsten im Zaum zu halten. Er musste einen anderen Weg einschlagen und es mit Diplomatie versuchen.

Kölner Dom

Wie auf ein Kommando hoben die zum Leben erwachten Wasserspeier den Altar an, schleuderten ihn zur Seite und wühlten mit ihren Krallen und Pranken die Erde darunter auf, gruben schnell, schoben Steine, warfen sie wild um sich. Kreuze flogen, Köpfe von Heiligen, Mauerreste und Bodenplatten segelten durch die Luft. Einige der Kreaturen wurden selbst von den Steinen getroffen und schrien laut, während die anderen weiter ihre Arbeit verrichteten. Diese Wesen waren unbezähmbar, geradewegs aus dem Feuer gestiegen und in Stein gemeißelt, gefangen in der Ewigkeit, aber lebendig genug für den letzten Kampf gegen den Stabträger und gegen die Menschen. Unaufhaltsam buddelten sie sich Richtung Tempel, denn von dort kam der Geruch des Jungen, der den Stab besaß und den Drachen wecken sollte.

Helen und Kai ahnten nichts von der drohenden Gefahr über ihren Köpfen. Sie hatten sich hinter das Ei zurückgezogen, denn die steinerne Bodenplatte am anderen Ende des Tempels schmolz. Das Loch wurde größer und größer. Kalte Wolken stiegen daraus empor. Dann geschah nichts mehr.

Gerade als Helen Kai zuflüsterte: »Sollen wir nachschauen?«, versagte ihre Stimme. Zuerst sah sie nur die sehnigen Hände, dann eine Kapuze, die zu einem grünen Umhang gehörte. Die Gestalt, die aus dem Loch stieg, drehte sich in ihre Richtung. Es war ein junges Gesicht, beleuchtet vom flackernden Schein der Öllampe. Helen und Kai kauerten sich enger zusammen. Der Junge hatte einen Stab und einen Bogen über den Rücken gebunden – und er zog sein Schwert, das glühte, als sei es mit Feuer gefüllt. Aus welcher Zeit und aus welchem Raum kam er? Das war kein modernes Schwert und keines aus dem Grab der Kelten, keines aus den Gräbern der Römer oder des Mittelalters. Helen zitterte.

Maron hatte nicht nur das Ei gesehen, sondern auch Helen und Kai entdeckt. Mit wenigen Schritten war er bei ihnen, hielt Kai drohend die Klinge vors Gesicht und knurrte: »Wer seid Ihr?«

Kai war zu keinem Laut fähig.

»Tu uns nichts«, sagte Helen, »Wir …« Weiter kam sie nicht, da rief jemand: »Mama!« Und im nächsten Moment entstieg Merike der Öffnung. Doch kaum lag sie in ihren Armen, kaum spürte sie ihre Wärme, da schaute sie sich panisch um: »Maron!« Gott sei Dank, er war noch da. Sie hatte Angst gehabt, dass alles nur ein Traum gewesen sein könnte.

Maron schaute auf das Ei.

»Du musst es berühren, Maron«, sagte Merike.

»Was redest du da?«, fragte Helen ihre Tochter.

»Nicht jetzt, Mama.«

Kai Jedicke war immer noch wie erstarrt, beobachtete still, wie der Junge den Stab auf die Schale des Eis legte.

»Maron?«, flüsterte Kai. »Maron ...«

Kai und Merike hockten neben Helen und beobachteten, wie etwas von innen die Schale aufpickte, wie ein Küken, das seinen Weg ins Licht suchte.

»Das Ei zerbricht. Marons Stab lässt es brechen«, sagte Merike. Ihre Mutter schüttelte den Kopf. Das alles passte nicht in ihre Welt, die aus Zahlen, Fakten und Daten bestand. Scherben wurden sorgfältig ausgegraben, wurden sortiert und Zeiten zugeordnet, Gräber ausgehoben und Grabbeigaben ausgestellt. Der Tod war ein Datum, das es zu katalogisieren galt. Und jetzt stand dort ein Junge an einem gigantischen Ei, das zerbrach und aus dem womöglich gleich ein Urzeitwesen schlüpfen würde. Und ihre eigene Tochter war mit diesem Jungen aus der Erde gestiegen.

»Bist du Maron?«, fragte Kai, während die Schale überall Risse bekam.

Maron nickte. »Ja, so ist mein Name.«

»Wie alt bist du?«

»Wieso fragt Ihr mich ...?« Dann stockte er, denn das Ei zerbarst, ein kuhgroßes Wesen, eingehüllt in die glänzende Haut einer Fruchtblase, fiel heraus und rutschte zur Seite. Es war grün und sein Kopf länglich, es strampelte ungelenk mit den Beinen und begrub eines der ewigen Lichter unter sich.

»Was um alles in der Welt ist das?«, fragte Helen King.

»Ein Drache«, antwortete Maron.

Bevor noch einer etwas erwidern konnte, knirschte die Decke des Tempels. Gleichzeitig begann das Mosaik an der Wand zu leuchten. Es war das gleiche Mosaik wie in Samagars Thronsaal, das gleiche wie im Flur unter der Festung Tukum. In seiner Mitte erschien ein Schwarzopal mit einem Katzenauge. Maron kannte den Opal. Ezeras' Stein.

Der Drache lag in der Ecke, er atmete schwer, als wolle er Kraft sammeln, um sich aufzubäumen. Das Mosaik leuchtete stärker, die Helligkeit brannte in den Augen und aus dem Licht trat ...

Ontika

Die Truppen der Trolle und Kurats hatten bereits den Krieg über das Albenland hinaus in das Gebiet der Elfen tiefer nach Ontika hineingetragen. Sie drangen ungehindert vor, da die Elfenfürstin Karmine immer noch zur Heilung am Tartunmeer weilte. Ihr Hofstaat und die Druidinnen konnten in letzter Minute zumindest vor den heranrückenden Truppen mit den Elfen-Schiffen auf die Insel Jakwe fliehen. Beinahe jedes der acht Eilande war bewehrt: Kastelle, Burgen und Festungen standen auf den Inseln, die seit jeher in der Hand Ontikas gewesen waren und von Druidinnen bewohnt wurden. Die Bauten hatten ursprünglich nur der Zierde gedient, nun aber bauten die Elfen sie zu schwer einnehmbaren Festungen um, und die Druidinnen belegten Gänge und Zuflüsse mit Bann und Zauber.

Die Angreifer reagierten auf Karmines Rückzug, indem sie Schiffe bauten. Sie wollten die Festungen von der Luft aus mit Hippogryphen und vom Wasser aus mit Booten erobern. Den Kuratfürsten war zwar nicht wohl bei dem Gedanken, aufs Wasser ziehen zu müssen, aber es käme einem Sieg gleich, wenn sie Karmine, die mächtigste der Elfenfürstinnen, in ihre Gewalt brachten. Während die Kommandanten der Trolle schlichte Schiffe anfertigten, zimmerten die sieben Kuratfürsten sieben Flotten mit je sieben verzierten Booten, die mächtige Steinschleudern besaßen. Der Bug jedes einzelnen Schiffs war aus Holz gefertigt und mit braunem Karneol eingekleidet, angetrieben von Ruderern. Die Trolle würden den Takt von Trommlern schlagen lassen, die Kurats hingegen bauten Drachenköpfe an die Buge ihrer Schiffe, aus denen rhythmisch das Feuer schlug. Sie hatten keine Eile, denn die Zeit spielte ihnen in die Hände, da das Trinkwasser auf den Inseln bald knapp werden würde. Lange konnte Jakwe einer Belagerung nicht standhalten.

Genau in diesem Moment trafen Irrlichter von Lanf und Valkaal mit schier unglaublichen Nachrichten ein, wonach Kalman im See der Seelen versenkt worden sei und Paide in Pansakur die Macht wieder von

Samagar übernommen habe. Sollten sie diese Informationen glauben oder war es eine Finte der Elfen?

Köln, Tempel unter dem Dom

Während der junge Drache sich den milchigen Schleim, der ihn noch umgab, ableckte, erschien Samagar, als wäre er direkt dem Mosaik entstiegen. Das Portal des inneren Auges hatte den Herrscher der Trolle in den Tempel gebracht, genau an jenen Ort, an dem er jetzt sein wollte, um Maron und den Drachen aufhalten zu können.

Helen schrie auf und schloss ihre Tochter schützend in die Arme. Was war das für ein gewaltiger behaarter Kerl, der Schwert und Axt trug?

»Oh Gott, das ist Samagar! Er ist ein Troll«, sagte Merike außer sich.

Samagar ging sofort auf Maron los. Zwei Hiebe oben, einer unten, zwei oben ... Maron hielt ihm die glühende Klinge entgegen und wich zurück, die Eierschalen knirschten unter seinen Füßen und die Klingen schlugen Funken.

»Diesmal wirst du Feigling mir nicht wieder durch irgendein Loch entkommen! Dies ist der Moment der Rache. Unter meiner Führung werden die Trolle gemeinsam mit den Dämonen die ganze Kugel Waat erobern!« Samagar schlug hart zu, dann stemmte er seine Klinge gekreuzt gegen die von Maron. Lange würde dieser Menschenjunge seiner unbändigen Kraft nicht mehr standhalten können.

Kai Jedicke war gerade noch steif vor Schreck gewesen, jetzt jedoch suchte er fieberhaft nach einer Waffe. Er nahm einen Stein und schlug ihn von hinten auf Samagars Schädel. Dieser zuckte nur kurz zusammen, schaute sich ungerührt um und sagte: »Du wirst der Nächste sein.«

Maron nutzte die Unaufmerksamkeit Samagars, wand sich blitzschnell unter der Klinge des Trolls heraus und lief zu dem Drachen.

Der Troll hieb auf Kai ein, der in dem Glibber ausrutschte und auf den Rücken fiel. Dann bekam Kai ein Stück Drachenschale zu fassen und rammte dem Troll das spitze Stück in den Unterleib. Samagar brüllte auf und sackte in sich zusammen. Maron schlug ihm das Schwert aus der Hand, Kai rollte sich zur Seite und der Koloss fiel gleich neben ihm auf den Boden.

Für einen Moment trafen sich die Blicke Kais und Marons. Kai schien es, als sehe er in seine eigenen Augen. Maron war der Name dieses Jungen und Maron war der Name seines Sohnes gewesen.

Mit ohrenbetäubendem Lärm brach über ihnen die Decke des Tempels ein. Eine geflügelte, steinerne Kreatur mit dem Kopf eines fetten Kettenhundes und riesigen Hauern stürzte auf Samagars Körper nieder. Aus ihrem Mund stach ein kupfernes Wasserrohr.

»Ein Wasserspeier!«, schrie Helen. »Er lebt!« Sie kannte die steinerne Figur, die am Ostwerk der Kathedrale ihren festen Platz gehabt hatte. Sie blickte hinauf zum Loch in der Decke des Tempels, wo noch mehr Kreaturen auf sie herabglotzten.

»Wir müssen die Glocke schlagen!«, rief Merike und sah zu Maron.

Der begriff sofort: Davor hatte sie die Fratze bei ihrem Aufstieg doch eindringlich gewarnt. Erst der Glockenschlag würde die Wasserspeier wieder versteinern! Aber wo war diese Glocke?

Maron nahm Samagars Schwert und warf es Merike zu, die es geschickt auffing. Helen King konnte es nicht glauben. War das wirklich ihre Tochter?

Der Höllenhund machte ein röhrendes Geräusch, das aus seinem Wasserrohr drang. Er rief die anderen Kreaturen zu Hilfe, doch sie zauderten – allen voran ihr Anführer, der Dämon, obgleich sein Blick die Gier nach dem Blut des Drachen verriet. Sie schauten herab, bereit zum Sprung. Einzig Marons Stab fürchteten sie noch, wussten sie doch, dass er Steine erweichen konnte. Und was waren sie anderes als Stein? Eine Frau mit dem Maul eines Bibers schlug mit ihrer vielschwänzigen Peitsche in den Tempel hinunter, doch Kai bekam ein Ende zu packen, hielt es fest und zog mit einem Ruck daran. Die Frau stürzte herab, genau auf den geflügelten Höllenhund. Bevor sich die beiden aufrappeln konnten, schmolz Maron der Frauengestalt ein Loch in den Rücken.

Maron blickte zu Kai, sah ihm fest in die Augen und sagte: »Bewach du den Drachen!« Dann übergab er ihm das glühende Schwert. »Nimm es. Ohne den

Drachen wird es keine Trennung mehr zwischen den Welten geben. Das wäre das Ende der Menschen. Schütze ihn vor allen Angreifern!«

Kai nickte stumm und nahm das Schwert.

Maron hielt dem Höllenhund den Stab vor das faltige Gesicht. Die Kreatur zuckte ängstlich zurück, dann setzte Maron sich auf ihren Rücken, hielt sich am Kettenhalsband fest und befahl: »Bring mich zur Glocke.«

Der Dämon oben am Rand des Tempels gab den Wasserspeiern das Zeichen zum Angriff. Doch schon flog der Höllenhund, angetrieben von Maron, durch die heulende Menge aus dem Tempel hinauf in die Kathedrale. Mit seiner Meute folgte der Dämon dem Jungen, der auf dem Hund durch die Nacht ritt. Nur wenige Wasserspeier blieben am Tempel zurück.

Kai und Merike stellten sich schützend vor Fermlunds Nachfolger. Der junge Drache reckte und streckte sich und hob seine Flügel an. Er hustete Feuer, als wolle er seine Kehle frei machen. Die Flamme züngelte über Kais Kopf weg hinauf zum zerstörten Dach und erwischte zwei der zurückgebliebenen Wasserspeier, die sich gerade in den Tempel stürzen wollten. Ihre Körper schmolzen wie Butter. Die anderen Kreaturen blickten einen Augenblick hinab. Dann wandten sie sich um und folgten dem Dämon, der dem Höllenhund nachjagte.

Maron versuchte, die Verfolger abzuschütteln und gleichzeitig möglichst schnell hinauf in den Glockenturm zu gelangen. Schneefall setzte ein und der Wind pfiff durch das Skelett der Kathedrale. Plötzlich gab es einen Knall, kurz darauf einen zweiten. Der Dom leuchtete hell auf, als wäre ein Blitz in sein Inneres geschlagen, aber es waren nur verirrte Feuerwerkskörper, die zu Silvester gezündet worden waren.

Noch einmal erhellte ein goldenes Licht die Kathedrale, gefolgt von einem vielfarbigen Leuchten und einem ohrenbetäubenden Knall. Maron flog auf dem Höllenhund durch das Dach des Doms. Den Dämon und seine Meute hatte er nicht abhängen können.

Und so starrten die Einsatzkräfte, die die Bannmeile um die Kirche abriegelten, ungläubig in den Himmel. Waren das lebendige Wasserspeier, die Kurs auf den Südturm nahmen?

Die Fotografen, die mit ihren Apparaten die unheimliche Verfolgungsjagd festzuhalten versuchten und deren Blitze sich in die Nacht reckten, sahen nichts als die Feuerwerkskörper auf ihren Displays. Selbst die Kameraleute mit ihren hochempfindlichen Objektiven erkannten zwar mit bloßem Auge die geflügelten Wesen im Licht der Scheinwerfer, durch die Sucher ihrer Geräte aber sahen sie nichts als den Dom.

Die Wasserspeier, die Maron dicht auf den Fersen waren, stachen und schlugen nach ihm. Er versuchte, sie mit dem Stab abzuwehren. Der Dämon hatte sich bereits am Glockenturm postiert und warf mit Steinen nach Maron, als dieser sich der Glocke näherte. Da drückte der Junge den Kopf des Höllenhundes nach unten und raste im Sturzflug ungebremst dem

Dämon entgegen. Beim Aufeinanderprall des Höllenhunds und des Dämons wurde Maron über die beiden hinweg in den Glockenstuhl hineingeschleudert. Er durchbrach die dünne Holzwand und das Glas einer winzigen Hütte, in der er schließlich liegen blieb. Es war das Wächterhäuschen, von dem aus die größte Glocke der Welt gesteuert wurde. Maron rappelte sich auf, schaute aus dem Häuschen hinauf durch die Streben des Turms, dem Mond entgegen. Das also war der Himmel, das war der Mond. Er war blass und verschwand wieder hinter einer der Wolken. Warmes Blut floss Maron von der Stirn in die Augen. Er wischte es mit dem Saum seines Umhangs ab. Wie kalt es auf der Erde war und wie sehr der Wind in seine Haut schnitt! Er kletterte aus der Hütte und sah die tonnenschwere Glocke, gesäumt von acht weiteren Glocken, gebändigt in einem genieteten stählernen Gestell. Er war am Ziel, aber wie sollte er die schwere Glocke zum Schwingen bringen?

Pirita, am Fuße der Makoonberge

»Dann geh doch allein zu Paide«, sagte Wirges beleidigt zu Enite. Nach Enites Trank war er wieder frech wie eh und je. Die Menschen im Bauch des Pirita hatten, bis auf das kleine Mädchen, das Alati rechtzeitig bekommen. Enite, Nangolf, Ezeras und Wirges beratschlagten sich vor der Felsspalte.

»Ich möchte doch gar nicht allein nach Khanahas reiten«, sagte die Druidin zu Wirges. Schließlich bin ich froh, dass ich dich wieder gesund und munter bei mir habe.«

Der Kobold nickte. »Aber Nangolf muss bleiben und auf die Menschen aufpassen.«

Der Elf schaute den Kobold einen Moment nachdenklich an, dann sagte er: »Er hat recht. Wir müssen nicht alle nach Tukum. Vielleicht ist ja Samagar noch gar nicht geschlagen, vielleicht stimmt ja nicht, was die Irrlichter im Land verkünden. Ich werde mich um die Menschen kümmern.«

»Vor allem um das kleine Mädchen«, sagte Enite. »Ihre Eltern sind tot und hinauf zur Erde können wir sie nicht mehr bringen. Wer weiß, ob sie sich nicht später an etwas erinnert, das sie hier unten erlebt hat. Einzig der auserwählte Mensch darf zwischen den Welten wechseln, da er uns niemals verraten wird.«

Nangolf stimmte ihr zu. Das Mädchen musste mit ihnen nach Lindanisa kommen. Silva und er würden sich um sie kümmern.

Kölner Dom, Glockenstuhl

Maron schaute in die lodernden Augen des Dämons. Der Riss in dessen Gesicht war tiefer geworden und aus den Beinen waren Stücke herausgeplatzt. Die

Lava, die sein Inneres barg, tropfte aus den Wunden. Er zog sich das kupferne Wasserrohr mit einem Ruck aus dem Maul und hielt es wie ein Schwert vor sich. Genau so hatte es die Figur mit der Narbe an der Weltsäule prophezeit. Maron blickte verzweifelt um sich. Wo war der Stab? Er musste ihn beim Sturz verloren haben, nicht einmal seinen Dolch besaß er noch. Da funkelte im Licht einer einsamen Silvesterrakete das Ende des Stabs auf – dicht bei ihm, in einer Ecke der Hütte.

Der Dämon sah, wie der Blick des Jungen dorthin schweifte. Mit einem Kreischen stürzte er sich auf Maron und stach mit ungeheurer Wucht das Wasserrohr in seinen Arm. Maron schrie vor Schmerz auf. Da ertönte ein Schrei hinter ihm, der so laut war, dass er über die Kathedrale und die Stadt hinweg zu hören war. Ein Schrei, der ein Feuer nach sich zog, das alle Wasserspeier schmolz, die sich in den Nischen und Winkeln des Glockenturms versammelt hatten. Es war der Drache und er trug einen Menschen auf seinem Rücken. Maron warf sich zur Seite und griff nach dem Stab. Dabei fiel sein Blick auf einen Kasten mit Schaltern und Knöpfen in der Hütte des Glockenwächters. Mit letzter Kraft schlug er auf den größten der Knöpfe. Und als würde die Erde in Gang gesetzt, zuckte das Räderwerk des Glockenturms an, brachte eine Winde in Bewegung, Hebel reagierten und dann kam langsam die Glocke in Schwung.

Der Dämon holte noch einmal mit dem Rohr aus und … erstarrte genau in jenem Moment, als der

Schwengel die gusseiserne Glocke zum ersten Mal traf. Der Riss in der Fratze wurde größer und die Lava sprudelte aus ihr heraus. Stärker schlug nun die Glocke und am Boden richteten die Helfer sämtliche Scheinwerfer hinauf zum Glockenturm.

Die Glocke erklang! Wie kann das sein?, fragten sich die Menschen in Köln. Ein Wunder!

Maron spürte die Wunde in seinem Arm nicht mehr, spürte nicht das Blut auf seiner Haut, sondern hörte nur den gewaltigen Schlag, der ihm fast das Trommelfell zerriss. Er dachte an die Trommler, die in Khanahas in der Kneipe den Rhythmus geschlagen hatten, die Trolle, die auf den Dächern der Stadt gesessen hatten – und er hörte den Schlag der Glocke, die alles Steinerne wieder zu Stein werden ließ. Die Lava erstarrte.

Dann brach der Turm zusammen. Maron registrierte erst ein leichtes Vibrieren, das immer stärker wurde, schließlich wankte alles um ihn herum. War das sein Ende? Hatte er seine Aufgabe erfüllt und war nun dem Tode geweiht? Er sah den jungen Drachen, den Nachfolger Fermlunds, der vor dem Turm im Licht der Scheinwerfer kreiste, sah eine Gestalt auf seinem Rücken sitzen. Der Drache würde Ontika beschützen. Die Steine bröckelten vom Südturm ab. Mit unglaublicher Wucht schlugen sie unten auf, als wollten sie die Welt erschüttern.

»Hilfe!«, rief Maron. Er schrie gegen das Geläut der Glocke an, die aus ihrer hölzernen Aufhängung brach. »Hilfe!«

Der Drache flog dichter an den Glockenturm heran. Maron nahm Anlauf und machte einen gewagten Satz auf den Hals des Drachen zu, rutschte von den noch feuchten Schuppen ab. Sein Blick fiel hinab in das Licht der Scheinwerfer, gleich würde auch er fallen. Da spürte er eine Hand, die ihn hielt. Kai Jedicke. Er saß auf dem Rücken des Drachen und hielt Maron fest. Dabei kam das Kettchen, das gerade noch unter Marons Ärmel verborgen gewesen war, zum Vorschein. Kai sah den Namen auf dem Schildchen: Maron. Mit einem Ruck hob er den Jungen vor sich auf den Rücken des Drachen und hielt ihn fest.

Die tonnenschwere Glocke krachte durch den Turm, zerbarst den Stein, der sich ihr in den Weg stellte. Funken sprühten, Funken, die hell waren wie jenes Feuer, das Fermlund von innen verbrannt hatte. Die Glocke ertönte noch einmal dumpf, ehe sie aus dem Turm herausplatzte und auf den Domplatz stürzte, wo die Wasserspeier lagen, die den Turm nicht mehr erreicht hatten und mitten im Flug versteinert abgestürzt waren. Krachend und dröhnend sackte der Turm in sich zusammen, ein Poltern und Donnern, lauter als jedes Silvesterfeuerwerk.

Der Drache flog ruhig und unbeirrt über das südliche Schiff ins Kircheninnere hinein. Hierhin konnte ihm kein Scheinwerfer folgen, hier war der ruhigste Ort der Welt. Er landete mit Kai und Maron auf seinem Rücken und entließ die beiden hinab in den Tempel.

Khanahas, Samagars Festung Tukum, Thronsaal

Die Irrlichter kündigten Königin Paide die Ankunft der Druidin Enite an. Sie sandte daraufhin zwei Soldaten der Stadtwache aus, die die Gäste geleiten sollten. Schon einmal hatte Enite die Königin beraten und mit ihr verhandelt, als es um den Warenaustausch zwischen den Trollen, Zwergen und Elfen gegangen war.

Immer noch brannten nur wenige Feuer auf den Mauern von Khanahas, denn immer noch herrschte Krieg, obgleich sich das Heer der Trolle aufgelöst hatte. Die Befehlshaber der Truppen waren Lanfs Befehl gefolgt. Die sieben Fürsten der Kurats hielten jedoch am Plan der Eroberung fest. Sie wollten die Fürstin der Elfen fassen und mit ihr als Geisel Ontika erpressen.

»Wir können die Elfenfürstin Karmine nicht auf der Insel ihrem Schicksal überlassen«, sagte General Lanf. »Sie und die Druidinnen haben keine Chance gegen die Übermacht der Kurats. Waat sei ihnen gnädig.«

»Jakwe besitzt eine Festung, die einer fünfzigfachen Übermacht bedarf, um sie einzunehmen. Karmine wird sich also vorerst dort ihrer Haut zu wehren wissen«, beruhigte ihn Enite.

Während sich Paide mit Enite und Lanf im Thronsaal beriet, warteten Ezeras und Wirges draußen. Der Wachposten verdrehte die Augen, denn das Gezänk der beiden zerrte an seinen Nerven – keine Sekunde ließ der freche Kobold den Achteltroll in Ruhe. »Du sollst auf mich aufpassen, hat Enite gesagt.«

»Hat sie nicht«, erwiderte Ezeras.

»Doch, hat sie.« Wirges sprang mit wenigen Sätzen vom Boden über die Hosenbeine und die Wamsknöpfe auf Ezeras' Schulter.

»Eine schlimmere Aufgabe hätte mir Enite nicht geben können.«

»Immerhin habe ich deinen Kopf gerettet und dafür hast du mir ewige Treue geschworen.«

»Das habe ich nicht.«

Der Kobold kniff mit seinen Händchen die Wangen des Achteltrolls, zog ihn an den Barthaaren und sagte: »Deine Augen haben es mir verraten. Deine Augen können reden.«

Daraufhin packte Ezeras den Kobold und knurrte: »Jetzt mach ich dich kalt, endgültig.«

Der Wächter klopfte an die Tür des Thronsaals.

»Herein!«, rief die Königin.

Der Wächter verbeugte sich tief. »Ich weiß nicht, was ich machen soll. Ich glaube, der Achteltroll wird gleich den Kobold ermorden. Er hält ihn unterm Arm fest und droht, ihm die Gurgel umzudrehen.«

»Die beiden sind schlimmer als Kinder!«, rief Enite. »Können die sich denn keinen Moment zusammenreißen?«

Ezeras hörte dies und ließ Wirges los. Der Kobold huschte in den Thronsaal.

»Bleib hier!«, rief Ezeras.

»Lasst ihn, Ezeras!«, sagte Paide. »Wir wissen uns ohnehin keinen Rat.«

»Einen Rat habe ich immer«, meinte Wirges.

Die Königin lachte, und der Kobold machte einen Diener, bei dem er mit der Stirn bis an den Boden kam. »Was haben Eure Durchlaucht denn für ein Problem?«, fragte er und schaute schelmisch zu ihr auf, ohne Enite und Lanf zu beachten.

»Wir müssen die Kurats aufhalten, aber unsere eigenen Trollkrieger sind auf dem Rückzug und die Truppen haben sich aufgelöst.«

»Ist das Gras verdorrt, musst du zu einer anderen Weide ziehen.«

»Jetzt redet dieser Kerl auch noch in Rätseln«, sagte Ezeras.

»Es ist doch so einfach«, fauchte Wirges ihm entgegen. »Wenn die Königin keine Trolle mehr hat, muss sie sich eben neue besorgen – frische Trolle. Verstehst du? Die sind ohnehin die besten.«

»Du hast recht«, sagte Paide. Zu Lanf gewandt, fuhr sie fort: »Was ist mit jener Spezialeinheit im Gebiet der Lihalas, mit der Samagar nach der Eroberung Ontikas die Kurats vernichten wollte?«

»Aber die Truppe wird nicht ausreichen.«

»Dann werden wir eben selbst kämpfen müssen«, sagte Wirges, der sich das Kopftuch wieder um den Schädel band, grimmig schaute und seinen Dolch zog. »Wir müssen Nangolf holen, damit er uns unterstützen kann. Paide nickte. »Das werden wir wohl.«

»Ihr kommt aber nicht mit, verehrteste Königin«,

ergänzte Wirges keck. »Ihr bleibt mit General Lanf hier. Ich, Enite, Nangolf und mein Trumpf im Ärmel werden es mit der Hilfe Eurer Truppen schon schaffen.«

»Was für ein Trumpf?«, fragte Ezeras den Kobold.

Wirges drehte sich zu ihm um und grinste ihn breit an. »Du selbst bist der Trumpf, du Dummkopf. Schließlich bist du mit Paide verwandt. Immerhin ist sie ein Stück von dir und du ein Stück von ihr.«

Ezeras und Paide blickten ihn verwirrt an.

»Was redest du da? Wie kommst du auf solche Gedanken?«, fragte Ezeras schließlich.

»Seht mich nicht so an. Ihr seid von einem Blut, jedenfalls ein bisschen.«

»Woher willst du das wissen?«

»Weil du, Ezeras, von der Königin den Stein hattest. Erinnere dich an den Schwarzopal in deinem Haar. Du hast zu grobe Hände, um das Siegel der Königin darauf ertasten zu können. Ich hingegen habe kleine, feine Hände und wusste immer schon, dass auf dem Katzenauge das Zeichen Paides eingraviert war: der Elfenkranz. Der Stein muss dir von deinem Vater gegeben worden sein. Und er war das innere Auge des Mosaiks.« Mit diesen Worten zeigte der Kobold auf das Mosaik im Thronsaal vor ihren Füßen. Erst jetzt erkannte Ezeras, dass der Stein dort genauso aussah wie jener, der stets in seinen Zopf eingeflochten gewesen war. In jenem Moment, als Samagar in seinem Palast den Schwarzopal mit dem Katzenauge ins innere Auge eingefügt hatte, waren auch in den anderen Palästen Terras in jedem Mosaik alle fehlenden Steine wie durch ein Wunder von selbst aufgetaucht.

»Und warum hast du es ihm nicht früher erzählt?«, fragte Enite.

»Weil jetzt und hier der beste Moment ist.«

Paide war blass geworden. »Soll das heißen, dass deine Urgroßmutter und mein Urgroßvater es gewesen sind, die unsere beiden Familien mit ihrem Blut verbanden und dass mein Vater deinem Vater jenen Schwarzopal mit dem Katzenauge gab?«

Ezeras schüttelte verwirrt den Kopf. Schweiß rann ihm von der Stirn.

»So sehe ich es jedenfalls«, erklärte der Kobold, hielt sich die Hände zu einem Fernrohr geformt vor das rechte Auge und schaute Ezeras an. »Aber denk dran: Du bist nur um hundert Ecken von edlem Blut. Der Rest ist durchschnittlich, denn …«

»Ach, halt doch die Klappe«, knurrte Ezeras verlegen, da schritt schon Paide auf ihn zu und umarmte ihn.

Wirges sprang ihm auf die Schulter und sagte: »Siehst du. Und wem solltest du nun dankbar sein?«

Köln, Tempel unter dem Dom

Der junge Drache wuchs schnell. Er passte bereits nicht mehr durch das zerstörte Dach des Tempels.

Aus bräunlichen Drachenaugen schaute er Maron an, der unwillkürlich an Fermlund denken musste, an seine Zeit in Terra, wie ihn Silva und Nangolf großgezogen hatten, wie der Drache von seinem eigenen Feuer aufgefressen wurde, wie der Wasserstrahl auf dem Schlosshof ihn, Maron, geweckt hatte, wie sie zu den Zwergen gereist und er als Elf verkleidet worden war, wie er in Lihala Valkaal begegnet war. Wie sie der Pirita fast nach Silamäe gebracht hätte und sie in Khanahas der Patrouille entkommen konnten. Und wie er Merikes Foto gesehen hatte, sie in Khanahas kennenlernte, mit ihr ins Makoongebirge gezogen und über die Weltsäulen hier hinaufgelangt war. Gedankenverloren strich Maron über die raue Haut des Drachen.

Der Drache stieß einen Feuerstrahl aus, der neben dem Tempel ein Loch in den Boden brannte. Die Hitze seines Feuers verschlug Maron, Merike, Kai und Helen den Atem, machte sie einen Moment lang blind und taub. Maron schloss die Augen, hörte, wie der Drache das Feuer zischen ließ, spürte die Hitze, und als er die Augen wieder aufschlug …

Pirita, am Fuße der Makoonberge

Etwa dreihundert schwarze Zwerge hatten sich zusammengeschlossen und marschierten nun durch das Makoongebirge auf Khanahas zu. Einer der Menschen, die Nangolf als Wache am Felsspalt postiert hatte, meldete ihm, dass sich der Strom der Zwerge über jenen Pfad wand, über den auch Nangolf mit Enite aus dem Gebirge abgestiegen war.

»Was haben die vor?«, fragte Nangolf.

»Das hat nichts Gutes zu bedeuten«, sagte der Wachposten.

Der Elf rückte sich den Helm zurecht. Egal, was passierte, er würde die Menschen im Pirita schützen. Dann streckte er sein Kreuz durch und nahm seinen Bogen. Wie auf ein Zeichen stoppten die schwarzen Zwerge außerhalb von Nangolfs Reichweite. Ein Einzelner trat aus dem Heer hervor und näherte sich ihnen.

»Was wollt Ihr hier?«, fragte Nangolf.

»Hat Euch das Irrlicht nicht erreicht?«

»Nicht, dass ich wüsste.« Nangolf schaute bei diesen Worten die Wache an. »Oder hast du ein Irrlicht gesehen?«

»Was ist das? Oh, war es dieses Riesen-Glühwürmchen? Dann liegt es dort«, sagte der Mann. »Ich habe es erschlagen, weil es um mich herumgesurrt ist. Ich hielt es für eine übergroße Mücke.«

Nangolf schüttelte den Kopf und seufzte.

Der Zwerg fuhr fort: »Eure Druidin ist bei Königin Paide, und die Menschen sollen mit uns in die Berge kommen, so hat es uns jedenfalls Enites Irrlicht zugetragen. Wir Zwerge werden sie hinauf zur Erde bringen. Lediglich eines der Menschenkinder muss hierbleiben.«

Der Zwerg musste wohl die Wahrheit sagen, überlegte Nangolf. Woher hätte er sonst wissen können, dass das Kind geschlafen hatte?

Nangolf ließ also die Menschen in die Berge Richtung Weltsäulen ziehen, während er mit dem kleinen Mädchen nach Khanahas ritt.

Auf seinem Weg durch die Vororte kam Nangolf ein Troll entgegen, der Richtung Makoonberge rannte. Und das Merkwürdige war: Nangolf hätte schwören können, der Troll habe Menschenaugen gehabt.

Kölner Dom

Als Maron die Augen wieder öffnete, war immer noch der heiße Atem des Drachen zu spüren und der Geruch von Feuer lag in der Luft. Er blickte auf seinen Arm. »Meine Wunde!«, sagte er. »Seht euch das an!«

Eben noch war Blut aus seinem Oberarm geflossen und jetzt war dort nicht einmal mehr eine Narbe zu erkennen. Maron ahnte, dass er aus seiner alten Welt nichts mitnehmen würde. Er erinnerte sich an Fermlund, an Ontika, die Elfen und Trolle, Ezeras und Wirges, doch er fürchtete, mit diesen Erinnerungen fortan alleine zu sein.

Umso überraschter war er über Kai, der entsetzt aufschrie: »Lasst meinen Sohn!« Er hielt den Arm ausgestreckt, als führe er ein Schwert gegen einen der Dämonen. Dann schaute Kai Helen an und sagte: »Hier waren ein Drache und ein Troll.«

Helen blieb stumm vor Schreck. Sie hörte Kai, aber sie vermochte nicht zu antworten, hielt Merike im Arm, küsste und drückte sie. Dann sagte sie: »Ich liebe dich. Ich hab gedacht, du wärst tot.«

Maron betrachtete die beiden, dann blickte er zu Kai, der ihn eben vor dem Absturz bewahrt hatte. Sie standen nur wenige Meter voneinander entfernt, aber trotzdem war er so weit weg. Zwölf Jahre und zwei Welten lagen zwischen ihnen.

»Du bist Maron«, sagte Kai leise.

Er nickte. »Und du mein Vater.«

»Wo warst du, Junge?«

»Dort, wo Elfen und Trolle regieren. Dort habe ich auch sie getroffen.« Dabei schaute er zu Merike hinüber, die sich die Freudentränen über das Wiedersehen aus den Augen rieb und etwas sagen wollte. Doch dazu kam sie nicht, denn Helen fragte sie lächelnd: »Du warst bei ihm? Ich dachte, du wärst auf der Hochzeit gewesen.«

»Das war ich. Aber dann hat die Erde gebebt. Ein Spalt hatte sich im Festsaal aufgetan. Und ihm entstiegen seltsam behaarte schwarze Wesen, die uns gebissen und entführt haben. Sie besaßen Flügel …«

»Und dann …?«, fragte Helen.

»Mehr weiß ich nicht. Es waren Kerle aus einer anderen Welt, genau wie dieser Troll.«

Doch vor ihnen lag kein Troll mehr, Samagar war samt Schwert und Axt verschwunden wie die Schalen des Eis und der Drache. Nur der blanke Boden war noch zu sehen und steinerne Stücke der Wasserspeier. »Ich kann mich an nichts erinnern, was zwischen Brühl und hier geschehen ist. Sag es mir, Maron. Weißt du es?«

»Du hast das Alati getrunken, deshalb weißt du es nicht mehr«, wich Maron ihrer Frage aus.

»Alati?«, wiederholte Merike. »Was ist das?«

Maron schwieg und sah seinen Vater an. Langsam schritt er auf ihn zu. Kai nahm seinen Sohn vorsichtig in den Arm, als habe er Angst, ihn zu zerdrücken.

»Wo ist meine Mutter?«, wollte Maron wissen. Sein Herz schlug ihm bis zum Hals und seine Beine zitterten.

»Weit weg, aber du wirst sie sicher wieder sehen. Du trägst das Kettchen, das wir dir zur Geburt geschenkt haben.«

Da hörte er Merikes aufgeregte Stimme: »Was hast du, Mama?«

Sie versuchte Helen, die plötzlich in sich zusammensackte, festzuhalten.

Kai und Maron eilten zu ihnen. Nur langsam kam Helen wieder zu Kräften. »Es ist alles zu viel für sie«, sagte Kai. »Ruh dich aus, mein Liebling. Bleib einfach sitzen. Alles ist gut.«

Maron spürte den Schnee auf seiner Haut. Es schneite durch das Dach. Feste Schneeflocken, zuerst einzeln, dann wurden es mehr. Er fasste die Flocken an, die sofort schmolzen. Ihm wurde flau im Magen. Alles war neu in dieser Welt.

Dann fragte Helen mit gefasster Stimme: »Was sollen wir machen? Die Journalisten werden uns tausend Fragen stellen, aber wir haben keine einzige logische Antwort.«

Pansakur, Makoonberge

Der Drache durchbrach die Erdkruste. Sein Körper dehnte und streckte sich noch schneller. Es war, als würde er im Zeitraffer wachsen. Kräftiger als jeder Hippogryph schlug er seine Schwingen, umflog die Säulen der Welt, überquerte Khanahas, die Berge und Täler, Wüsten, die erloschenen und tätigen Vulkane, Flüsse, Bäche und Seen und die Stadt Apskritis, wo sich zwischen den Moorhexen, Drachenkarren und Lihala-Händlern Trolle in Militäruniform in den Gassen drängelten. Sie waren nach der Auflösung des Heers hierhergekommen, um sich für die weitere Reise in den Norden mit Proviant einzudecken. Sie waren auf dem Rückweg nach Khanahas.

Hätte der Drache genauer geschaut, so hätte er westlich von Apskritis noch die Spezialeinheit der Trolle sehen können, die sich Richtung Südosten aufmachte, um am Tartunmeer gegen die Kurats zu kämpfen. Mit kräftigen Flügelschlägen bewegte sich der Drache über das Zwergenland seinem Ziel entgegen: Ontikas Schloss.

Kölner Dom

Gemeinsam stiegen Helen, Kai, Maron und Merike zum zerstörten Ostwerk – auf der den eingestürzten Türmen abgewandten Seite – und kletterten über die Ruinen aus dem Dom heraus. Sie überquerten den kleinen Friedhof der Bischöfe und kamen unbemerkt bis zu den Resten des Römisch-Germanischen Museums, wo Maron und Merike sich unter einem der Betonblöcke verbargen.

»Ihr beiden wartet hier«, sagte Helen. »Wir kommen so schnell wie möglich wieder und holen euch.«

Dann kletterte sie mit Kai zurück in die Kathedrale, die beiden stiegen über die Leiter hinauf auf den Rumpf des Nordturms und von dort hinab auf die Domplatte. Kai erblickte noch einmal die Fratze des Dämons, der zerbrochen zwischen den Trümmern lag. Den Stab, der gleich daneben gelegen hatte, konnte er nicht mehr sehen. Denn mit dem Eindringen des jungen Drachen ins Innere der Erde war er zerfallen und vom Wind weggeweht worden. Genau wie die flüchtige Erinnerung der Helfer und Journalisten, die hätten schwören können, dass dort am Himmel ein Drache geflogen sei. Doch es gab keine Beweise, keinen Film, kein einziges Foto. Weit kamen Kai und Helen nicht, als ein Scheinwerfer sie erfasste. Helfer mit Decken eilten herbei, Sanitäter und Ärzte, Sicherheitskräfte versuchten, sie vor den Journalisten abzuschirmen. Und schon saßen sie in einem Rettungswagen einem Arzt und einem Vertreter der Bundesregierung gegenüber, der sich Henrik Mathes nannte und gleich den Innenminister holen wollte.

»Lassen Sie uns in Ruhe«, sagte Kai Jedicke.

»So einfach ist das nicht«, erklärte Henrik Mathes. »Der Innenminister des Bundes erwartet Sie. Und der Innenminister des Landes. Und Oberbürgermeister Meurer. Sie alle möchten Sie empfangen. Es soll eine Pressekonferenz geben.«

Helen King dachte an Merike und Maron. Je mehr Aufsehen ihre Rettung erregen würde, desto länger würde es dauern, bis sie die beiden endlich an den Trümmern des Museums abholen könnten. »Doch, das ist ganz einfach«, sagte sie. »Der Rettungswagen fährt uns jetzt nach Hause.«

Henrik Mathes schüttelte den Kopf.

Doch Kai und Helen blieben stur und der Regierungsvertreter stieg allein aus dem Rettungswagen und redete mit den Journalisten, die ihn sofort wie ein Moskitoschwarm belagerten.

Ontika, Schloss

Der Drache war in Ontika angelangt und nannte sich Tuleviku, was so viel wie Zukunft hieß. Man hatte die Höhle Fermlunds wieder herrichten lassen und erklärte Tuleviku, was am Tag von Fermlunds Tod vorgefallen war. Danach empfing der Drache den Hofstaat, die Feen und die Abgeordneten der Alben, die von ihrem zerstörten Land und der Aussendung Marons berichteten.

Da traf mit einem Irrlicht die Nachricht Enites ein: *Die Kuratfürsten lassen die Boote zu Wasser und greifen Jakwe an.*

Tuleviku zögerte nicht lange. Er stärkte sich noch mit einem Schluck Gold aus dem Brunnen und verließ die Höhle, schaute hinab auf Lindanisa und flog über den Feenwald mit seinen winzigen quirligen Bewohnern. Nichts wies darauf hin, dass Krieg war. Noch war Zeit, das beschauliche Leben zu bewahren. Der junge Drache flog Richtung Tartunmeer und er musste sich beeilen, ehe die Kurats Jakwe dem Erdboden gleichgemacht hätten.

Redaktion des Kölnischen Kuriers

Koch hielt die 32-seitige Sonderausgabe des *Kölnischen Kuriers* vom 1. Januar in Händen. Es war noch früh am Morgen und keiner der Redakteure jetzt schon im Büro, bloß er saß bereits an seinem Schreibtisch. Auf dem Titelblatt waren das Foto des Bürgermeisters mit Kesken, daneben eines von Helen King und eines von Kai Jedicke abgedruckt. Während die Konkurrenz vom Tod der beiden ausgegangen war, hatte Koch die Hoffnung nicht aufgegeben – und damit genau richtig gelegen. Das Papier roch nach Druckerschwärze, die Sonne würde bald aufgehen, aber noch brannten draußen die Laternen. Und wären da nicht die Fotos in der Zeitung und die Bilder in seinem Kopf gewesen, so hätte sein Blick aus dem Fenster ihm gesagt: Die Welt ist wie immer, die Autos verbrauchen Benzin, irgendwo gibt es Krieg, irgendwo Frieden, die Leute können heute länger schlafen, weil sie gestern Nacht Silvester gefeiert haben.

Auf den Zeichnungen neben seiner Bürotür besaß der Dom noch beide Türme. Für einen Moment war die Welt wieder in Ordnung. Doch das stimmte nicht: Es gab keinen Dom mehr, kein Wahrzeichen, jedenfalls nicht so, wie die Welt es kannte. Die mächtige Kirche war zerstört, aber der letzte Satz des Leitartikels aus der Feder des Verlegers endete mit den Worten:

... werden wir den Dom wieder aufbauen.

Der *Kölnische Kurier* wie auch die TV-Sender und die Stiftung Denkmalschutz hatten sofort Spendenkonten eingerichtet. In vierzehn Jahren, so die Schätzungen der Experten, könnte der Dom »wieder in neuem Glanz erstrahlen«. Koch rieb über das Papier der Zeitung, die Druckerschwärze blieb an seinem Finger hängen wie die Reste eines Albtraums, und aus dem Schwarz entstiegen gefiederte Tiere, jeder einzelne Punkt war eine Fledermaus. Koch rieb sich die Augen. Was war das für eine Wahnvorstellung gewesen? Fledermäuse? Er legte die Zeitung zurück auf den Schreibtisch und ging zur Bürotür hinaus.

Immer noch war kein Redakteur im Großraum, nur eine verirrte Fledermaus, die aufgeregt zwischen den Neonröhren an der Decke flatterte, als gehörte sie hierher.

Genau in jenem Augenblick, in dem Koch den Großraum betrat, holten Kai und Helen wie verabredet Merike und Maron am Museum ab. Die beiden zitterten vor Kälte. Sie kletterten unbeobachtet an der Rheinuferstraße über die Absperrung der Polizei und stiegen in Helens Kombi, wo die Heizung auf vollen Touren lief. Maron war übel. Er hatte noch nie in einem Auto gesessen. Die beleuchteten Straßen, die Ampeln, die Unzahl Schilder und das Stück Autobahn, das sie fuhren, machten ihn nervös. Überall gab es unheimliche Lichtquellen, alles war laut und grell.

Kai drehte sich zu ihm um. »Mach dir keine Sorgen. Helen und ich haben schon eine Idee. Alles wird gut werden. Du wirst ein normales Leben führen.«

Ein normales Leben? Was meinte sein Vater damit? Um ihn herum waren nur Autos und Straßen, überall Menschen, keine Elfen, Alben, Trolle oder Zwerge, nur Menschen. Merike legte den Arm um ihn. Langsam wurde ihm warm, während es draußen wieder zu schneien begonnen hatte und die Scheibenwischer über die Scheibe strichen. Was war das für eine Welt, in der er von nun an leben würde?

»Wir wohnen fürs Erste bei Helen in Pulheim, dann sehen wir weiter. Aber jetzt beginnt erst einmal ein neues Jahr«, sagte Kai.

»Oder hast du etwas dagegen, dass sie zu uns kommen?«, fragte Helen ihre Tochter, die den Kopf schüttelte.

»Natürlich nicht«, sagte sie und lächelte Maron an.

Ontika, Tartunmeer

Schon von Weitem erkannte Tuleviku die Flotten der sieben Kuratfürsten an ihren lodernden Feuern. Sie hatten ihre Geschosse auf die Festung der Druidinnen gerichtet, bereit, Jakwe zu stürmen. Als sie den Drachen über sich sahen, verfinsterten sich die Silmas der Anführer. Einer der Fürsten ließ sogleich auf Tuleviku feuern: Brennende Felsbrocken flogen auf ihn zu. Doch sie trafen ihr Ziel nicht, zu schnell und wendig war Tuleviku. Und die Geschosse verglühten im Meer. Der Drache blieb ruhig und spuckte sein Feuer dicht über die Köpfe der Kurats, sodass den Fürsten Angst und Bange wurde und sie beidrehen ließen. Tuleviku hieß sie, gen Festland zu steuern. In der Ferne erblickte er dort jene Troll-Eliteeinheiten Paides, die sich von Land her näherten. In der ersten Reihe liefen die Bogenschützen, hinter ihnen die Drachenreiter, gefolgt von übergroßen Trollen, die jenen Trommlern in den Spelunken von Khanahas glichen. Nur waren ihre Hauer armlang und statt Paukenstöcken schwangen sie mächtige Streitäxte, denen keine Rüstung standhalten würde. Doch all ihre Kriegskunst und ihr Hass auf die Kurats sollte von Tuleviku sogleich im Keim erstickt werden, da er sich zwischen die Trolle und die anlandenden Kurats stellte. Der Feuerstrahl, den er schließlich zum Zeichen seiner Macht nach oben blies, reichte hinauf bis zur Erdkruste.

Augenblicklich herrschte Stille.

Dann hieß der Drache die sieben Fürsten sowie den Anführer der Trolle zu sich kommen. Als sie sich vor ihm verneigten, erschienen vier Hippogryphen am Himmel. Darauf ritten Valkaal, Enite, Ezeras und Nangolf. Sie waren zur Schlacht herbeigeeilt und nicht wenig verwundert, wie friedlich es dort unten zuging. Kein Schwerterklingen, kein Schwefeldampf oder Kampfgeschrei, nur die Brandung des Meeres war zu hören. Als sie landeten, war es ruhig auf dem Feld, auf dem die Ernte der Elfen und Druidinnen von den Kurats, die hier seit Tagen gelagert hatten, platt gedrückt worden waren. Tuleviku erkannte Enite sogleich an ihrem roten Handschuh. Niemand auf dem Feld wagte es, sich zu regen. Die Druidin schritt jetzt, gefolgt von ihren Freunden, auf den Drachen zu. Doch bevor Enite Tuleviku zu begrüßen vermochte, regte sich etwas in Ezeras Kapuze und eine piepsige Stimme fragte verwundert: »Was ist los? Ist schon alles vorbei? Luft rein?« Es war Wirges, der seine Nase aus der Kapuze steckte.

Tuleviku beugte sich von oben zu ihm herab. »Alles vorbei«, sagte er ruhig. »Maron hat es geschafft, und ich bin offensichtlich genau im rechten Moment gekommen, ehe das Unheil seinen Lauf nehmen konnte.«

»Wie geht es Maron?«, wollte Nangolf wissen und trat ebenfalls auf Tuleviku zu.

Der Drache schaute den Elf an, dessen Flügel immer noch nicht ganz verheilt war. »Dann bist du Marons Ziehvater. Habe ich recht?«

Nangolf verneigte sich.

»Ich kann dich beruhigen. Als ich Maron zuletzt gesehen habe, war er gesund. Und ich denke, dass er dank deiner Ausbildung die Aufgaben, die noch auf ihn zukommen, meistern wird.« Dann hob Tuleviku seine Pranke, wandte sich an die Trolle und Kurats und befahl, nach Hause zurückzukehren, und zu Valkaal sagte er: »Du wirst die Kurats wieder einen müssen, denn im Frieden wird jeder dieser Fürsten versuchen, seinen Nächsten auszustechen.«

Redaktion des Kölnischen Kuriers

»Wo ist Koch?«, fragte der Verleger Markus Böttiger.

Die Sekretärin zuckte mit den Schultern. »Weiß nicht. Er muss aber heute schon im Büro gewesen sein. Der Pförtner hat ihn gesehen. Er ist sicher noch irgendwo im Gebäude. Soll ich ihn suchen lassen?«

»Nein. Das mach ich schon selbst. Und sagen Sie bitte dem Hausmeister Bescheid. Er soll sich mal darum kümmern.« Er zeigte auf ein flackerndes Neonlämpchen hinter der Sekretärin.

Frau Wirtz nickte. »Wollte ich gestern schon machen, aber …«

» … aber da gab es Wichtigeres, das stimmt.«

Der Verleger hatte sich den ersten Druck der Zeitung von heute Nacht unter den Arm geklemmt und sah zwischen die Stellwände des Großraumbüros, wo sonst die Redakteure arbeiteten. Auch im Konferenzzimmer am Ende des Großraums war Koch nicht. Er runzelte die Stirn. Koch hatte während der Katastrophe richtig entschieden und die Ereignisse scheinbar im Blindflug vorausgeahnt. Wo steckte der Mann jetzt?

Böttiger lief die steinernen Stufen des Treppenhauses hinab. An der Tür, die er suchte, stand das alte Schild mit der Aufschrift *Erfasser.*

Er klopfte.

Wie erhofft, saß dort Koch neben Henning. Sie sahen fern. Die ARD brachte ein Porträt über die Arbeit der Archäologin Dr. Helen King.

Der Verleger lächelte: »Die Leute vom Fernsehen werden nachher noch bei uns in der Redaktion auftauchen, weil sie glauben, Kai Jedicke hier zu finden, der sich ein paar Tage freigenommen hat. Aber deshalb bin ich nicht hier. Eigentlich will ich Ihnen gratulieren.«

Koch winkte ab. »Das haben wir Herrn Henning zu verdanken. Er hat mir gesagt, wir sollten die Hoffnung nicht aufgeben. Ich hatte Bauchschmerzen, die

Fotos von einem zuversichtlichen Kai Jedicke und einer zufriedenen Helen King ins Blatt zu setzen. Wenn die beiden das alles nicht überlebt hätten, dann lägen wir heute falsch.«

Henning erhob sich. »Wie geht es denn Ihrem Vater?«, fragte er Böttiger, griff neben einem der Buddelschiffe ins Regal und stellte drei Schnapsgläser auf den Tisch mit der Linolauflage.

»Ein bisschen früh dafür«, sagte Böttiger und setzte sich zu den beiden.

»Pflaume. Macht meine Frau selbst«, sagte Henning und schenkte jedem ein.

»Es gibt auch noch etwas anderes, auf das wir anstoßen sollten«, sagte Böttiger zu Koch, »denn Sie werden unser neuer erster Mann. Bugholz hat Ihnen zwar verdammt große Fußstapfen hinterlassen, aber Sie werden die Zeitung sicher noch weiter voran bringen.«

»Henning und ich haben eben über Bugholz gesprochen.«

»Er war der beste Chefredakteur, den wir bislang hatten«, sagte Böttiger.

Koch nickte. »Dafür haben Sie sich jetzt erstklassig geschlagen. Ich weiß, wie viel Gegenwind Sie noch in der Redaktion zu erwarten haben, aber das dürfte kein Problem sein, schließlich haben Sie die Zeitung auch durch diesen Sturm gesteuert.«

Henning hob sein Glas und die drei stießen an.

Knapp drei Wochen später: Südpazifik, Bismarck-Archipel

Der Pilot Paul Ovalbu kreiste in seiner zweimotorigen russischen Maschine über der unbewohnten Insel Piu. Der westliche Teil, der wie eine vierfingrige Hand ins Meer reichte, war stark vulkanisch. Das Magma, das aus der Erde kam, wurde dort zu immer neuem Land, so wuchs die Insel Tag für Tag. Irgendwann würden sich die Räume zwischen den Fingern schließen.

Im Osten, am anderen Ende der Insel, lief ein über und über behaartes Wesen am Strand entlang und verfolgte eine sechzigköpfige Gruppe von Menschen in zerschlissenen Kleidern. Paul Ovalbu, der ein paar Touristen auf einer Nachbarinsel abgesetzt hatte, musste abdrehen, sein Tank war fast leer. Lange würden die Fliehenden dem Monster nicht mehr entkommen, denn bis auf ein paar Sträucher und niedrige Bäume gab es nichts auf dem Eiland, wo sie hätten Zuflucht finden können.

Er flog zurück nach Manus, eine der großen Inseln des Bismarck-Archipels. Dort berichtete er der Polizei von seiner Beobachtung. Keiner glaubte ihm, da der Offizier wusste, wie gern Paul mal einen über den Durst trank – auch jetzt roch er nach Schnaps.

»Ich hatte nichts getrunken, als ich geflogen bin«, sagte er dem Polizisten, der mit seinem Kollegen in dem klimatisierten Raum den Mittag verdöste.

»Aber jetzt, jetzt hast du getrunken?«

»Um den Schreck herunterzuspülen.«

Der Polizist grinste. »Und warum hast du uns nicht über Funk verständigt?«

Er kannte Paul schon lange, die beiden hatten dieselbe Schulbank gedrückt.

»Ich habe mir die Geschichte ja erst einmal selbst nicht geglaubt.«

»Schlaf erst mal deinen Rausch aus.«, sagte der Polizist.

Zwei Stunden später kam eine Meldung von einem Touristenressort. Eine Gruppe Taucher, die mit ihrem Boot ganz in der Nähe der Küste gewesen war, hatte auf Piu eine große Menschengruppe gesehen, die meisten von ihnen in zerfetzten Anzügen und Kleidern.

So legte am Abend ein Boot von einer der Nachbarinseln Pius ab, damit sich die dortigen Polizisten selbst ein Bild von der Lage machen konnten. Schon von Weitem sah eines der Besatzungsmitglieder, dass sich an Land Furchtbares abgespielt haben musste: Mehrere leblose Körper lagen im Sand. Verstärkt durch einen Verband aus der Hauptstadt, stürmten die Polizisten kurz vor Einbruch der Dunkelheit die Insel und konnten die meisten Menschen noch lebend retten. Viele waren am Ende ihrer Kräfte. Das über und über behaarte Wesen wurde von einem der Polizisten mit acht Kugeln niedergeschossen. Keiner wusste, ob es sich um eine unbekannte Affen- oder Bärenart handelte.

Die Geretteten waren völlig verwirrt. Einige trugen deutsche Ausweispapiere bei sich, zwei waren Schweizer, ein Pärchen kam aus den USA und ein junger Mann war Franzose. Bei der eingehenden Befragung auf Manus erklärten sie gegenüber den Polizisten und Psychologen einhellig, dass sie das Ungetüm zum ersten Mal in ihrem Leben gesehen hätten. Alle aus der Gruppe gaben an, dass sie Gäste einer Hochzeit im deutschen Brühl gewesen seien. Unzählige Fledermäuse seien in die Festhalle von Brühl eingedrungen und hätten sie in die Erde entführt – von da an wussten sie nichts mehr. Keiner konnte Auskunft darüber geben, wie sie nach Piu gekommen waren.

Die Polizei verständigte sofort die Behörden in Deutschland, den USA, der Schweiz und in Frankreich. Der Rest war, formal gesehen, Routine, aber keiner hatte eine Erklärung für den Vorfall.

Ontika, Lindanisa

Tuleviku entzündete das Feuer unter dem Apophyllit und damit war das Fest offiziell eröffnet. Weiße Zwerge waren angereist und machten Musik. Keiner traute sich, den Reigen um den Obelisken zu beginnen, da zwirbelte sich Wirges seinen Schnurrbart, warf einen Blick nach rechts und links, wo die Elfen auf dem Boden hockten, und sprang auf. Im nächsten Moment tanzte er um den rauchenden Stein, der rote Blasen warf. Das Messer hatte er zwischen die Zähne geklemmt, schaute mal lustig, mal grimmig, aber stets verschmitzt drein und trug das Kopftuch wieder wie ein Pirat. Wild und ausgelassen hüpfte er, drehte sich im Kreis und juchzte. Schließlich sollte es ein fröhliches Fest sein, zu Ehren des neuen Drachen und des Mädchens. Alle waren sie heil zurückgekehrt. Friede herrschte wieder in Terra, und dass dies so bliebe, hatten sie Waat gelobt.

»Kommt!«, rief der Kobold. »Kommt schon! Und bringt Tolma mit.«

Das Menschenmädchen sollte fortan bei Silva und Nangolf in Lindanisa leben. Seinen schönen Namen hatte es von Enite bekommen. Außer Enite kannte keiner mehr die Bezeichnung für den Mandelbaum. Tolma sollte wie eine Elfe aufwachsen. Nangolf würde ihr die Geschichte ihrer Herkunft erzählen, wenn sie das sechste Lebensjahr erreicht hatte. Tolma würde nicht mit der Lüge leben wie Maron, sie würde alles erfahren.

Enite saß neben Ezeras und Paide, die ebenfalls zum Fest nach Ontika gereist war, und lachte über den Kobold. Sie schloss die Augen und sah durch ihre geschlossenen Lider hinüber zum Apophyllit – rot leuchtete der Stein in sie hinein. Es war ihr, als würde sie in den Dämpfen die weißen Handinnenflächen Marons sehen, auf denen der Plan zum Vorschein gekommen war, als er sich mit Fermlunds Asche die Hände gewaschen hatte. Sie erkannte die weißen Mandelblüten auf dem Bild, das Maron in Händen gehalten hatte. Wie es wohl Merike und Maron jetzt ging?

»Kommt endlich! Tanzt mit!«, rief der Kobold laut und riss Enite aus ihren Gedanken. Sie blieb sitzen, aber Nangolf und Silva schlossen sich ihm an und der Elf hob Tolma auf seine Schultern, er hielt ihre Füßchen fest, als wollte er sie nie wieder loslassen.

»Und was ist mit dir?«, fragte Wirges Ezeras. »Wollen Majestät nicht mit uns tanzen? Edles Blut ist zum Tanzen gut.«

Zuerst winkte der Achteltroll ab, da er sich beim Tanzen lächerlich vorkam, aber dann überredete ihn Paide. Während sogar Fürstin Karmine zu dem Reigen hinzustieß und der Kreis um den Stein sich mit Elfen und Zwergen schloss, beratschlagten Valkaal und Tuleviku nicht weit entfernt auf der Dorfwiese. Die sieben Kuratfürsten hatten ihre Macht an Valkaal übergeben müssen. Doch es behagte ihnen nicht, da sie ihre Herrschaft als von Waat gegeben ansahen. Es würde also noch ein langer Weg für den ehemaligen Botschafter werden, um die Fürsten hinter sich zu bringen.

»Ich werde dich bei deinem Vorhaben unterstützen«, versprach Tuleviku. »Wenn du am Ende deine eigene Macht ebenfalls abgibst und dem Volk seinen Willen lässt.«

Dann kam Wirges auf sie zugesprungen und forderte sie auf, mit zum Apophyllit zu kommen.

Pulheim, nahe Köln

Das Einfamilienhaus von Helen King war groß genug für alle. Aus wenigen Tagen des Zusammenlebens waren schon Wochen geworden.

Maron und Merike saßen auf dem Bett in Merikes Zimmer, schräg gegenüber hing das Poster von Merikes Lieblingsmaler Hundertwasser.

Kleine glitzernde silberne Plättchen waren in dem Poster mit dem Namen *Imagine Tomorrows World* eingearbeitet. Es zeigte eine neue Welt in grünen und lila Farben, mit Säulen, die alles stützten, mit Augen, die alles sahen.

»Morgen wirst du deine Mutter zum ersten Mal treffen«, sagte Merike. »Und du scheinst nicht mal nervös zu sein.«

»Ich freue mich, aber ich möchte dich nicht verlieren.«

»Wie kommst du darauf?«

»Vater hat gesagt, möglicherweise bietet sie mir an, mit nach Kanada zu kommen.«

»Und?«

»Ich will nicht. Aber es war nett von ihr, dass sie mitgespielt hat.«

»Was hätte sie denn sonst tun sollen? Und wie hätten dein Vater und du den Behörden erklären wollen, dass du einfach in den vergangenen zwölf Jahre wie vom Erdboden verschluckt warst.«

»Ich fand es jedenfalls lieb von ihr, dass sie gesagt hat, ich wäre bei ihr gewesen.«

»Immerhin ist sie deine Mutter. Für sie war es ein Leichtes, die nötigen Dokumente zu besorgen. Schließlich arbeitet sie bei einer Bundesbehörde.«

»Du magst meine Mutter nicht?«

»Ich kenne sie nicht. Aber ...«

»Du würdest mich auch vermissen, falls ich nach Kanada gehen würde. Oder?«

»Was ist das denn für eine Frage? Natürlich will ich nicht, dass du gehst. Aber jetzt freu dich einfach auf morgen. Und erzähl mir noch etwas von Enite und Fermlund und deinen Freunden dort unten.«

»Ich habe dir doch fast schon alles erzählt.«

»Du solltest allen alles erzählen«, erklärte Merike, klopfte sich voller Tatendrang mit den Händen auf die Oberschenkel und schaute Maron aus funkelnden Augen an.

»Bist du verrückt? Wir haben uns doch geschworen, dass wir niemandem die Wahrheit sagen werden. Nichts von dem, was wir im Dom und nichts von dem, was ich mit dir in Terra erlebt habe.«

»Ich kann mich ohnehin nicht an Terra erinnern. Und dir wird doch sowieso niemand die Geschichten glauben.«

»Was meinst du damit?«

»Dass du sie getrost aufschreiben kannst. Du musst das nur mit der Hochzeitsgesellschaft weglassen. Erzähl von einem Jungen, der in einem Reich unter der Erde namens Ontika lebt, und erzähl einfach jene Abenteuer, die wir durchgestanden haben.«

»Das kann ich nicht. Ich kann nicht gut schreiben.«

»Ich helf dir dabei.«

»Warum?«

»So kann ich all die Abenteuer auch endlich erleben. Wir haben das zusammen durchgestanden und nur du weißt davon«, sagte sie, und ihre Grübchen kamen zum Vorschein. »Ich hätte das Alati nicht trinken sollen«, meinte sie keck und kitzelte ihn. Dann stoppte sie plötzlich. Marons Gesicht war jetzt ganz nah an ihrem. Da nahm sie seine Hand: »Komm, lass uns aufstehen und hinstellen – auf Zehenspitzen.«

Das Bett knirschte unter ihren Füßen, als würde es gleich zusammenbrechen.

Sie sahen sich hundertfach gespiegelt in den Silberstückchen des Hundertwasser-Posters. »So komm ich mir im Moment vor«, sagte sie. »Wir sind lauter kleine Teilchen, die wir erst mal zusammensetzen müssen, so wie ein Puzzle. Dein Buch würde uns dabei sicher helfen.«

Marons Herz schlug immer stark, wenn er mit Merike in einem Zimmer war, jetzt aber pochte es besonders heftig. Er war aufgeregt und wollte sie küssen. Sie wäre der einzige Mensch, mit dem er seine Geheimnisse teilen wollte. Doch statt sie zu küssen, ließ er sich mit dem Rücken an der Wand hinabrutschen und setzte sich wieder.

»Es ist besser, du gehst jetzt«, sagte Merike.

»Wieso?«, fragte er überrascht.

»Weil ich noch Mathe machen muss. Das weißt du doch. Und mit dir im Zimmer kann ich mich nicht konzentrieren.«

»Wirklich?«

Sie setzte sich neben ihn und drückte ihm einen Kuss auf den Mund. »Wirklich«, sagte sie. »Ganz wirklich.«

Wortlos ging Maron hinaus und spürte noch ihren Kuss auf seinen Lippen. Er müsste ja selbst auch noch etwas für die Schule tun. Schließlich hatte er ein halbes Leben nachzuholen. Gott sei Dank hatte ihm Nangolf zumindest die menschliche Schrift gelehrt. Und dieser Privatlehrer, den sein Vater zahlte, war knallhart. In einem Monat müsste er zur Schule, und der Stoff, den er nachzuholen hatte, reichte eigentlich für Jahre.

Von unten kam Helens Stimme: »Kommt mal bitte runter!«

Helen schaute wie gebannt auf den Fernseher. Sie hörte kaum, wie Maron gefolgt von Merike ins Wohnzimmer trat.

»Was ist denn los?«

»Guckt selbst.«

Auf dem Bildschirm war der ARD-Korrespondent der Philippinen zu sehen, der auch für die Inselgruppe des Bismarck-Archipels zuständig war. Das Erste zeigte Bilder von der Insel Piu und dann von einem behaarten Wesen.

»Der Leichnam des bislang nicht definierten Wesens gibt der Wissenschaft Rätsel auf. Keiner weiß, zu welcher Spezies es gehört. Und warum die Menschen, die bei der Katastrophe von Köln und Brühl vor wenigen Wochen verschwanden, auf diesem Eiland am anderen Ende der Welt wieder aufgetaucht sind. Es ist alles ein Rätsel – eine Akte X. Was ist hier geschehen?«

Helen schaute in die Augen des behaarten Wesens. Ein grünes und ein braunes Auge. »Melissa hatte die gleichen Augen, eines war grün und eines braun«, sagte sie.

»Das stimmt!«, sagte Merike.

Maron schwieg, er genoss die Berührung von Merikes Hand an seiner Hüfte.

»Du weißt doch sicher, was das zu bedeuten hat«, sagte Helen und drehte sich zu ihm um. Merikes Hand verschwand augenblicklich.

»Aber ich möchte es nicht erzählen«, sagte Maron.

»Warum nicht?«

»Weil es unsere Geschichte ist«, sagte er. »Merikes und meine. Und niemand sonst soll sie wissen. Ich habe es versprochen.«

Da unterbrach sie das Telefonklingeln. Kai hatte ebenfalls den Bericht in der Redaktion gesehen. Und während Helen jetzt mit ihm telefonierte, stiegen Maron und Merike die Treppe hinauf und küssten sich oben im Flur. Dann führte er sie in sein Zimmer.

»Was hast du vor?«, fragte sie.

Er öffnete den Kleiderschrank und suchte in dem Karton mit den Sachen, die er im Dom getragen hatte, nach der Hose.

»Was machst du?«

Maron griff in die Hosentasche und holte etwas Asche daraus hervor. Dann zerrieb er sie zwischen den Fingern, woraufhin seine Haut weiß wurde – ein Weiß, wie es sonst nur die Blüten der Mandelbäume haben. »Tolma«, sagte er leise.

»Was ist das für Asche?«, fragte Merike.

»Sie gehört Fermlund – und sie ist der Beginn unserer Geschichte.«

Figuren und Orte

Alati: Magischer Trank, der von den Menschen in Terra regelmäßig eingenommen werden muss, damit sie nicht vom Schlaf übermannt werden. Geschieht Letzteres, so versuchen die Wesen Terras, die Menschen davon abzuhalten, wieder auf die Erde zurückzukehren. Der Grund: Im Schlaf verfestigen sich die Erinnerungen an die Ereignisse, die den Menschen in Terra widerfahren sind. Die Menschen würden dann auf der Erde ihren Mitmenschen von den Völkern Terras berichten. Und so wie die Menschen einst in grauer Vorzeit dies Riesen und Elfen, die Alben, Drachen und Trolle hinab ins Erdreich getrieben haben, würden sie die Bewohner Terras dann womöglich noch weiter ins Erdinnere jagen. Das könnte das Ende aller Völker Terras bedeuten.

Alben: Geflügelte Wesen, die den Elfen ähneln, jedoch etwas größer und im Knochenbau stärker werden. Auch sind die Flügel kräftiger. Alben sind aggressiver, geübter im Umgang mit dem Schwert, aber nicht so flink und wendig wie die Elfen. Es wird unterschieden zwischen den Lichtalben Ontikas, deren Anführer Lortan ist, und den Schwarzalben des Makoongebirges.

Apophyllit: Harter Stein, der in verschiedenen Farben auftritt: weiß, grün, durchsichtig. Obeliske aus

Apophyllit werden von den Zwergen und Elfen zu Ehren des Zwergs Taara auf den Dorfplätzen aufgestellt und bei Feierlichkeiten von unten erhitzt. Einst sollen aus den Tränen des Zwerges Taara die Gewässer Ontikas entstanden sein. Wird der Stein erhitzt, so blättern die oberen Schichten des Apophyllit ab und es entstehen Dämpfe, denen die Elfen und Zwerge eine stärkende Wirkung nachsagen. Auch soll das Einatmen dieser Rauchschwaden Mut und Zuversicht bewirken.

Apskritis: Hauptstadt der Lihalas und Handelsmetropole Terras. Die Stadt droht am Verkehr zu ersticken. Die meisten der Häuser stehen auf Stelzen, sodass unter ihnen auch Märkte aufgebaut und Straßen befahren werden können.

Bianstwo: Trank, der bei den Trollen beliebt und ähnlich dem Alkohol ist. Er wird aus dem Sekret der Wyvern (Drachen) gewonnen. Die Lihalas versetzen es mit Schwefel und geschmolzenen Spitzen des Skolezitminerals und lassen es gären.

Bog: Währung in Terra. Ein Skanda kostet rund 35 Bogs, ein kleiner Drache 500, ein Einhorn hingegen über 1.000.

Burack: Einhorn der Druidin Enite, trägt das Zeichen des Halbmondes auf der Stirn.

Disirien: Schattenlose Totenvögel, die Fermlunds Asche in einem hölzernen Boot zur Grotte des Todes am Tartunmeer tragen.

Drachen: Die Urwesen wurden einst von Waat geschaffen, um mit ihrem heißen Atem die Erde in Bewegung zu setzen. Durch die Drehung kam mit dem Wechsel von Tag und Nacht die Zeit auf die Erde und mit ihr jene Wesen, die im Gegensatz zu den Elfen endlich sind: Menschen, Tiere und Pflanzen. Es gibt verschiedene Arten von Drachen: von einfachen Haus- über Zier-, Zug- und Reitdrachen bis zu Kampf- und Nutzdrachen.

Dreiundsiebzig: Zahl Waats – genauso viele Weltsäulen gibt es in den Makoonbergen, die Terra mit der Erdoberfläche verbinden. So steht im 4. Buch Waat über die Zahl Dreiundsiebzig geschrieben: *Unteilbar ist die Zahl, unteilbar sind ihre Teile und sind gemeinsam doch der Finger Zahl, die zu dem einen Körper zählen.* Zur Erklärung: Dreiundsiebzig ist eine Primzahl – nur durch sich selbst und eins teilbar – und setzt sich zusammen aus den beiden Primzahlen sieben und drei, die die Zahl Zehn ergeben, die Zahl der Finger, die der Zehen, die Zahl, auf die nach dem Verständnis der Wesen Terras alle Erkenntnis der Elfen und Alben, der Zwerge und Menschen baut – aller Wesen, die mit zehn Fingern geboren werden.

Druidinnen: Elfen mit fünf- statt den üblichen dreigliedrigen Fingern. Die gut 300 Frauen, die auf den siebzehn Inseln – Hauptinsel ist Jakwe – am Tartunmeer leben, verstehen sich auf Kräutertränke und Mixturen sowie auf Zaubersprüche. Sie stehen aufgrund ihrer tiefen Einsicht in die Natur der Dinge, ihres diplomatischen Geschicks und der Kunst der Magie am Hof Ontikas hoch in Ehren. Es ist ihnen erlaubt, die Sieben Bücher Waats auszulegen.

Dryarden: Schlangenartige Wesen mit giftigen Borsten. Sie leben in Symbiose mit den Bäumen am See Maardu Lahacht. Die Bäume geben ihnen Obdach, dafür beschützen die Dryarden sie vor Angreifern. Dryarden sind äußerst aggressiv, da sie einstmals von den Trollen fast ausgerottet worden waren.

Einhörner: Etwas feingliedriger als Pferde und sanfter im Schritt. Einige der Einhörner haben Flügel, die Kräftigeren unter ihnen jedoch nicht. Letztere sind besser für lange Reisen geeignet. Die stämmigste Rasse unter den Einhörnern heißt Titurel. Im Gegensatz zu den übrigen Einhornrassen haben sie nur ein stumpfes, kurzes Horn.

Elfen: Geflügelte menschenähnliche Wesen mit spitzen Ohren, die überall in Ontika anzutreffen sind. Ihr Körperbau ist feingliedrig, ihre Kraft steht jedoch der des Menschen in nichts nach. Manche der Elfen sehen aus wie riesige Schmetterlinge, andere hingegen haben schlanke und wendige Flügel.

Enite: Druidin von der Insel Jakwe, die Maron den Stab gibt und mit ihm zu den Makoonbergen reitet, damit er den neuen Drachen aus seiner Schale befreien kann. Sie besitzt einen der magischen roten Handschuhe, die einst aus den Staubfäden gewirkt wurden, die der Riese Waat ins All geatmet hat. Mit ihrem Handschuh, den sie über die Rechte gestreift trägt, kann sie nicht nur Blitze schleudern, sondern auch in das Bewusstsein anderer Wesen eindringen, wenn sie ihnen die Hand auflegt.

Erdbeber: Auch kurz Beber genannt. Die aus Kobalt bestehenden gigantischen Spitzen werden von den schwarzen Zwergen durch die Weltsäulen in die Erdkruste gejagt. Ohne diesen Vorgang würde die Erdkruste verhärten, bis die Erde unter dem Druck des Magmas wie ein überheißer Topf explodierte.

Ezeras: Nimmersatter Achteltroll, der einen Schwarzopal mit einem Katzenauge in seinem Zopf eingewoben trägt. Der kräftige Kerl, dessen Urgroßvater ein Troll war, reitet einen Titurel und ist befreundet mit der Druidin Enite, die ihn einst als Waisenkind vor dem Hungertod bewahrte. Er begleitet Enite auf ihrer Reise mit Maron.

Fermlund: Der mächtige Drache ist Marons Lehrer

und gehört zu den direkten Nachfahren der Urdrachen, die den Büchern Waats nach einst die Welt in Bewegung setzten und damit die Zeit in die Welt brachten. Sie sind weise, und das Feuer, dass sie speien, ist unendlich heiß. Fermlund ist der letzte Feuer speiende Drache, lebt im Schloss Ontika in seiner Höhle und ernährt sich von der Goldader. Ihm obliegt es, für den Frieden in ganz Terra zu sorgen, da die Völker des Nordens, die Trolle und Kurats, so viel Respekt vor ihm haben, dass sie einen Angriff auf Ontika nicht wagen. Und ihm ist bewusst, dass es ohne das Böse niemals das Gute geben könnte. Daher verabscheut er nicht die Menschen und nicht die Völker Pansakurs oder Silamäes.

Fledermäuse: Es gibt viele Arten in Terra, von handgroßen bis zu Riesenfledermäusen. Die meisten Fledermausarten sind friedlich. Nicht jedoch die Vampirfledermäuse, die die Rücken der Schwarzalben als Lebenshöhlen nutzen.

Halem: Hippogryph Valkaals.

Hekar: Der Obere der weißen Zwerge. Er regiert von seiner Zwergentrutzburg Kantzen aus sein friedliches Volk.

Hippogryph: Vogelgleiches Reit- und Flugwesen der Kurats mit pferdeartigem Hinterleib. Hippogryphen bringen es auf eine Spannweite von bis zu neun Metern und ihre Schnäbel sind lang und gefährlich wie Schwerter. Sie sind Allesfresser. Die gefährlichsten unter ihnen sind jene, die von den Slois geritten werden.

Hirmkerber: Handlange Nager, die wie Moskitoschwärme über ihre Opfer herfallen und sie zu Tode beißen. Werden von Zwergen in Fallen eingesetzt.

Irrlichter: Wirken wie zu groß geratene Glühwürmchen mit winzigen Händen und Füßen und vier Flügeln. Sie dienen als Kundschafter und Überbringer von Botschaften.

Jakwe: Hauptinsel unter den siebzehn Inseln der Druidinnen im Tartunmeer.

Järvemari-Fest: Rituelles Fest der Völker Ontikas. Neben der Entzündung des Apophyllit werden während des Festes Speisen gereicht und Rotsaft getrunken. Höhepunkt ist das Tuul-Turnier, bei dem jeweils zwei Reiter auf ihren Einhörnern gegeneinander antreten.

Kalev: Einer jener Riesen, die vor Urzeiten von den Menschen unter die Erde vertrieben wurden. Er lebt an einem See in Pansakur und ist ein Freund Fermlunds. Statt Zähne hängen weiße Fledermäuse in seinem Kiefer. Er lebt in Symbiose mit den Nagern, die ihm Informationen von überallher bringen und für ihn kämpfen, dafür jedoch in seinem Mund sowie in seiner Berghöhle leben dürfen. Er schenkt Maron nicht nur das glühende Schwert, sondern steht ihm auch aus Dankbarkeit gegenüber seinem verstorbenen Freund Fermlund hilfreich zur Seite.

Kalman: Oberster Fürst der Kurats. Er regiert von seinem Palast aus mit harter Hand. Neben seiner Elitetruppe, den Slois, besitzt er das Machtinstrument des Kokons der Gedanken. Von diesem aus kann er jederzeit in das Bewusstsein eines jeden seiner Untertanen schlüpfen, dessen Gedanken lesen und ihn bestrafen. Im Gegensatz zu den übrigen Kurats sind die Dornen auf seinem kahlen Schädel fingerlang. Über sie verschmilzt er mit dem steinernen Kokon der Gedanken, sobald er sich in ihn legt.

Karmine: Höchste der fünf Elfenfürstinnen, die die Amtsgeschäfte in Schloss Ontika führt. Da sie krank ist, befindet sie sich zurzeit am Tartunmeer, wo sie von den Druidinnen gesund gepflegt wird.

Kartuns: Kuratähnliche Wesen im Süden Silamäes in der Provinz Kentar. Sie kämpfen mit den Lichtalben Lortans um das wenige Wasser in der wüsten Region.

Kentar: Südliche Provinz Silamäes mit Wüstenklima, in der die Kartuns leben.

Khanahas: Gewaltige Festungs- und Trollhauptstadt im Norden Pansakurs am Fuß der Makoonberge, die in Viertel wie das der Zungenlöser oder das Vergnügungsviertel unterteilt ist. Khanahas wird wie das gesamte Land der Trolle von Samagar beherrscht, der in der Festung Tukum residiert, die ebenfalls in Khanahas liegt.

Khetam: Einhorn Nangolfs.

Kobolde: Sie sind bis auf Silamäe überall in Terra anzutreffen. Die aufrecht gehenden Wesen, zu deren Art auch Wirges gehört, sind lang wie zwei Hände und sehen aus wie eine Mischung aus Mensch und Meerkatze, wobei sie aufmerksamer und gewitzter sind als beide zusammen und ihre Augen stets schelmisch dreinblicken. An ihren schlanken und geschickten Fingerchen laufen die Nägel spitz zu kleinen Krallen zusammen. Viele von ihnen landen als Knabbergebäck oder Vorspeise auf den Tafeln der Trolle.

Kokon der Gedanken: Geschaffen von Kalman, dient der Kokon dem Fürsten zur Unterdrückung seines Volkes, der Kurats. Der Kokon pendelt an einem Seil aus Feenhaar in einem Kubus, der sieben Schritte in der Höhe, sieben in der Breite und genau die gleiche Distanz in der Tiefe misst. Wenn sich Kalman in den Kokon begibt und durch sein Silma Kontakt zu einem Kurat aufnimmt, kann er dessen Gedanken lesen, mit ihm über Gedankenaustausch kommunizieren und ihn bestrafen. Dies ist ihm nur möglich, da jene Elfen, welche er im See der Seelen gefangen hält, durch ihre qualvollen Schreie die Luft so in Schwingung versetzen, dass darüber alle Energie von und zu seinen Untertanen zu gleiten vermag.

Kristalle: Insgesamt neun leuchtende Kristalle erhellen von der Erdkruste herab Ontika. Sie sind im übertragenen Sinne die Sonnen der Elfen, Lichtalben, weißen Zwerge und Druidinnen. Im gesamten Norden Terras, also den Gebieten Pansakur und Silamäe, gibt es keine solchen Kristalle, sondern andere Lichtquellen, die jedoch nicht so intensiv sind.

Kurats: Etwa menschengroße insektenartige Wesen mit Händen und Füßen, die in Silamäe leben. Es gibt acht Kuratfürsten in dem Lavaland, wobei sich Kalman, der von seinem Palast aus regiert, zum obersten Herrscher aufgeschwungen hat. Der schwarzrote Körper der Kurats ist geschützt durch einen dornigen Chitinpanzer, der aus sieben Platten besteht. In der Mitte ihres Gesichts haben sie das Silma, mit dem sie sich orientieren und das ihre Seele enthält. Der überwiegende Teil der Kurats lebt in Basaltwaben und -siedlungen ein karges Leben. Besonders gefürchtet sind die Slois, die zwölfköpfige Leibgarde Kalmans.

Labyrinth der Thronfolger: Im zweiten Stockwerk der Festung Tukum gelegen. Es gibt im Labyrinth Räume für die Kämpfe, für Strategiespiele, eine Waffenkammer sowie ein Esszimmer. Von einer Galerie aus kann der Trollherrscher Samagar alles überblicken. Seine Erfindung dient dazu, dass sich seine Nachfolger im Labyrinth im Kampf miteinander messen können. Bis zur Machtübernahme Samagars waren die neuen Könige Pansakurs jeweils »waatgegeben« – der älteste Sohn oder die älteste Tochter des Königs trat automatisch beim Tod des Königs oder der Königin die Erbfolge an. Da Samagar jedoch die letzte Königin Paide nicht beerbte, sondern durch einen Staatsstreich auf den Thron gelangte, wählte er für seine Thronfolge ein neues Prinzip, wonach der Sieger, der im Labyrinth ermittelt wird, ihn beerben soll. Der Grund: Somit wird nicht schlicht das erstgeborene seiner Kinder das Erbe antreten, sondern das tapferste und schlauste.

Lanf: Trollgeneral, der in Diensten Samagars steht und bereits unter Paide gedient hat.

Lichtalben: Ihre Heimat ist der trockene Norden Ontikas, angrenzend an Silamäe, wo sie im Streit mit den Kartuns aus der Provinz Kentar liegen, da sie wie diese unter Wassermangel leiden. Angeführt werden sie von König Lortan, der in der Albenburg residiert.

Lichtvögel: Fleischfressende Vögel. Die kleinsten sind nicht größer als ein Spatz, aber es gibt auch Arten mit Spannweiten bis zu drei Metern. Ihre Federn leuchten und geben somit den Trollen in den dämmrigen und finsteren Gebieten Pansakurs Licht. Um die Lichtvögel möglichst stark an sich zu binden, hängen die Trolle Säcke mit Koboldfleisch in die Bäume, von denen sich die Lichtvögel dann ernähren und gleichzeitig ihr Licht für die Pflanzungen der Trolle geben.

Lihalas: Sie sind noch etwas schlanker und größer als die Elfen, können jedoch nicht fliegen. Das recht durchsetzungsfähige Volk hat sich seine Eigenständigkeit gegenüber den Trollen bewahrt. Die Lihalas sind ausgesprochen erfolgreiche Händler und besitzen mit Apskritis die Handelsmetropole in Terra. Einige der Lihalas verdienen sich ihren Unterhalt mit Wyvern (Drachen), die sie an ihrem Stachel melken. Aus dem Sekret stellen sie Bianstwo her, den sie an die Trolle verkaufen.

Lindanisa: Beschauliche Elfensiedlung in der Nähe von Schloss Ontika. Dort leben Nangolf und seine Frau Silva mit Maron.

Lortan: König der Lichtalben, recht hitzig von Gemüt.

Maardu Lahacht: Großer See in Pansakur, an dem nicht nur die See- und Moortrolle, sondern auch die Dryarden heimisch sind.

Makoonberge: Die aus zahlreichen Vulkanen und Bergen bestehende Gebirgswelt liegt im äußersten

Norden Pansakurs – also am Rand Terras. Die Spitzen und Grade der Berge leuchten gelblich-rot und geben für weite Teile Pansakurs das Licht. Einziger Zugang zum Gebirge ist die Malroëschlucht. Sie liegt direkt bei Khanahas und wird von den Trollen kontrolliert. Aus dreiundsiebzig Vulkankratern des Gebirges wachsen die Säulen der Welt. Sie sind Verbindungen, die hinauf zur Erdkruste und durch diese hindurch bis zur Erdoberfläche reichen. Von dort führen Wege direkt hinauf zur Erde, andere jedoch verzweigen sich und bringen einen in jeden Winkel der Welt. Die meisten Bewohner der Berge sind schwarze Zwerge sowie Schwarzalben und Vampirfledermäuse.

Malroëschlucht: Einziger Zugang zum Makoongebirge im Norden Terras. Die Schlucht schlängelt sich in einem Bogen durch das Gebirge.

Maron: Auserwählter Mensch und Drachenwächter, der kurz nach seiner Geburt hinab nach Ontika gebracht wurde. Seine Zieheltern sind die Elfin Silva und ihr Mann Nangolf. Maron ist zwölf und damit noch nicht reif für seine Aufgabe als Wächter des Drachen. Doch als Fermlund stirbt, muss er den neuen Drachen aus seinem Ei befreien, um den Frieden in Terra zu retten. Dazu erhält er von der Druidin den Stab. Auf seiner Reise lernt er den Riesen Kalev kennen, der ihm das glühende Schwert gibt, das ihm fortan hilfreich ist, um seine Aufgabe zu erfüllen.

Nangolf: Elf und Krieger, seine Flügel sind schlank, kräftig und wendig. Er ist schnell und präzise mit Pfeil und Bogen wie kein Zweiter in Ontika. Er hat den Drachenwächter Maron aufgezogen und macht sich mit ihm, Enite und Ezeras auf den Weg ins Makoongebirge.

Ontika: Das Gebiet umschließt den Süden Terras, in dem Elfen, Feen, Zwerge, Alben und Druidinnen leben. Zentrum ist das Schloss Ontika im Westen, wo Karmine, die höchste der Elfenfürstinnen, sowie der Drache Fermlund residieren. Ontika ist fruchtbar, da über dem Land die neun Kristalle leuchten.

Paide: Letzte der weisen Trollköniginnen, die versuchte, mit den übrigen Wesen Terras in Eintracht zu leben. Sie wurde von Samagar entmachtet und sollte durch General Lanf geköpft werden.

Palast Kalmans: Erbaut von Fürst Kalman in Silamäe. Der Palast besitzt weder Ecken noch Kanten und ist nach außen hin abgeschirmt durch eine Mauer, auf der Lava durch eine Rinne zirkuliert. Acht lodernde Türme stehen wie Fackeln dahinter. Ihre Feuer reichen bis hinauf zur Erdkruste. In der Mitte der Anlage befindet sich eine gigantische Kuppel. In deren Zentrum wiederum hängt Kalmans Kokon der Gedanken in einem kubischen Raum, von wo aus der Herrscher das Land regiert. Unter dem Palast liegt der unterirdische See der Seelen. Er wird erhitzt vom Lavameer. Dieses wird von den Lavaflüssen, die den Palast umgeben und tief ins Erdreich abfließen, gespeist.

Pansakur: Im Nordwesten Terras gelegen – im Süden an Ontika und im Osten an Silamäe grenzend. Hauptbewohner Pansakurs sind die Trolle, die meist im Norden in der Hauptstadt Khanahas am Fuß der Makoonberge leben. In der Stadt befindet sich die Festung Tukum, von wo aus Samagar herrscht. Im Süden Pansakurs wohnen die Lihalas, die ihr Gebiet weitgehend selbst verwalten. Im Gegensatz zu den Völkern Ontikas verfügen die Bewohner Pansakurs nicht über die Kristalle des Lichts. Sie haben daher verschiedene Methoden entwickelt, um Pansakur zu erhellen.

Pepan: Einhorn Marons.

Piritas: Auch Grenzberge genannt. Die Halbwesen dienen den Kurats dazu, von Pansakur nach Silamäe oder in die umgekehrte Richtung zu reisen. Ihr Äußeres ist nicht von einem normalen Berg zu unterscheiden, doch sind ihre Gesteine lebendig. Piritas bewegen sich wie gigantische Schnecken, deren Haus ein ganzer Berg ist. Sie verharren häufig lange Zeit an einem Punkt, ehe ein Kurat sie nutzt, da die Kurats meist auch längere Strecken auf Hippogryphen zurücklegen und daher nicht so oft einen Pirita benötigen. Denn die Reise in einem solchen Berg ist unbequem.

Rotsaft: Wird von den Druidinnen gebraut und macht trunken. Für Trolle ist der Rotsaft ein Genuss. Dafür lassen sie jeden Krug Bianstwo stehen.

Rubin/Operationssaal: Der gigantische Rubin mit den Ausmaßen eines Zimmers wurde von den Trollen komplett ausgehöhlt und befindet sich in einer der Höhlen unterhalb von Samagars Festung Tukum. Er ist mit Apparaturen und Möbeln als Operationssaal eingerichtet. Dort führt Professor Bernhard Burker mit seiner Frau Melissa die Augenoperationen durch. Erleuchtet wird der Rubin von vier Öllampen. Der rote Stein steht bei den Trollen als Symbol für Sauberkeit und Leben.

Samagar: Tyrannischer Herrscher der Trolle, der in Tukum residiert. Er hat eine breite Narbe, die quer über sein Gesicht verläuft. Sein Ziel ist es, ganz Terra zu erobern. Er hat es bis heute nicht verkraftet, dass die Menschen einst die Trolle und die übrigen Wesen Terras von der Erdoberfläche ins Erdinnere vertrieben haben.

Schattenfresser: Die mausgroßen flinken Wesen saugen mit ihren Mäulern Schatten ab. Am Hof der Elfen sind sie besonders begehrt, da Schatten bei den Hofelfen als eine Form von Schmutz gelten. Artverwandt sind die Halbschattenfresser am Maardu Lahacht.

Schloss Ontika: Das auf einem Hügel im Westen

Ontikas gelegene Zentrum Ontikas. Es besitzt vier Türme, unter dem größten befindet sich die Höhle des Drachen Fermlund. Im Schloss leben neben den Bediensteten und Hofdamen noch Feen und Gelehrte der Bücher Waats.

Schwarzalben: Leben gemeinsam mit den schwarzen Zwergen im Makoongebirge. Sie sind im Gegensatz zu den Lichtalben rund 2,40 Meter lange, fledermausartige Wesen, deren Flügel von einem dichten schwarzen Fell bedeckt sind. Einzig ihre Augen sind weiß. In ihren Körpern leben die Vampirfledermäuse. Wenn die Zwerge gemeinsam mit den Schwarzalben zur Erdoberfläche vorstoßen, öffnen die Schwarzalben ihre Rücken und die Vampire rauben gemeinsam mit den Zwergen die Menschen und bringen sie hinunter nach Terra.

Schwarze Zwerge: Bewohnen mit den Schwarzalben und Vampirfledermäusen die Makoonberge, wo aus den Vulkankratern die Weltsäulen erwachsen. Durch die Säulen schießen die Zwerge zuvor in Bergwerken gemeißelte Kobaltspitzen, mit denen sie die Erdkruste in Bewegung halten und sie an einigen Stellen öffnen. Früher dienten die schwarzen Zwerge dem Drachen Ontikas, dann jedoch verbündeten sie sich mit dem Trollherrscher Samagar.

See der Seelen: See unter Kalmans Palast – erhitzt durch das darunterliegende Lavameer –, in dem Elfen mittels eines Fluchs gefangen gehalten werden. Ihre klagenden, hohen Schreie setzen jene Schwingungen frei, über die die Gedanken von Kalmans Untertanen zu ihm hinauf in den Kokon gelangen.

Silamäe: Lavaland im Nordosten Terras, durch das sieben Lavaflüsse fließen. Seine Bewohner sind die Kurats. Geführt wird das Land von Kalman, der sich mittels des Kokons der Gedanken und seiner Slois über die sieben anderen Fürsten erhoben hat.

Silma: Sinnesorgan der Kurats. Es ist eine Öffnung in der Gesichtsmitte der Kurats. Darin lodert ihre Seele und gleichzeitig dient ihnen das Organ zur Orientierung. Über das Silma sind die Kurats mit ihrem Fürsten Kalman verbunden.

Silva: Elfin, verheiratet mit Nangolf.

Skanda: Die Licht gebenden Wesen sehen aus wie lang gezogene Kröten. Bei einem Schlag auf den Rücken oder in den Nacken beginnen sie, aus den Mündern zu leuchten. Einmal angeschlagene Skandas können nicht wieder benutzt werden. Sie leben dann zwar noch, geben aber kein Licht mehr. Meist werden sie nach dem Gebrauch schlichtweg gegessen.

Slois: Zwölf Slois zählt die Leibgarde Kalmans – ihr Anführer heißt Argon, dessen Vertreter Tantor. Im Gegensatz zu den übrigen Kurats ist ihr Silma größer und ihr Kontakt mit dem Fürsten Kalman noch enger – sie sind Teil seiner eigenen Seele. Jeder trägt über seinem Chitinpanzer eine Rüstung aus dunklem Turmalin. Keine Säure vermag das Material aufzulösen. Gelingt es einem Angreifer, mit seinem Schwert an den Nahtstellen die Rüstung zu durchstoßen und den Panzer des Kurats zu verletzen, so sondert der Turmalin sofort glühende Lava ab, die eine Kruste auf dem Leib des verletzten Slois bildet, damit kein Blut auslaufen kann. Die Slois sind nicht nur größer als jeder andere Kurat Silamäes, sondern auch brutaler und äußerst schlau. Ihre mächtigen Hippogryphen sind gefürchtet. An jedem der vier Knochen eines Flügels besitzen diese Reit- und Kampftiere zweifingrige scharfe Klauen.

Stab des Drachenwächters: Hell und zart wie das Handgelenk einer Elfe, überzogen mit Seidendiamanten. Mit dem magischen Stab können Steine erweicht und der neue Drache aus seinem Ei befreit werden.

Tartunmeer: Erstreckt sich im Osten Ontikas. An den Ufern leben sowohl Elfen als auch Druidinnen.

Terra: Lebensraum unterhalb der Erdkruste. Er ist nach oben hin begrenzt durch die Erdkruste und in den vier Himmelsrichtungen durch die Wände der Höhle, in der die Wesen Terras leben. Einzig an den Makoonbergen im Norden des Landes ist über die Weltsäulen ein Zugang zur Erdoberfläche möglich.

Titurel: Stämmige, kurzbeinige Einhornrasse, die gut für lange Reisen geeignet ist.

Troll: Die rund 500 Pfund schweren Wesen herrschen im Nordwesten Terras in Pansakur. Ihr Anführer heißt Samagar. Sie sind übermenschengroß, kräftig und stark behaart. Ihre Füße sind meist ledern und sie tragen selten Schuhe. Mit ihren vier langen Reißzähnen fressen sie nahezu alles, was sich bewegt, und sie stinken abscheulich aus dem Mund. Die Pupillen ihrer Augen sind rechteckig wie die einer Ziege. Die Augen selbst sind in der Regel braun, mit ihnen können sie nur an den Rändern scharf sehen. Daher haben sie auch keine Schrift entwickelt, sondern sind auf die mündliche Überlieferung von Ereignissen oder Mythen angewiesen. Es gibt die unterschiedlichsten Trollstämme, wie zum Beispiel die See- oder Moortrolle.

Trollsterne: Scharfkantige Wurfscheiben, die von den Elfen und Kurats im Kampf gegen die Trolle benutzt werden.

Tukum: Festung des Trollherrschers Samagar in der Stadt Khanahas. Ihre silbernen Türme reflektieren das Licht der Makoonberge in die Stadt. Neben dem hochgelegenen Thronsaal Samagars sowie dem Labyrinth der Thronfolger gibt es unterhalb der Festung ein weit verzweigtes Netzwerk an Gängen und Höhlen, wo sich nicht nur Verliese befinden, sondern auch Gemächer sowie der Raum mit dem Rubin – der Operationssaal.

Tuleviku: Fermlunds Nachfolger.

Tuul: Bei dem Reiterspiel geht es darum, einen Ball, der einen Meter im Durchschnitt misst, ins Tor des Gegners zu schießen. Das Einhorn darf den Ball nur mit seinen Hufen und dem Horn bewegen. Das Spiel heißt Tuul, was so viel wie Wind bedeutet, da der Ball sehr leicht ist.

Vampirfledermäuse: Sie nutzen die schwarzen Alben als Lebenshöhlen und entweichen durch deren Rücken. Einst sollen die Vampirfledermäuse mit dem Vampirvirus Menschen infiziert haben, seitdem leidet die Menschheit darunter.

Waat: Bezeichnung für den Urriesen. Teil der Mythologie Terras, die in den sieben Büchern Waats die Entstehung der Welt und das Zusammenleben aller Wesen beschreibt.

Weiße Zwerge: Friedliches Zwergenvolk im Norden Ontikas, das von seinem Führer Hekar regiert wird.

Weltsäulen: Damit werden die dreiundsiebzig Verbindungen bezeichnet, die aus den Vulkankratern des Makoongebirges bis hinauf zur Erdkruste reichen. Über sie können die Zwerge die Erdbeber in die Erdkruste jagen, gleichzeitig dienen die Säulen als Auf- und Abgänge zur Erdkruste und damit zur Erdoberfläche.

Wirges: Kobold, der sprechen kann und sich wie ein Elf kleidet. Einst hat er der Druidin Enite das Leben gerettet. Seither hält sie schützend ihre Hand über ihn.

Womlins: Kundschafter der Kurats. Die flaumbehaarten, schlangenartigen, handlangen Wesen mit Flughäuten besitzen acht Beine mit Krallen. Sie orientieren sich allein nach dem Geruch.

Zone des schwarzen Lichts: Liegt als Schutz vor Khanahas, der Hauptstadt der Trolle. Das schwarze Licht absorbiert jede Form von Helligkeit. Auf Lichtwesen wie die Skandas wirkt es tödlich. Es gibt nur wenige Mittel, um in der Zone des Schwarzen Lichtes Helligkeit zu erzeugen – und selbst mit ihnen ist es nur in sehr begrenztem Umfang möglich.

Zwerge: Werden bis zu 1,40 Meter groß. Ihre Hände und Füße wirken wie Schaufeln, da sie unverhältnismäßig groß sind. Handwerklich sind die Zwerge sehr geschickt und werden daher für die verschiedensten Arbeiten herangezogen. Im Norden Ontikas leben die weißen Zwerge, im Makoongebirge die schwarzen.

Zwergenland: Im Norden Ontikas gelegen. Bewohnt von den weißen Zwergen. Es ist bergig und dicht bewaldet. Hier wachsen die unterschiedlichsten Bäume und Pflanzen wie auf der Erde selbst, da die weißen Zwerge einst die Samen und Setzlinge mit hinab nach Terra genommen und dort gepflanzt haben. Ihr Herrscher heißt Hekar, der von der Zwergentrutzburg Kantzen aus sein friedliches Volk regiert. Nicht weit davon entfernt liegt Malinka, jener Ort, in dem Maron als Elfe geschminkt wird.

Manfred Theisen,
geboren 1962 in Köln, studierte Germanistik, Anglistik und Politik. Er forschte für das Deutsche Innenministerium in der Sowjetunion, arbeitete als Redakteur und leitete eine Zeitungsredaktion. Heute ist er freier Autor und lebt in Köln.

Tom Becker

DARKSIDE

Die Schattenwelt

288 Seiten ISBN 978-3-414-82141-6

Rätselhafte Dinge geschehen in London: Der 14-jährige Jonathan wird von finsteren Gestalten verfolgt. Unter den Straßen der Stadt entdeckt er eine geheimnisvolle Welt: »Darkside«, bevölkert von Vampiren, Werwölfen, Riesen und anderen dunklen Kreaturen. In diese Welt muss Jonathan hinabsteigen, um sein Leben und das seines Vaters zu retten. Ausgerechnet ein Werwolf ist sein einziger Verbündeter!

»›Darkside – Die Schattenwelt‹ ist nicht Harry Potter – aber ebenso gut.«
Kölnische Rundschau

Boje

www.boje-verlag.de